CB075219

# DARKLOVE.

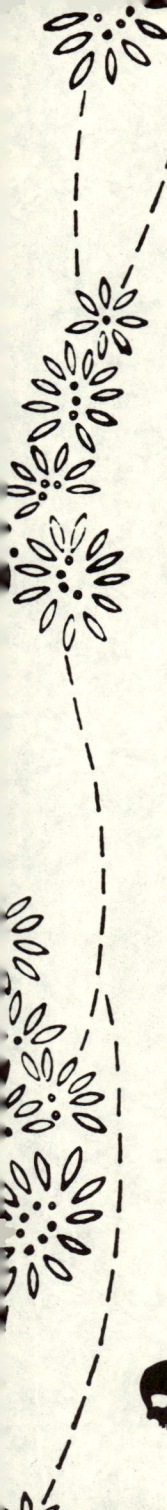

Copyright © 2013 by Catherine Ryan Hyde
Todos os direitos reservados.
Os personagens e as situações desta obra são reais apenas no universo da ficção; não se referem a pessoas e fatos concretos, e não emitem opinião sobre eles.
Publicado mediante acordo com Amazon Publishing, www.apub.com, em colaboração com Sandra Bruna Agencia Literaria.

Tradução para a língua portuguesa
© Débora Isidoro, 2021

**Diretor Editorial**
Christiano Menezes

**Diretor Comercial**
Chico de Assis

**Gerente Comercial**
Giselle Leitão

**Gerente de Marketing Digital**
Mike Ribera

**Gerentes Editoriais**
Bruno Dorigatti
Marcia Heloisa

**Editora**
Nilsen Silva

**Capa e Projeto Gráfico**
Retina 78

**Coordenador de Arte**
Arthur Moraes

**Designers Assistentes**
Aline Martins / Sem Serifa
Sergio Chaves

**Finalização**
Sandro Tagliamento

**Revisão**
Laís Curvão
Talita Grass
Retina Conteúdo

**Impressão e acabamento**
Ipsis Gráfica

---

DADOS INTERNACIONAIS DE CATALOGAÇÃO NA PUBLICAÇÃO (CIP)
Angélica Ilacqua CRB-8/7057

Hyde, Catherine Ryan
    Para sempre vou te amar / Catherine Ryan Hyde ; tradução de Débora Isidoro. — Rio de Janeiro : DarkSide Books, 2021.
    400 p.

    ISBN: 978-65-5598-0936
    Título original: Where We Belong

    1. Ficção norte-americana I. Título II. Isidoro, Débora

21-1164                                                          CDD 813

Índices para catálogo sistemático:
1. Ficção norte-americana

---

[2021]
Todos os direitos desta edição reservados à
**DarkSide®** *Entretenimento LTDA.*
Rua General Roca, 935/504 — Tijuca
20521-071 — Rio de Janeiro — RJ — Brasil
**www.darksidebooks.com**

Catherine Ryan Hyde

# para sempre vou te...

## amar

TRADUÇÃO
Débora Isidoro

DARKSIDE

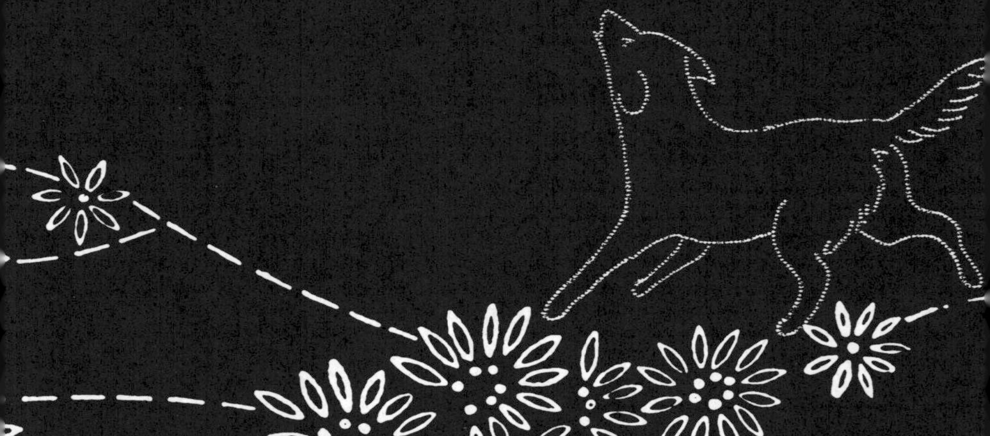

# SUMÁRIO

**PARTE UM** 11.

1. A parte em que eu tinha só 14 anos

**PARTE DOIS** 177.

2. A parte em que eu tinha 15 anos

**PARTE TRÊS** 283.

3. Quando eu tinha 16, e agora que tenho 17

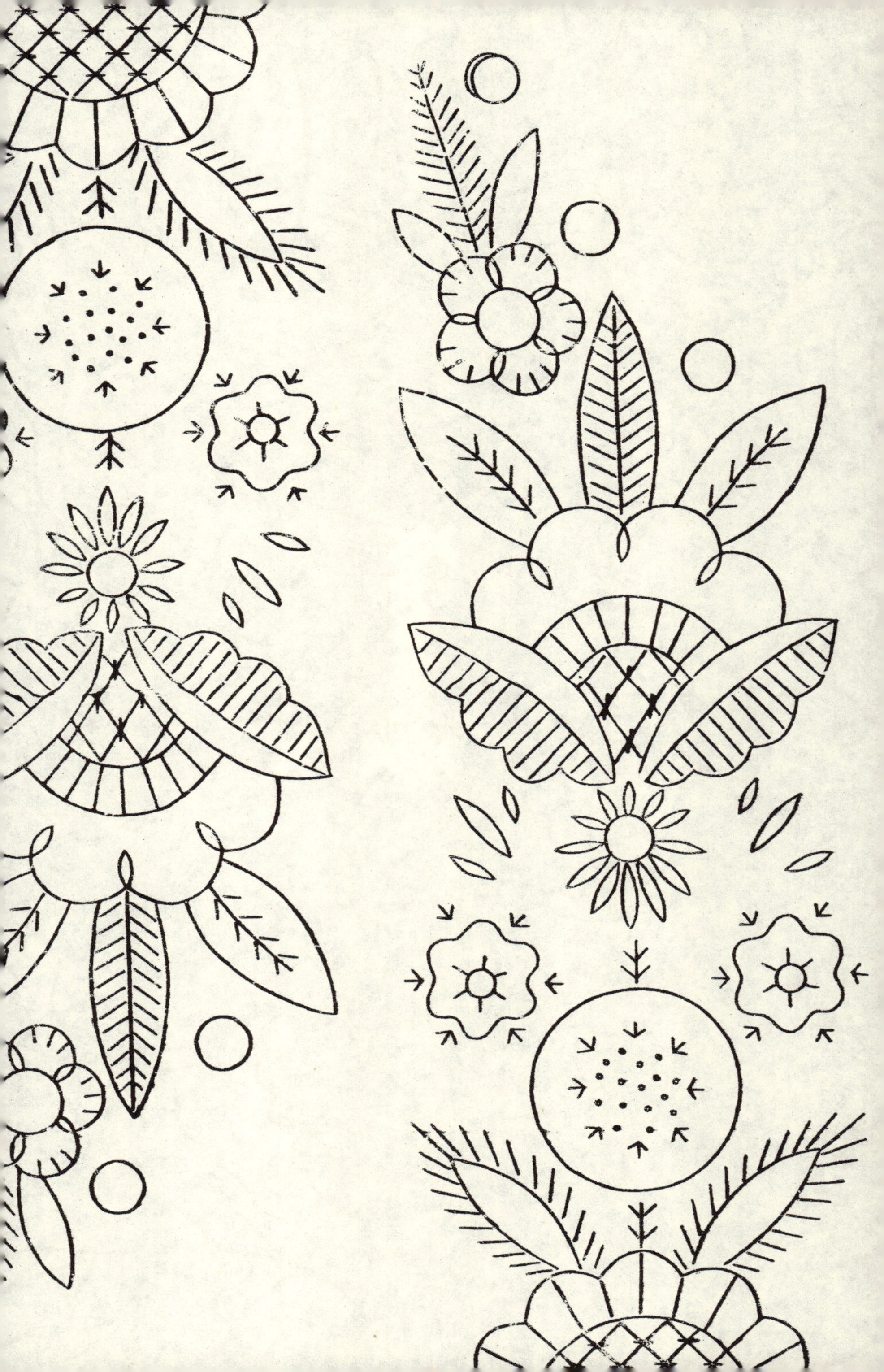

1.

A parte em que
eu tinha só 14 anos

Catherine Ryan Hyde
para sempre
vou te amar

# 1

## Eue

Quando eu tinha 7 anos, era dona de 22 maços de cartas de baralho. Vinte e dois. E nunca joguei com eles. Nem uma vez. Jogos de cartas são chatos.

Cartas serviam para empilhar, não para jogar.

Comecei com a casinha de cartas que meu pai me ensinou a construir quando eu tinha 6 anos, pouco antes de ele enfiar a mão no bolso, perceber que estava sem cigarros, sair para comprar mais no mercadinho da esquina e ser assassinado. Por causa de um relógio, da carteira e da aliança de casamento. O relógio era barato, e a aliança de prata era fininha. Além disso, ele nunca andou com muito dinheiro, porque nunca teve muito dinheiro.

Fiz progresso com as casinhas de cartas e passei para os condomínios de cartas, prédios de apartamentos de cartas, ranchos de cartas, palácios de cartas. É muito trabalho para uma coisa que vai acabar desmoronando. Afinal, tudo na vida é assim. Certo?

Meu pai, por exemplo. Ele estava me mostrando aquele momento perfeito quando a casa está ficando grande, quando se está no terceiro andar e cada carta colocada te faz prender a respiração. Você tem que esperar para ver. Acha que a casa vai cair com essa carta, mas ela não cai. Tem aquela pequena pausa desconfortável, como se o tempo soluçasse. Essa pausa era tudo que me impedia de derrubar a porcaria das cartas. Tudo.

"Vou ser honesto, Angie", dizia meu pai. "Isso desperta o jogador dentro de mim."

Mas não precisava de muita coisa para despertar o jogador adormecido dentro dele. Ele era um jogador. Sempre foi.

E logo depois de me dizer isso, ele enfiou as mãos nos bolsos.

Agora não tenho mais aqueles baralhos. Eu me livrei de todos depois que Sophie, minha irmã, nasceu. Não logo depois. Porque... sabe como é. Ela ficava no berço, logo começou a engatinhar e tudo parecia estar bem com ela. Até que, de repente, não estava. E foi difícil identificar o momento em que percebemos que não estava. Talvez tenha sido muito antes de reconhecermos isso em voz alta.

Depois disso, entendi que nunca mais deveria deixar pela casa nada delicado e fácil de estragar.

E, de qualquer maneira, que diferença isso faz? Agora que tenho 14 anos, nossa vida é basicamente um castelo de cartas. Cair. Esperar. Respirar. Ou não.

Eu gostava mais quando era com as cartas de verdade. Gostava de poder derrubar todas elas e começar de novo. Tudo no mundo é mais fácil de limpar e consertar do que a porcaria da nossa vida real.

• • •

Era nosso primeiro dia na casa de tia Violet, e acordei pensando que também poderia ser o último. Pode acontecer em qualquer dia. Você acha que sabe quais são os mais complicados, mas nunca dá para saber.

Além do mais, esse dia não parecia muito bom.

Era uma sexta-feira, e eu devia estar na escola, mas teria que frequentar uma escola nova, e minha mãe disse que me matricularia na segunda-feira. Na verdade, ela precisava de mim para cuidar da Sophie enquanto saía para procurar emprego.

Eu, Sophie e tia Vi estávamos sentadas à mesa do café comendo waffles, aquela velha mesa de fórmica com pontinhos cintilantes, como estrelas fabricadas pelo homem. Esses pontinhos estavam prendendo a atenção de Sophie. Ela comia o waffle com a mão esquerda e ficava tocando os pontinhos brilhantes com a ponta do indicador direito, muitas, muitas e muitas vezes. E grunhia cada vez que repetia o gesto.

O cabelo dela precisava ser penteado, e aquilo talvez fosse minha obrigação, mas eu estava fugindo disso. Motivo inventado: minha mãe não tinha falado nada. Motivo real: dá um trabalho desgraçado.

Tia Vi observava Sophie de um jeito que quase me impedia de respirar.

Ela não era nossa tia de verdade. Em primeiro lugar, era tia da nossa mãe, ou seja, nossa tia-avó, e só por casamento. Será que ela era tia de verdade da nossa mãe? Acho que era, porque não existe tia por casamento. Eu não sabia, e não tinha importância. O que eu sabia, e o que era importante: não éramos parentes de sangue, e isso tornava muito mais fácil nos pôr para fora.

"Que tipo de trabalho sua mãe está procurando?", perguntou tia Vi. Ela não desviava os olhos de Sophie, o que dava a impressão de que estava perguntando para ela. Mas é claro que isso era impossível.

"Ela queria trabalhar como garçonete em uma lanchonete", respondi. Os grunhidos de Sophie estavam se transformando em gritinhos que feriam meus ouvidos. Percebi que tia Vi se encolhia a cada grito. O gesto de tocar os pontinhos se transformava em movimentos bruscos do braço.

Continuei falando da melhor maneira possível no meio disso tudo. "Porque as gorjetas são boas, e eu posso cuidar da Sophie enquanto ela..."

"Dá para fazer ela parar com isso?", tia Vi de repente berrou em um tom muito agudo e meio desesperado, como se estivesse à beira do descontrole aquele tempo todo.

Isso eu sabia, e também sentia. Mas dizia a mim mesma que não era tão ruim quanto eu pensava, meio que acreditando nisso, meio que não. Tio Charlie havia morrido uns meses antes, e tia Violet estava fragilizada.

Seguiu-se um silêncio sinistro, que nem era silêncio porque Sophie não parava de fazer barulho. Só tia Vi e eu estávamos quietas, sem dizer nada. Não me pergunte como todo aquele barulho pode parecer um silêncio incômodo. Mas pode. E parecia.

Resposta.

"Não, senhora. Acho que não dá."

Espera.

Tia Vi suspirou.

Eu respirei.

"É que não estou no meu normal desde que Charlie morreu. É como estar doente. Você acha que consegue levantar e fazer as coisas, mas está mais fraca do que imaginava. Sabe quando fica doente e apenas não consegue tolerar nada? Tudo que consegue fazer é ficar doente."

Eu entendia o que ela queria dizer, embora estivesse enganada sobre o significado da palavra tolerar, ou ela talvez a estivesse usando de forma errada na frase.

"Sinto muito pelo tio Charlie. Ele era um bom homem. Eu gostava muito dele."

O rosto de tia Vi ficou imóvel por um ou dois segundos. Depois se contorceu em uma careta de choro, e eu me senti a pior das pessoas por ter dito exatamente o que não devia dizer.

Ela se levantou. Eu não sabia que uma mulher idosa podia se mover tão depressa.

"Preciso me deitar", disse.
Todas nós tínhamos acabado de levantar para começar o dia. Mas não falei nada disso para ela.
"Quer tampões de ouvido?"
Tirei dois tampões do bolso da camisa e os ofereci a ela. Eram como balas azuis e não eram de espuma. Tampões de espuma não são muito eficazes, mas pelo menos são suficientes. Os meus eram de cera de abelha e algum tipo de fibra. Segurei os tampões na mão aberta enquanto ela se afastava.
Ela parou na porta da cozinha e virou para trás. Estava com um roupão cheio de florezinhas cor-de-rosa. O roupão já viu dias melhores. As flores estavam desbotadas, quase sumidas. Ela se apoiou no batente da porta como se a casa tivesse acabado de ser atingida por um iceberg.
Ela estava sempre maquiada, mesmo com aquele roupão velho horroroso. Eu me perguntava quem ela achava que ia notar ou se importar com isso. Bem. Eu notei. E continuava me perguntando quem se importava.
Fiquei ali com a mão estendida feito uma idiota. Fiz um gesto mostrando os tampões de ouvido. Confortantes. Seguros. Uma boa solução. Ela não conseguia ver isso?
Ela balançou a cabeça com vigor.
"Vou só me deitar."
"Não, espera... não vai, tia Vi. Nós vamos lá para fora."
Ela ficou ali parada, talvez esperando para ver se eu levaria Sophie a algum lugar.
Enfiei os dois últimos pedaços de waffle na boca ao mesmo tempo e levei meu prato até a pia. Depois parei atrás de Sophie e tirei o waffle seco e meio mastigado de sua mão esquerda.
Ela berrou.
Segurei o waffle como se fosse uma cenoura na ponta de uma vareta, longe do alcance dela. Sabia que ela o seguiria até lá fora.

"Eu devolvo depois que a gente sair."

Não sabia se Sophie entendia quando eu falava com ela. Não sabia nem se ela escutava. Minhas palavras eram mais pela tia Vi, para que ela não pensasse que eu era cruel com minha irmã. Talvez ela não se importasse. Talvez só eu me importasse.

Olhei para tia Vi quando demos de cara com a porta dos fundos, quase literalmente. Eu a encarei. Sem querer, na verdade.

Espera.

"Você não sabe como é", ela falou. "Como tudo fica difícil quando se perde alguém."

Meu rosto ficou quente, o que sempre acontece quando fico brava. Eu sempre fico brava muito depressa, mas fico sem ação. Não ponho para fora. Quando digo que estou brava, acabo chorando, o que é muito injusto. Estraga tudo. Então não falo nada.

Sophie ficava se jogando em cima de mim e pulava sem parar, talvez tentando me fazer derrubar o waffle. Doía, mas eu não estava prestando muita atenção.

Só conseguia pensar que eram palavras cruéis para me dizer. Sem consideração. Sabe?

Puxei Sophie para fora da cozinha, para a varanda dos fundos, e bati a porta com força.

E devolvi o waffle para ela.

E prendi a respiração.

Muito.

• • •

Eu estava deitada na espreguiçadeira de plástico branco, sentindo o sol em mim, sobre a grama toda manchada de amarelo onde a cachorra fazia xixi. A cachorra também se fora. Havia morrido duas semanas antes do tio Charlie, o que colaborava para o estado de extrema fragilidade de tia Violet. Eu gostava daquela cachorra. Era uma basset gorda que tinha artrite e se chamava Beulah. Babava muito, mas era legal.

Sophie nunca gostou da Beulah. Sophie nunca gostou de cachorro nenhum, nem de gatos. Na verdade, era preciso ficar de olho nela o tempo todo quando havia animais por perto, porque ela tentava chutar e bater neles, mesmo que não fizessem nada. Uma vez, ela viu um cachorro na porta do supermercado e tentou mordê-lo, mas o cachorro era manso demais para se defender, e eu tive que interferir para impedir o ataque e quem levou a mordida fui eu.

Levantei a cabeça para ver por que Sophie estava tão quieta. Ela estava deitada de bruços e encolhida perto da corrente que marcava o fim do quintal de tia Violet. Na verdade, pelo jeito como estava deitada na grama, parecia um cachorro naquela posição de esfinge. Ela mantinha o queixo apoiado no dorso das mãos, como se fossem patas. O nariz estava colado à cerca. Do outro lado da corrente havia o maior cachorro que eu já vi. Um dogue alemão preto com orelhas aparadas e erguidas. Acho que não deveriam fazer isso com os cachorros, mas esse é um detalhe que não importa agora. Se eu tivesse que arriscar um palpite, diria que ele tinha uns noventa quilos. E estava deitado exatamente na mesma posição que Sophie, com o focinho cinza a uns dez centímetros do nariz dela. Era a única parte dele que não era preta.

Sentei.

"Hummm", falei em voz alta, embora não tivesse ninguém ali para me ouvir. "Sophie, sai de perto dele", falei logo depois, porque achava que ela podia estar atraindo o pobre cachorro para uma falsa sensação de segurança.

Mas... como mencionei antes, não sei nem se ela ouvia. Ou ouvia mas não se importava. Ou talvez não fosse capaz de se importar.

Refleti por uns minutos. Ela não conseguia alcançar o outro lado da cerca, pelo menos não muito longe. O cachorro não estava preso e, com certeza, sabia fugir. E ele devia ter umas três ou quatro vezes o peso dela. Será que eu queria mesmo sair de onde estava para tirá-la de lá? Podia usar o método de emergência, que era me aproximar por trás sem fazer barulho e jogar um cobertor em cima dela como se fosse uma rede, mas tentava evitar essa medida sempre que possível. Além do mais, eu costumava levar vários chutes nesse processo.

Decidi que aquele cachorro velho e grandalhão era capaz de cuidar de si mesmo. Mas só por causa da cerca de corrente. Sem ela, eu não teria apostado muito nisso.

De vez em quando, eu levantava a cabeça para dar uma olhada na situação.

"Não se atreva a machucar o cachorro", falei, e repeti umas quatro vezes.

Mas nada acontecia.

Pensei mais uma vez em pentear o cabelo dela, mas não tinha coragem de estragar o que estava indo tão bem. Seria mais fácil se minha mãe o mantivesse curto, como o meu, mas ela adorava o cabelo de Sophie, o que era compreensível. Ele era cor de mogno, com mechinhas avermelhadas que brilhavam ao sol. E os cachos eram naturais. Ela era uma menina bonita, mais do que eu jamais seria. Minha mãe estava sempre falando do cabelo dela e daqueles lindos olhos verdes, como se nem percebesse que eu também estava ali. Mas, como Sophie não fazia mais contato visual conosco há anos, ela falava cada vez menos dos olhos verdes.

Suspirei e tentei me esquecer de tudo.

Depois de um tempo, ouvi Sophie gritar daquele jeito especial dela, que mais parece uma sirene. Nossa mãe chama esse grito de lamento, mas já ouvi outras pessoas se lamentando, e o da minha irmã é pior. Sentei e vi que o cachorro tinha se afastado da cerca para beber água de uma vasilha. Ele levantou a cabeça e olhou para mim, e eu olhei para ele. Vi a água caindo dos cantos da boca.

Peguei os tampões de ouvido no bolso.

Só quero enfiar os tampões no ouvido e deixar Sophie se lamentar, sem parecer fria. Parece que não me importo com seu lamento, mas não é isso. Eu me importo muito. Acontece que não tem nada que eu possa fazer. Nada. Ninguém pode fazer nada. Exceto preservar a própria sanidade da maneira que for possível.

Tia Violet apareceu na porta dos fundos.

"Você tem que fazer essa menina parar", exclamou ela, parecendo ainda mais desesperada, como se estivesse à beira de um ataque de nervos. Como se pudesse explodir a qualquer momento e se espalhar pela grama manchada em pedacinhos secos. "Não aguento isso. Não sou forte. Falei para sua mãe que não sou forte. Não sou mais a mesma sem Charlie. Não tenho muito..."

Enquanto ela procurava a palavra para explicar o que estava lhe faltando, olhei para suas sobrancelhas. Eu sempre olhava para elas quando achava que ninguém ia notar. Era como se não houvesse pelos nelas, só um desenho naquele tom esquisito e claro de marrom, e o meio era muito levantado. Aquelas sobrancelhas desenhadas davam a impressão de que tudo no mundo era um choque para ela. Não que as sobrancelhas fossem importantes em um momento como esse. Mas é que, quando as coisas vão mal, meu cérebro se distancia.

Quando abri a boca para dar a má notícia, que ela já devia saber muito bem — quando Sophie começa a gritar, não sou capaz de fazê-la parar de gritar, ninguém é capaz —, o cachorro voltou devagar para perto da cerca. Eu o vi pelo canto do olho.

O grito de Sophie foi perdendo força como uma sirene se afastando, ficando mais baixo e mais lento, até sumir.

"Ai, graças a Deus", disse tia Violet. "Graças a Deus ela parou." Tia Vi olhou para mim com a testa franzida e as sobrancelhas unidas e baixas, mas ainda altas demais. "Você se ofendeu com alguma coisa que eu falei antes, quando estávamos conversando?"

Ela perguntou como se tivesse levado todo esse tempo para pensar e, mesmo assim, ainda não conseguisse imaginar o que poderia ter sido.

Meu rosto esquentou de novo.

"Só achei que foi um pouco de falta de consideração", respondi, e meu rosto parecia queimar porque foi uma resposta corajosa. Tive que fazer um esforço enorme para não chorar.

Tia Vi inclinou um pouco a cabeça para trás.

"Mas o que foi que eu disse?", perguntou ela, como se já soubesse que eu estava errada, que não podia ter sido nada, na verdade.

"Que eu não sei como é perder alguém."

Ela ficou me encarando sem mudar de expressão por um minuto. Não foi de fato um minuto, talvez só três segundos. Depois arregalou os olhos e levou uma das mãos à boca. E correu até mim. Fiquei apavorada. Pensei que ela ia me atacar, e senti vontade de correr, de gritar. Ou fazer alguma coisa. Qualquer coisa. Mas tudo aconteceu muito depressa.

Quando dei por mim, ela estava me abraçando, me apertando contra sua barriga, que era mais mole do que eu achava que deveria ser. Ela segurava a minha cabeça e a deixava pressionada contra o peito farto, e eu mal conseguia respirar.

"Ah, meu bem", falou, se inclinando para falar perto da minha orelha. "Desculpa. Eu esqueci. Esqueci que..."

Não fala, pensei.

"... seu pai. Ah, e que jeito horrível de partir. Tão de repente. Tem razão, eu não tive nenhuma consideração. Está vendo? Eu disse que não era mais a mesma pessoa."

Ela afastou minha cabeça do corpo flácido me segurando pelas têmporas. Inspirei dez vezes para absorver ar suficiente.

"Você me desculpa?"

"Sim, senhora", respondi. Eu apenas pronunciava as palavras. Não desculpava nem deixava de desculpar. Nem pensava no que isso significava, na verdade.

"Ai, céus", exclamou ela, sem me explicar a que se referia o comentário.

Depois voltou para casa e bateu a porta com um estrondo. Olhei para Sophie. Ela e o cachorro estavam na mesma posição de antes.

Respirei. Isso não ia durar muito.

Era sempre assim. Enquanto você respirava e ficava feliz porque o castelo não estava desabando, sabia que logo teria de colocar outra carta em breve. Não é uma questão de ganhar muito. Só ganhar. E sempre é uma questão de não perder tudo no momento exato em que você põe a carta.

Levantei e me aproximei da cerca, sentindo a grama alta entre os dedos dos pés. Talvez eu devesse me oferecer para cortar a grama para tia Violet. Tornar-me o mais útil possível.

Parei ao lado de Sophie.

"O que é isso aí, Sophie?", perguntei. "Você nem gosta de cachorro."

"Eue", disse ela.

O que significava... Não sei como explicar. Uma palavra pronunciada por Sophie era importante, tipo... algo que devia ser marcado no calendário.

"Não acredito."

Então percebi que esse era o melhor e mais tranquilo dia que eu tinha com Sophie em anos. Por que eu tentava convencê-la a parar com isso?

O que quer que fosse "isso".

• • •

Meu melhor dia durou exatamente até 25 minutos depois das 17h, e aí tive que pagar dobrado por tanta paz e tanto sossego. Eu sabia o horário exato porque fui à cozinha olhar, porque estava pensando que minha mãe já devia ter voltado para casa. Eu não sabia se a demora significava boas ou más notícias.

Quando eu estava saindo, o cachorro se levantou de repente e parou perto da cerca, olhando para a rua. Sophie também ficou em pé.

Eu não conseguia ouvir nada, mas sentia que minhas férias se aproximavam do fim. Não sei quanto tempo de férias eu achava que poderia ter, ou por quê.

Então ouvi a batida da porta de um carro. Parecia distante, mas o cachorro começou a balançar o rabo. Ele ainda estava perto da cerca, perto de Sophie, e a cauda batia na corrente a cada movimento, e toda a cerca respondia como um sino desafinado. Sophie começou a pular. Achei aquilo interessante. Quero dizer, era evidente que ela estava imitando o cachorro, e fiquei esperando que ela balançasse o traseiro ou algo assim. Em vez disso, ela pulava, muito animada, o que me fez pensar que era o humor do cachorro que ela estava imitando. Parecia um pouco com saber o que outra pessoa estava sentindo, mas acho que na verdade é o que os médicos chamam de *empatia*. É algo que todos nós pensamos que Sophie não poderia ter.

Mais ou menos um minuto depois, a porta lateral da casa vizinha se abriu, e um homem surgiu na soleira. Ele ficou chocado ao me ver, o que foi estranho para mim, de certa forma, porque eu estava no quintal de tia Violet, não no dele. Eu não entendia por que ele de repente olhava para mim como se tivesse me encontrado em sua sala de estar. Nossos olhares se cruzaram por um minuto, e eu virei para o outro lado.

Era um homem velho. Não velho do tipo todo curvado. Era alto e magro e parecia estar em boa forma, mas tinha o cabelo quase todo grisalho e havia uma sombra da barba por fazer, o suficiente para eu ver que seria branca se ele a deixasse crescer. O terno cinza era elegante, e ele usava uma camisa social azul-claro e uma gravata listrada azul-escuro, que tinha afrouxado. O botão do colarinho estava aberto, e o nó da gravata tinha sido puxado para baixo, com a intenção de ter mais espaço para respirar, acho.

Ele ficou olhando para mim por mais um tempo, depois olhou para o cachorro. Tinha aquela expressão intrigada, e percebi, só pela cara dele, que não era comum o cachorro estar perto da cerca. O animal agora batia com a cauda na corrente como louco, mas notei que não era o suficiente.

"Rigby", chamou o homem.

Não gritou nem falou muito alto, na verdade. Usou um tom casual.

Isso quebrou o encanto, e o cachorro correu para o homem e se sentou na frente dele, ainda abanando o rabo. Como ele era muito grande, o focinho quase alcançava o rosto do homem.

E é claro, a essa altura, a sirene de Sophie tinha disparado. O homem olhou em volta, mas não para nós. Acho que nem tinha notado Sophie. Se tinha, não demonstrava. Talvez não imaginasse que um som como aquele pudesse sair de uma pessoa tão pequena. Muita gente não pensa nisso. Ele olhou em volta mais uma vez, como se esperasse ver uma ambulância ou uma viatura dos bombeiros virando a esquina. Até olhou para cima, como se pudesse ser alguma coisa no alto, mas nem imagino o quê. Depois olhou para baixo, e então viu Sophie.

Espera.

Vi seu rosto se contorcer ligeiramente, como se ele suportasse melhor o barulho se fosse produzido por uma coisa, não por uma pessoa. As pessoas são assim. Acham que uma máquina ou uma sirene não tem controle sobre o barulho que faz. Quando percebem que é Sophie, querem que o barulho pare.

O momento se prolongou o suficiente para fazer meu rosto esfriar. Depois, o homem virou e entrou em casa, e Rigby o seguiu balançando o rabo. A porta bateu.

Levantei e entrei, deixando Sophie sozinha por um instante para ir preparar tia Vi para o que teríamos que aguentar. Não havia problema nenhum em deixar Sophie sozinha, porque ela não faria nada além do que já estava fazendo. Por mais ou menos... uma eternidade.

Tia Vi estava na cama, com um travesseiro de penas cobrindo sua cabeça.

Toquei seu ombro, e ela deu um pulo. Depois sentou na cama e olhou para mim com aquela cara de sofrimento, e me senti mal por ela. Se houvesse outro lugar no mundo para onde pudéssemos ir, eu teria levado Sophie e deixado minha tia em paz.

Peguei os tampões de ouvido do bolso da camisa e ofereci a ela.

"Funciona", disse. "É sério. Não é como se o barulho sumisse, mas eles abafam tanto o ruído que quase nem faz diferença. Tem que amassá-los com os dedos até ficarem macios, depois alongar até parecer uma bala de revólver, e aí enfiar nas orelhas até tampar a entrada. Vai se surpreender."

Ela os pegou da minha mão e sorriu sem ânimo.

"Obrigada, querida."

Levantei e saí, porque sabia que ela ficaria mais feliz sozinha com sua infelicidade. Eu também era assim, por isso entendia.

Voltei ao quintal, sentei ao lado de Sophie e comecei a amaciar meus tampões de ouvido. Já havia colocado um deles quando a porta da casa do vizinho se abriu de novo, e ele olhou para fora, para mim e, depois, para Sophie.

Quando eu já me perguntava quanto tempo ele ficaria ali parado, olhando para nós, ele começou a andar em direção à cerca. Rigby o seguia. A sirene de Sophie perdeu intensidade quando eles chegaram perto da corrente.

Ele agora estava com um suéter preto, mas ainda usava a calça do terno. Os sapatos pretos eram de couro brilhante.

Ele ficou olhando para Sophie, que agora estava quieta. Rigby estava sentado perto da cerca com o pescoço esticado, a cabeça a centímetros da corrente, e Sophie segurava os elos, aproximando seu rosto do focinho do cachorro o máximo que podia.

O homem olhou para mim de novo, e eu disfarcei. Tinha alguma coisa em seu jeito de olhar. Eu não gostava e não conseguia sustentar o contato visual por muito tempo. Havia uma dureza nele, como se esperasse alguma coisa e estivesse tentando arrancar isso de mim.

"Ela parou", disse ele.

Sua voz era como eu esperava. Penetrante. Um pouco dura. Quase crítica.

"Sim, senhor. Parou."

"Por que ela parou?"

"É só até vocês entrarem."

Levantei e fui até a cerca, embora não quisesse me aproximar dele. Mas não queria que tia Vi achasse que já estávamos criando problemas com os vizinhos.

Tirei mais dois tampões de ouvidos do bolso e os ofereci através da cerca.

"Ajudam muito", afirmei.

Ele olhou para os tampões por um bom tempo, como se fossem algum tipo de equação matemática além de sua capacidade.

"São tampões de ouvido", expliquei, tentando levar a situação toda para um novo momento.

"Eu sei."

"Quer saber por que ela faz isso."

"Está esquentando."

"Ela gosta do seu cachorro." A informação pairou no ar por um momento, como se ninguém soubesse o que fazer com ela. Acho que, para quem não conhecia Sophie, isso significava muita coisa. "Ela passou o dia todo sentada com seu cachorro e ficou nervosa porque ele entrou."

"Ela", respondeu o homem, corrigindo.

"Ah, é menina?"

"Sim. É fêmea."

"Minha irmã ficou perturbada porque ela, sua cachorra, entrou na casa com você."

"E ela faz esse barulho sempre que fica perturbada?"

"Sim, mais ou menos isso."

E ele fez aquela cara que as pessoas sempre fazem. Como se Sophie tivesse que ser mais sensata. Como se tivesse que se comportar melhor. E isso me deixa muito brava, porque as pessoas não sabem de nada. Não deviam julgá-la, se não sabem.

"Imagino que não possa deixar a cachorra do lado de fora por um tempo."

Ele olhou para mim de novo, e o olhar queimava. Era o mesmo olhar, mas para mim, dessa vez. Como se *eu* tivesse que ser mais sensata. Como se *eu* tivesse que me comportar melhor.

"Eu trabalho muito", respondeu. "Todos os dias. E odeio meu trabalho. No fim do dia, tudo que quero é vir para casa, encontrar minha cachorra e assistir ao jornal da noite em paz, comer alguma coisa. É pedir muito?"

"Não, senhor. Acho que não."

Mas era mais do que ele teria.

"Mas ela vai começar de novo assim que eu entrar."

"Sim, senhor. Acredito que sim."

"E você não consegue impedir."

"Não, senhor. Ninguém consegue, nada faz com que ela pare."

"E quando ela para por conta própria?"

"Quase sempre ela fica gritando por umas duas horas, até perder a voz. Depois disso, por uns dias, fica apenas sussurrando. É quando temos um pouco de paz."

Ele olhou nos meus olhos por um minuto, como se estivesse desesperado para descobrir que parte do que eu disse era brincadeira. Depois olhou para Sophie com aquela cara de desprezo, como se ela fosse a pior forma de vida na Terra. Meu rosto começou a queimar, e eu senti que acabaria falando alguma coisa, mesmo que me humilhasse chorando.

Mas antes que eu abrisse a boca, ele se virou para entrar.

Sophie voltou a gritar.

"Ela não é mimada", falei em voz alta, pois assim ele conseguiria me ouvir em meio ao barulho.

Mas ele não ouviu. Pôs a mão em concha atrás de uma orelha para indicar que não estava escutando. Depois voltou para perto da cerca, e Sophie se acalmou. Eu estava com uma sensação ruim, como se alguma coisa horrível vibrasse por ali, e foi muito bom quando parou.

"O que você disse?", perguntou ele.

Ficou mais difícil expressar meus pensamentos. Mas eu falei mesmo assim.

"Ela não é mimada."

"Engraçado, ela se comporta como se fosse."

Algumas lágrimas brotaram, mas eu não me incomodei. Bem. Não podia me incomodar porque não seria capaz de parar.

Com ou sem lágrimas, olhei diretamente para ele.

"Estou cansada de ver as pessoas agindo como se não criássemos minha irmã direito ou algo assim. Minha mãe me educou, e deu certo. Sophie é diferente. O cérebro dela é diferente. É uma espécie de autismo. Quero dizer, é semelhante ao autismo na maioria dos aspectos, mas em outros não é. É o que chamam de espectro autista. Os médicos ainda não a entendem muito bem, mas ela não consegue se controlar, e nós não conseguimos evitar. E você não conhece a gente, então não devia julgar uma coisa sobre a qual não sabe nada."

A essa altura, as lágrimas corriam soltas, e eu não conseguia escondê-las. Senti uma delas correndo pelo rosto, o que era bastante humilhante, mas o que eu podia fazer? Limpei a lágrima com o dorso da mão em um movimento rápido e firme.

Ele ficou me olhando por muito tempo. Bem, por alguns segundos. Mas eu senti como se fosse muito tempo.

"Você tem razão", respondeu. "Por favor, aceite minhas desculpas."

Depois ele se virou para entrar na casa. A cachorra ficou parada por um segundo, ali perto da cerca. Perto de Sophie. Mas o homem olhou para trás, ela olhou para ele e o seguiu. Acho que era seu dever. Fiquei impressionada por ela não ter ido antes.

A sirene disparou de novo.

O homem parou na varanda e olhou para trás, na minha direção, com uma expressão infeliz. Vi tudo desaparecer — a esperança dele de ter um jantar tranquilo na frente da televisão. Era só olhar seu rosto para ver que ele sabia. Não ia acontecer. Até esse sonho tão simples estava se desfazendo.

Ofereci os tampões de novo.

Primeiramente, ele não fez nada, como se a decisão fosse patética demais. Mas depois ele voltou para perto da cerca a fim de pegá-los. E... achei isso estranho... a cachorra ficou sentada na escada ao lado da porta, esperando, como se fosse esperta o bastante para saber que se aproximar da cerca por alguns segundos só iria piorar tudo.

Passei os dois tampões entre as correntes da cerca e os coloquei na mão aberta que esperava do outro lado. Ele tinha mãos grandes, porém macias, como se nunca tivesse cavado um buraco ou construído uma cerca na vida. Talvez fosse isso mesmo. Bastava lembrar do terno elegante.

"Obrigado", disse ele, quase gritando para ser ouvido.

Depois balançou a cabeça e entrou.

• • •

Eu não estava de relógio, mas acho que foram uns 45 minutos até a chegada da polícia. Não ouvi quando eles se aproximaram e pararam, nem quando bateram na porta e tocaram a campainha, ou sei lá o que fizeram. É claro, estava com os tampões de ouvido, nos fundos da casa com Sophie, que ainda se lamentava, e a única coisa que eu ouvia era isso. Estava distraída, com a cabeça a quilômetros dali, mas não lembro onde. Então vi um movimento pelo canto do olho. Era tia Vi indo para o quintal acompanhada de dois policiais. Na verdade, um policial e uma policial.

Sentei com as costas bem eretas, senti um frio na barriga e tirei os tampões o mais rápido que consegui.

"Alguém reclamou do barulho", falou tia Violet, gritando em meio à sirene de Sophie. Nunca tinha visto tia Vi ou qualquer outra pessoa, na verdade, tão derrotada e humilhada. E já vi muita coisa.

"Desculpa", gritei. Eu sabia que não era o suficiente, mas não tinha muito mais a oferecer.

Os dois policiais olharam para Sophie, depois se entreolharam.

"O vizinho que telefonou contou que parecia ser um animal sofrendo", berrou o homem.

E eu fiquei furiosa, porque o homem da casa ao lado sabia muito bem que não era um animal, e sabia muito bem que não era um caso de abuso. O que ele fez foi muito baixo.

"Podem ver que não estamos fazendo nenhum mal a ela", gritou tia Vi.

A policial respondeu no mesmo tom:
"O que ela tem mesmo?"
"TEA", respondi. E tive que repetir mais alto.
"E isso significa...?"
"Transtorno do Espectro Autista."
"Então ela é autista?"
"Sim, senhora. Mais ou menos. Existem muitas manifestações diferentes, ela tem uma delas. Está aborrecida porque gosta da cachorra do vizinho, e ele a levou para dentro. Juro que estava fazendo o possível para que ela ficasse satisfeita."

Os policiais se entreolharam de novo. Com certeza estavam conversando com os olhos. Eu estava bem ali assistindo a tudo, mas não conseguia entender nada. De qualquer maneira, não gostava nada da sensação.

"Não tem nada que possam fazer para ela parar?", perguntou a mulher.

"Não, senhora. Juro que faria, se tivesse. Desculpa. Ela tem que esgotar a voz."

Mais um olhar daqueles.

"Pode levá-la para dentro, pelo menos? Os vizinhos não estão aguentando."

Olhei para tia Vi. Eu estava ali fora com Sophie para que *ela* pudesse ter um pouco de paz. Mas ela acenou na direção da casa e essa foi a única conversa silenciosa que entendi. *Leve-a para dentro, pelo amor de Deus,* ela dizia.

Fiquei em pé. Tranquei os pensamentos na cabeça. E me preparei.

"Podem... me ajudar? Segurando os pés dela? Senão, ela vai me chutar... e ela é muito forte. Não que tenha a intenção de me machucar. É apenas o jeito dela."

O policial abriu a boca para dizer que não. Ele estava no meio da resposta.

"Não podemos..."

"Eu ajudo", a colega interrompeu ele.

Paramos ao lado de Sophie. Respirei fundo e a envolvi em um abraço apertado, segurando seus braços junto do corpo. Mantinha minhas mãos na linha da cintura, assim ela não conseguiria me morder. A policial segurou os tornozelos, mas Sophie se soltou e acertou um chute na minha coxa direita. A mulher a segurou de novo, dessa vez com mais força. Agora ela sabia o que estava enfrentando.

Mas eu cometi um erro básico. E eu, mais do que ninguém, devia ter pensado nisso. Segurava Sophie muito alta, a cabeça dela estava quase na altura da minha, e se ela jogasse a cabeça para trás...

Justamente quando pensei nisso, ela se jogou para trás tentando endireitar o corpo e me acertou com a cabeça, prensando o lábio inferior contra os dentes. Foi o suficiente para me deixar meio tonta.

A policial olhou para mim.

"Você está bem?"

Limitei minha resposta a um aceno de cabeça desesperado em direção à casa, porque tudo que eu queria era entrar e acabar com aquilo. Seguimos depressa pelo gramado e subimos os três degraus para entrar na cozinha. Tia Vi bateu a porta quando todos nós entramos, e eu deixei Sophie no chão com toda a gentileza que pude.

Um dos policiais me deu uma toalha de papel, mas nem consegui ver qual deles foi. O papel surgiu na minha frente segurado por alguém de manga azul. De início, não entendi por que estavam me dando uma toalha de papel. Depois percebi que meu lábio estava sangrando. Foi então que Sophie começou a se jogar contra a porta. Com força.

E isso era ruim; o comportamento de autoagressão. Em geral, não tínhamos que nos preocupar muito com Sophie se machucando, mas sempre soubemos que as coisas poderiam piorar se algum dia ela cruzasse essa fronteira, algo que estava sempre por aí, à espreita. E eu não queria que começasse agora.

Eu a segurei e deitei no chão, quase em cima dela, usando braços e pernas para envolvê-la e contê-la. Ela gritava muito no meu ouvido e, embora eu estivesse sem os tampões, essa parecia ser a menor das minhas preocupações.

A voz dela ainda era bem forte.

Não sei bem o que aconteceu ao meu redor depois disso. Ouvi tia Vi conversando com os policiais perto da porta, mas não sei o que disseram. Quando pensei que eles tinham ido embora, senti a mão no meu ombro. Achei que fosse tia Vi, mas quando olhei para trás, vi a policial. Usando um pano úmido, ela segurou meu queixo e limpou o sangue na minha boca, no pescoço e na blusa também, da melhor maneira possível, depois fechou o corte com os dedos e fez um curativo, conhecido como ponto falso.

Antes de ir embora, ela afagou meu ombro de leve. Eu podia interpretar o gesto como um reconhecimento do meu bom trabalho ou votos de boa sorte, ou as duas coisas, porque eu ia precisar.

Depois não ouvi mais conversas e tive a impressão de que não havia mais ninguém ali.

Sophie ainda gritou por meia hora antes de dormir.

• • •

Depois de colocar minha irmã na cama, eu me tranquei no banheiro. Tomei um banho demorado, até quase acabar com a água quente, como se ela pudesse lavar tudo que havia acontecido. Mas o banho fez eu me sentir melhor. Um pouco.

Enrolada na toalha, limpei o espelho embaçado.

Meu lábio estava inchado embaixo do curativo e ainda sangrava um pouco. Empurrei o dente com a língua, depois com os dedos, e fiquei apavorada ao constatar que estava muito mole. Eu não sabia se ele ficaria firme de novo ou se iria cair. Seria um grande desastre. Não tínhamos dinheiro para dentista.

Ouvi batidas leves na porta do banheiro.

"Já vou sair, tia Vi."

"Sou eu." Era minha mãe.

"Ah. Oi."

"Teve um bom dia?"

"Bem parecido com a maioria", respondi.

Tínhamos uma espécie de acordo: não contávamos à outra mais que o necessário sobre os dias ruins. Nunca fizemos essa combinação em voz alta, mas era um trato mesmo assim.

"Tenho ótimas notícias."

"Que bom. Estou precisando."

"Arrumei um emprego. Vou trabalhar em um restaurante italiano na Sixth. Hora do jantar. O lugar é bem caro. E você sabe o que isso significa."

Boas gorjetas. Era isso que significava. Quanto maior a conta, maior a gorjeta.

"Isso é ótimo", falei. "Talvez possamos ter uma casa só para nós."

"Vamos com calma, amorzinho. Enfim, começo na semana que vem."

"Que bom, mãe."

"Você parece..."

"Estou bem. Já vou sair."

Uma pausa. Acho que ela deve ter se afastado, porque não ouvi mais nada depois disso.

• • •

Depois que me vesti e sequei o cabelo usando o secador da tia Vi, fui ver onde estava todo mundo. Ouvi minha mãe e tia Vi conversando em voz baixa.

Quando entrei na cozinha, elas pararam de falar e olharam para mim. Como se eu as tivesse flagrado fazendo alguma coisa errada.

"Por que não me contou sobre a visita da polícia?", perguntou minha mãe. Como se tivesse sido ideia minha chamá-los.

Ela não fez nenhum comentário sobre minha boca machucada, mas podia ser só a luz. A iluminação na sala de estar era forte, e como eu estava contra a luz era provável que ela ainda não tivesse visto o ferimento.

"Você não perguntou", respondi.

Acho que não foi uma boa resposta. Eu não queria parecer malcriada. Só estava cansada. Consigo enfrentar qualquer coisa e responder a tudo, mas as duas coisas no mesmo dia podem ser demais.

Ninguém disse nada, e nada aconteceu, mas ficou claro para mim, e bem depressa, que elas não retomariam a conversa enquanto eu estivesse ouvindo. Saí da cozinha e atravessei a sala em direção à porta da frente.

Ouvi tia Violet dizer:
"Eu só não acho..."
E minha mãe a interrompeu:
"Por favor, Vi, estou implorando. Só precisamos de mais tempo. Vamos ficar na rua, literalmente, se..."
Foi quando bati a porta. Pelo lado de fora. Estava escuro e frio, e eu me sentia livre, de certa forma, por estar ali. Mais livre, pelo menos.
Olhei para a casa vizinha, respirei fundo, ergui os ombros e fui até lá. Bati na porta.
Ouvi três latidos fortes de Rigby.
A porta se abriu.
O homem estava de pijama e com um belo roupão cor de vinho, embora não fosse muito tarde. Rigby balançava a cauda de um lado para o outro como se me conhecesse desde sempre. O rabo batia na parte de trás das coxas do dono da casa, mas ele agia como se não percebesse.
Quando me encarou, semicerrou os olhos. Só um pouquinho, mesmo assim...
"Pois não?"
Quase perdi a coragem.
Tive que encher os pulmões de ar novamente. Endireitar os ombros outra vez.
Antes que eu pudesse falar, ele perguntou:
"O que aconteceu com sua..."
Não o deixei terminar.
"Aquilo foi horrível e cruel."
Ele mordeu o canto da boca por um momento. Ficou estudando meu rosto e disse:
"Eu pedi desculpas, pensei que já tivéssemos encerrado esse assunto."
"Você sabe que não é disso que estou falando."
"Eu sei menos do que você pensa."
"Mas sabe o que fez."
"Honestamente, não sei."

"Chamou a polícia. E sabia que eu estava fazendo o melhor que podia por ela. Foi horrível e cruel."

"Eu não chamei a polícia."

A informação me deixou paralisada por um instante. Não sabia o que fazer com ela. Não acreditava nele. Mas chamar um adulto de mentiroso é complicado. É uma atitude muito radical.

"Quem foi, então?"

Ele passou pela porta, Rigby saiu atrás dele. Sentou do meu lado esquerdo, e eu pus a mão nas costas dela. O contato fez eu me sentir melhor.

"Olha em volta", falou o homem, apontando para os dois lados da rua. "O que está vendo? A superfície da Lua com essas duas casas nela? Ou vizinhos até onde os olhos enxergam?"

Eu me senti uma idiota, porque devia ter pensado que qualquer pessoa poderia ter chamado a polícia. O fato de eu não conhecer outros vizinhos não significava que eles não ouviam o barulho.

"Não foi mesmo você?"

"Vou te contar uma coisa a meu respeito. Quando acho que alguma coisa é certa, eu faço. E se me perguntar se eu fiz, vou dizer a verdade, porque achei que era a coisa certa. Vou dizer que fiz e vou explicar por que fiz. Não vou fazer uma coisa e depois mentir sobre ela. Não chamei a polícia. Coloquei os tampões que você me deu, li as notícias na internet em vez de assistir ao jornal na televisão e descongelei carne assada com purê de batatas para o jantar. E foi isso."

"Ah", respondi. E quando falei isso, todo o cansaço me dominou de repente. Eu poderia ter derretido em uma pocinha na frente da porta. "Desculpa. Sério. Sinto muito, muito mesmo."

"Está desculpada."

"Este cachorro é muito legal", comentei enquanto massageava as enormes omoplatas de Rigby.

"Obrigado. Agora, se me der licença..."

"O nome dela tem a ver com a música?"

"Que música?"

"Todo mundo conhece essa canção. Sobre as pessoas que são sozinhas."

"Eu só gosto do nome Rigby. Se era só isso..."

Não era. Juro, era porque eu estava muito cansada. Eu sentia meus nervos à flor da pele. Normalmente, teria filtrado tudo isso, mas, no momento, estava sem filtro.

"O senhor não devia ter cortado as orelhas dela. Sei que vai dizer que não é da minha conta. E, provavelmente, está certo. A cachorra é sua. Mas é que... o filhote nasce, e ele é como é, e não sei como alguém pode pensar que o jeito desse filhote é errado, de alguma maneira. E gosto mais deles com as orelhas grandes e caídas."

Olhei para ele com coragem. Não vi muita diferença. Ainda não conseguia ler nada naqueles olhos.

"Terminou?"

"É que eu acho que temos o dever de cuidar deles, sabe? E quando você cuida de alguém, tem que amar essa criatura como ela é. Não tem que tentar mudá-la."

Pausa.

"Mais alguma coisa?", perguntou ele.

"Não. Sim. Só mais uma. É doloroso para eles. Os filhotes confiam nas pessoas, e acho que não devemos fazer nada que cause dor a eles, a menos que seja absolutamente necessário."

Mais uma pausa.

"Pronto?"

"Sim. Pronto."

"Não cortei as orelhas dela."

Olhei para a cachorra... e quase tive que olhar *para cima* para conseguir enxergar sua cabeça. As orelhas estavam na minha linha de visão. Olhei para elas como se, de repente, as visse inteiras de novo. Depois olhei para o vizinho. Fiquei pensando se ele entenderia alguma coisa do que disse, se eu esperasse um pouco.

"Adotei a cachorra de um grupo de resgate de cães de raça. Ela estava com 8 meses de idade. Já haviam cortado as orelhas. Eu teria preferido um cachorro com as orelhas inteiras, mas gostei do temperamento dela."

"Ah." Agora me sentia mais idiota e ainda mais cansada. "Então acho que é minha vez de pedir desculpa."

"Acho que sim."

"Desculpa."

"Viu? Pode acontecer com qualquer um."

"O quê?"

Eu não estava entendendo. Pensei que ele ainda estivesse falando sobre as orelhas cortadas. Cortar a orelha de um cachorro, mesmo que não faça sentido, é algo muito comum.

"Você não nos conhece. Não devia ter julgado a gente com base em uma coisa sobre a qual não sabe nada."

"Ah. É verdade. Eu disse isso. E depois vim aqui e fiz a mesma coisa, não fiz?"

"Fez. Na próxima vez que alguém presumir algo ruim sobre sua família, em vez de levar o comentário para o lado pessoal, lembre-se de que qualquer pessoa pode tirar uma conclusão precipitada e errada. Até você."

Eu sabia que havia alguma lição importante para aprender, mas estava cansada demais para pensar. Entendia o que ele queria dizer, mas meu cérebro estava desligando.

Cocei a cabeça. Não sei por quê. Apenas senti coceira.

"Acho que vou ter que pensar nisso", falei.

"Boa noite."

"Desculpe se o incomodei."

"Boa noite", repetiu ele.

Ele entrou em casa seguido por Rigby e trancou a porta. E me deixou ali plantada, me sentindo a maior e mais imprestável idiota do mundo.

## 2

### Tibete

No dia seguinte, sábado, eu dormi até tarde, o que foi bem estranho.

Quando cheguei na cozinha, minha mãe e tia Vi estavam comendo ovos mexidos e torradas de pão de centeio no mais absoluto silêncio. Minha mãe se levantou e me encontrou na metade do caminho, segurou meu queixo e virou meu rosto para a luz.

"Vi me contou sobre seu machucado. Coitadinha. Não vai precisar de pontos, vai?"

"Não. Vai cicatrizar."

"Porque você sabe, se precisar de um ou dois pontos, nós damos um jeito."

"Eu sei." Respondi. Eu sabia. Também sabia que ela ficaria bem aliviada se não precisasse.

"Lamento que tenha tido um dia tão difícil ontem, meu bem. E eu não estava aqui."

Ela me abraçou, e eu fiquei um pouco tensa. Tentei não enrijecer os músculos, mas não adiantou muito. Não que eu não quisesse ser amada por ela. Eu queria. Mas não gostava de ninguém sentindo pena de mim. Se tinha que me machucar ou enfrentar dificuldades, preferia que fosse sozinha, sem ninguém olhando.

"Eu estou bem", falei, e ela entendeu o que eu quis dizer e me soltou. "Cadê a Sophie?"

Minha mãe apontou para o quintal.

Fui até a janela e olhei para fora. Sophie estava na habitual posição de esfinge ao lado da cerca. Esperando. Não vi Rigby em lugar nenhum.

"É sábado", falei, sem me dirigir a ninguém em especial.

"E daí, meu amor?", perguntou minha mãe.

Virei, surpresa por ouvir a voz dela tão perto, atrás de mim. Minha mãe estava na frente do fogão, tentando acender a boca onde estava a frigideira de ferro. Finalmente conseguiu.

Na frigideira havia mais uma porção de ovos.

"Talvez esteja um pouco seco, meu bem. Desculpa. Não pensei que fosse dormir tanto. Devia estar exausta. E daí que é sábado?"

"O dono da cachorra não deve trabalhar aos sábados. Talvez ele não solte a cachorra no quintal."

Eu olhei de novo para Sophie, através da janela, embora ela não tivesse movido um único músculo. Uma parte minha dizia que não era certo deixá-la por tanto tempo lá fora, sozinha. A outra parte sabia que ela não estava se mexendo e não ia se mexer. Essa é uma coisa com a qual se pode contar: quando ela se interessa por alguma coisa, acaba dando uma folga.

"Ele vai ter que sair, pelo menos para fazer xixi", comentou minha mãe, um pouco nervosa.

"Ela", corrigi. "É fêmea. E depois que fizer xixi, ela volta para dentro."

Eu não percebi a voz da tia Vi, mas escutei minha mãe dizer:

"Violet, agora estou aqui para cuidar disso. Prometo. Só respira, por favor."

Olhei para tia Vi, atrás de mim.
"O que você sabe sobre o vizinho?"
Ela pareceu pensar um pouco.
"Pouca coisa, meu bem. Por quê?"
Fiquei me perguntando por que ela teve que pensar antes de responder. Era uma pergunta simples. Ou sabia ou não sabia.
"Ele parece meio rabugento", comentei.
"Você falou com ele?"
"Falei. Por quê?"
"Eu nunca falei com ele. Só sei que se chama Paul Inverness. E sei que é gerente de empréstimos em um banco. Não sei qual. Não sei mais nada. Só o nome e a ocupação. Na verdade, moro aqui há quinze anos e não troquei mais que dez frases com aquele homem."
"Por que não?"
"Não sei. Nunca tive a sensação de que ele queria conversar. É um homem reservado. Fique longe dele. Não gosto nada de um homem que vive sozinho, conversa com uma garotinha, mas não fala com os vizinhos."
"Não foi bem assim", protestei.
"Você não sabe."
"Sei."
"O mundo é um lugar muito duro."
"Ah, *isso* é uma coisa que eu *realmente* sei."
Abri a porta para o quintal.
"Aonde vai, meu bem?", perguntou minha mãe.
"Não acho certo deixar a Sophie sozinha por tanto tempo."
"Estou de olho nela. Não se preocupe."
Saí mesmo assim.
"E o seu café?"
"Você pode trazer aqui fora?"
Não esperei a resposta. Estava me oferecendo para cuidar de Sophie, levar um prato de ovos mexidos não era nada demais.

Fui até a cerca e parei a seu lado. Ela deve ter visto minha sombra. Mas não parecia registrar minha presença.

"Eue", disse Sophie. "Eue, eue, eue."

Talvez ela soubesse que eu estava ali. Ou então estava repetindo a mesma coisa o tempo todo. Sua voz era rouca, mas não tinha desaparecido.

"O que é *eue*, Sophie?" Eu sabia que tinha a ver com a cachorra, por isso continuei: "Rigby. O nome dela é Rigby".

"Eue", insistiu Sophie.

Seu cabelo estava brilhante, limpo e escovado. Minha mãe tinha feito um bom trabalho.

"Rigby."

"Eue."

"Rigby."

"Eue, eue, eue."

Suspirei, fui até onde estava a espreguiçadeira e sentei.

Poucos minutos depois, um prato de ovos mexidos apareceu na minha frente. Estava tão distraída que não vi nem ouvi ninguém se aproximando. Minha mãe tinha servido no prato duas torradas de pão de centeio com manteiga, e também trouxe um copinho de suco de laranja.

"Obrigada", falei.

"Experimenta. Se não estiver bom, eu faço um novo."

"Está ótimo."

"Experimenta."

Dei uma garfada, tomando cuidado para não esbarrar no meu dente mole. Estava seco.

"Está bom", respondi.

Era bobagem desperdiçar ovos. Não estavam secos o bastante para serem jogados no lixo.

"Tem certeza que não se importa de ficar aqui fora com ela? Ontem seu dia foi difícil. Hoje deveria ser minha vez."

"Só quero ver o que vai acontecer com a cachorra. Depois eu tiro folga."

Ela suspirou e beijou o topo da minha cabeça.

"Devia deixar o seu cabelo crescer."

"Eu gosto dele assim. Já disse."

"Ficaria muito bonito comprido. Mais feminino. Ah... deixa para lá. Desculpa. Esquece o que eu disse. Prometi que não ia insistir, certo?"

Logo depois ouvi a porta fechar.

"Prometeu", falei, baixinho. "Duas vezes."

Eu tinha acabado de comer os ovos e estava na metade da segunda torrada quando a porta lateral da casa vizinha se abriu, e Rigby saiu correndo. Olhei para o rosto de Paul Inverness. Ele ficou parado na porta. Como se Sophie e eu pudéssemos ser só um pesadelo. Parecia cansado de me ver ali. De ver nós duas ali.

"Eue!" gritou Sophie. "Eue, eue!"

Rigby deu três voltas em torno dela mesma e se abaixou na grama, depois correu para perto de Sophie na cerca. Levantei e me aproximei, e Paul fez a mesma coisa. Ele estava bem-vestido demais para um dia de folga. Não estava de terno, mas usava uma calça caramelo com vinco e sapatos de couro marrom, e uma camisa branca que chegava a ofuscar. Ele havia se barbeado e tinha cheiro de loção pós-barba. Parecia até que estava indo a um encontro, e não apenas deixando a cachorra sair para fazer xixi.

"Pensei que ela havia perdido a voz e todos teríamos sossego."

"É. Lamento. Ela não gritou até perder a voz. Gritou até dormir." E ficamos ali parados, constrangidos. Bem, presumo que ele também estava. Parecia incomodado. "Sinto muito pelo que eu disse ontem à noite. A respeito das orelhas da cachorra. Estava cansada e estressada, e normalmente eu até penso esse tipo de coisa, mas não falo. Não sei por que eu disse aquilo. Não sei nem por que você tolerou esse tipo de coisa. E foi muito educado. Fiquei surpresa por não ter me chutado escada abaixo e batido a porta."

Então parei, enfim disposta a ouvir o que ele responderia.

"Deixei você falar porque gostei do que estava dizendo."
Fiz uma careta. Minha boca machucada doeu.
"Como assim?"
"Gostei porque você estava defendendo minha cachorra. Gostei disso. Você estava brigando por ela, e aceitei ouvir aquele sermão sobre sua irmã pelo mesmo motivo. Essa é uma boa característica; defender alguém que não é capaz de se defender."

"Ah." Era uma resposta idiota, mas eu estava constrangida e não sabia o que dizer. E como tinha que falar alguma coisa, disse: "É sábado".

"É. Graças a Deus."

"Você não trabalha aos sábados."

"Não. Graças a Deus."

"Se odeia tanto assim seu trabalho, por que continua nele?"

"Porque faltam sete semanas para eu me aposentar, e sou capaz de suportar qualquer coisa por esse período. Até meu emprego."

"Então... vai... ficar em casa o dia inteiro hoje?" Era óbvio que eu estava tentando determinar que tipo de dia teria com Sophie. Esperava que, para ele, isso fosse menos evidente.

"Não. Vou visitar meu irmão e a esposa dele no outro lado da cidade."

Achei estranho ele me contar. Era informação demais. Ele não parecia ser o tipo de homem que anunciava aonde ia. Parecia ser do tipo que dizia apenas "tchau". E se você perguntasse, talvez ele dissesse que a vida era dele, não sua.

Tive a impressão de que ele estava mesmo muito feliz porque ia visitar o irmão e, por isso, queria que alguém soubesse.

"Vai levar Rigby?" Mais cedo ou mais tarde, eu teria que chegar nesse assunto, e nós dois sabíamos disso.

"Não. Você está com sorte. Rigby vai ficar aqui."

Respirei fundo, como se não respirasse há muito tempo. Acho que ele percebeu.

"Agora é minha vez de meter o nariz onde não fui chamado. Por que não arrumam um cachorro para ela?"

"Sophie odeia cachorros."

Nós dois olhamos para ela. Sophie estava com o rosto colado na cerca, tentando se aproximar mais de Rigby. Eu sabia que minha resposta parecia estranha.

"Eue", disse Sophie.

"Ela", respondeu Paul para Sophie. "Rigby é ela."

A maioria das pessoas não falava diretamente com Sophie, o que tornava a situação interessante.

"Eue", repetiu ela.

Honestamente, foi a primeira vez que eu entendi. Sophie estava falando *ele*. Sério, agora que eu sabia, podia ser *ele* ou *eue* do mesmo jeito. Sua pronúncia não era perfeita, mas a palavra era parecida o suficiente com *ele* para eu me perguntar por que não percebi isso sozinha. Por que um desconhecido teve que perceber por mim. Por outro lado, considerando o número de palavras que Sophie tinha falado durante a vida, Paul Inverness havia escutado tantas quanto eu.

Decidi que não queria pensar nisso.

"Sei que não faz sentido eu falar que ela não gosta de cachorros. Mas é verdade. Ela só gosta da *sua* cachorra. Não de cachorros em geral."

Outro silêncio prolongado, depois ele balançou a cabeça. Dava para ver que não queria mais conversar. Queria encerrar o assunto.

E se virou para ir embora.

"Divirta-se na casa do seu irmão", eu disse.

Ele parou. Olhou para trás. Olhou para mim de um jeito muito estranho. Era meio... desconfiado. Como se eu tivesse segundas intenções por trás do comentário.

"Por que você diria uma coisa dessas?"

"Eu... ah. Hum... não sei. Todo mundo fala isso, não? Você parecia feliz por ir ver seu irmão. Só isso."

"Não estou feliz por ir visitar meu irmão."
"Sério? Mas parecia."
"Não sei por quê. Eu nem gosto dele."

Queria perguntar: "Então por qual razão vai vê-lo?". Mas não... Sério, não perguntei. Eu queria pensar sobre isso. A conversa tinha seguido um rumo estranho, e eu não diria mais nada corajoso em voz alta.

Ele olhou para mim a caminho do portão. Daquele jeito. Como se a repentina estranheza fosse minha culpa, não dele.

Disse a mim mesma que não teria mais nenhuma conversa com Paul Inverness. Nada além do que fosse absolutamente necessário.

Entrei para dar a boa notícia à minha mãe. Avisar que, por um tempo, tudo ficaria tranquilo. Por algumas horas, pelo menos.

Algumas horas de paz significam muito.

Dependendo de quantas horas dela você está acostumado a ter.

• • •

Fui a pé até a biblioteca, embora ela ficasse a mais de três quilômetros de distância. Não que eu não tivesse dinheiro para o ônibus. É que eu nunca tinha muito dinheiro e, se fosse a pé, poderia continuar tendo essa quantia.

Era uma biblioteca menor do que aquelas que eu estava habituada a frequentar, porque agora morávamos em um bairro mais afastado. Quando entrei, olhei diretamente para a sala dos computadores. Eram oito máquinas, menos da metade do que eu costumava ver. Mas só havia duas pessoas na sala, e eu estava familiarizada com vinte computadores e uma fila de espera.

Fui até o balcão do caixa. A funcionária devia ter vinte e poucos anos, com cabelos loiros e uma mecha azul.

Mostrei a ela meu cartão da biblioteca.

"Eu e minha família acabamos de nos mudar. Posso usar o mesmo cartão aqui?"

Ela piscou algumas vezes, como se perguntas fáceis fossem mais complicadas de responder que as difíceis. Depois disse: "O sistema das bibliotecas é o mesmo em todo o país."

"Ah. Que bom. Obrigada."

Não que eu quisesse alugar livros. Adoro livros. Mas nunca aluguei nenhum. Eu lia durante horas, olhava as ilustrações, mas não os levava para casa porque não queria que fossem destruídos. Mas sabia que precisava do cartão da biblioteca para usar o computador.

· Comecei pelo computador de referências para os livros da biblioteca. Fiquei ali sentada com as mãos nos joelhos por alguns minutos, tentando pensar. Não fazia diferença, porque havia três terminais e não tinha ninguém esperando.

Depois de um tempo, senti que havia alguém atrás de mim, então levantei a cabeça e olhei em volta. Havia uma mulher ao meu lado, de uns 40 anos, talvez, com um longo cabelo liso e olhos gentis.

"Precisa de ajuda para encontrar alguma coisa?"

"Ah. Não, obrigada. Sei usar o sistema, só estou tentando decidir o que fazer hoje."

Estudei o rosto dela por um minuto. Ela olhava para mim como se a situação fosse engraçada.

"Que foi?", perguntei.

"Nada. Só gostei de como você falou. O que normalmente gosta de fazer?"

"Gosto de viajar. E gosto de livros de viagem. E gosto de olhar fotografias e vídeos de viagem na internet. Mas meus favoritos são aqueles livros grandes que ficam em cima das mesinhas de canto, que contam tudo sobre os lugares, mas que também têm muitas fotos coloridas, porque assim aprendo sobre o lugar, mas também posso vê-lo. Normalmente, as bibliotecas não têm esses livros porque são muito caros. Viajo a todo tipo de lugar, mas meu favorito é o Tibete. Se não consigo escolher, vou ao Tibete. Gosto de montanhas, então também gosto da Índia, do Nepal e do Butão, porque eles têm o Himalaia. Mas também gosto dos Andes, na América do Sul, e dos Alpes. E gosto da Austrália por causa da Grande Barreira de Coral. Embora não seja uma montanha."

"Hum", respondeu ela. "Pelo jeito, você sabe exatamente o que quer."

"Sim, senhora."

Eu sabia o que queria. O problema era como conseguir.

Ela se afastou, e decidi que a mulher não poderia estar menos interessada, e que eu havia dito muito mais do que ela precisava saber. Eu nunca tinha muito a dizer, a menos que estivesse em uma biblioteca ou em uma livraria, e aí falava demais. Era como se não conseguisse equilibrar o discurso.

Estava pensando em procurar algum lugar, talvez por isso comecei a pesquisar a Noruega. Talvez alguma coisa tipo os fiordes.

Um minuto depois, a mulher voltou e disse:

"Não temos muita coisa com fotos do Himalaia, mas temos os livros da Lonely Planet sobre Tibete, Nepal e Butão."

Ela interrompeu meu raciocínio. Eu me sentia desorientada.

"Obrigada", respondi, "mas já li o do Tibete três vezes. Duas o do Nepal. Uma o do Butão."

"Leu? Ou olhou? Porque esses livros..."

Ela afastou as mãos, para mostrar, com exagero, a espessura dos volumes.

"Sim, senhora. Eu sei que são grandes, porque li tudo e sei quanta leitura tem aí."

"Bem, podemos pedir alguma coisa das outras bibliotecas."

"Ah. Não, senhora, tudo bem. Vou só usar o computador."

Custa dinheiro mandar um livro de uma biblioteca para outra.

"Tem o banco de dados do Road Warrior que..."

"Sim, senhora. Eu sei pesquisar. Se algum dia decidir conhecer um país novo, voltarei ao banco de dados. Mas já conheço todas as informações dos três países de que falamos."

"Hum... Quer um emprego? Bibliotecária de referências."

Dei uma risada, e meu lábio doeu.

"Acho que sou nova demais para isso."

Ela tocou minha cabeça por um segundo, depois se afastou. Durante todo o tempo que a segui com os olhos, senti o toque de sua mão.

Sentei na sala dos computadores e pesquisei a Noruega por uma hora, mas nada fazia eu me sentir como eu queria me sentir.

...

A caminho de casa, passei por uma livraria. Livros novos e usados. O nome da loja era Nellie's Books, e o interior parecia ser bem legal. Não era como as livrarias novas e modernas, que têm até cafeterias. Eram só livros.

Entrei.

A mulher do balcão olhou para mim e sorriu. Por alguma razão, aquele sorriso era quase o que eu tinha procurado na Noruega, mas não fazia sentido, porque eu nunca poderia viajar pelo sorriso de alguém. Por outro lado, eu também nunca iria à Noruega. Quem eu queria iludir?

"Você se chama Nellie?", perguntei. "Ou esse é só o nome da loja?"

Fiquei ali parada pensando na estupidez daquele comentário. Por que eu queria saber? Não queria, só sentia que tinha que dizer alguma coisa, mas nem sabia por quê. Um "oi" teria sido ótimo.

"Em carne e osso", respondeu ela. "Em que posso ajudar?"

"Será que tem um daqueles livros grandes e bonitos sobre viagem, aqueles que ficam em cima das mesinhas de canto?"

"Sobre algum lugar específico?"

"Os de montanhas são sempre uma boa opção."

Ela me olhou de um jeito engraçado quando eu falei. Acho que é porque muita gente viaja para um país, não para um tipo de relevo.

"Eu tinha um muito legal na seção de usados, era sobre o Himalaia. Vou ver se ainda tenho."

Meu coração deu um pulinho. Se fosse usado, talvez eu até pudesse comprar. Mas foi só um desses pensamentos passageiros. Esses livros, mesmo usados, são muito caros. Além disso, eram bonitos demais para serem levados para minha casa.

Eu a segui pelos corredores e fiquei observando pelo canto do olho. Caso ela olhasse para mim, não teria a impressão de que eu a estava encarando. O cabelo dela era parecido com o de Sophie, porém mais para o castanho, assim como os olhos. Gostei do nariz, mas não sabia exatamente por quê. Eu não poderia apontar nada de errado no meu nariz, exceto as sardas, mas de repente queria trocá-lo pelo dela.

A mulher parou, pegou um livro de uma estante e o segurou com a capa virada para mim. Juro, minhas pernas bambearam. Senti que eu ia cair. Tinha uma imagem na capa muito parecida com a primeira foto que vi do Tibete, tanto que fiquei atordoada, como se aquilo não estivesse acontecendo. Era como se o lugar tivesse me seguido e me encontrado. Tinha o templo branco com o telhado chique, as incríveis montanhas escarpadas e cobertas de neve logo atrás, crianças sorridentes de roupas coloridas, bandeiras de oração tremulando ao vento. Bem. Era uma foto, é claro, as bandeiras não tremulavam. Mas tremulavam, e dava para ver.

As crianças do Tibete estão sempre sorrindo nas fotos. Acho que isso pode ser parte de como tudo começou.

Na capa, a palavra *Himalaia* aparecia em letras bem grandes e, em letras menores, também estava escrito Tibete, Nepal, Butão, Norte da Índia e Norte do Paquistão.

"Posso ver?" Estendi as mãos para o livro. Estavam tremendo, e acho que a mulher percebeu.

Segurei o livro com as duas mãos por um instante. Era muito grande e pesado. Virei-o, procurando a etiqueta com o preço. Cinquenta e cinco dólares, usado, mas nem dava para notar. Com exceção de uma pontinha marcada, era perfeito.

"Posso sentar e dar uma olhada?"

"É claro."

Ela me mostrou uma poltrona estofada e confortável. Ficava bem afastada do balcão, mas eu conseguia vê-la de lá, e ela também me via. Sentei, tirei os sapatos e cruzei as pernas na poltrona, ficando apenas de meias porque não queria sujar o estofado. Abri o livro sobre as pernas.

Levantei a cabeça e vi que ela estava de novo atrás do balcão, lendo.

Fui virando uma página de cada vez, olhando principalmente as montanhas nevadas. Nunca vi neve de verdade. Nenhuma vez. Mas não queria ver aquela camada compactada na rua de uma cidade. Queria ver neve daquele jeito. No topo de uma montanha, nas cornijas ou nas fendas daqueles picos inacreditáveis. Queria até ver uma avalanche. Mas de longe e em segurança, é claro.

"Você vai para lá quando crescer?" Ela nem levantou os olhos do livro para perguntar.

Olhei para ela por um minuto.

"Acho que não."

"Não era a resposta que eu estava esperando."

Ela me encarou e eu desviei o olhar.

"Tenho que ajudar minha mãe."

"Para sempre?"

"Provavelmente sim."

"Odeio ser pessimista, mas sua mãe não vai viver para sempre."

"Ah. Aí que eu vou ter que ficar *mesmo*. Porque se minha mãe não puder cuidar da Sophie, eu vou ter que cuidar dela."

Fiquei esperando que ela perguntasse quem era Sophie e por que eu tinha que cuidar dela, mas ela não perguntou.

Voltei a virar as páginas. Vi monges vestindo túnicas cor de laranja.

"Talvez você ganhe muito dinheiro e possa pagar alguém para ajudar sua mãe enquanto você viaja."

Olhei para ela de novo.

"Isso seria legal."

Esperava que ela falasse mais alguma coisa, mas foi só isso. Terminei de olhar o livro. Era exatamente aonde eu queria ir naquele dia. O lugar aonde eu queria ir todos os dias. Já estava começando a sentir que não ia querer me separar do livro. Não queria deixá-lo ali. E se alguém o comprasse? Eu sentia que ele era meu. Ou deveria ser. Era horrível pensar que ele poderia pertencer a outra pessoa.

"O que te atrai nos países do Himalaia?"

A voz dela me fez dar um pulinho.

"Ah, eu vi uma foto quando era pequena. Era muito parecida com a foto da capa deste livro e muito diferente de qualquer lugar aonde eu já tivesse ido. E tudo que era diferente, lá parecia ser melhor. Nunca estive nas montanhas e nunca vi neve. Não sei. Tudo parecia perfeito. Ou eu só gostava daquilo por ser do outro lado do mundo."

Fiquei ali sentada por um minuto, querendo apagar essa última frase. Como não podia, decidi continuar falando.

"Já viu uma raposa tibetana? Não parece com nenhum outro tipo de raposa no mundo. Juro, parece um cartum. Não é nem uma raposa de verdade. Parece uma personagem, uma raposa falante que alguém desenharia com um paletó de smoking e fumando um cachimbo. Ela tem uma cara sofisticada."

A mulher sorriu. Isso era bom.

Continuei falando.

"Sabia que metade de todos os diferentes tipos de plantas encontradas na China estão no Tibete? Quatrocentos tipos de rododendros. Não são quatrocentos tipos de flores, são quatrocentos tipos diferentes *dessa única* flor. Mais de quinhentas espécies de orquídeas selvagens. Quatrocentas plantas diferentes e mais de trinta por cento de todas as aves encontradas em todo subcontinente da Índia. E quatrocentos tipos diferentes de borboletas. Sabia disso?"

Ela estava olhando para o meu rosto, por isso desviei o olhar.

"Você está lendo isso para mim?"

"Não, senhora. Essas informações não estão neste livro. Pelo menos não que eu tenha visto. São coisas que eu sei."

"Bem, respondendo a sua pergunta, acho que as únicas pessoas que sabem disso são os funcionários das empresas de turismo do Tibete e você. E... por favor... sei que sou velha comparada a você, mas acho que *senhora* fica melhor para alguém da idade da minha mãe. Só Nellie. Por favor."

"Nellie. Desculpa. Nunca sei quem sabe essas coisas e quem não sabe."

Ela não respondeu de imediato, mas também não retomou a leitura. Estava olhando pela janela, que ficava à sua esquerda, e não consegui ver se tinha alguma coisa lá fora ou se ela estava só pensando.

Então ela disse:

"Sabe, não é mais como era antes da invasão chinesa."

"É. Eu sei."

"E turismo não ajuda. Ou melhor, ajuda, mas também prejudica. Ouvi dizer que os rios estão transbordando de lixo."

"Não importa. É só um sonho. Eu nunca vou conseguir ir lá mesmo."

Fechei o livro e comecei a me levantar.

"Desculpa", disse ela. "Não vai embora."

"Não é sua culpa que os rios estejam cheios de lixo."

"Mas eu não devia ter falado nisso enquanto você sonhava."

"Não faz mal. Eu tenho que ir para casa, só isso. Não posso viajar, não tenho dinheiro para o livro e agora preciso ir para casa."

"Pode voltar para ver o resto do livro."

"Ah... sim. Talvez. Talvez eu volte."

Levei o livro ao balcão, porque não conseguia lembrar de onde ele tinha sido tirado. E nunca se deve devolver um livro à estante a menos que se saiba exatamente onde ele deve ficar.

"Logo vou ter que fazer um inventário bem grande", falou Nellie. "Eu doaria o livro por quatro horas de trabalho duro."

Deixei o livro em cima do balcão e desviei o olhar. Olhei para a mesma janela que ela havia observado antes. Não tinha nada lá fora.

Não acreditava que ela estivesse precisando mesmo de ajuda. Tinha mais cara de caridade. O que... tipo... sei que a intenção era boa e tudo mais, mas não passava uma sensação boa.

"É uma oferta generosa, senhora. Ou melhor, Nellie. Mas não posso levar esse livro para casa. Ele seria destruído."

"Não tem um lugar seguro na sua casa onde possa guardar um livro?"

"Bem... eu tenho um baú de metal com chave. Mas teria que tirar o livro de lá em algum momento, ou de que adiantaria ter? E me sentiria muito mal se ele fosse estragado. É bom demais para isso, sabe?"

"Quer que eu o deixe atrás do balcão, e aí você pensa um pouco?"

"Hum..." Pensei mais uma vez no que sentiria, se voltasse para ver o livro e alguém o tivesse levado. Alguém com muito dinheiro, que não tivesse que pensar duas vezes antes de gastar 55 dólares, e não precisasse se preocupar com o preço do livro, porque ele não tinha um preço maior do que aquele que a pessoa podia gastar. "Seria ótimo. Obrigada."

"Qual é o seu nome?"

Olhei para ela por um minuto como se fosse idiota, pois estava tentando entender por que ela se importaria.

Antes que eu pudesse chegar a uma conclusão, ela disse:

"Se vou deixar o livro reservado, preciso de um nome para colocar na reserva."

"Ah. Certo. É Angie. Precisa do sobrenome também?"

"Não. Só o primeiro nome e um número de telefone."

"Ah. Não sei o número do meu telefone." Parei e percebi que isso também parecia idiota. "Acabamos de mudar para a casa da minha tia. Foi anteontem. Ainda não decorei o número."

"Tudo bem. É só trazer na próxima vez que você vier."

"Combinado. Obrigada."

Eu a vi escrever meu nome com uma letra grande e redonda em uma etiqueta adesiva amarela. Quando ela colou a etiqueta na capa do livro, pensei: viu? Você sabia que esse livro tinha que ser seu.

Mas ainda não acreditava que algum dia seria.

Saí da livraria e fui ofuscada pela claridade intensa na rua. Foi quando percebi que ainda não havia ocupado duas horas do meu tempo, mesmo com a caminhada. Eu não precisava ir para casa. Não tinha que ir, e não queria ir. A questão era aquela mulher. Gostei dela, mas ela me fazia sentir como se eu não tivesse pele. Como se não houvesse nada para impedir que ela me visse por dentro. Ou que entrasse.

Andei durante uma hora e passei mais uma hora sentada em um parque. Eu contaria o que estava pensando, mas não sei, honestamente. Não sei nem se estava pensando.

• • •

Quando cheguei em casa, minha mãe e minha irmã estavam no closet. Isso nunca era um bom sinal. Eu as localizei pelo barulho. Dava para ouvir Sophie, mas a voz dela era apenas uma versão rouca da voz habitual. Logo sumiria, o que significava que fazia tempo que estava gritando.

Abri a porta do closet.

Minha mãe olhou para mim. Ela parecia meio assustada. Em seguida seu rosto suavizou, como se estivesse contente por ver que era eu.

"Montou o esquema com as caixas de ovo", comentei.

Enquanto eu estava na rua, minha mãe havia esvaziado o closet no segundo quarto da casa de tia Vi, o quarto onde teríamos que caber, de alguma forma, e forrou as paredes internas com embalagens vazias de ovos. Ela tirou as embalagens do closet da nossa casa antiga e trouxe em uma caixa de papelão.

"Sim, ainda bem que o vizinho ficou fora de casa por bastante tempo, então consegui terminar."

Entrei no closet e fechei a porta, não sei bem por quê. Só havia espaço para sentar no chão com as pernas cruzadas. Meus joelhos tocavam a lateral do corpo de Sophie, mas ela não parecia se incomodar.

Minha mãe escovava o cabelo de Sophie para trás e afagava sua testa, mais do que escovava o cabelo. Sophie não gosta de contato físico, mas quando está muito cansada e esgotada, isso parece hipnotizá-la. Estava com o rosto bem vermelho. Fazia calor lá dentro, por isso não achei estranho.

A voz dela estava tão fraca que minha mãe e eu conseguíamos conversar sem nenhum esforço.

"Cadê a tia Vi?"

Ela demorou muito para responder. Sempre que minha mãe demora para dar uma resposta, ela nunca é boa.

"Em um hotel."

"Ela foi para um hotel?"

"Parece que sim."

"Nós a expulsamos da própria casa?"

"Não sei o que te dizer, meu bem."

"Por quanto tempo?"

"Não faço ideia."

Ficamos sentadas por um minuto. Estava ficando quente demais, e eu já estava levantando para sair dali.

Então ela perguntou:

"Aonde você foi?"

Eu não precisava dar um relatório. Ela só queria demonstrar que estava interessada. Sempre se esforçava muito para provar que tinha interesse em tudo que eu fazia. Acho que era porque Sophie absorvia muita atenção. Mas sério, nada me faria mais feliz do que ela cuidar da minha irmã e apenas me deixar fazer as coisas sem ninguém ficar me olhando. Sempre senti um grande incômodo com a sensação de que havia alguém prestando atenção nas coisas simples e esquisitas que eu fazia todos os dias.

"Na biblioteca."

"Mandou e-mails para os amigos da antiga escola?"

"Mais ou menos. Usei o computador. Sabe como é, zanzei um pouco na internet e dei uma olhada nas redes sociais."

Eu não tinha amigos na antiga escola. Não a ponto de deixar saudade. Mas não queria que minha mãe soubesse disso. E não queria que ela soubesse sobre a viagem, porque isso só faria com que ela se sentisse mal.

"O vizinho não é nada legal", ela comentou.

Levantei a cabeça de repente, mas ela nem notou, pois continuava escovando o cabelo de Sophie e olhando para ela.

"Você falou com ele?"

"Falei. Por quê?"

"Falou com ele pela cerca?"

"Não, eu fui até lá."

"Para quê?"

"Precisamos dar um jeito de Sophie passar mais tempo com aquela cachorra."

"Não tem como dar um jeito. A cachorra é dele."

"Sim. Foi o que ele disse. E não existe nenhuma possibilidade de ele abrir mão da cachorra."

"Você pediu para ele nos dar a cachorra?", ouvi minha voz estridente.

"Não! Dar, não. Eu queria pagar. Não tudo agora, mas em parcelas, talvez."

Fiquei em pé, e nem sei como levantei.

"Você é inacreditável! A cachorra é dele! Esse animal é o melhor amigo dele! Você não pode pedir para alguém vender o melhor amigo!"

"Eu só perguntei. Ele podia dizer não. E disse."

"Não acredito que você foi lá pedir. E se fosse o contrário e a cachorra ficasse calma perto da Sophie? Você venderia a Sophie para ele?"

Ela também ficou em pé e aproximou o nariz do meu enquanto Sophie continuava no chão, gritando.

"*Não* compare sua irmã a um cachorro!"

"Não estou comparando Sophie a um cachorro. Você sabe que não é isso. Estou comparando aquela cachorra a uma pessoa. Porque ela é a única que está à espera do vizinho quando ele volta para casa todo dia depois do trabalho. Acha que isso não significa nada? Ela é a melhor amiga dele. Não é um carro usado."

"Caso não tenha notado, estamos vivendo uma situação difícil aqui. Ele podia ter sido gentil, pelo menos."

"Eu também não teria sido nada gentil com alguém que fizesse isso comigo."

Saí do closet e fiquei sem saber aonde ir.

Acabei indo para o quintal e sentei na espreguiçadeira que ficava no gramado. A brisa era fresca, e o vento secava o suor do meu rosto. Pensei naquele closet e me senti claustrofóbica, mas de um jeito esquisito, com um certo atraso. Como se minha vida toda fosse como aquele closet com isolamento acústico: apertada e abafada demais. Sem espaço para abrir os braços nem esticar as pernas.

Depois de um tempo, minha mãe pôs a cabeça na fresta da porta dos fundos e disse:

"Não queria que ficasse brava comigo."

"Você pode me dar um tempinho?"

Esse é o problema da minha mãe. Ela odeia que qualquer pessoa fique com raiva dela. Especialmente eu. E quer que eu supere tudo em questão de segundos, ou que diga que superei. Mas eu preciso de mais tempo. As coisas ficam presas dentro de mim, e tenho que ir me livrando delas aos poucos. Tentar me apressar só piora tudo.

Ela deve ter entrado, porque depois disso não me disse mais nada.

. . .

Peguei no sono sem querer. E isso é... não sei nem explicar como isso é estranho para mim. Nunca cochilo durante o dia. Não durmo muito nem à noite, e talvez isso seja parte do problema.
    Abri os olhos.
    O sol estava quase se pondo. E minha mãe estava sentada na espreguiçadeira, ao meu lado, velando meu sono.
    "Ainda está brava comigo?"
    Ela parecia triste. E talvez um pouco amedrontada.
    "Eu estava dormindo. Não fico brava quando durmo."
    Ela sorriu, mas a expressão triste permaneceu. Tinha prendido o cabelo comprido em uma trança frouxa que ficava linda nela. Algumas mechas se soltavam da trança e emolduravam seu rosto, e até isso era bonito.
    Ela começou a afagar minha testa, como havia feito com Sophie. Mas eu não tinha muito cabelo para ser afastado do rosto.
    "Cadê a Sophie? Não deixou ela sozinha no closet, deixou?"
    "É claro que não. Você sabe que eu não faria isso. Ela dormiu. Eu a deixei na cama."
    "É muito cedo. Duvido que ela durma a noite inteira."
    "Ah, Deus. Espero que sim."
    O silêncio se prolongou por um tempo. Deixei que ela continuasse me afagando, porque era bom.
    Depois ela disse:
    "Odeio quando você fica brava comigo."
    "Eu sei. Mas, às vezes, as pessoas ficam bravas. Tipo... a cachorra é dele, fala sério!"
    Ela cobriu minha boca com a mão, mas com delicadeza.
    "Não começa com isso de novo."
    Revirei os olhos, e ela tirou a mão da minha boca.
    "Você sabe que a intenção foi boa", ela disse.
    "Eu sei. Eu sei que você só está tentando arrumar um lugar para morar, um lugar de onde não sejamos expulsas de novo."

"Mas parece meio idiota. Juro que na hora até achei a ideia boa, mas agora não consigo lembrar por quê. De verdade, não consigo lembrar como me convenci de que era uma boa ideia."

"Nem faz tanto tempo. Como sabe que a Sophie não vai odiar a cachorra amanhã?"

"Sophie? Perder o interesse em alguma coisa? Quero dizer, em alguma coisa pela qual ela tenha mesmo se interessado?"

"Bem, isso é verdade."

"Estava pensando em procurar um dogue alemão preto e grande. Acha que ela vai perceber a diferença se as orelhas não forem cortadas?"

"Acho que ela perceberia até se fossem da mesma ninhada. Ela perceberia a diferença mesmo que você mandasse clonar aquela cachorra. Não tem a ver com a aparência do animal. Ela gosta de alguma coisa no interior da cachorra."

"Isso não tem muito a ver com o jeito da Sophie."

"Acredita em mim. Eu fiquei observando as duas."

"Às vezes eu me sinto uma completa idiota."

"Sinto isso algumas vezes por dia."

"Estou falando que me sinto assim perto de *você*. Parece que você sabe mais do que eu. Quando discordamos sobre alguma coisa, normalmente é você quem está certa. Sinto que você é mais madura que eu. E isso me assusta."

"Não sou mais madura que ninguém", respondi.

Mas eu sabia que não era verdade. Podia haver muitas coisas que eu ainda não sabia ser, mas madura não era uma delas. Eu me sentia incomodada com o rumo dessa conversa. Nunca falei isso para ela em voz alta... ainda não... mas eu sabia exatamente o que ela queria dizer. E isso também me assustou.

Na verdade, acho que me assustou ainda mais.

• • •

Depois que ela entrou, fiquei sentada na beirada da espreguiçadeira por um bom tempo. Estava quase escurecendo, mas, por alguma razão, eu não me movia. Era como se não tivesse motivação para fazer outra coisa além de ficar ali.

Finalmente, um movimento chamou minha atenção e acabei levantando a cabeça para espiar. Rigby estava parada perto da cerca, olhando para mim e balançando a cauda. Como se balançar a cauda por bastante tempo e com muita paciência fosse suficiente para dissolver a cerca e ela conseguir se aproximar para dar um oi. Sorri sem querer.

Não queria ter levantado a cabeça e visto Paul atrás dela. Por um minuto, senti que poderia evitar tudo isso.

Mas então ouvi ele dizer:

"Vai, Rig, faz logo o que veio fazer aqui fora."

Olhei para ele. E vi toda sua desaprovação.

Suspirei. Levantei. Fui até a cerca. Estiquei os dedos além da corrente para Rigby poder cheirar.

"Quero pedir desculpas pela atitude da minha mãe."

A reação não foi bem a que eu esperava.

Ele se empertigou ainda mais, como se os ombros fossem feitos de material mais duro. Concreto ou granito. A ruga na testa ficou mais profunda.

"Vou falar uma coisa sobre sua família", exclamou. "Não quero saber dela. Sabe o que eu quero? Ficar em paz. Quero sossego. Quero tranquilidade. Quero que a vida seja tão descomplicada quanto for possível. Você parece ser uma boa menina. O resto da turma eu não sei, mas a questão não é essa. A questão é que seu lado da cerca é complicado, e eu quero simplicidade. Quero calma. Se me envolver em qualquer parte da sua vida, a minha vida se complica. Entende o que estou dizendo?"

"Perfeitamente."

"Só quero que me deixem em paz."

"Essa parte eu entendi."

"Sim, você entendeu. Eu sei. E acredito que vai me deixar em paz, se eu pedir. Mas não consegue fazer sua irmã ficar quieta."

"Não, senhor. Acho que nada é capaz de fazer minha irmã ficar quieta."

"E não consegue fazer sua mãe cuidar da vida dela."

"Bem... não sei se isso é verdade." Desviei o olhar da cara doce de Rigby para a outra cara não tão doce assim. Ainda havia um pouco de luz, e eu pude ver sua expressão. "Eu gritei com ela por causa disso."

Ele ficou em silêncio por um instante. Vi sua expressão mudar. Não foi uma mudança enorme. Foi pequena. Passou de dura como pedra para... quase... curiosa.

"E ela aceitou seus gritos?"

"Mais ou menos. Aceitou quase todos. Só ficou brava com uma coisa que eu falei. Eu perguntei: 'Se ele viesse aqui e dissesse que Sophie deixa a cachorra dele quieta e boazinha, você venderia a Sophie?'. Ela ficou furiosa e disse que eu estava comparando minha irmã a um cachorro. Mas não foi isso. Eu estava comparando sua cachorra à irmã de outra pessoa. Enfim, ela odeia quando fico com raiva dela. Então tenho certeza de que não vai fazer isso de novo."

"Você falou isso para ela?"

"Falei."

De novo aquela expressão. Só por um segundo. Quase como... se gostasse de mim ou algo do tipo. Sei que parece maluquice, mas por uma fração de segundo, eu vi. Depois ele disfarçou a expressão de novo.

"Gosto de como vê as coisas. Mas..."

"Só quer ficar em paz."

"Sim."

"Tudo bem. Vou te deixar em paz."

"Sei que acha que sou o velho mais rabugento do planeta. Muitas pessoas acham. Mas eu não sou. Ou melhor, não tento ser. Eu só..."

"Quer ficar em paz."

"Isso."

"Tudo bem. Não tem problema."

Ele se virou para entrar em casa. Eu o vi subir a escada lateral, e tive a impressão de que era uma falsa retirada, porque ele não ia entrar sem a cachorra. Ou pelo menos eu achava que não. Talvez pudesse, mas ele costumava ficar do lado de fora até que ela terminasse tudo que precisava fazer. E até aquele momento, ela não havia feito nada além de abanar o rabo para mim ali perto da cerca.

"A intenção dela é boa", falei.

Ele se virou de repente.

"De quem? Da sua mãe ou da sua irmã?"

"Eu acho que das duas. Mas estava falando da minha mãe. Ela está tentando ser uma boa pessoa, sabe? Está se esforçando."

Houve uma longa pausa, e ele respondeu:

"De boas intenções o inferno está cheio."

"Não sei bem o que isso quer dizer."

"Quer dizer que gente como ela faz um estrago danado tentando ser legal."

"E gente como você faz um estrago danado *não* tentando ser legal."

Meu cérebro formigava querendo ouvir a resposta. Eu não estava acostumada a desacatar adultos, mas esse adulto era diferente. Era quase como se eu não pudesse deixar de desacatá-lo. Quanto mais rude eu ficava, mais ele parecia me admirar.

"Não está totalmente errada", ele disse. "Mas..."

"Você só quer ficar em paz."

"Sim."

E ele entrou. Sem a cachorra.

Essa foi a última conversa que tive com Paul Inverness durante três semanas. Se alguém tivesse me perguntado na época, eu teria dito que aquela seria minha última conversa com ele para sempre. Em toda minha vida, tanto antes quanto depois disso, acho que nunca estive tão longe da verdade.

# 3

## Inventário

Três semanas depois — três semanas em uma escola nova e depois de estar muito atrasada nas lições de casa —, novamente em um sábado, ouvi alguém bater na porta.

Fazia um bom tempo que tia Vi havia voltado do hotel, mas ela ainda estava deitada. Minha mãe estava no quintal com Sophie, que, em silêncio, esperava pela chegada de Eue na grama perto da cerca.

Fui ver quem era.

Paul Inverness estava na varanda.

Ele usava calça jeans e um moletom cinza. Não tinha feito a barba. Os pelos que cresciam em seu rosto eram brancos. Os olhos tinham a mesma cor do moletom.

"Pensei que quisesse ficar em paz", falei.

"Eu sabia que você diria isso. Mas tenho uma proposta de negócios para você."

Dei uma risada, que foi mais uma gargalhada curta. Saiu quase como um cuspe.

"Quer fazer negócios comigo? Eu tenho 14 anos."

"Quero te oferecer um trabalho."

Olhei para ele, intrigada.

"Que tipo de trabalho?"
"Passear com a cachorra."
"Ah, quer que eu leve Rigby para passear?"
"Só por algumas semanas. Estou com problemas no ciático de novo. Fui ao fisioterapeuta, mas demora um pouco para o tratamento começar a me dar algum alívio. E dessa vez veio pior que nunca. Dói até no calcanhar. Desde que adotei essa cachorra, eu caminho com ela pelo menos três quilômetros todos os dias. Nunca deixei de ir, nenhum dia. Nem nos feriados. Nem que eu estivesse doente. Mas não fui ontem nem anteontem. Isso não é justo com ela."

Ele parecia ter ensaiado aquele discurso algumas vezes. O que, se fosse verdade, fazia Paul Inverness ser mais parecido comigo do que eu suportava imaginar.

"É... todo dia?"
"Sim. Só durante algumas semanas."
"Quanto vai me pagar?"
"Quanto você acha que é justo?"
"Nem imagino. Não sei quanto ganha um passeador de cachorro. Faça a sua oferta."
"Bem, você deve levar meia hora, mais ou menos. Então... 10 dólares?"

Arregalei os olhos. Senti meus olhos se arregalarem, na verdade. Tentei manter uma expressão neutra, mas acho que não funcionou.

"Dez dólares."
"Isso."
"Por..."
"Dia. Por passeio."

Vinte dólares por hora, basicamente.

Estendi a mão depressa, para fechar o negócio antes que ele recobrasse a razão e percebesse que havia oferecido muito. A mão dele era tão macia quanto parecia. Como se ele nunca tivesse trabalhado duro. Mas também era forte. E seca.

"Eu não deixaria qualquer pessoa sair com a minha cachorra", comentou ele antes de sair da varanda. "Você já deve saber que eu não confiaria minha cachorra a *ninguém*. Mas gosto da sua postura com ela."

Eu não sabia o que dizer. Mas não tinha importância. Antes que eu pudesse sequer abrir a boca, ele já estava no próprio quintal, longe demais para me ouvir.

● ● ●

Encontrei minha mãe no quintal e contei a ela sobre meu novo trabalho.

"Ah, meu bem", disse ela. "Ai, meu Deus. Isso é fabuloso. Precisamos muito desse dinheiro. Setenta dólares por semana! É uma grande ajuda."

Ficamos nos olhando em silêncio, deixando as coisas se assentarem. Absorvi a informação de que ela estava pensando que esse dinheiro era da família, enquanto eu a observava se adaptar à ideia de que eu considerava a quantia apenas minha.

"Eu sei, meu bem. Não é justo com você, mas precisamos dele. Eu devolvo. Juro. Vou anotar cada centavo e devolver para você quando as coisas melhorarem."

Quando as coisas melhorarem. Na minha família, isso significava nunca. Mas não falei em voz alta.

"Não precisa me devolver nada. Faço parte desta família."

Mas minha voz era pesada e triste, como se eu tivesse pulado do alto de um penhasco e caído em uma pilha de depressão. Nada de "como", aliás. A sensação era quase literal.

"Ah, meu bem, eu sinto muito. Mas é que..."

"Não posso ficar com nada? Nem um pouquinho?"

"Bem pensado. Você deve ficar com uma parte."

Esperei quase sem respirar enquanto ela decidia quanto seria minha parte.

"Você fica com o dinheiro do primeiro passeio toda semana. O que acha?"
Uau, pensei. Pouco mesmo.
"Tudo bem." E me virei para me afastar.
"Angie, não fica brava."
Parei e olhei para ela.
"Não estou brava."
"Parece brava."
"Não estou. Só preciso sair com a cachorra."

• • •

"Entre", disse Paul, dando um passo para o lado. "Pode entrar."
Essa era a última coisa que eu esperava que ele dissesse. Esperava, na verdade, que me desse uma coleira através da fresta da porta para eu não precisar nem mesmo olhar para dentro.
Entrei na sala de estar e tentei olhar o cômodo sem que minha curiosidade ficasse óbvia demais. Rigby se sentou do meu lado esquerdo, e eu afaguei sua nuca, desde aquele osso grande no crânio até a clavícula.
Era a sala de um homem, sem dúvida nenhuma. Não havia cores. O tapete era cinza, a enorme televisão de tela plana era preta, o sofá de couro e a poltrona reclinável eram pretos. Era descomplicado, como ele havia dito. Não tinha nada nas superfícies. Nem revistas. Nem correspondência. Nem xícaras ou copos.
Uma grande estante de livros cobria uma parede inteira, mas não era totalmente ocupada. Ele a usava para exibir vasos, estatuetas e obras de arte emolduradas em vários lugares que não eram usados para guardar livros. Havia a foto de uma mulher nessa estante. Uma linda mulher de cabelo escuro com um nariz comprido e reto. Talvez ele tivesse uma esposa, e ela morreu. Ou foi embora. Ou qualquer outra coisa assim.

Não, ela devia ter morrido, porque, quando o pai de Sophie foi embora, minha mãe tirou todas as fotos dele. Mas quando meu pai morreu, as fotos continuaram.

Nunca morei em uma casa que não fosse cheia de tralhas. Era impressionante demais para ser verdade. Primeiro pensei que ele podia ter enfiado tudo em uma caixa, porque sabia que eu ia chegar. Mas não, eu sabia que não tinha acontecido desse jeito. Ele vivia assim. A casa era como o dono: só havia o que era necessário, nada mais que isso.

"Você é muito gentil", confessou ele. "Principalmente depois de eu não ter sido muito agradável na última vez que conversamos."

"Você não foi muito agradável em nenhuma das nossas conversas."

Ele riu, e eu fiquei surpresa. Mesmo o conhecendo pouco.

"Nesse caso, você é ainda mais gentil."

"Não é gentileza. Nós precisamos do dinheiro."

O silêncio se prolongou, e eu nem sabia por quê.

"Nós? O dinheiro não vai ficar para você?"

"É, também", falei. Mas era tarde demais. Eu já havia desviado o olhar, e ele sabia que eu estava envergonhada. Deixei escapar uma informação que não pretendia revelar. "Vou ficar com uma parte e dar uma parte para ajudar minha família."

"É muita responsabilidade para uma menina da sua idade."

"Sempre foi assim."

O que não era inteiramente verdade. Não era assim quando meu pai era vivo, nem antes de Sophie nascer. Mas eu não ia contar nada disso a ele. Além do mais, essa história já parecia ser em outra vida. Como se eu tivesse morrido e reencarnado na situação atual.

"São só quatro semanas."

Eu dei uma risadinha.

"Já sabe a data em que seu... sei lá como chama... vai melhorar?"

"Não, mas em quatro semanas eu me aposento."

"E daí? Isso vai te deixar com mais tempo para passear com a cachorra?"

"Não, é que eu vou me mudar", explicou ele. Quase como se eu devesse saber. Como se achasse curioso não ser evidente ou algo assim.

A notícia foi como uma faca entrando entre minhas costelas. Quando eu tentava respirar fundo, sentia a ponta ali alojada.

"Para onde você vai?", perguntei, tentando parecer tão natural quanto possível.

"Vou morar nas montanhas, em uma cidadezinha na Sierra Nevada, perto do Lago Kehoe. Meu irmão tem uma casa de veraneio lá e enjoou dela. Vou trocar esta casa pela das montanhas, e ele vai vender a casa do outro lado da cidade e virá morar aqui."

"Ah", eu disse. Ainda estava chocada. Não tinha percebido completamente, mas estávamos vivendo em uma bolha de relativo silêncio e muita paz, o que, para nós, era quase felicidade. Não que eu não soubesse que era silencioso. Era impossível não notar. O que eu não sabia ainda era que se tratava de uma bolha. Agora eu tinha percebido isso. E sabia exatamente quando ela ia estourar. "Adoro as montanhas. Vai ser bom para você."

"Vou mostrar como você deve pôr a coleira."

Ele me mostrou a coleira e a guia de couro marrom. Rigby se levantou e sacudiu o corpo todo, batendo com a cauda no meu traseiro. Foi como levar uma chicotada. Bem, pelo menos como eu imaginava que fosse. Nunca fui chicoteada.

"Ei!"

"Ah, e cuidado com a cauda."

"Obrigada pelo aviso."

"Ela vai andar do seu lado esquerdo. Então o enforcador tem que ser dividido desse jeito." Ele me ajudou a colocá-lo. Com a argola pesada e o clipe da coleira saindo da nuca, na minha direção, depois descendo. "Assim, a gravidade mantém o enforcador solto e aberto enquanto ela não esticar a coleira."

"Ela é grande. O que eu faço se ela me puxar?"
"Ela não vai te puxar."
"Ah."
Segurei a coleira e dei alguns passos, e assim que comecei a andar, ela levantou e me acompanhou. Parei, e ela se sentou de novo ao lado do meu pé esquerdo.
"Viu? Ela sabe o que fazer. Você conhece aquele parquinho que tem uma fonte?"
"É claro."
Sempre passava por ele a caminho da biblioteca.
"Ele fica a um quilômetro e meio daqui. É só contornar a fonte e voltar."
"Ok."
Eu e Rigby nos dirigimos à porta.
"Sua irmã tem estado quieta", comentou ele.
Parei. Rigby se sentou.
"Sim, tem mesmo."
"Pensei que nada nem ninguém fosse capaz disso."
Olhei para ele.
"E não é. Ela está conseguindo isso sozinha. Ela ficava muito agitada quando Rigby ia para dentro da casa, mas a cachorra sempre saía de novo em algum momento. Acho que Sophie entendeu que ela sempre acaba voltando. Agora ela fica sentada perto da cerca, esperando sem falar nada. Ela dorme lá, e depois nós a levamos para dentro."
"Ela não frequenta uma escola especial, não faz nenhuma terapia?"
"Essa é uma longa história."
"Tudo bem, então. Finja que não perguntei nada."
"Ela ia à escola no bairro onde morávamos, no centro. Era uma espécie de programa especial para pré-escola. Agora temos que decidir onde ela vai fazer o primeiro ano. Temos que encontrar uma boa escola e matricular minha irmã. Acho que minha mãe pode esperar até um ano."
"Entendi."

"Ela não vai ficar muito feliz quando você se mudar."

"Não. Imagino que não."

E pelo jeito como falava, ele sabia que aquilo não era problema dele.

O problema seria meu.

• • •

Nem vinte passos além da porta e já cometi um erro enorme.

Atravessei a rua.

Parecia algo simples. Mas ouvi Sophie gritar no nosso quintal.

"Eue!", ela berrava. "Eue, eue, eue! Euuuueeeeee!"

Virei e a vi do outro lado da cerca. Até aí, tudo bem. O problema era que ela também me viu. E viu a cachorra. Continuei andando. Acelerei um pouco, na verdade.

Mais três *eues*, e o terceiro se transformou no grito de sirene.

Voltei para perto da cerca. O que mais podia fazer?

Mas agora estava encurralada.

Quando cheguei lá, minha mãe e tia Vi estavam discutindo no quintal.

Ouvi tia Vi dizer:

"Pensei que ela tivesse parado com isso. Você disse que ela parou."

E minha mãe respondeu:

"E parou, ok? Ela parou. Por favor. Volte para dentro de casa, Vi. Eu cuido disso."

Esperei ao lado do portão até ouvir a porta da cozinha bater. Então minha mãe se aproximou de onde Sophie, Rigby e eu estávamos, em lados opostos da cerca.

Ela parecia amedrontada. É sempre pavoroso quando até sua mãe está com medo.

"Ela te viu."

"Acho que sim."

"Por que ela não faz isso todo dia, quando aquele homem sai para passear com o cachorro?"

"Cachorra. Não sei. Talvez ele não atravesse a rua. Acho que ela só viu a gente porque atravessei a rua."

Vi de novo o pânico nos olhos dela, e o mesmo sentimento me invadiu.

"O que vamos fazer agora?", ela perguntou.

"Não sei, mãe. Tenho que levar a cachorra para passear. É meu trabalho."

Ela suspirou.

"Acho que posso pegar a Sophie no colo, e vamos para o closet. E quando você voltar, Vi vai estar de novo em um hotel. Mas não tem nada que eu possa fazer. Ai, Deus, não permita que ela nos mande embora."

"Não. Abre o portão."

Silêncio.

"Abrir o portão?"

"É. Tenta. Abre o portão."

"E depois?"

"Depois eu vou descer a rua, e vamos ver o que ela faz."

"Ela vai te seguir."

"É o que eu acho. Isso mesmo."

"Tem certeza de que consegue cuidar dela na rua?"

"Não. Tem certeza de que consegue cuidar dela aqui?"

Mais um silêncio longo e apavorado.

"E se ela correr para o meio dos carros ou alguma coisa assim?"

"Acho que ela vai ficar perto da Rigby, mas de qualquer maneira, vamos experimentar. Na entrada da garagem. Ou na frente da casa."

Juro, dava para ouvir a respiração dela. Minha mãe abriu o portão.

Sophie andou até onde eu estava e parou à minha esquerda, ao lado de Rigby, que permanecia sentada ao lado do meu calcanhar. Ela se ajoelhou no chão, flexionou as pernas e apoiou o tronco sobre os braços esticados. Formou uma espécie de triângulo, exatamente como a cachorra.

Dei alguns passos pela calçada, Rigby me seguiu. Sophie ficou um pouco surpresa e demorou para se levantar. Teve que correr para nos alcançar. Quando ela me alcançou, parei de novo, e ela retomou a mesma posição à esquerda da cachorra.

Olhei para minha mãe.

"Estamos indo", avisei. "Me deseja sorte."

Ela não desejou. Não disse nada. Estava com aquela cara, como se não fosse capaz de falar uma única palavra nem se tentasse.

"Mãe. Faz alguma coisa. Entra e fala para a tia Vi que está tudo bem."

Ela continuou paralisada por um momento. Depois levantou dois dedos cruzados e saiu correndo. Como se ela não pudesse suportar o que poderia vir a seguir.

• • •

Sophie andava depressa para nos acompanhar, um andar bizarramente descoordenado. Acho que não estava acostumada a andar daquele jeito, porque não era comum vê-la andar em linha semirreta com algum objetivo.

Percebi que eu olhava muito para ela, não só porque estava preocupada, mas também porque era divertido ver. Ela usava uma saia cor-de-rosa e meias pretas grossas, camiseta da cor da saia e tênis brancos que chegavam a ofuscar, exceto pelas manchas de grama nas pontas. Minha mãe tinha feito duas tranças no cabelo dela. Minha irmã tinha pernas longas, magras e bonitinhas.

Sempre que passávamos por alguém, a pessoa me cumprimentava com um aceno breve ou nem olhava para mim. Às vezes, sorriam para mim e depois olhavam para baixo, para Rigby, e em geral se afastavam assustados, como se ela fosse um urso pardo. Às vezes, alguns sorriam para a cachorra. Mas todo mundo que passava por nós sorria ao olhar para Sophie.

Comecei a pensar que talvez devesse levá-la todos os dias.

Mas percebi que essa atividade seria um exercício cinco vezes maior do que ela estava acostumada, e fiquei preocupada com a distância. E se ela ficasse cansada e não conseguisse andar de volta até nossa casa? Será que eu conseguiria carregá-la? Será que ela permitiria?

Por outro lado, se ela conseguisse percorrer a distância... ficaria boazinha e cansada pelo resto do dia. Talvez todos os dias. Isso só podia ser bom. Certo?

*Se.* E se não, eu estaria sozinha.

Tentei voltar para o presente, porque até ali, tudo estava bem.

Parava em cada esquina e esperava o semáforo abrir, e se fosse apenas um cruzamento com faixa de pedestres, esperava os carros passarem até surgir um grande espaço para todos. Rigby se sentava e esperava com paciência. Sophie se sentava e esperava com paciência. Rigby e eu atravessávamos a rua, e Sophie vinha cambaleando logo atrás. Ela nunca tinha a presteza de sair junto de nós. Só corria e nos alcançava depressa.

É claro que eu olhava para trás o tempo todo, mas ela estava sempre fazendo a mesma coisa. E se tem uma coisa que eu sempre podia dizer da minha irmã é que... quando ela adquire algum hábito, segue firme com ele.

Depois de algum tempo, até divaguei um pouco, mas recuperei o foco, pensando se já havia acontecido algum grande desastre com a breve distração. Olhei para trás, e lá estava ela nos seguindo. Era até legal. Quero dizer, era legal tipo... mais legal do que teria sido sem a companhia dela.

De repente, olhei para a frente e vi que estava quase na livraria de Nellie. Meu coração disparou quando vi a livraria bem ali, no meio do quarteirão, mas eu não sabia por quê. Não tinha voltado para olhar o livro, nem para dar o número do telefone. Talvez ela já tivesse devolvido o livro ao estoque, ou até já tivesse vendido ele. Pensar nisso fez meu estômago reagir com um enjoo esquisito. Mas era verdade. O livro já devia ter sido vendido.

Eu tinha que decidir: ou passava depressa e torcia para que ela não me visse, ou enfiava a cabeça no vão da porta e perguntava se o livro ainda estava guardado. Se ela ainda o tivesse, eu poderia deixar um depósito de 10 dólares mais tarde.

Enfim, decidi.

Enfiei a cabeça no vão da porta. Meu coração batia tão forte que eu conseguia ouvir e sentir as batidas, e isso me deixava um pouco tonta.

Nellie demorou um pouco para levantar a cabeça. Estava olhando para o balcão, lendo, provavelmente, e mastigando uma tira comprida de alcaçuz preto. Fiquei um tempo olhando para ela, e então, quando ela me viu ali, desviei bem rápido o olhar.

"Olha você aí", ela falou.

"É. Estou aqui."

"Pensei que não voltaria mais."

Eu também pensei. Mas não disse isso.

"Estive ocupada, sabe? Comecei na escola nova. Estou tentando recuperar o que perdi da matéria. Enfim, logo mais terei 10 dólares, e venho deixar um depósito por aquele livro, se ele ainda estiver aí. Ele ainda está?"

Ela fez uma cara de desânimo e tristeza, e eu fiquei me sentindo péssima por dois motivos. Porque significava que ela provavelmente tinha vendido o livro. E porque eu gostava de fazê-la sorrir. Não gostava de... sei lá que cara era aquela que ela estava fazendo agora.

"Então não quer trabalhar no inventário? Bem, eu entendo."

Dei uma olhada em Sophie. Ela estava onde deveria estar.

"Ah! Não pensei que a proposta fosse séria."

"De onde tirou essa ideia?"

"Não sei. Achei que só estivesse com pena de mim porque eu não podia comprar o livro."

"Tem algum motivo para estar apenas com a cabeça aqui dentro?"

"Sim, senhora. Nellie. Estou com um cachorro grande."

"Você está vendo alguma placa proibindo a entrada de cachorros?"

"Não, senhora. Nellie. Eles podem entrar?"

"Se forem cachorros educados."

"Ela é a cachorra mais educada de todas."

"Traga-a para dentro, então."

Dei uns dez passos e nós três paramos no tapete na frente do balcão. Só eu estava em pé. Sophie e Rigby se sentaram.

Nellie se levantou e se debruçou no balcão. Senti o perfume do cabelo dela. Cheiro de fruta. Devia ser xampu de coco, ou manga, ou os dois.

"E quem é essa?"

"Essa é a Sophie."

"Ah, *essa* é a Sophie de quem você falou. É sua irmã mais nova?"

"Sim, senhora. Quero dizer, sim, Nellie. Na verdade... acho... que é só sim. Não sei por que continuo falando desse jeito."

"Nem eu. Oi, Sophie."

"Hum. Não é nada pessoal, mas ela não vai falar nada. Ela não fala oi nem para *mim*."

"Ela não fala nada? Nunca?"

"Fala *ele*. Mas parece que ela está falando *eue*. É como ela chama o cachorro. Ela ama esse cachorro."

"Faz sentido."

"Mas é uma fêmea."

"E essa é a única palavra? Ela nunca falou outra?"

"Ela começou a falar quando era pequena. Meio tarde, com uns 3 anos. E falava pouca coisa. Só algumas palavras. Ficamos esperando que ela falasse mais, mas aconteceu o contrário, ela passou a falar menos. E depois parou de fazer contato visual. E aí não queria mais ser tocada..."

Fiquei quieta. Que diabo eu estava fazendo? Eu tinha me sentido grata por Nellie não ficar fazendo perguntas sobre Sophie. E agora ela estava arrancando a verdade de mim sem que eu percebesse. Ou eu mesma estava fazendo isso comigo.

Acho que ela percebeu que eu queria mudar de assunto.

"Alcaçuz?", ofereceu.

E estendeu a mão segurando um pote grande de tiras pretas de alcaçuz. Fiquei feliz com a distração.

"Sim, obrigada."

"Sophie gosta de alcaçuz?"

"Sophie adora alcaçuz."

Peguei uma tira para ela primeiro. Sophie levantou um braço e ficou esperando impaciente, mas não saiu de onde estava. Porque Rigby não saiu do lugar.

Dei o alcaçuz na mão dela, e ela o deu imediatamente à cachorra.

"Não! Não dá isso para..."

Tentei tirar da mão dela, mas já era tarde demais. Até abri a boca de Rigby e olhei, mas já tinha sumido. Ela deve ter engolido a tira inteira. E lá estava eu, enfiando o rosto na boca de um cachorro que eu mal conhecia e que tinha dentes enormes. Eu estava me sentindo uma domadora de leões, mas com muito menos experiência. Mas ela só balançou a cauda para mim.

"Caramba, Sophie. Não sei se a cachorra podia comer isso."

"Acho que não vai fazer mal", afirmou Nellie.

Seria um pensamento perfeito, se a cachorra fosse minha. Mas Rigby não era minha. Eu era responsável por ela, mas não tinha nada que eu pudesse fazer agora. Exceto contar a verdade ao Paul.

Mudei de assunto depressa.

"Então precisa mesmo de ajuda com o inventário? O que tem que fazer?"

Nellie escondeu o rosto nas mãos e suspirou.

"Estou com vergonha de contar. Porque não quero que saiba como sou burra. Quero que pense que sou uma boa empresária."

Era um comentário estranho, mas muito legal. Saber que ela queria mostrar seu melhor lado para mim, assim como eu. Mas não falei nada.

"Você sabe que vendo livros novos e usados. Quando eu compro de um distribuidor, tenho um registro da transação. E quando faço devoluções, também tenho um registro. Mas comecei a oferecer vinte por cento de desconto para os clientes que vendiam seus livros de volta e, assim, fiz a idiotice de não criar um sistema de registro para esses livros. Agora fica difícil saber se tenho ou não determinado livro."

"Mas você os organiza em ordem alfabética por autor, não é?"

"Sim. E os clientes chegam, olham os livros e os devolvem à estante *fora* da ordem alfabética. E a essa altura, talvez eu já tenha passado umas cem horas reordenando, tentando economizar umas dez horas de trabalho de inventário. Acontece que esse é um trabalho para duas pessoas. Preciso de alguém que leia os títulos enquanto eu digito no computador. Cathy diz que vai me ajudar, mas não tem tempo para isso. Se você puder me ajudar pelo menos a começar..."

"Se realmente precisar de ajuda, tudo bem. Não pensei que precisasse de verdade."

"Preciso muito. Você não tem ideia."

"Quando começamos?"

"Amanhã?"

"A livraria não fecha aos domingos?"

"Sim, por isso mesmo. Não tem clientes e o telefone não toca. Que tal às 11h? Das 11h às 15h."

"Ok."

"Ai, meu Deus. Estou salva", exclamou Nellie. Depois ela olhou para Rigby. "Adorei sua cachorra. Que amorzinho."

"Ela não é minha. Só estou passeando com ela para ajudar um vizinho."

"Ah. Pensei... É que você disse que Sophie era muito ligada a ela..."

Nós duas olhamos para Sophie, que esperava em absoluto silêncio, com toda a paciência, sentada no tapete.

"Sim. É estranho. É uma situação meio esquisita. Sophie está apaixonada pela cachorra do vizinho."

"Hum", resmungou ela. "Como é isso, como funciona?"

Pensei de novo em Paul Inverness e na notícia que recebi.

"É o que estamos esperando para ver", respondi.

• • •

Sophie foi até o parque e fez todo o caminho de volta sem precisar de ajuda. Mas quando chegamos em casa, percebi que a parte mais difícil era o fim do passeio. Eu não podia deixá-la no quintal e ir embora com a cachorra. Ela acordaria a vizinhança inteira de novo. Eu teria que levá-la comigo até a porta da casa de Paul e não sabia se ela ia gritar quando ele levasse a cachorra para dentro. Ela não gritava mais quando Rigby entrava em casa, mas isso era do outro lado da cerca. Agora que estava acostumada a ficar ao lado da cachorra...

Era hora de ver se eu tinha criado um monstro.

Entramos as três na varanda, e eu bati na porta.

Paul atendeu e escancarou a porta, olhando para nós. Rigby abanava o rabo com entusiasmo, batendo em Sophie, que não emitia nenhum som. Nem se mexia.

Sem dizer nada, ele levou a mão até o bolso da calça e pegou a carteira. Olhou dentro dela e tirou duas notas de 5 dólares.

"Preciso contar uma coisa", comecei.

Ele levantou a cabeça depressa.

"Rigby pegou uma tira de alcaçuz. Espero que não faça mal a ela. Foi um acidente. Prometo ser mais cuidadosa na próxima vez, se me deixar passear com ela de novo. Mas vou entender se não confiar mais em mim para isso."

Esperei. Tive a sensação de que a espera era longa. Queria olhar para ele, mas não tinha coragem.

"Na verdade... agora eu confio mais ainda em você."

Olhei nos olhos dele e logo desviei o olhar de novo.

"Como? Por quê?"

"Porque você me contou. Não precisava ter falado. Agora sei que vai me dizer a verdade, mesmo que nem seja necessário. Mesmo que seja sobre algo que eu nunca vou saber."

"Espero que não faça mal a ela. Será que vai fazer?"

"Ela vai ficar bem."

Paul me entregou as duas notas, pegou a coleira e levou a cachorra para dentro. Depois fechou a porta.

Eu me preparei e esperei.

Nada.

Olhei para Sophie. Ela continuava sentada na mesma posição, no mesmo lugar.

O que ela faria quando eu fosse para casa? Tentaria ficar na varanda do vizinho para sempre? Teríamos que jogar o cobertor nela e levá-la para casa aos gritos, espernando?

Dei alguns passos, depois olhei para trás. Sophie vinha atrás de mim daquele jeito, meio cambaleante. Andava mais devagar do que quando Rigby estava junto de nós. Menos ansiosa para me alcançar. Mas ela me seguia.

Abri o portão da casa de tia Vi, e ela passou cambaleando por mim, entrou no quintal e se acomodou no lugar de costume ao lado da cerca. Abaixou-se na grama e esperou a próxima vez que veria Eue.

• • •

Minha mãe estava na cozinha com o rosto próximo a uma xícara de chá fumegante, como se fosse um produto de tratamento facial, não uma bebida. Ela levantou a cabeça ao me ver ali.

"Tudo bem", anunciei. "Correu tudo bem."

"Cadê ela?"

"No mesmo lugar de sempre."

Vi toda a tensão desaparecer do rosto dela. Bem, nem toda. A tensão a mais. Minha mãe voltou ao nível normal de tensão, o que já era ruim o suficiente.

Em vez de reagir aliviada, ela só parecia cansada.

"Então... amanhã...", começou ela, como se fosse uma pergunta que ela não se atrevia a formular.

"Ela pode ir comigo de novo."

"Sério?"

"Sim. Ela ficou bem, foi boazinha."

"Ai, meu Deus. Isso seria ótimo."

Minha mãe deu um grande gole no chá, depois se voltou para os próprios pensamentos.

"Cadê a tia Vi?"

"Cochilando."

"Ela cochila muito."

"Bem..." O rosto dela se contorceu em uma coisa que parecia um sorriso. "Ela não é a mesma depois que Charlie morreu."

Deixei escapar um risinho baixo. Minha mãe levou o dedo aos lábios para me fazer parar de rir. Sentei, olhamos uma para a outra, e a gargalhada escapou de novo, dessa vez das duas, e tivemos que engolir o riso.

Ah, eu sei que parece horrível. Não é engraçado que Charlie tenha morrido. Não é isso. É que tia Vi estava sempre falando a mesma coisa. Era engraçado ouvir outra pessoa repetir as palavras dela. Bem, na verdade, não era. Talvez não tivesse graça nenhuma. Acho que era apenas o nosso jeito de extravasar um pouco a tensão.

Minha mãe olhou para mim com uma cara que eu não via há muito tempo.

"Estou esperançosa", disse ela. "Nem lembro quando foi a última vez que tive esperança."

Não podia contar para ela. Precisava deixar minha mãe ter esperança por mais um tempinho.

Levantei da mesa e fui para o meu quarto. Quero dizer, o quarto de todo mundo, e me sentei na cama. E pensei. Não, isso não está certo. Isso não funciona. Ela está presa naquele lugar chamado "paraíso da tolice". E isso não é ter esperança. É patético.

Voltei à cozinha com a sensação de que o coração tinha afundado dentro de mim. Sentei à mesa, e ela percebeu rápido a má notícia.

"Que foi? O que é? Fala logo. Rápido."

"Ele vai se mudar."

Deu para ouvir o barulho quando ela engoliu em seco.

"O dono do cachorro?"

"Sim."

"Ele vai se mudar?"

"Vai."

"Quando?"

"Em quatro semanas."

Fez-se um silêncio prolongado. Muito, muito, muito longo. E feio, como se pegassem nossa vida nos últimos anos e filtrassem tudo que queríamos que nunca houvesse acontecido e o que tivesse restado fosse apenas silêncio.

"O que vamos fazer?", perguntou minha mãe.

"Você sempre me faz essa pergunta."

Não acrescentei que eu queria que ela parasse com aquilo. Também não disse que ela tem 40 anos e eu, apenas 14. E que se ela não sabe o que fazer, também não pode esperar que eu saiba. Mas tenho certeza de que parte daquilo que eu não disse transpareceu mesmo assim.

• • •

"*A Redoma de Vidro*", falei. "Sylvia Plath."

"Temos uma cópia de *A Redoma de Vidro*?"

A voz de Nellie era abafada e distante. Olhei através da estante pela centésima vez. Ela não estava sorrindo, e eu tentei pensar em um jeito de fazê-la sorrir. Mas é difícil fazer títulos de livros parecerem engraçados.

"Temos."

"Tem certeza?"

"Está na minha mão."

"Juro que eu não sabia."

"Juro que acho que é por isso que estamos aqui trabalhando."

Na mosca. Ela sorriu e levantou a cabeça. E me pegou espiando. Desapareci outra vez atrás da estante.

"Não vamos conseguir terminar tudo em quatro horas", avisou Nellie.

"Eu consigo."

"Eu não. Vou morrer de tédio."

"Há quanto tempo estamos nisso?"

"Uma hora e cinquenta minutos."

"Nem faz tanto tempo."

"Estou morrendo de tédio."

"Bem, eu não quero que você morra."

"Vou pedir uma pizza."

Saí de trás das pilhas de livros e olhei para ela, que já estava com o telefone na orelha.

"E depois terminamos?"

"E se a gente deixar duas horas para domingo que vem? Espera." Ela apontou na minha direção. "Oi. Uma grande... Sim, delivery... Nellie's Books... Espera. Eu sei o que quero, mas tenho que perguntar que sabor minha amiga vai querer. Sim, vou ficar na linha. Angie. Você gosta de pizza de quê?"

"Hum... não sei. Qualquer coisa, acho."

"Tudo bem. Anchovas, abacaxi e pimenta jalapeño, então."

Ela olhou para minha cara e deu risada. Queria saber o motivo. Mas podia imaginar.

"É brincadeira. Sou vegetariana. Vou pedir metade de cogumelo, pimentão verde e azeitona. Quer pepperoni na sua metade?"

"Não, pode pedir igual para mim. Mas se continuarmos no domingo que vem, os livros não vão ficar fora do sistema de novo até lá?"

"Não dá para terminar hoje. Isso é trabalho para muito mais que quatro horas. Vou ter que deixá-los... Alô? Sim. Cogumelos, pimentão verde e azeitona. Grande, sim. Com o dobro de queijo. Ok, obrigada." Ela desligou o telefone. "Vinte minutos."

"Vamos trabalhar enquanto esperamos?"

"De jeito nenhum."

"Porque você vai morrer de tédio."

"Exatamente."

Entendi a razão pela qual, em todo aquele tempo, Nellie não havia feito inventário. E que, de fato, a salvei quando me ofereci para ditar os títulos, porque ela nunca conseguiria fazer tudo sozinha. Aliás, ela nem começaria, mesmo sabendo que era necessário. Nellie não queria fazer o inventário. Só queria que ele fosse feito. São duas coisas diferentes.

Comecei a sentir que teria que insistir muito para que esse trabalho fosse concluído. E, de repente, parecia muito importante que ele fosse feito.

Nellie pôs a mão embaixo do balcão, pegou meu livro sobre o Himalaia e o ofereceu com a capa voltada para mim, como na primeira vez. Aquilo me derreteu. Exatamente como antes.

"Senta e lê", disse ela.

Peguei o livro com cuidado. E sim, minhas mãos tremiam um pouco, assim como da outra vez. Mas não era só por causa do livro ou das fotos nele. Não sei o que era. Um monte de coisas diferentes, acho.

Tirei os sapatos e sentei de pernas cruzadas, como naquele primeiro dia. Mas deixei o livro fechado e fiquei apenas olhando para a capa. De repente, eu estava no Tibete, mas não estava sozinha. De repente, Nellie também andava pela fileira de rodas de oração e estendia a mão para fazê-las girar. Sempre as girava para a esquerda, nunca para a direita. E eu andava atrás dela, também girando as rodas. E era como se fosse um país diferente do que era antes, quando eu estava sozinha. Sozinha é uma coisa muito diferente. Dessa vez, quando vi Annapurna se erguendo ao longe com o pico coberto de neve, toquei seu ombro para chamar a atenção dela e apontei. Como se dissesse: "Você tem que ver isso também, Nellie, mas estou dominada pela visão do pico". E ela afagou minha mão... que continuava em seu ombro... porque Annapurna era uma beleza. Uma beleza grande demais para se descrever em palavras.

"Posso fazer uma pergunta pessoal?"

Aquilo me assustou de um jeito que o livro quase foi parar no chão. Tinha esquecido que ela estava ali. Ali na livraria, quero dizer. Estava concentrada demais pensando nela no Tibete.

Meu coração batia tão forte que tive medo que saltasse do peito. Queria perguntar: "Pessoal em que sentido?".

"Hum. Não sei. Acho que sim."

"Você sofre abuso em casa?"

"Abuso? Como assim? Abuso como?"

"Você apanha?"

"Não. Ninguém me bate. Por quê?"

"Meus poderes de observação são iguais aos de uma águia, por isso percebi que, na primeira vez que esteve aqui, seu lábio estava cortado. Você usava um curativo caseiro, quando, provavelmente, deveria ter levado uns pontos."

Meu coração agora batia mais devagar. Um pouco mais devagar.

"Mas cicatrizou", respondi. Toquei a cicatriz. Não estava realmente fechada, mas só tinha uma casquinha. "E meu dente ficou mole, mas agora está firmando sozinho. Não, eu não sofro abuso em casa. Foi a Sophie. Mas não foi de propósito."

"Ah, a Sophie."
"Sim. E isso é bem diferente. Certo?"
"Bem. Mais ou menos. Ainda é uma situação muito ruim para você, pois fica machucada de qualquer jeito."
Olhei para o livro. Abri. Virei páginas que não li. Olhei para páginas que não vi.
"Não queria te deixar desconfortável."
"Tudo bem."
Mas não estava tudo bem. Odiava momentos como esse. No entanto, por trás de todo o ódio, eu gostei de saber que ela queria me proteger. Era quase... quase tão bom quanto Nellie afagando minha mão.

• • •

"Como vão as coisas na escola nova?", perguntou ela.
Eu tinha levado o livro para o tapete, bem longe. Para não correr o risco de deixar nele qualquer mancha de gordura de queijo derretido. Ainda olhava para a capa.
"Hum", resmunguei, porque estava de boca cheia.
"Desculpa."
Mastiguei e engoli o mais depressa possível, mas estava quente.
"Surpreendentemente bem."
"Os colegas não estão criando problemas?"
"Não. Por que estariam?"
"Não sei. Comigo sempre foi assim. Meu pai era militar, então nos mudamos várias vezes. Eu era sempre a aluna nova. E os outros eram duros comigo. Talvez fosse só comigo."
"Talvez fossem escolas menores", respondi. "Estou em uma bem grande. Ninguém nem sabe que estou ali. Tipo, os professores têm meu nome na folha de chamada e tal, mas é como... como se todo mundo olhasse através de mim."

Fiquei quieta e decidi que Nellie tinha feito aquilo de novo, de me fazer falar mais do que eu pretendia dizer. Abocanhei mais ou menos um quarto da fatia de pizza com uma única mordida.

"Sabe, garota... você não precisa ajudar sua mãe sempre."

Não respondi, porque minha boca ainda estava cheia.

"Quando se tem um filho, a responsabilidade é enorme. Não tem como sair disso. Se der errado, você tem que estar lá do mesmo jeito. Mas você não tem um filho."

Engoli em seco. Duas vezes. E ainda sobrou pizza na minha boca.

"Quem a ajudaria se não fosse eu?"

"Eu sei que vai parecer horrível... e pode ser difícil de entender estando na sua situação... mas isso não é problema seu."

"Não posso ir embora. O pai de Sophie foi. Ele foi embora quando percebeu que as coisas seriam difíceis."

"Acho que isso também não é problema seu. Não sei se é possível substituir pessoas que abandonaram outras pessoas."

"Ela não poderia cuidar da Sophie sozinha. Ninguém conseguiria."

"Ah, e como você vai fazer, então? Quando vocês duas envelhecerem e sua mãe não estiver mais aqui?"

Mordi mais um pedaço enorme de pizza. A borda arranhava o céu da boca quando eu mastigava.

Nellie perguntou:

"Quer falar sobre outra coisa, não é?"

Assenti. Com fervor.

"Ok. Desculpa. Sobre o quê?"

Engoli com muito esforço.

"Quero falar sobre como você é patética em relação a essa porcaria de inventário e que vou te obrigar a terminar isso."

"Hum. Isso é um problema. Posso me dedicar por duas horas de cada vez, quem sabe."

"Uma hora e cinquenta minutos."

"Ou isso."

"Mesma hora na semana que vem?"

"Sim. Perfeito. Mas depois que você não estiver mais aqui para ajudar, não prometo nada."

"Eu vou estar aqui para ajudar. Vou estar todos os domingos, até terminar tudo. Caso contrário, isso não vai ficar pronto nunca."

"Em troca de quê? Só faltam duas horas de trabalho para pagar o livro."

"Não sei. Pizza. Qualquer coisa. A gente pensa em alguma coisa."

Fiquei em pé.

"Não, eu vou pagar pelo serviço. Você precisa aceitar pagamento. Sobrou metade da pizza, quer levar para casa?"

"Quero. Claro. Obrigada."

Quando me aproximei do balcão para pegar a pizza, ela estava me encarando. Eu sabia que perguntaria alguma coisa importante e que eu não ia gostar muito.

"Se algum dia estiver realmente precisando de ajuda, Angie... se estiver soterrada em problemas... vai me contar? Ou vai contar para alguém?"

Peguei a caixa de pizza e alternei o peso do corpo de um pé para o outro algumas vezes.

"Não", respondi.

"Não", repetiu ela. "Eu sabia."

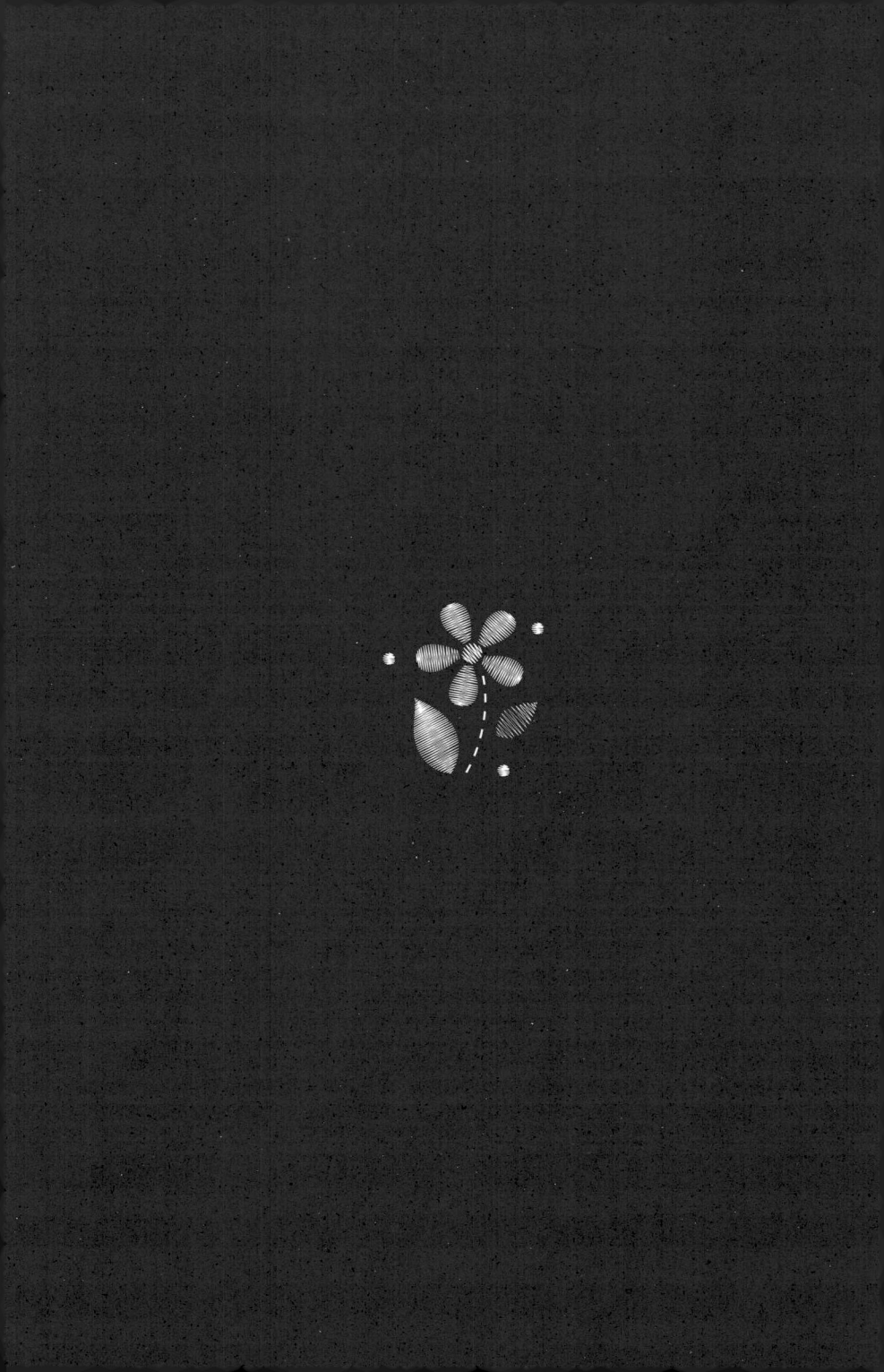

Catherine Ryan Hyde
**para sempre**
**vou amar**
**te**

# 4

## Esmagada

No dia da mudança — a mudança de Paul, não a nossa —, acordei e encontrei minha mãe na sala de estar espiando pela fresta da cortina.

Eu a ignorei e fui para a cozinha.

Tia Vi não estava em parte alguma. Sophie também não estava, mas eu sabia onde encontrá-la se quisesse. Não estava procurando minha irmã nem tia Vi. Estava procurando o café da manhã.

Nada naquela cozinha tinha cara de café da manhã. Era como se eu fosse a primeira pessoa a pensar na refeição.

Peguei um pouco de cereal e abri a geladeira para pegar leite. Não tinha.

Suspirei. O que mais podia fazer?

Olhei para minha mãe, que ainda espiava pela cortina quase fechada. Queria falar que ela estava me deixando nervosa. Mas não falei. De que adiantaria?

Quando não aguentei mais, peguei a tigela de cereal e caminhei até a janela para terminar de fechar a cortina, o que assustou minha mãe. Fiquei com vontade de dizer que ela havia desperdiçado sua verdadeira vocação de detetive particular, mas decidi que seria um comentário maldoso demais.

Tinha um enorme caminhão de mudança na entrada da garagem de Paul, com o nome de uma locadora gravado nas laterais e o desenho de uma montanha, como se eles já soubessem para onde ele desejava ir antes mesmo de contratar o caminhão. Havia um engate na parte de trás do caminhão para transportar o carro.

"Ele não perdeu tempo", comentou minha mãe.

"Nunca imaginei o contrário. Ele está ansioso para sair daqui."

Olhei para a tigela de cereal. Meu estômago roncava, e eu comi um punhado seco.

"Ai, meu Deus!", sussurrou minha mãe. "Ele está vindo para cá!"

Levantei a cabeça e vi Paul atravessando o gramado.

"E daí?"

"Vai bater na porta? O que a gente faz?"

"Hum... abre?"

"Não quero ver esse homem. Não quero falar com ele."

"Tudo bem. Eu abro."

Fui até a porta e, no caminho, percebi que minha mãe desapareceu. Do que ela estava com tanto medo? Não passei muito tempo pensando nisso. Não vale a pena perder tempo pensando nos medos das outras pessoas. Todo mundo está sempre com medo de alguma coisa; nunca faz muito sentido, e especular nunca leva a nada.

Abri a porta enquanto Paul ainda se aproximava da varanda.

"Bom dia", disse ele, e achei que estava alegre, o que era bastante incomum.

Estava bem-vestido de novo. Com uma camisa azul-claro que parecia nova e calça social azul-marinho com vinco. E quando ele chegou mais perto, senti um cheiro bom, como naquela outra vez. Ele nunca passava perfume nos dias de folga, nem a caminho do trabalho. Só senti esse cheiro naquele sábado, quando ele foi visitar o irmão.

"Pensei que você ia embora antes do sol nascer", falei.

"Também pensei. Estou quatro horas atrasado."

"Precisa de ajuda com a mudança ou alguma coisa assim?"

Ele agora estava diante da porta e recuou um passo quando fiz a pergunta, como se estivesse verdadeiramente surpreso.

"Ah, é muita gentileza sua. Mas não, já cuidamos de tudo."

Queria saber por que ele estava falando no plural, "cuidamos", mas não perguntei. Só esperei.

"Vim perguntar se você pode passear com a cachorra pela última vez. Achei que eu teria tempo para isso, mas as coisas estão complicadas. Não quero deixá-la sem o passeio porque a viagem vai ser longa. Ela vai ficar presa na cabine do caminhão por seis ou sete horas."

"Eu vou, é claro. Não tem problema."

Ele olhou para a minha tigela de cereal.

"Mas termine de tomar seu café."

"Não, eu posso ir agora."

"O cereal vai ficar mole e encharcado."

Mostrei o interior da tigela para ele.

"Não vai, não tem leite. Essa é a única parte boa de não ter leite em casa."

Ele riu, mas era um riso contido.

"Traga a tigela. Eu tenho leite em casa."

Saí e fechei a porta. Antes, olhei para dentro. Minha mãe estava espiando do corredor. Ela havia se espremido em um canto de onde podia nos observar, mas onde Paul não a veria.

Olhei feio para ela e fechei a porta.

Enquanto passávamos pelo gramado, pensei se minha mãe achava estranho que Paul e eu conversássemos como amigos. Como amigos comuns, adultos. E então percebi que eu mesma achava estranho e que nunca tinha notado antes. Ou pelo menos nunca tinha parado para pensar nisso.

"Últimos 10 dólares", comentou ele, interrompendo meus pensamentos.

"Não, tudo bem, essa é por minha conta."

"Você não precisa fazer isso."

"Tudo bem. Não faz mal. Vou sentir falta dessa meninona quando você for embora."

"Aposto que sua irmã sentirá mais."

Franzi a testa sem querer.

"Não falamos sobre isso em casa."

"Ah. Desculpa."

"Não precisa se desculpar. Tem muita coisa para lamentar na minha casa, mas nada disso é sua culpa."

Ele sorriu quando abriu a porta da frente para mim. Mas era um sorriso triste. E pensei se ele me conhecia bem o suficiente para ficar triste por mim, ou se eu só o fazia lembrar de alguma coisa que o entristecia. É assim que acontece com a maioria das pessoas. Tem mais a ver com elas do que com o outro.

Se fosse realmente por mim, eu me sentiria desconfortável.

Rigby me recebeu com beijos. Beijos no rosto. Ela nunca tinha feito aquilo. A cachorra era inteligente o bastante para saber que estava indo embora?

Quando levantei a cabeça, vi uma mulher. Na casa de Paul. Uma mulher.

"Opa", falei. Patético, mas estava surpresa.

Eu a conhecia, mas não sabia de onde.

"Oi", ela falou.

Só isso. Só oi.

Percebi um leve sotaque, mas se ela não falasse mais, eu nunca descobriria de onde era.

"Essa é a Rachel", comentou Paul. "Minha cunhada. Rachel, essa é a Angie, a vizinha. Ela vai levar a cachorra para passear enquanto cuidamos da mudança."

"É um grande prazer conhecer você", disse Rachel.

Ela devia ter a idade de Paul, mais ou menos, e era muito bonita. Magra, com cabelos e olhos escuros e um nariz longo, reto. E eu já tinha visto aquele rosto.

"Eu conheço você", comentei. "Já nos encontramos. Não? Quero dizer... já não nos vimos antes?"

Então lembrei. De repente, sem mais nem menos. Olhei para a estante de livros. A foto não estava mais lá. Mas era ela. A mulher da fotografia na estante de Paul. A que eu pensei ter morrido. Mas me enganei, porque ela estava bem ali na minha frente.

O estranho era que nada mais tinha sido retirado da estante. Mas a foto, a única fotografia de um ser humano, havia sumido.

Paul apareceu no meu campo de visão, e seu rosto estava tenso. Parecia que ele estava tentando chamar minha atenção. Não entendi o que estava acontecendo, mas senti vontade de calar a boca. Depressa.

"Acho que me enganei", eu disse. "Você deve ser parecida com alguém."

Olhei para Paul, que parecia aliviado.

Eu não sabia o que pensar. Estava curiosa. Mas era como um fio emaranhado, e eu não conseguia começar a desembaraçar a confusão até encontrar as pontas. Então desisti e deixei a confusão toda para depois.

"E o Dan?", perguntou Paul a ela.

"No quarto, tirando seus ternos do closet e embalando."

"Perda de tempo. Eu vou pôr fogo nos ternos."

"Não, guarde-os", sugeriu ela. "Caso alguém morra."

Paul sorriu, como se isso fosse engraçado. Mas era muito sorriso para pouca graça. E concluí que o sotaque dela era europeu, talvez alemão, ou perto disso, mas enfraquecido. Só um resquício distante.

Eu me preparava para pegar a coleira da Rigby quando Paul disse:

"Leite."

"Ah. Verdade. O leite."

Ele me disse para sentar à mesa da cozinha e pôs uma embalagem de leite na minha frente, também pegou uma colher na gaveta.

E eu pensei, caramba, se as colheres estão na gaveta é porque ele deve estar bem atrasado com essa mudança. Comecei a comer meu cereal, com a cabeça de Rigby em cima do meu joelho; ela precisava se encolher tanto que ficava parecida com um abutre.

Olhei para a sala de estar e vi Paul e Rachel andando de um lado para o outro diante da porta. E tive certeza de que havia alguma história ali, mas eu ainda não sabia qual. Aquilo me incomodou. Mas, como praticamente tudo que me incomodava, não havia nada que eu pudesse fazer para resolver.

• • •

Não levei Sophie. Insistia comigo mesma para levá-la, mas não adiantava. Havia uma pressão enorme dentro de mim que eu não conseguia explicar. Por fim, decidi que seria melhor para Sophie se ninguém a deixasse chegar perto da casa de Paul para ver a mudança.

Eu não sabia ao certo o que Sophie entendia ou não entendia. Mas ela com certeza tinha uma boa experiência com a partida de pessoas à sua volta.

Mas acho que essa era apenas uma desculpa boba. Acho que eu estava sendo egoísta, porque iria mesmo sentir falta daquele anjo enorme em forma de cachorro e a queria só para mim no último passeio.

Andei pelo nosso lado da rua, onde Sophie não nos veria.

Caminhava com a mão nos grandes ombros de Rigby, sentindo-os se moverem a cada passo lento e gigantesco. Eu me sentia mais triste do que parecia razoável.

"Que pena que você tenha que ir embora", eu exclamei para ela.

A cachorra olhou para mim como se quisesse responder. Engraçado, por uma fração de segundo, cheguei a pensar que ela responderia.
Mas ela olhou para a frente.
"E não é só por causa da Sophie", acrescentei.
É sempre melhor gostar das pessoas por mais razões do que somente o que elas podem fazer por você. Acho que, neste momento, eu já considerava Rigby uma pessoa.
Tinha certeza de que qualquer um que conhecesse aquela cachorra sentiria a mesma coisa.

• • •

Quando a levei de volta para casa, Paul saiu e pegou a coleira da minha mão. Ele também parecia um pouco desconfortável e triste ao se despedir, embora eu soubesse que estava feliz por conseguir deixar a cidade e o emprego para sempre.
"Pode me fazer um favor?", perguntei. "Quando sair com o caminhão, pode ir por ali?" Apontei para o outro lado da rua, oposto à casa de tia Vi. "Não sei o que vai acontecer se Sophie enxergar você e Rigby passando. Sei que ela vai perceber, mais cedo ou mais tarde. Mas é que..."
Fiquei sem palavras, sem saber como explicar o pedido.
"É claro", exclamou ele. "Não tem problema. Tem certeza de que não quer os últimos 10 dólares?"
"Tenho. É meu presente de despedida. Seja feliz na casa nova, está bem? Estou com inveja. Eu adoraria morar nas montanhas. Enfim, você com certeza não se importa com isso. Seja feliz."
Minhas palavras tinham sido sinceras, e acho que ele percebia. Nessa época, eu não conhecia Paul muito bem. Mas sabia que ele não estava feliz. Não era preciso conhecê-lo muito bem para perceber. Ele estava se aposentando aos 65 anos, e se não fosse feliz agora, quando seria? Para ele, era uma espécie de última temporada.

Ele pôs a mão na minha cabeça. Fiquei surpresa. Era quase como um gesto de afeto. Como uma coisa que só mães e pais fariam.

"Você é uma boa menina", ele falou. "Não deixe ninguém te convencer do contrário." E olhou para a própria mão na minha cabeça, como se só então a notasse ali, e então a recolheu. "Bem, acho que esse foi um comentário idiota. Ninguém vai dizer que você não é uma boa menina. Quis dizer para você tomar cuidado para não *se* convencer do contrário."

Eu entendi como era complexo o que ele dizia. Mas não sabia como responder com palavras. Então fiquei ali parada como uma tonta, sem falar nada.

Rigby continuava sentada no chão, ao meu lado. Paul segurava a coleira, mas ela ainda não havia mudado de lugar. Acho que ela sabia que aquilo era um encerramento. Sei que cachorros supostamente não compreendem esse tipo de coisa, mas foi a impressão que eu tive.

Depois de um silêncio prolongado, Paul avisou:

"Talvez você ainda nos veja de novo. Se voltarmos aqui para fazer uma visita." Ao falar *aqui*, ele apontou para trás, para a casa, que agora pertencia ao irmão dele e à mulher da fotografia.

"Mas você nem gosta do seu irmão." Eu falei, mas falei em voz baixa, para ninguém ouvir lá dentro da casa. Talvez o irmão não soubesse que Paul não gostava dele. Paul não seria a primeira pessoa a guardar para si uma coisa desse tipo.

Ele ameaçou um sorriso com um canto da boca.

"É verdade", confirmou. "Mas..."

E parou de falar.

E eu quis terminar a frase por ele. Juro, quase terminei. Quase disse que ele gostava muito da Rachel. Eu me segurei a tempo. Quem fala uma coisa assim para alguém que é quase um desconhecido?

Mas depois pensei: se éramos desconhecidos, por que estávamos nos despedindo como amigos?

Saí da varanda, e quando estava no último degrau da escada de pedra, disse:

"Boa viagem."

Estava atravessando o gramado do lado dele e olhei para trás. Paul continuava na varanda.

Ele levantou a mão e a manteve erguida e imóvel, como em um aceno que não acontecia.

Acenei também. Acenei de verdade.

• • •

"Você não pode ir", falou minha mãe. "Como pode ir?"

Na manhã seguinte, eu estava saindo para ir ajudar Nellie com o inventário. Poderia ser o último dia de inventário. Mas, como se tratava de Nellie, era impossível prever.

Estava saindo. A livraria era a única coisa de toda minha vida miserável pela qual eu realmente esperava com empolgação. Mas claro que não disse isso.

"Estou indo."

"Hoje pode ser o dia em que sua irmã vai desabar."

"É. Pode ser. Ou pode ser na terça-feira da semana que vem."

"Posso precisar de ajuda com ela."

"Que ajuda? Ajudar como? Se ela gritar, duas pessoas não vão conseguir fazê-la parar, não mais do que uma. Você só quer que eu fique aqui para te ajudar a se preocupar. Precisa parar de ficar em cima dela, de se preocupar. Ela vai perceber seu estresse, e isso só vai piorar as coisas."

"Viu? É exatamente por isso que eu preciso de você."

"Ai, meu Deus!", respondi, subindo o tom de voz. "*Você* é minha mãe, não o contrário!"

O golpe foi certeiro. Ninguém disse nada por um tempo desconfortável. Na verdade, minha mãe nunca falava nada.

"Olha. Eu amo aquela droga de livraria e estou indo. Boa sorte com a Sophie. Se precisar de ajuda, eu ajudo quando voltar."

Tentei não olhar para ela ao me dirigir à porta, porque aquela coisa de fazer biquinho era irritante. Nem *eu* fazia aquilo. Nem quando tinha 6 anos.

Por outro lado, tudo isso só reforça o que eu disse.

• • •

Estava mexendo em uma prateleira entre mim e Nellie, o que facilitava as coisas. Eu adorava conversar com ela. Mas cara a cara era muito... intenso. Sei lá. Assim era mais fácil.

"O que você pensaria de um cara que só tem uma única fotografia de uma pessoa em casa, e é a foto da esposa do irmão dele?"

Eu segurava um romance de capa dura, mas ainda não havia lido o título. Nellie não se incomodava. Quanto menos trabalhássemos no inventário, mais feliz ela ficava.

"O que eu pensaria?"

"É. O que você acha?"

"Acho meio estranho."

"Mas o que acha que isso significa?"

"Era uma foto de várias pessoas fazendo alguma coisa interessante?"

"Não. Só uma mulher posando para a foto."

"Acho que a esposa, namorada ou mulher dele ficaria bem brava."

"Ele não é casado. Mora sozinho, só ele e o cachorro."

"Talvez ele tenha um caso com a mulher do irmão."

"Acho que não, porque ele guardou a foto quando ela foi visitá-lo. Se eles tivessem um caso, ela saberia o que ele sente. Ele não teria que esconder."

"O simples fato de ela ter ido fazer uma visita sem o marido reforça minha teoria."

"Ah, não. O marido, que é irmão desse homem, também foi."
"Então era dele que o homem estava escondendo a fotografia."
"Talvez."

Mas eu não acreditava nisso. Não achava que era assim. A vida de Paul parecia triste e vazia demais para que fosse assim. Ele parecia mais com o tipo de homem que senta em um canto sozinho e sente, mas não age a partir dos sentimentos. Mas o que eu sabia? Podia haver qualquer tipo de coisa entre os dois. Apenas estou dizendo como eu percebia.

Li o título do romance, e ela o repetiu, que era sua maneira de confirmar o registro.

"Eu só fico admirada por existirem pessoas sozinhas que agem como se fossem felizes por estarem sozinhas, como se quisessem mesmo a solidão. E acredito nelas, porque, bem, que motivo teria para não acreditar? E aí descobrimos que não é bem isso que elas querem. Ninguém fala a verdade. Já percebeu?"

"É, posso ter notado", respondeu Nellie. Depois fez uma pausa, como se estivesse esperando eu ler outro título. Mas não li, e ela continuou: "Estamos falando de uma pessoa de verdade ou você está fazendo aquela coisa de 'meu amigo mandou perguntar'?".

"Não, ele existe mesmo. Não é bem um amigo. É mais ou menos, eu acho. Você acha estranho eu ter apenas duas amizades, pessoas com quem eu converso como se fala com um amigo, e os dois são adultos? Um tem 65 anos, a outra tem a sua idade."

"Você não sabe quantos anos eu tenho, como sabe que a pessoa tem a minha idade?"

"Bem, a pessoa é você. E você tem a sua idade. Certo?"

"Eu nunca revelo a minha idade, não vou dizer."

Não falamos mais nada por um tempo. Estiquei o pescoço para espiar pela estante, e ela estava olhando diretamente para mim. Eu me sentia como uma tartaruga toda vez que trabalhava com Nellie no inventário.

"Não adianta brincar para fugir da minha pergunta. Acha que isso é estranho?"

Ouvi o suspiro dela.

"Você sabe que tem uma maturidade bizarra para sua idade. Seu cérebro nem parece o de uma pessoa de 14 anos. Sabe disso, não é?"

Saí de trás da estante e sentei na grande poltrona estofada. Peguei uma linha desfiada na barra da minha calça jeans.

"Acho que é porque minha mãe se comporta como se fosse mais nova que eu, de certa forma. Mas nem sei se isso é verdade, isso que você disse. Eu me sinto com 14 anos, mas não tenho nada em comum com ninguém da minha idade, e todo mundo diz a mesma coisa que você, então deve ser verdade."

Fiquei puxando a linha por mais um tempo. Depois levantei a cabeça de repente, me perguntando o que estava fazendo.

"Caramba, eu nem devia estar sentada. Temos que fazer o inventário."

Ameacei levantar.

Nellie respondeu:

"O inventário pode esperar. Se você quer falar, fala."

"Não. Não quero falar. Odeio conversar. Quero terminar isso para você."

Voltei ao local de onde tinha saído. Sempre deixo o último livro deslocado na fileira, para não perder a sequência. Puxei o livro seguinte.

Era *O Livro Tibetano dos Mortos*.

Meu coração quase parou.

"Ai, merda", resmunguei, eu acho. Ou talvez tenha só pensado.

"Que foi?"

"Ah. Nada." Não foi só um pensamento. "Nada. *O Livro Tibetano dos Mortos*. Não tem autor. Só tradutor. Pode ser usado no lugar do autor?"

Ela não respondeu. Apenas perguntou:

"Você já leu?"

Dei risada, mas era uma risadinha que mais parecia um suspiro.

"Não. Não li. Sei qual é o tema, mas não li."

"O tema é o que parece ser à primeira vista?"

"É, acho que sim. Entender o que acontece quando alguém morre."

"O livro faz parte da cultura tibetana, estou surpresa por você não ter lido umas sete vezes na biblioteca."

"Não sei se quero ler este."

"Quer levar para casa e decidir? Estou te devendo muitos livros e um bom dinheiro por todo este trabalho. Se você quiser, é seu."

Eu não conseguia responder à pergunta. Literalmente, não conseguia. Fiquei parada com o livro na mão, incapaz de falar.

Por fim, saí de trás da estante, ainda segurando o livro. Caminhei até o balcão sem olhar para ela. Meu olhar estava cravado na capa.

"Você perdeu alguém de quem era muito próxima?", perguntou ela.

Estava tentando decidir se contava a ela quando a vi levantar a cabeça de repente e sorrir.

"Ah, olha só", disse Nellie. "Cathy chegou."

Olhei na direção que ela apontava.

Nellie havia mencionado uma vez uma pessoa chamada Cathy, e eu arquivei essa informação em algum lugar, mas não pensei muito em quem poderia ser. Na verdade, deduzi que era uma funcionária da livraria que eu ainda não havia conhecido.

Cathy entrou sorrindo. Acho que não era funcionária, já que era domingo. Além do mais, ninguém fica tão feliz quando vai trabalhar.

Ela parecia ter ascendência asiática e tinha o cabelo mais comprido que o meu. Era um pouco mais velha que Nellie. Tinha idade suficiente para exibir linhas de expressão nos cantos da boca e dos olhos.

Nellie estava fazendo as apresentações, mas eu continuava encarando a recém-chegada.

Cathy foi para trás do balcão, como se fosse tão dona da loja quanto Nellie, e passou um braço em torno da cintura dela. Depois beijou seu rosto.

Dei um passo para trás.

As duas olharam para mim, talvez por eu ter tropeçado e derrubado acidentalmente *O Livro Tibetano dos Mortos*. Abaixei depressa para pegá-lo e bati a cabeça no balcão com tanta força que vi aquelas pequenas explosões de luz. Era a primeira vez que eu entendia o que significava ver estrelas.

Ouvi Nellie falar:

"Ei! Tudo bem aí, garota?"

Mas a voz dela parecia distante.

Tentei pegar o livro de novo e, quando consegui, coloquei-o em cima do balcão. Mas não devia ter levantado tão depressa, porque fiquei tonta.

"Está se sentindo bem?", perguntou Cathy. Ela parecia meio... confusa.

"Preciso ir ao banheiro", avisei.

E saí o mais depressa possível.

Estava abrindo a porta da sala, nos fundos da livraria, quando ouvi Cathy comentar:

"Que coisa estranha. O que foi isso?"

Não ouvi a resposta de Nellie, mas ela resmungou alguma coisa.

"Homofóbica juvenil em treinamento?", perguntou Cathy. Sua voz era mais alta, bem audível.

Mas Nellie falou mais alto ainda.

"Essa foi a coisa mais idiota que você já disse. Seu gaydar parou de funcionar? Ela está a fim de mim, foi isso que aconteceu. Usa a cabeça."

A essa altura, eu já estava me segurando em uma das estantes, como se fosse tombar no chão caso não me apoiasse em algum lugar. O que não estava fora de cogitação. Senti meu coração disparado e odiei a sensação. Estava cansada disso. Trocaria minha vida por outra em qualquer uma dessas pulsações, porque estava muito cansada de sentir.

Cathy respondeu:

"Se eu soubesse, não teria deixado vocês duas sozinhas por tanto tempo."

Nellie estava ficando brava.

"Nem brinca com isso, Cathy. Não tem graça. Ela tem 14 anos."

"Ah. Desculpa. Não sabia que ela era tão nova. Parece mais velha."

"É, estávamos falando sobre isso mesmo. E sabe, não devíamos... Preciso dar uma olhada. Não devíamos estar falando dela desse jeito. Preciso ver onde ela está e se consegue ouvir a gente."

A voz estava se aproximando. Mas eu não conseguia me mexer. Estava paralisada. Não tinha tempo para chegar à sala dos fundos e, de qualquer maneira, nem conseguiria. Não tinha tempo nem para cair morta. O que teria acontecido, sem dúvida, se ela não houvesse aparecido antes.

Levantei a cabeça, e lá estava ela, olhando para mim.

"Angie."

Soltei a estante. Fiquei em pé sem me apoiar. Não olhava para ela. Meus olhos estudavam a estampa do tapete.

Ela não se movia, nem eu.

Então, de repente, eu destravei. Comecei a andar como se fosse passar por cima dela. Não conseguia abrir a boca nem ao menos para dizer "com licença" ou, ainda, "sai da porra do meu caminho". Mas ela entendeu que era a melhor coisa que eu podia fazer.

Senti meu ombro esbarrar no dela quando passei no espaço apertado. Percebi que a tinha desequilibrado, mas continuei andando. Não olhei para trás. Não olhei para Cathy quando passei por ela. Teria preferido pular em um buraco cheio de escorpiões. Continuei olhando para o carpete até sair da livraria.

Do lado de fora, a luminosidade na calçada era forte demais. Penetrou nos meus olhos e no cérebro como uma faca.
Ouvi Nellie me chamando de novo.
"Angie!"
Comecei a correr.
"Angie, espera!"
Não esperei.
Corri até minha casa.

• • •

Já conseguia ver a casa de tia Vi no fim do quarteirão e, mesmo assim, continuei correndo. Alguma coisa se repuxava em meu peito, os pulmões doíam. Eu podia ter parado. Não tinha motivo para não ter parado. Disse isso a mim mesma. Mas não parava.
Talvez quisesse sentir dor.
Foi então que ouvi Sophie. O grito de sirene. E por um segundo, pensei: ai, merda. Se eu consigo ouvir da outra ponta do quarteirão, a coisa é séria. Mais que séria. É um desastre.
E aí percebi que o som estava atrás de mim.
Parei, virei e me abaixei um pouco, apoiando as mãos nos joelhos, para tentar não cair. Para, ao menos, tentar recuperar metade do fôlego. Levantei a cabeça o máximo que pude.
Minha mãe parou a velha perua e, dentro dela, Sophie gritava no banco de trás. E... olha só... engatado no carro estava um trailer. Não era um desses trailers abertos que as pessoas alugam quando vão se mudar. Era daquele tipo que parecia um trailer para cavalos, mas sem as aberturas pelas quais o cavalo olhava para fora, e tão pequeno que mal acomodaria um pônei. A imagem sugeria mudança, é claro. Não podia significar outra coisa.
Fechei os olhos com força.
De início, tentei resistir. Tentei negar, como se aquilo não pudesse estar acontecendo. Não tudo ao mesmo tempo, não desse jeito. Depois cheguei naquele estágio em que

tudo parece tão ruim que você nem tenta mais lutar. Quando tudo está além até da possibilidade de tentar se salvar. Quando você apenas deita de barriga para cima e espera ser carregado pela tempestade.

Eu só me inclinei.

"Entra", disse minha mãe.

Ela esticou o braço e abriu a janela do lado do passageiro. O carro era tão velho que não tinha nem vidro elétrico. O grito ficou mais alto.

Não me mexi. Acho que não consegui.

Um vizinho que não conhecíamos foi ver que barulho horrível era aquele.

"Depressa", insistiu ela.

Enfim eu consegui me mexer.

Afundei no banco ainda tentando respirar. Fechei a janela enquanto ela fazia o carro andar de novo.

Pensei que íamos voltar para a casa de tia Vi, que estava logo na frente, a poucas casas de onde ela me pegou. Mas ela passou direto.

"Aonde vamos?", perguntei.

"O que aconteceu com sua cabeça?", perguntou minha mãe quase ao mesmo tempo.

Nós duas gritávamos em meio à sirene de Sophie.

E nós duas esperamos. Como se a outra fosse responder.

"Aonde vamos?", perguntei de novo.

"Você primeiro."

Não sei por que deixei minha mãe ganhar essa. Mas não tinha mais forças para brigar.

"Parece muito sério? Talvez não seja tão grave. Só bati a cabeça quando abaixei para pegar um livro."

"Por que estava correndo?"

"Porque fiquei com vontade de correr. Agora é sua vez. Aonde vamos?"

"Estamos indo embora."

"Eu percebi. Mas por que não paramos na casa da tia Vi para pegar nossas coisas?"

"Eu peguei nossas coisas."

"Como assim? Eu só fiquei fora por..."

"Duas horas e meia."

"Como conseguiu alugar um trailer e pegar todas as nossas coisas tão depressa?"

O esforço para falar alto estava deixando minha garganta irritada.

"Porque, caso não tenha notado, não temos muita coisa."

"Eu não estou aguentando. Preciso dos meus tampões de ouvido."

"Sinto muito, guardei em algum lugar."

"Preciso deles."

"Meu bem, eu guardei. Joguei tudo nas caixas e joguei as caixas no trailer. Como vai encontrar uma coisa tão pequena?"

Alguma coisa se rompeu em mim. Algo que estava sob forte pressão. Cobri as orelhas com as mãos com toda a força que tinha, abaixei a cabeça e apertei os joelhos contra as mãos.

O barulho ainda era demais.

Senti que viramos à direita. De novo. E de novo. Demorei uns cinco ou dez minutos para entender que estávamos apenas dando voltas no mesmo lugar.

E levei mais uns quinze ou vinte minutos para ser derrotada pela inutilidade do que eu estava fazendo.

Levantei a cabeça.

"Se você vai ficar apenas dando voltas no quarteirão, será que pode me deixar na casa da tia Vi? Dei um par de tampões para ela. Talvez ela ainda tenha."

"Não sei se somos bem-vindas na casa dela, meu bem."

"Estou falando só de mim. Não de todas nós. Além do mais, quero ter certeza de que você não esqueceu nada meu."

"Não ficou nada naquele quarto."

"Pegou minha melhor jaqueta no closet do corredor?"

"Hum..."

"Ótimo. Bom trabalho, mãe."

"Tudo bem. Eu te levo lá."

Alguns minutos depois, minha mãe parou na frente da casa de tia Vi e eu desci, e ela seguiu em frente. Mal tive tempo para fechar a porta.

Fiquei na calçada observando o carro se afastar e percebi que não sabia quando ela ia voltar para me buscar. Mas essa não era a parte mais assustadora. A parte que mais me dava medo era que, de fato, eu não me importava com isso. Fiquei imaginando como seria não estar presa a nenhuma delas. Parece horrível, mas pensei nisso. Sim, eu tinha só 14 anos. Seria difícil viver sozinha. Mas... mais difícil que aquilo? Como alguma coisa poderia ser mais difícil que aquilo? Eu me sentia entregando muito mais do que recebia. Mas afastei esse pensamento também.

Gostando ou não, elas eram a minha família.

Bati na porta. Melhor prevenir, caso eu realmente não fosse bem-vinda. Ninguém abriu, e eu entrei usando minha cópia da chave.

Encontrei tia Vi no quarto dela, na cama, com o roupão desbotado, deitada sob as cobertas, mas acordada. Ela olhou para mim como se tudo que havia partido seu coração estivesse bem ali, na sua frente.

"Sinto muito por tudo isso", falei.

Ela sorriu daquele jeito triste.

"Eu sinto muito mais por você. Nunca vai poder se afastar de tudo isso como eu posso. Não pode só dizer 'para mim chega'."

Isso me atingiu em cheio. Porque era exatamente o que eu pensava. Exatamente isso. Eu havia chegado no meu limite, no "para mim chega". Mas ela estava certa. Não podia só falar. Ela podia estabelecer um limite. Eu não.

"O que aconteceu? Como ela descobriu que a cachorra tinha ido embora?"

"Alguém abriu a porta da casa do vizinho, e era uma pessoa que ela nunca tinha visto. Uma mulher. E sem cachorro. Foi logo depois que você saiu. Ela desmoronou. Nunca a vi daquele jeito, e eu pensava já ter visto o pior."

"Acho que ninguém viu o pior dela", respondi.

E me arrependi. Era apenas uma dessas coisas que estavam ali o tempo todo, esperando para ser ditas. Apenas um dia muito ruim poderia me tirar do sério a ponto de falar algo assim.

"Sua amiga esteve aqui."

"Que amiga?"

"A mocinha da livraria. Ela deixou um pacotinho para você."

Foi como ser atingida por um bastão de beisebol feito de gelo. Acho que estava enganando a mim mesma, pensando que estava no fundo do poço sem tentar me salvar.

"Como ela descobriu onde eu morava?"

"Ela telefonou, eu dei o endereço. Pensamos que você já estaria em casa quando ela chegasse, mas ela acabou de ir embora. A sacola ficou ao lado da porta. Para onde vocês vão, querida?"

Reagi com um suspiro irritado. Era uma pergunta idiota para me fazer agora. Por que as pessoas me perguntavam coisas desse tipo, como se eu fosse o cérebro da família? Por que eu não podia ser só uma adolescente?

"Eu não tenho... a menor ideia." Quase escolhi uma palavra mais forte. Não por estar com raiva dela. Era mais para insultar a situação. Mas me contive a tempo. "Olha só, eu peço desculpas por tudo. Vou dar uma olhada para ver se minha mãe não esqueceu nada meu. E... lembra daqueles tampões de ouvido que eu te dei? Você ainda tem?"

Ela levantou um pouco o tronco. Como se só conseguisse pensar quando o cérebro estava mais alto que o corpo.

"Acho que estão no armário do banheiro. Mas não vai usar aquilo depois de eu ter enfiado nas orelhas, vai?"

"Estou meio desesperada."

"Bem... vai lá olhar."

Fui ao banheiro. Fiquei assustada ao olhar meu reflexo no espelho. Eu tinha um grande hematoma roxo na testa, e meus olhos estavam inchados como se eu tivesse lutado contra alguém. Abri a porta do armário e logo encontrei os tampões de ouvido. Reconheceria aquele tom de azul em qualquer lugar.

"Obrigada", falei ao passar pelo quarto dela. Deixei minha cópia da chave em cima da mesinha de cabeceira. "Por tudo."

E fui para o nosso antigo quarto.

Olhei embaixo da cama. E claro, meu baú trancado estava lá. Ah... era o que eu tinha de mais importante. Uma boneca e dois livros que ganhei do meu pai, uma camiseta velha que havia sido dele, meu livro sobre o Himalaia, um anel que foi da minha avó.

Levantei o colchão e passei a mão embaixo dele até encontrar a chave, que logo enfiei no meu bolso.

"Quanto cuidado para pegar minhas coisas, mãe", falei em voz alta para ninguém em particular.

Saí do quarto carregando o baú e parei para pegar minha melhor jaqueta no closet do corredor.

Depois, encontrei a sacola que estava sobre a mesinha de madeira ao lado da porta. Era de papel-pardo, com o logotipo e o endereço da livraria de Nellie. Pendurei a jaqueta em um braço e saí da casa carregando tudo.

Não vi minha mãe em lugar nenhum.

Sentei na escada me sentindo exposta, como se Nellie fosse aparecer de novo para falar comigo. Eu odiava conversar. Odiava mesmo. Por que todo mundo sempre queria conversar sobre coisas que deviam ser deixadas de lado?

Abri o baú. Ia jogar a sacola lá dentro sem abri-la e trancar o baú de novo. Mas não me contive e acabei espiando o interior da sacola.

Lá dentro estava *O Livro Tibetano dos Mortos*, o que me deixou ainda mais nervosa. Agora ele era meu. E também tinha um envelope lacrado.

Tive uma sensação estranha, como se tivesse entrado em uma espécie de dimensão paralela. Como tanta gente tinha feito tanta coisa tão depressa? Como deixamos de morar aqui enquanto eu estava na livraria? Como Nellie conseguiu preparar a sacola, descobrir meu endereço e deixar a sacola aqui enquanto eu corria para casa? Ah, bem... enquanto minha mãe ficou dirigindo em círculos, eu acho.

Era como se não estivéssemos todos nos movendo na mesma velocidade.

Eu não conseguia decidir se suportaria ou não abrir o envelope. Tinha sentimentos igualmente fortes em relação a ver e não ver o seu conteúdo. Então decidi que era melhor olhar logo, antes que minha mãe aparecesse de novo. Seria tarde demais para mudar de ideia por Deus sabe lá quanto tempo.

Rasguei o envelope. Era uma nota de cem dólares com um recibo impresso e a discriminação do pagamento: "Valor pago por trabalho de inventário". E ainda havia um longo bilhete escrito à mão. Um bilhete que, ao olhar, eu tinha certeza de que não queria ler.

Olhei para a primeira linha. Passei os olhos por ela. Não estou exagerando. Li com os olhos meio fechados, como se fosse possível ver e não ver ao mesmo tempo. Li apenas: "Angie, desculpa. Não tive a intenção de constrang...".

Guardei o bilhete no envelope antes que morresse de vergonha. A única coisa mais embaraçosa que tudo aquilo era alguém apontando o constrangimento.

Por um minuto, pensei se havia algo errado com todo mundo no mundo inteiro, ou se a errada era eu.

Minha mãe apareceu na esquina no fim do quarteirão, e eu guardei o dinheiro no bolso da calça jeans. Depois joguei a sacola e o bilhete dentro do baú e o fechei com a chave.

Quando minha mãe parou o carro, notei que a voz de Sophie estava rouca e instável, mas ela ainda gritava com toda a força que lhe restava.

Amaciei os tampões e os enfiei nas orelhas na hora certa.

Coloquei a jaqueta e o baú na parte de trás da perua e sentei ao lado da minha mãe.

Ela disse alguma coisa, mas eu não ouvi.

"Quê? Estou com os tampões de ouvido."

"Eu disse 'Ah, o baú'", ela falou muito mais alto

"É. Ah, o baú. Só as minhas coisas mais importantes."

"Desculpa."

"Você não devia ter feito isso. Eu devia ter tido a chance de arrumar minhas coisas."

"Eu falei para você não sair."

Compreendi que ela estava certa. Eu não devia ter saído. Sempre soube. Mas não quis dar o braço a torcer.

"Tem razão. Desculpa."

Passamos um tempo sem falar nada, e a voz de Sophie começou a falhar. Todo mundo tem um limite para a própria voz. Até minha irmã.

Minha mãe ainda dirigia em círculos. E isso era tão insano que eu mal me sentia capaz de comentar.

Então eu disse, quando já não aguentava mais:

"Aonde vamos?"

"Não sei."

"Não podemos parar em algum lugar?"

"Não consigo pensar em nenhum lugar afastado o suficiente para ninguém chamar a polícia. Vou ter que continuar dirigindo até ela parar."

"E depois?"

"Está perguntando demais. Preciso de tempo para pensar."

"Desculpa."

• • •

Era o meio da tarde. Mas de repente eu acordei, embora nem soubesse que tinha dormido. O carro estava estacionado na frente da casa de tia Vi. Sophie dormia no banco de trás. Minha mãe tinha desaparecido.

Fechei os olhos de novo.

Eu me sentia um pouco melhor, porque deduzi que ela estava conversando com minha tia. Talvez conseguisse resolver tudo. Talvez pudéssemos ficar, pelo menos essa noite.

Não sei por quanto tempo mantive os olhos fechados, mas quando os abri, vi minha mãe pelo espelho lateral. Ela estava na varanda da casa onde antes morava Paul Inverness.

Estava conversando com Rachel.

"Que diabo é isso?", falei, mas falei baixo para não acordar Sophie. Era difícil ela acordar depois de ficar esgotada daquele jeito. Mas eu não queria correr nenhum risco.

• • •

Dei um pulo ao ouvir a porta do carro bater. Olhei para minha mãe.

"O que foi aquilo?"

Ela não respondeu. Apenas ligou o carro e saiu. Eu precisava pensar se queria pressioná-la para obter respostas. Em um dia como aquele, queria mesmo continuar apressando as más notícias?

Dessa vez, não ficamos dando voltas. Minha mãe entrou na rodovia.

"Então...", comecei, como se fizesse um teste. "Agora posso saber para onde estamos indo?"

"Sim", respondeu ela. "Agora pode. Vamos para uma linda cidadezinha nas montanhas. E vamos recomeçar a vida lá. Se for tão pequena quanto imagino que seja, talvez possamos até alugar uma casa afastada, sem vizinhos para nos ouvir."

"Montanhas", repeti. Não me atrevia a acreditar.

"Vai ser legal, você vai ver."

Nesse momento percebi que minha mãe não tinha ideia do quanto eu amava montanhas. Eu realmente havia mantido minha vida interior em segredo.

"Que montanhas? Onde?"

"Sierra Nevada. Perto do Lago Kehoe."

Levei um instante para processar a informação, que entrou no meu cérebro como peças de um quebra-cabeça. Eu precisava montar o cenário.

Quando montei, dei um grito tão alto, que foi um milagre Sophie não ter acordado.

"Meu Deus!"

"Fale baixo!"

"Você não vai fazer isso! Não pode fazer isso! Não pode estar falando sério! Ele trabalhou a vida inteira para conseguir ter paz e sossego lá!"

"Ele não é dono da cidade."

"Como você pode acreditar que isso vai dar certo? Acha que vai encontrar uma casa para alugar do outro lado da cerca da casa dele, perto da cachorra? Isso é loucura!"

"Podemos tentar."

"Não acredito que você vai fazer isso. Ele vai morrer quando a gente chegar."

"Tem uma ideia melhor?"

Sempre chegava nisso. Aceitar as péssimas ideias da minha mãe ou pensar em ideias melhores. Eram sempre essas duas opções terríveis.

Isso não é jeito de crescer.

Na minha opinião pelo menos não é.

· · ·

Fiquei de olhos fechados até sairmos da cidade. Podia apostar que não ia conseguir dormir, mas de repente meus olhos abriram, e estávamos no meio do nada. Estava escuro e chovendo forte. E o carro estava parado.

Minha mãe estava abraçada no volante, descansando a testa nos braços.

Olhei para ela por um tempo, tentando me livrar do sono. Vi a chuva lavando o para-brisa, gotas enormes que explodiam em outras menores ao cair sobre o vidro. O céu se acendeu, e vi os raios de luz no horizonte, cortando o céu.

Olhei para Sophie no banco de trás, ainda dormindo.

Um trovão assustou minha mãe.

"Ah, você acordou", disse ela.

"Sim. O que estamos fazendo?"

"Nada."

"Não estava enxergando? Por isso parou?"

"Estava enxergando. Não foi isso."

Eu podia perguntar a razão, mas a resposta era óbvia. Quando você fala para alguém "não foi isso", tem que estar preparada para contar a segunda parte da história. As pessoas não têm que perguntar.

Depois de um tempo, ela disse:

"Talvez seja loucura."

"Ah, com certeza é."

Minha mãe não falou mais nada por um bom tempo, e eu também fiquei quieta.

Por fim, cansei de esperar.

"O que mais poderíamos fazer se não fizermos isso?"

Ela riu, embora não estivesse de bom humor.

"Bem, aí é que está o problema. É assim que eu sempre chego às decisões insanas e ao comportamento irracional. Não existe plano B."

"Que distância já percorremos?"

"Mais da metade."

Um raio iluminou tudo de novo, e minha mãe se encolheu à espera do trovão. Mas ele foi bem abafado, comparado ao estrondo do anterior.

"Talvez...", disse ela.

E eu já sabia que algo ruim estava a caminho. E sabia o que era, provavelmente.

Eu me sentia como se a Terra fosse realmente plana e tivéssemos viajado até a borda sem perceber. Era como uma queda inevitável. Estava com essa sensação desde a livraria. E ainda nada de chegar ao fundo.

"Talvez o quê?"

"Talvez tenhamos que levar em consideração algumas possibilidades que descartamos há algum tempo. E sabe... voltar a cogitá-las."

Eu não sentia nada porque não sobrava muito espaço para as coisas piorarem.

"Não acredito que você faria isso. Não acredito nem que está falando sobre isso. Você prometeu. Nós duas prometemos."

"Caso você não tenha notado, estamos em um beco sem saída, meu bem."

"Não interessa. Foi uma promessa, e promessa a gente cumpre, seja como for. Não se cumpre uma promessa só até ela ficar difícil. E eu? E se eu dificultar sua vida? Também vou ter que ir embora?"

"Isso é *muito* injusto", disse ela com aquela mistura de mágoa e raiva. "Não é a mesma coisa, e você sabe disso."

"Por que não é? Nós duas somos suas filhas. Ou é para sempre ou não é. Ou é incondicional ou não é."

Mais um raio.

Ela não respondia. Às vezes, quando minha mãe ficava muito perturbada, ela perdia as palavras. Nunca entendi se ela não as encontrava ou se apenas não gostava daquelas que conseguia encontrar.

"Tudo bem", reconheci. "Não é exatamente a mesma coisa. Desculpa, mas fizemos uma promessa."

"E qual é o seu plano?"

Odiava pensar nisso, mas tive a sensação de que ela havia feito aquilo de propósito. A insinuação de mandar Sophie para longe de nós tinha sido apenas um truque para jogar o próximo passo no meu colo. Ignorei isso também. Podia até ser verdade, mas não estava ajudando.

"Talvez a gente até possa ir para essa cidadezinha onde Paul foi morar", falei. "Mas teria que haver algumas regras. Não quero você e Sophie perto dele de jeito nenhum, porque acho que ele não quer essa aproximação. Mas eu me dou bem com ele. Talvez consiga explicar a nossa situação. Posso me oferecer para levar a cachorra para passear sem cobrar nada. E Sophie poderia ir junto nessas caminhadas, porque ele não estaria presente. E talvez ela se adapte e entenda que vai ver Rigby de novo no outro dia. Sabe? Como era na casa da tia Vi. Temos dinheiro suficiente para arrumar um lugar para ficar?"

"Sim e não."

"Como assim?"

"Podemos ficar em algum lugar por pouco tempo ou podemos comer. Mas não as duas coisas."

Minha mão descansava sobre a saliência da nota de cem dólares que Nellie mandou para mim e que ainda estava guardada no fundo do bolso da calça. Não tinha mencionado o dinheiro. Não que planejasse esconder. Tínhamos que comer. Eu só queria que ele fosse meu por mais um tempinho antes de abrir mão dele pelo bem da família, como eu sempre fazia.

Catherine Ryan Hyde
para sempre
you
te amar

# 5

## Desaparecida

Em meus sonhos, eu revivia um determinado momento do Horrível Fiasco da Livraria. Só um momento interminável e repugnante. Estava atrás da estante, e sabia que ela ia me encontrar. Ia descobrir que eu estava ouvindo tudo. Mas, no sonho, o corredor era largo como um campo de futebol e se abria em um ângulo infinito. Quando vi o rosto dela tive espaço suficiente para conseguir passar a um quilômetro de distância.

Mas eu estava paralisada. Não conseguia me mexer.

E então lá estava ela, no fim do corredor, mas não era Nellie. Era Sophie, porém adulta. E sem TEA. Não sei como eu sabia que era Sophie. Mas eu sabia. Ela olhava diretamente para mim, e seus olhos registravam tudo. Eles estavam perfeitamente nítidos.

Um barulho me assustou e eu acordei.

Sentei de repente.

E agora a má notícia. Não havia espaço suficiente para sentar. Eu estava dormindo no fundo da perua, onde nem me lembrava de ter ido dormir. Não me lembrava de ter entrado no porta-malas. Bati a cabeça no forro, que era velho, fininho e não me protegeu do impacto com o metal do teto do carro. Bati no mesmo lugar que tinha batido no balcão da livraria.

E caí para trás.

"Ai", resmunguei. "Merda", falei, ainda mais baixo.

O barulho me assustou de novo. Batidas. Alguém estava batendo na janela de trás da perua.

A primeira coisa que pensei foi: a polícia. Não devíamos estar dormindo ali. Estávamos encrencadas.

Estava claro, e eu conseguia ver a pessoa batendo na janela, mas chovia bastante, e a pessoa vestia uma capa de chuva com capuz, por isso eu não conseguia ver muito. Consegui identificar um homem idoso, talvez da idade de Paul, mas com rosto e olhos mais suaves.

Sentei novamente, tomando o cuidado de inclinar o corpo para não bater a cabeça. Olhei para a frente do carro. Sophie continuava dormindo na cadeirinha de segurança, que estava presa ao banco traseiro, no lado do passageiro, reclinado quase na horizontal.

Abri a janela de trás. Ela levantava, quase como uma terceira porta. Na verdade, acho que era uma espécie de terceira porta. Era estranho ficar sentada toda encolhida daquele jeito, mas não havia muitas opções.

"Bom dia", disse ele.

"Fizemos alguma coisa errada?"

"De jeito nenhum. É que eu vi você dormindo no carro e fiquei pensando se não tinha uma barraca. Desculpe, eu te acordei."

"Barraca?"

"Não tem?"

Olhei em volta. Era difícil enxergar alguma coisa naquele temporal, mas estávamos em uma espécie de acampamento. Vi duas barracas e vários trailers e *motorhomes*.

"Hum. Não. Não temos."

"Eu imaginei. Temos três nos Achados e Perdidos, ninguém nunca veio procurar. É surpreendente como as pessoas desmontam as barracas e esquecem de levá-las. Pode pegar uma emprestada, se quiser."

"Ah, obrigada. Você é muito gentil. Mas... não sei quanto tempo vamos passar aqui. Quando minha mãe acordar, eu vou descobrir. Não sei se ela vai querer pegar a estrada assim que acordar."

"Bem, é só falar comigo. Está vendo aquele trailer grande com a cerca em volta? Minha esposa e eu somos os anfitriões do camping. Se precisar de alguma coisa, é só ir até lá."

"Obrigada."

Eu devia ter falado mais alguma coisa, pois o homem era gentil. Mas estava com sono e não conseguia superar o sonho. Não sabia nem onde estávamos.

Ele se afastou na chuva, segurando a beirada do capuz para proteger o rosto.

"Que foi?", perguntou minha mãe.

"Está acordada."

"Sim."

"Mas me deixou conversar com o homem."

"O que ele falou?"

"Só se ofereceu para emprestar uma barraca se quisermos."

"Que bom. Corre atrás dele. Fala que a gente quer."

"Não preciso correr, sei onde encontrá-lo. Vamos ficar aqui? Onde estamos?"

"Na entrada da cidadezinha."

"E por que estamos *aqui*?"

"Onde mais a gente vai ficar?"

"Em um... sabe... um lugar. Com um teto. Está chovendo. Isso não é clima para acampar."

Estiquei o pescoço para ver se minha irmã continuava dormindo. Mesmo com toda a agitação, ela estava do mesmo jeito.

"Ter um teto custa dinheiro. Você tem dinheiro?"
Decidi não contar que tinha. Ainda não.
"Você disse que tinha uma graninha."
"Eu disse que tínhamos o suficiente para pagar estadia por algum tempo ou para comer, mas não o suficiente para as duas coisas. Acho que comer é bom. E tenho que devolver o trailer. Vou ter que ir até Fresno para isso. É onde fica a filial mais próxima da locadora."
"Não pode devolver o trailer. E as nossas coisas lá dentro?"
"Vamos ter que tirar tudo de lá. Eles cobram por dia, meu bem."
"Você quer tirar todas as nossas coisas de lá, no meio desta chuva, e morar em uma barraca? E quando o dinheiro acabar... e aí?"
"Você sabe... eu poderia trabalhar em qualquer lugar, qualquer horário... poderíamos morar em qualquer lugar, se não fosse..."
"Para. *Não* começa com isso de novo."
"Eu tenho que falar. Sinto muito. Não dá para evitar. Estou no fim do meu..."
Então ela começou a chorar. Não era um choro manso, com voz trêmula e algumas lágrimas. Eram soluços.
"Não temos onde morar. Você entende?"
Não consegui formar as palavras. Mas entendia. Só me sentia entorpecida.
Também entendi que, se alguém ia resolver tudo, tinha mesmo que ser eu.
Pulei a janela traseira na chuva e corri até o trailer do dono do camping. Chovia forte, eu não enxergava muita coisa, mas conseguia ver que estávamos em uma floresta densa com árvores perenes. Quando me abriguei embaixo do toldo do trailer, já estava ensopada. E com frio.
A porta estava aberta, e eu só botei a cabeça lá dentro e falei:
"Oi?"

"Ah", respondeu o homem. "Não demorou muito."

"Minha mãe falou que vamos ficar, então vou aceitar a barraca. Mas preciso pedir um grande favor. Será que pode emprestar duas? Porque temos que tirar todas as nossas coisas do trailer, minha mãe precisa devolvê-lo."

Ele coçou o queixo, onde havia uma barba branca começando a crescer.

"Não vejo por que não. Elas nãos servem para nada ficando lá nos Achados e Perdidos."

O homem pegou a capa de chuva e saiu. Depois desapareceu na chuva, vestindo a capa enquanto corria. Quando voltou, ele carregava dois sacos verdes. Um deles tinha pouco mais de meio metro de comprimento, o outro devia ter quase um metro. Não eram muito grossos, e eu consegui encaixar um embaixo de cada braço.

"Sabe montar as barracas?"

"Na verdade, não", respondi.

"Essa tem um manual, mas são quase todas iguais. Os canos são separados, então você tem que juntar, fazendo um encaixe. Depois você os encaixa nas alças do lado de fora da barraca. Aí, quando enterrar as extremidades naqueles buracos de ilhós, ela vai ficar esticada como um domo."

Fui olhando o manual. Parecia fácil.

"Obrigada. Acho que vou conseguir."

"Essa aqui tem uma manta. É como uma lona que você põe embaixo da barraca para manter o chão seco se chover. Sugiro que durmam nessa aqui e coloquem as coisas na outra, mas deixe por baixo o que não vai estragar se por acaso molhar. Se tiver caixas, é melhor empilhar em cima do que for à prova d'água."

"Entendi."

Isso era uma coisa que um pai devia fazer, e eu queria ter um pai para assumir o controle de tudo.

"Se tiver algum problema, pode voltar."

"Certo." Ia sair na chuva. Mas parei. "Como soube que não tínhamos uma barraca?" Ouvi meus dentes batendo um pouco enquanto falava.

"Eu não tinha certeza, mas vocês não são a primeira família que aparece no camping com tudo que têm e despreparada para acampar."

"Ah, pensei que fôssemos só nós. Achei que todos tivessem tudo organizado."

Ele riu, uma risadinha curta e baixa.

"De jeito nenhum."

Virei para correr na chuva de novo, mas ele me deteve.

"Espere."

Esperei.

"Tenho que te perguntar uma coisa. Desculpe, mas é necessário. Você está segura? Ou está sofrendo de algum jeito?"

Juro, não entendi o que ele queria dizer. Não me sentia segura e sofria a cada movimento. Mas ele não parecia estar se referindo a essas coisas.

"Não sei se entendi a pergunta."

Ele apontou a própria testa. Toquei imediatamente a minha. Doeu.

"Ah, isso..."

"Isso e a cicatriz de um corte no lábio."

"Estou segura. Não tem ninguém me machucando."

"Eu *adoraria* acreditar em você."

"Sério, isso aqui foi burrice minha", expliquei, apontando para a testa. "Abaixei para pegar uma coisa que tinha derrubado e bati a cabeça em um balcão. A boca foi minha irmãzinha, mas não foi de propósito. Às vezes, me machuco cuidando dela. Mas ela não tem culpa, é o TEA. Significa..."

"Sei exatamente o que significa", interrompeu ele, e vi sua expressão mudar. Toda a simpatia desapareceu. O que restou foi uma mistura de tristeza e desânimo.

"Minha esposa e eu temos um filho autista."

"Quantos anos ele tem?"
"36 anos."
"Ele mora aqui com vocês?"
"Não."
"Que sorte. Quero dizer, tem sorte por ele poder morar sozinho."

Menos simpatia e menos abertura. Mais tristeza e mais desânimo.

"Ele não mora sozinho. É um caso de autismo severo. Ele mora em uma instituição onde sabem cuidar de pessoas que têm os problemas dele."

Nesse momento, percebi uma coisa. Duas coisas, na verdade. Que por um minuto eu tinha gostado daquele homem. E que agora não gostava mais.

"Nós não vamos fazer isso", respondi.

"Desejo o melhor para vocês. Minha esposa ainda tem uma cicatriz no queixo. Quase trinta anos depois, ainda é visível."

"Preciso ir. Obrigada pelas barracas."

Voltei correndo debaixo do temporal. Mas... voltei para onde? Esse pedaço alugado de terra não era um abrigo. Não era nada. Mas, no momento, era tudo que tínhamos. Eu não tinha escolha, senão pensar nele como um lar.

• • •

"Vai ter que voltar mais", falei para minha mãe.

Eu batia os dentes. Estava ensopada, depois de montar as duas barracas embaixo daquela chuva torrencial. Mas já estava ensopada antes de começar a montá-las. Então repetia para mim mesma que depois de ficar ensopada, é impossível ficar mais ensopada. Mas a temperatura devia estar em torno dos quatro graus. O que significava que, quando anoitecesse, talvez eu visse neve pela primeira vez. Seria lindo vê--la através de uma janela ou vestida com roupas secas, mas as duas opções eram improváveis.

Tentei lembrar quantos cobertores nós tínhamos.

Minha mãe entrou no carro de novo para dar ré e tentar trazer o trailer até o toldo da barraca maior, a que tinha a lona para manter o chão seco.

Ouvi a marcha da perua arranhar. Ouvi Sophie, que tinha acordado e continuava na cadeirinha, mas eu era a única que sabia que ruído era aquele. Sophie tinha perdido a voz. Era como se estivesse sussurrando o tempo todo. Como o vento soprando forte na grama seca, mas um pouco mais alto.

O trailer vinha na minha direção, mas não diretamente. Ele desviou um pouco, foi na direção errada.

"Para!", gritei.

Ela parou.

"Deixa aí mesmo."

Achei que seria mais fácil mudar a barraca para a posição certa do que tentar ajudar minha mãe a manobrar o trailer.

Puxei as estacas da barraca. Depois abri as portas do trailer e empurrei a barraca até uma aba da abertura encostar na parte de trás do trailer. Não adiantou muito. Ainda tinha uma cortina de água escorrendo da barraca, e ainda teríamos que passar com as coisas por baixo dela. Não prendi as estacas de novo porque me ocorreu que encheríamos o espaço com muita coisa pesada.

Minha mãe entrou no trailer e pegou uma caixa.

"Não", falei. "As caixas ficam por último. Eu já expliquei."

"Ah. É verdade."

Ela me deu o baú de metal. Pelo jeito, tinha jogado meu baú no fundo do trailer para termos mais espaço e conseguir dormir no carro. Eu o coloquei em um canto, onde não ficaria soterrado.

"Estou ficando encharcada", reclamou minha mãe.

"Bem-vinda ao clube. Espero que os cobertores sejam suficientes."

"Temos alguns, mas não sei o que você acha satisfatório."

Ela me deu uma caixa de plástico cheia de toalhas. Coloquei a caixa em um canto também. Estava começando a compreender que quase tudo ali teria que ficar ao nosso alcance, o que era impossível.

"Vamos precisar de muitos cobertores", falei.

"Eles sempre foram suficientes."

"Vai fazer frio hoje à noite."

"Estamos quase no verão."

"Estamos nas montanhas. Ainda não entendeu que faz mais frio nas montanhas?"

"Ah. Verdade", admitiu e me deu uma caixa de papelão. "Desculpa. Agora as coisas estão todas dentro de caixas. Vou te entregar as que têm pratos, panelas e utensílios. As caixas vão ficar molhadas, mas o que tem dentro delas não vai estragar. Algumas coisas que estão em sacos de lixo podem ficar no chão, mas não vai dar para empilhar os sacos."

Deixei a caixa bem no meio da barraca, que já estava molhada. Não sabia se a água vinha de baixo ou se entrava pela abertura da porta. Ou se estava escorrendo de mim. Eu não conseguia acreditar que teríamos que viver assim.

"Leva a Sophie com você quando for devolver o trailer", falei.

"Você não vai?"

"Não."

"Por que não?"

"Porque eu preciso me secar."

"Eu espero."

"Não quero deixar nossas coisas aqui. E se alguém roubar?"

"Não tem nada muito valioso."

"É tudo que nós temos."

"Mais cedo ou mais tarde, elas vão ter que ficar aqui sem nós."

"Eu não vou. Entendeu? Não vou. Estou irritada e quero ficar sozinha. Preciso de um tempo. Normalmente, quando preciso ficar sozinha, eu saio, mas estamos no meio do

nada, e está chovendo e fazendo frio. Leva a Sophie, devolve a porcaria do trailer e me deixa na barraca sozinha. Tem ideia de como vai ser difícil viver assim? Nós três naquela barraca? Na chuva?"
"Não vai chover para sempre."
Ela me deu outra caixa. Era bem leve.
"Já está me dando as roupas?"
"Não sei. Não tenho como saber o que está aqui dentro. Põe em cima da caixa com as coisas de cozinha. Não lembro bem o que coloquei em cada caixa. Estava com pressa."
"E se parar de chover? Não tem cerca. Não tem quintal. Como vamos lidar com ela sem uma cerca?"
"Reclamar não ajuda em nada, Angie."
"Ah, desculpa, mas é tudo que eu posso fazer agora."
"Vai para a outra barraca e fica sozinha. Eu termino aqui. Depois vou devolver o trailer e levo a Sophie comigo."
Saí correndo antes que ela mudasse de ideia.
"Mas tem que deixá-la sair do carro antes disso tudo", avisei, mesmo que precisasse ficar no meio da chuva para dizer isso.
"Por quê? Você mesma acabou de dizer que aqui não tem cerca."
"Não pode deixar a Sophie presa na cadeirinha o dia todo enquanto estamos aqui. E vai ser um dia inteiro até você voltar. É cruel. É praticamente um abuso."
Senti a chuva entrando nos olhos e nas orelhas.
Ela não respondeu, e eu corri para dentro da barraca.
Não era um grande abrigo. Eu não estava na chuva, isso é verdade. Mas não havia nada dentro da barraca, só eu. E estava encharcada. Quanto mais tempo passava ali tremendo e encolhida, abraçando os joelhos, maior era a poça d'água que se formava embaixo do meu traseiro.
Mas pelo menos eu estava sozinha.

• • •

Mais ou menos uma hora depois, abri o zíper da barraca e coloquei a cabeça para fora. O vento jogou a chuva para dentro, enchendo ainda mais o lago que eu havia criado.

Comecei a me perguntar por que minha mãe estava demorando tanto.

Estava desesperada para ir à barraca maior procurar toalhas e roupas secas, e talvez um cobertor. Mas queria esperar elas saírem. Já deviam ter ido. O que estava acontecendo? Sabia que teria escutado o barulho do motor do carro se elas tivessem saído.

O carro e o trailer continuavam no mesmo lugar, sem minha mãe e sem Sophie.

Saí da barraca debaixo do temporal.

Fui procurá-las na barraca que servia de depósito.

Não encontrei nada lá, apenas uma boa parte de nossas coisas. Como se ela não tivesse nem terminado de descarregar o trailer.

Também estava vazio.

Ela não estava brincando quando disse que não tínhamos muito.

Olhei de novo as pilhas de caixas, tentando me adaptar à ideia de que aquilo era mesmo tudo que possuíamos. Parecia impossível. Patético.

Suspirei duas vezes e peguei a caixa de plástico com as toalhas. Vi um saco de lixo amarrado que parecia conter cobertores, mas não abri o saco para confirmar.

Peguei tudo e voltei correndo para a barraca-dormitório, mas esqueci as roupas secas. Quando fechei o zíper por dentro e lembrei, decidi que o esforço era maior do que eu podia enfrentar.

Tudo era demais.

Abri a caixa com as toalhas e peguei a mais velha de todas. Usei para secar a água no chão da barraca. Mas ela encharcou tão rápido que ainda ficou muita água no chão. Peguei outra toalha.

Embaixo dela, vi o porta-joias da minha mãe. Achei estranho, porque ela já havia vendido há bastante tempo todas as joias, ou melhor dizendo, as poucas coisas que foram da minha avó e que valiam a pena vender. Por que ela ainda guardava o porta-joias? Se não tinha mais joias, o que ela guardava nele?

Levantei a tampa.

Havia uma carteira, um relógio Timex e uma aliança simples de prata.

Abri a carteira. A carteira de motorista do meu pai, com uma foto dele, sorrindo para mim. Aquilo me causou um choque que não consigo descrever. Fechei a carteira, joguei no porta-joias e fechei ele. Cobri o porta-joias com uma toalha limpa e fechei a caixa com as toalhas.

Primeiro, pensei que sabia o que aquilo significava: a polícia tinha devolvido as coisas do meu pai para ela.

Mas ela nunca me contou que as coisas haviam sido devolvidas. Por que não? Além do mais, a polícia só poderia ter devolvido as coisas se tivesse prendido o culpado, o que nunca aconteceu.

Depois pensei que talvez eles tivessem prendido o homem. Mesmo que eu não soubesse.

Mas, nesse caso, teria havido um julgamento. E além do mais, como eu poderia não saber? Teria saído nos jornais. As outras crianças na escola teriam visto. Os vizinhos saberiam.

Embora soubesse que deveria ser mais cuidadosa, rasguei o saco plástico para pegar os cobertores. Embrulhada em um deles, fiquei ali sentada imaginando onde Sophie e minha mãe poderiam estar nessa chuva torrencial e sem o carro.

Mas não conseguia esquecer o relógio, a carteira e a aliança.

Pensei que não fazia a menor ideia do que aquilo significava.

Mas... entendi que significava que tudo aquilo que sempre acreditei não era necessariamente a verdade.

• • •

Acho que quase uma hora se passou até minha mãe enfiar a cabeça na abertura da barraca. O cabelo comprido pingava água da chuva, criando poças no chão no qual eu havia trabalhado duro para secar.

"Temos um problema", disse ela.

Eu pensei: você é uma mentirosa? Mentiu para mim? Porque isso seria um problema.

"Cadê a Sophie?", perguntei.

"Esse é o problema. Não sei. Eu a tirei da cadeirinha para que ela se mexesse um pouco, e ela fugiu. Tentei alcançá-la, mas escorreguei na lama. Quando levantei, não consegui mais ver para onde ela havia fugido. Estou procurando há horas. Ela deve ter se escondido. Não sei o que fazer."

E esse era o jeito da minha mãe dizer: "Agora faz *você* alguma coisa". Quando ela dizia que não tinha mais ideias, queria dizer que eu tinha que entrar em ação.

Continuei sentada por um instante, sem saber o que dizer. Isso a deixou nervosa.

"Você acha que devo pedir ajuda ao dono do camping?", perguntou. "Ele parece ser um bom homem."

"Não." Pensei que ele poderia usar isso como prova de que não conseguíamos cuidar de Sophie, de que ele e a esposa estavam certos, e eu e minha mãe estávamos erradas. Mas guardei essa informação para mim. "O que ele vai fazer? Se *você* não consegue encontrá-la, como *ele* vai conseguir?"

Mais silêncio. Eu me sentia congelada, como naquele sonho. Nenhuma parte minha queria se mover nem parecia capaz disso.

"Querida, temos que fazer alguma coisa."

Abri a boca para dizer que eu não podia fazer nada. Que ela não tinha que me pedir para resolver as coisas. Estava arrasada, sem ideias. Quase chorando. Com frio, molhada, sem casa. Tinha 14 anos. Não era mãe de ninguém. Não tinha perdido Sophie. Não era justo que eu tivesse que encontrá-la.

Fechei a boca sem falar nada disso.

Quando abri de novo, perguntei:
"Você tem o telefone do Paul?"
"Não, mas tenho o endereço dele."
"Eu queria ligar primeiro. Ele vai ficar apavorado se eu só bater na porta da casa dele."
"Tudo bem. Vou usar o telefone público para ver se consigo alguma informação com a companhia telefônica."

Fiquei sentada no mesmo lugar mais um pouco, tentando entender por que não ouvi minha mãe chamando Sophie. Só conseguia imaginar que ela não havia chamado. Talvez tenha pensado que era óbvio que minha irmã não atenderia.

Mas também me questionava se era mais da minha mãe que Sophie estava se escondendo, e bem menos de mim.

Coloquei a cabeça para fora da barraca e gritei o nome dela. Não tinha a intenção de gritar, mas o que saiu foi um grito repleto de pânico, de confusão... de tudo que eu tinha guardado dentro de mim.

Alguém apareceu na abertura da barraca ao lado e olhou para fora. Vi uma cortina se mexer na janela de um *motorhome*. Depois, nenhum movimento. Onde quer que Sophie estivesse, ela não podia me ouvir. Ou me ouvia e apenas decidiu continuar escondida.

Levantei a cabeça e vi minha mãe.
"Nada de telefone", disse ela.
"Certo. Então me leva lá."
"Levar você aonde?"
"Não ouviu nada do que eu falei?"
"E se ela voltar enquanto estivermos fora?", perguntou minha mãe.

"Não sei. Só sei que tenho que tentar. Temos que fazer alguma coisa que dê certo. Ela está na chuva. Se a temperatura for negativa hoje à noite... o que é bem possível... ela vai congelar. Não vai sobreviver a uma noite ao ar livre."

Uma longa pausa, durante a qual minha mãe continuou na chuva. Nem tentava ficar seca.

"Acho que temos que chamar a polícia", opinou ela.
"Deixa eu tentar primeiro."
"Estamos perdendo tempo, meu bem."
"Mas pode dar certo. E, nesse caso, não vamos ter que contar a ninguém. E se os policiais encontrarem a Sophie e não a entregarem para nós?"
"Por que eles não entregariam?"
Não respondi.
Depois de um tempo, acho que ela cansou de ficar na chuva, porque entrou na barraca e sentou ao meu lado. Senti um novo lago escorrendo das roupas dela e se formando embaixo do meu traseiro.
"Por que eles não nos entregariam a Sophie?"
"Não sei. Talvez porque não conseguimos cuidar dela. Quantas vezes eles vão precisar procurá-la se não conseguirmos impedir as fugas dela?"
"Olha só, eles podem cobrar para resgatar a menina na segunda ou terceira vez. Podem até parar de atender aos nossos chamados. Mas não podem só ficar com ela."
"Eles tiram as crianças dos pais quando os pais não conseguem mantê-las em segurança."
"Para isso acontecer, acho que os pais têm que ser inadequados."
"Tem certeza?"
Silêncio.
Depois ela disse:
"O que o Paul pode fazer?"
"Nada. Não vou pedir para ele fazer nada. É a cachorra dele que eu acho que pode ajudar. E se eu gritar para a Sophie que Rigby está aqui? Ela vai voltar correndo."
Minha mãe suspirou.
"E se ela não voltar?"
"Deixa eu tentar. É a nossa melhor chance. Ela também vai se esconder da polícia ou de uma equipe de resgate. Essa é a única coisa que acho que pode dar certo."

"Vou ter que pedir ao dono do camping para ficar de olho, caso ela apareça enquanto estivermos fora."

"Tudo bem. Faz o que você acha que tem que fazer."

Ela deixou toda chuva entrar quando saiu da barraca. Eu a fechei com o zíper.

Que horas ela sumiu? Já era de tarde? Quanto tempo tínhamos? E se parasse de chover? E se começasse a nevar? E se todo o cenário molhado da floresta congelasse? Se o terreno ficasse escorregadio e os galhos caíssem com o peso do gelo?

Talvez fosse minha culpa. Afinal, eu que disse para minha mãe deixar Sophie sair do carro.

Talvez nunca mais víssemos minha irmã.

Peguei o porta-joias da minha mãe na caixa das toalhas e corri para a barraca vizinha, onde estavam nossas coisas. Escondi o porta-joias dentro de uma caixa de papelão, no meio de uns lençóis. Ela não ia lembrar onde o tinha guardado. Pelo menos eu esperava que não lembrasse. E não queria que ela soubesse que eu o tinha visto.

• • •

"Para ali na esquina", pedi a minha mãe.

"Você não está cansada de se molhar?"

"Não me importo. Não quero que ele te veja. Se ele vir seu carro na frente da casa nova... ele vai surtar. Preciso ir sozinha."

Saí na chuva, que agora era apenas uma garoa.

Olhei em volta, mas não enxergava as casas. Só as caixas de correspondência. E as ruas nem eram asfaltadas como na cidade. Ali, na área residencial, eram só ruazinhas de cascalho lamacento, densas fileiras de árvores e caixas de correspondência.

Virei a esquina na chuva e encontrei a caixa de correspondência com o número certo. Tinha flores pintadas à mão. Não parecia muito o estilo de Paul. Talvez Rachel que tivesse pintado as flores e ele as manteve por esse motivo.

Ainda não conseguia ver a casa dele. Só enxergava três lances de escada muito compridos na encosta de uma colina, completamente cercados por árvores floridas. Elas se cruzavam sobre a escada como se formassem um túnel. Notava-se que tinham sido podadas para não impedir a passagem até a porta da frente.

Eu estava na metade do terceiro lance quando vi a casa. Era um chalé azul de madeira, com janelas e acabamentos brancos. Parecia uma construção de conto de fadas.

Eu percebi que havia prendido a respiração.

Então comecei a pensar que, na verdade, ele não estava ali. Minha mãe tinha cometido um grande erro. Não parecia possível que ele estivesse dentro daquele chalé de conto de fadas.

Rigby desmentiu esse pensamento latindo. Duas vezes. Devia ter me ouvido ou farejado meu cheiro na escada.

Então não era um erro, nem mesmo um sonho.

Vi o rosto de Paul na janela, olhando para fora. Por um momento, quase saí correndo. Estava apavorada com o que ele poderia pensar. Tentei me acalmar dizendo a mim mesma que o que ele pensava não era importante. Mas era. Eu só não sabia por quê. Ou pelo menos por que era tão importante assim.

A porta abriu. Ele estava ali na minha frente. Olhando para mim.

"Eu sei", falei. "Eu sei que é estranho."

Rigby se inclinou para fora, para mim, balançando o corpo todo. Mas era educada demais para sair, a menos que Paul também saísse.

"Como me encontrou aqui?"

"Sua cunhada deu o endereço."

"*Por que* vieram me procurar?"

"Isso é um pouco mais difícil de explicar."

"Você parece nervosa. Está tudo bem?"

"Não. Não está nada bem. Posso entrar?"

Uma longa pausa. Ele devia estar levando o meu pedido em consideração. Devia ser tentador dizer não. Era estranho que eu o tivesse seguido até a casa nova, dois dias depois de sua mudança. Inegavelmente estranho. Eu nem precisava dizer que minha vida estava mais complicada que nunca, e estava pedindo permissão para levar a minha confusão para dentro da sala de estar dele. Não o criticaria se ele batesse a porta na minha cara.

"É claro", respondeu ele, e recuou para eu poder passar. Entrei.

A casa era pequena, mas maravilhosa: assoalho de madeira, tudo revestido de madeira. As janelas tinham venezianas internas também. Ele ainda não havia desencaixotado nada. Pilhas bastante organizadas de caixas ocupavam o meio da sala nova.

Rigby ficou tão feliz por me ver que começou a pular, o que era esquisito, porque a cabeça dela ficou mais alta que a minha, e ela não conseguiu lamber meu rosto.

"No chão, Rigby", ordenou ele.

E ela obedeceu.

Paul tirou algumas caixas de cima do sofá de couro e gesticulou para me convidar a sentar. Sentei, apesar do constrangimento por causa das roupas molhadas. Talvez estragasse o sofá.

Fiquei pensando se nós éramos amigos de verdade, de algum jeito estranho.

E concluí que estava prestes a descobrir a resposta.

"O que aconteceu?", perguntou ele, sentando na outra ponta do sofá.

Rigby se aproximou de mim e lambeu meu pescoço. Abracei sua cabeça enorme. Estava tão feliz por vê-la que poderia ter chorado. Estava quase chorando.

"Não sei nem por onde começar. Minha tia mandou a gente embora da casa dela depois que você se mudou. Agora não temos casa. Minha mãe teve a ideia insana de vir para cá.

No começo, falei que era loucura. Maluquice total. Eu disse que você ia surtar e que ia odiar a gente para sempre. Mas depois pensei: e se elas nunca se aproximassem de você? E se você nunca visse nenhuma delas? Só a mim. E se eu viesse uma vez por dia e levasse a Rigby para passear de graça? Você nunca veria a Sophie. Nem mesmo a ouviria. E nunca teria que lidar com minha mãe. Sophie veria Rigby apenas na hora do passeio. E depois, talvez, ela ficasse mais calma, como na casa da tia Vi, e esperasse para ver a cachorra de novo no dia seguinte. E aí nós estaríamos salvas."

"Como? Vocês ainda não teriam uma casa."

"Teríamos, sim. Se a Sophie ficasse tranquila e quieta como ficava na casa da tia Vi, poderíamos morar em qualquer lugar."

Esperei. Vi as linhas de expressão surgirem na testa dele.

"Sua família ter vindo morar aqui. *Aqui*. É bem esquisito. Não vou mentir. É muito estranho eu ter me mudado para cá há poucas horas e vocês já terem aparecido."

"Eu sei. Concordo. Sinto muito."

Silêncio.

Estava me preparando para levantar e sair derrotada.

"Voltei a passear com ela", comentou Paul. "Melhorei do ciático."

"Ela não gostaria de passear duas vezes por dia? Não seria melhor duas vezes?"

"Acho que não. Ela é velha."

"É? Quantos anos ela tem?"

"Seis e meio."

"Isso não é velhice."

Mas eu já havia notado o focinho grisalho.

"Para o dogue alemão é, sim. Eles não vivem muito. Sete, oito anos, normalmente."

"Isso é horrível."

"É a natureza."

"Por que as pessoas têm esses cachorros, então?"

"Porque eles são ótimos."

"Mas é terrível perder um cachorro tão bom só sete anos depois."

"Ou oito. Ou nove, talvez dez. Quem sabe? Escuta, talvez eu possa passear com ela por um quilômetro e meio, e você passeia com ela percorrendo a mesma distância. Agora que está mais velha, talvez ela se beneficie fazendo duas caminhadas mais curtas, em vez de uma longa."

Tentei responder, mas não sabia o que dizer. Até então, eu realmente não esperava que desse certo. Esperava que ele me expulsasse, me deixasse rolar escada abaixo usando palavras nada gentis. Eu não sabia o que dizer.

"Está dizendo que sim?"

"Não queria que eu dissesse sim?"

"Queria, mas não estava esperando. Na verdade, tinha certeza de que iria negar."

"Quer continuar dizendo que é inusitado ou prefere dizer quando quer começar?"

"Hoje. Sério, quero muito começar hoje. Ah. Mas ela não pode sair na chuva, não é?"

"Não está mais chovendo."

"Não?"

Eu o segui até a janela. Rigby nos acompanhou. As nuvens já estavam se dissipando, sopradas para longe entre nós e o céu mais azul que se pode imaginar.

"Aonde você vai levá-la? Conhece a cidade, pelo menos?"

Eu ainda estava perplexa com a descoberta de que a chuva tinha cessado a tempo de me salvar. Pensei que fosse chover para sempre.

"Lembra que você gostou quando eu falei a verdade, mesmo sem ser necessário?"

"Sim, a história do alcaçuz."

"Isso. Preciso levar a Rigby ao camping onde estamos e passear com ela lá. Sophie fugiu, mas acho que se a Rigby estiver comigo, ela vai sair do esconderijo."

Ele olhou para mim com uma expressão curiosa. E com uma cara que talvez significasse um não.

"Você não tem nem idade para dirigir."

"Não vou dirigir. Minha mãe dirige." E acrescentei depressa: "Falei para ela esperar antes da esquina, para nem chegar perto da sua casa".

Ele esboçou um sorriso com um canto da boca, como eu já havia notado uma vez na casa antiga. Era como se fizesse muito tempo. Como se tivesse acontecido em outra vida.

Depois ele saiu da sala.

Quando voltou, estava segurando a coleira de Rigby.

E toda aquela tensão e medo sumiram, como se escorressem por meu corpo até formar uma poça em meus pés, talvez até evaporar.

"Com uma condição", avisou Paul. "Você precisa estabelecer um limite razoável de tempo. Talvez duas horas. Se a sua irmã não aparecer nesse tempo, é porque não deu certo. E aí você traz minha cachorra de volta, mesmo que não consiga encontrar a menina."

Estendi a mão, e ele a apertou.

"Não tem ideia do quanto sou grata por isso."

"Vai logo. Escurece depressa nas montanhas, e a tempestade faz a temperatura cair."

"Eu sei."

"Boa sorte."

"Obrigada."

Senti que devia dizer muito mais. E queria dizer. Mas ainda não conseguia organizar as ideias. Além do mais, ele estava certo. Não tínhamos muito tempo.

• • •

"Sophie? Sophie, adivinha quem veio comigo? Rigby. Rigby está aqui. Eue! Vem ver. É verdade, eu não mentiria para você. *Eue!*"

Era uma variação de tudo que eu já havia repetido umas trinta vezes, pelo menos.

Nada ainda. Por outro lado, ela poderia estar a alguns quilômetros dali. Eu podia ter andado na direção errada.

Olhei para Rigby.

"Rigby, sabe onde está a Sophie?"

Ela levantou o focinho. Não tive a sensação de que farejava alguma coisa imediatamente, mas achei que ela havia entendido a pergunta. Talvez fosse só esperança.

Escorregamos e derrapamos até o topo de uma elevação íngreme, e lá do alto eu vi além das árvores pela primeira vez. Perdi o fôlego. Estávamos mesmo nas montanhas. Não tinha muita noção do ambiente à minha volta até aquele momento. Olhei para o outro lado de um cânion e vi as montanhas mais altas de Sierra Nevada se estendendo até o horizonte, algumas com o cume coberto de neve. Vi um laguinho e árvores que cresciam próximas do que parecia ser uma rocha sólida. E o céu era azul, um azul que ficava mais intenso perto das montanhas, e nuvens brancas e fofas flutuavam nele.

Por um momento, tive a mesma sensação de quando estava na frente da casa de Paul. Como se aquilo fosse fruto da minha imaginação, e não um lugar real.

"Sophie?", chamei de novo. "Eu trouxe *Eue*!"

Não ouvi nada que parecesse uma resposta. Mas, de repente, Rigby começou a me puxar encosta abaixo, e eu escorregava na lama e nas pedras soltas. Rigby nunca puxava. Tive certeza de que ela havia escutado ou farejado alguma coisa. Escorreguei algumas vezes e consegui me equilibrar antes de me estatelar. Escorreguei de novo e caí, me apoiando com a mão livre, mas ela me puxou e me pôs em pé, e assim continuamos andando.

O terreno ficou plano, e ela me levou para um aglomerado de pedras, que na verdade eram rochas do tamanho de um carro pequeno.

Entre elas, vi minha irmã deitada na lama, toda molhada e tremendo. Ela abriu os olhos e levantou a cabeça. Olhou para a cachorra, não para mim. Seu cabelo estava sujo de barro.

"Eue", disse ela. Mas sua voz era fraca.

Rigby lambeu o rosto e o pescoço dela. Não como se a beijasse. Parecia mais uma mãe limpando os filhotes.

Sophie riu alto.

Abaixei e toquei seu ombro. Ela não tentou empurrar minha mão. Senti que ela estava tremendo muito. Pela primeira vez, me permiti entender como teria sido terrível se eu não conseguisse encontrá-la até o anoitecer. O pensamento me rondava o tempo todo, mas eu não permitia que ele aparecesse.

"Por que você fugiu da gente?", perguntei, mesmo sabendo que ela não podia responder. Mesmo sem saber se ela me entendia.

Eu a peguei no colo, e ela descansou o rosto na curva do meu pescoço. Era como carregar um saco de roupa molhada.

Olhei em volta.

"Ai, merda", resmunguei.

Não sabia mais onde estávamos. Não sabia em que direção seguir para voltar ao camping. Olhei em volta de novo, e poderia ser qualquer direção.

"Rigby", eu disse. "Vamos voltar."

Ela começou a andar, e eu a segui. Voltamos ao topo da encosta, descemos do outro lado e atravessamos um lamaçal, depois subimos outra encosta. Era difícil subir carregando o peso extra, mas eu não tinha opção.

Mas se estivéssemos indo na direção errada e tivéssemos que andar por ali durante horas...

Subi até o topo da segunda encosta e cheguei lá bufando. Eu apenas seguia Rigby. E lá estava o camping do outro lado, logo abaixo.

Soltei todo o ar de uma só vez.

"Cachorra linda!", falei.

• • •

"Estou começando a achar que sua cachorra é mágica."

Eu estava na porta, na sala de estar. Sabia que minha mãe estava me esperando antes da esquina, mas decidi que o mínimo que ela podia fazer era esperar.

"Ela é uma ótima cachorra", concordou Paul. "Ninguém é mais fã da Rigby que eu. Mas ela não é mágica. Só tem a audição dez vezes mais apurada que a nossa e um olfato dezenas de vezes melhor. Ela é capaz de fazer coisas que a gente não faz."

"Mas quando eu disse que íamos voltar..."

"Eu sempre faço isso com ela. Quando estamos mais longe de casa, naquele ponto do passeio em que temos de retornar, eu digo: 'Agora vamos voltar'. E voltamos pelo mesmo caminho."

"Ah, bem... Ela não é mágica, mas é uma heroína. Devia sair no jornal local ou alguma coisa assim."

"Não!", protestou ele em voz alta, e eu não entendi se estava brincando ou se estava mesmo gritando comigo. "Não quero a imprensa na minha porta."

"Você só quer ficar em paz."

"Exatamente."

Virei para sair.

"Que horas amanhã?", perguntei sem olhar para trás.

"Qualquer hora. Tanto faz." Respondeu e depois completou: "Talvez ficar em paz faça com que eu me sinta um pouco solitário. Aqui é diferente. Eu não trabalho com outras pessoas. Ainda nem vi meus novos vizinhos. Gosto disso, não me entenda mal, mas não é tão ruim pensar que alguém vai aparecer por aqui todos os dias. Quero dizer, se for alguém com quem me dou bem". Ele não disse "como você". Mas eu sabia que o sentido era esse. "Talvez por isso eu não tenha reagido mal quando te vi aqui."

Eu pensei em dizer: "Então *somos* amigos".

Mas notei a nova estante de livros. Estava vazia, exceto pela foto de Rachel. Devia ter sido a primeira coisa que ele tirou da caixa.

Ele percebeu que eu estava olhando o retrato.

"Por outro lado", comentou, "quando você deixa as pessoas se aproximarem, elas começam a saber coisas sobre a sua vida. Essa é a parte de que menos gosto nos relacionamentos com as pessoas."

"Tenho uma ideia", respondi. "Na próxima vez que te encontrar, vou contar coisas sobre a minha vida também. Alguma coisa que prefiro que ninguém saiba. Aí ficamos empatados."

Eu ainda não sabia o que seria, mas teria tempo para pensar. O que quer que fosse, sabia que Paul não contaria a ninguém, porque ele nunca falava com ninguém. Exceto Rigby.

E agora comigo.

Desci os três lances de escada saltitando, me sentindo estranhamente feliz. Minha irmã tinha voltado, e eu tinha pelo menos um amigo, ou algo parecido com isso.

É preciso estar bem no fundo do poço para que algo tão simples cause uma faísca de felicidade.

# 6

## Verdade

Quando acordei na barraca, nós três estávamos encolhidas e juntas. Minha mãe estava no meio, de barriga para cima e abraçando nós duas. Ela afagava meu cabelo.

Acho que a intenção era, basicamente, não passar frio.

Levantei a cabeça e olhei para Sophie por cima da minha mãe.

Sophie estava acordada, mas não emitia nenhum som. Só brincava com as mãos erguidas e parecia perfeitamente relaxada, o que só podia significar uma coisa: Sophie já acreditava que veria Eue de novo. Eu tinha dito isso a ela na noite anterior, e ela deve ter acreditado em mim.

E foi o que nos colocou de volta em uma bolha de paz.

Sophie tinha um arranhão no rosto, e seu cabelo ainda estava coberto de lama seca. Mas eu estava tão feliz por vê-la que aquilo só me preencheu. Estava tão feliz por ela não ter desaparecido para sempre que quase me sentia bem, como se não importasse estar deitada em um chão duro, sem nada para forrá-lo. Não importava que eu não tivesse a menor ideia de como nos limparíamos, nem o fato de termos ido dormir sem jantar, depois de toda a confusão.

Ainda estamos aqui. Essa era a única coisa que importava.

"Está acordada", disse minha mãe.

Não respondi. Porque, no minuto em que ouvi a voz dela, alguma coisa começou a vibrar no fundo da minha cabeça. Eu ainda não conseguia identificar o que era, mas não era nada bom. Eu sentia uma irritação, um nervosismo com aquela vibração, como uma etiqueta raspando na nuca ou uma costura saliente na meia.

"E aí?", disse ela, como se eu tivesse que falar alguma coisa.

Então lembrei.

Deixei meus pensamentos se assentarem dentro de mim por um instante, sentindo o tamanho e o peso disso. Sentindo como um hematoma que você cutuca de propósito para ver quanto dói. Deus sabe que eu tinha muita experiência com hematomas.

Então tudo veio à tona por conta própria. Eu não conseguiria evitar se tentasse. E não tentei.

"Pegaram o cara que matou meu pai?"

Ela sentou tão depressa que escorreguei de seu ombro e bati a cabeça no chão duro. O assoalho da barraca era duro.

Sophie fez um barulhinho surpreso.

"Que diabo de pergunta é essa?"

"É só uma pergunta. Não precisa surtar."

"Como é que eu não vou surtar? Eu acordo e você me pergunta uma coisa dessa. Como eu vou me sentir? Por que está pensando nisso?"

Sentei, massageando a cabeça. Depois envolvi o corpo com os braços para tentar me manter aquecida. Não funcionou.

"Eu penso nisso o tempo todo. Todo dia."

"*Todo dia?* Eu não sabia que pensava nisso todo dia. Faz oito anos."

"Mas foi muito importante, você sabe disso."

"É claro que sei. Como se atreve a falar comigo como se eu precisasse de aulas?" De vez em quando, sempre que eu tocava em uma ferida aberta, ela assumia o ar de mãe. "Ele era meu marido, e eu o adorava. Foi muito importante para mim também, querida. Mais do que você imagina."

"Mas você não pensa nisso todo dia?"

"Odeio esse tipo de interrogatório. Odeio. Não sei por que temos que falar disso."

"A minha pergunta ainda não foi respondida. Pegaram o cara?"

"Ou caras. Podem ter sido dois ou três."

"Você está fugindo do assunto."

"Não! Não, ok? Não. Não pegaram o cara. Ou os caras. Agora podemos falar de outra coisa?"

"É claro", concordei.

E estava falando sério. Porque se a pessoa mente na sua cara, não vale a pena continuar conversando com ela. Não leva a nada.

Aparentemente, eu tinha passado os últimos oito anos da minha vida indo a lugar nenhum. Só não sabia disso até então.

• • •

"Vamos todas tomar um bom banho, e depois preciso devolver o trailer. Foi péssimo não ter conseguido devolver ontem. Estou muito aborrecida com isso. É um rombo no nosso orçamento, dinheiro que seria para a comida."

Não respondi. Porque não estava falando com minha mãe, era oficial.

Tive a sensação de que ela não percebeu.

Queria perguntar onde poderíamos tomar um bom banho. Teria perguntado, se estivesse falando com ela. Ainda não sabia que o camping tinha chuveiros para os campistas.

Mas logo descobri, porque segui minha mãe e Sophie, e fomos parar lá.

Os chuveiros funcionavam com moedas de 25 centavos.

Minha mãe entrou com Sophie, usando as moedas que tínhamos. Ela me deu uma nota de um dólar e, se eu quisesse tomar banho, teria que trocar o dinheiro com os donos do camping.

Era cedo, e fiquei com receio de acordá-los. Mas então vi a mulher passar pela janela do trailer.

Passei por baixo do toldo e bati na porta.

A porta abriu com um rangido baixo, e ela espiou pela fresta. Tinha rugas profundas nos cantos dos olhos e da boca, mas dava para ver que havia sido bonita. Ou melhor, ainda era. Mas era uma beleza envelhecida. Logo percebi a cicatriz no queixo. Era pequena, mas eu não conseguia deixar de olhar para ela.

"Bom dia", falei. "Imagino que seja a sra. Anfitriã do Camping."

Ela riu.

"Geralynne", disse.

"Será que pode trocar dinheiro para mim? Preciso de moedas para o chuveiro."

"É claro."

Ela pegou o dinheiro e desapareceu. Quando voltou com as moedas de 25 centavos, eu soube que elas não eram nem metade do que eu realmente queria. Olhei para minha mão, onde ela as depositou sem me tocar.

"Também queria saber se posso falar com seu marido."

Ela me olhou com ar curioso.

"Não, ele foi verificar as etiquetas."

Eu não sabia que etiquetas eram essas, e também não perguntei. Não tinha importância.

"Só queria agradecer por ontem."

"Ah, você é a menina que perdeu a irmã?"

"Sim, senhora."

"Não fizemos nada, só ficamos de olho na sua barraca caso ela voltasse."

"Bem, somos muito gratas por isso."

"Ficamos felizes por ela estar bem e em segurança."
Eu estava começando a perceber que essa conversa tinha algo em comum com as moedas. Também não era o que eu queria.
"Eu também queria me desculpar."
"Ah, é?"
"Sim. Ele estava me contando sobre seu filho, e eu..."
A expressão no rosto dela me fez calar. Era como se tivesse virado pedra. Diante dos meus olhos. Instantaneamente.
Depois ela olhou por cima da minha cabeça e disse:
"Ele está vindo, pode se desculpar pessoalmente."
E desapareceu para dentro do trailer, deixando a porta parcialmente aberta.
"Bom dia", disse o homem cujo nome eu nem sabia.
"Oi. Eu precisava de umas moedas para usar o chuveiro. Sua esposa já me ajudou com isso. E também queria agradecer por ontem. E pedir desculpas por uma coisa, mas acho que acabei de incomodar sua esposa, então acho que tenho que me desculpar por duas coisas."
Esperei, caso ele quisesse dizer alguma coisa. Mas o homem só parecia um pouco confuso. E eu continuei.
"Quando o senhor me falou sobre seu filho, acho que fui meio rude. Não foi minha intenção. Mas eu não devia ter dito 'não vamos fazer isso', porque não sei o que vamos fazer. Não tenho como saber. Só sei o que eu quero. Se ela começar a se machucar, ou até se ficar muito grande, se não conseguirmos cuidar dela e estivermos nos machucando demais... ou se ela começar a fugir com frequência... talvez não tenhamos opção. Eu não devia ter falado como se você estivesse errado. Provavelmente, o senhor fez o que precisava fazer. *Espero* não ter que fazer isso. Era assim que eu deveria ter falado."
Ele respirou fundo. Pensei: ele é como minha mãe. Não gosta de enfrentar assuntos pesados logo cedo. Depois me senti como se a culpa fosse minha, como se eu estivesse

fazendo tudo errado, jogando na cara dos outros coisas que devia deixar para lá. Justo eu. A pessoa que odeia conversar. Ou odiava, pelo menos.

"Não pense nisso como se fosse a pior coisa do mundo", respondeu ele. "Existem alguns lugares bons. São como residências coletivas. Lá eles podem ensinar sua irmã a fazer coisas sozinha, tudo que ela for capaz de aprender."

"Ela tem 6 anos. Mal tem idade para ir à escola."

"Mas mais tarde..."

"Ah. Mais tarde. Sim. Na verdade... eu não tinha pensado nisso. Talvez quando ela tiver 18 anos, ou mais ou menos isso. Talvez eu cresça e arrume um emprego, e ela também cresça e vá morar em uma dessas casas para aprender coisas. Isso pode ser bom. Acontece que, se fizéssemos isso agora, seria como se não tivéssemos nem cuidado dela. Como se nós a tivéssemos na família e depois, de algum jeito, mudássemos de ideia. Enfim, você não precisa saber disso tudo. Só queria pedir desculpas."

"Não se preocupe com isso."

Ele entrou no trailer, e quando eu já estava passando pela cerquinha, ouvi Geralynne dizer:

"Por que foi contar para ela sobre o Gary?"

Eu me senti mal outra vez, como se estivesse sempre perturbando as pessoas. Sempre as lembrando de coisas que queriam esquecer. Acho que meu esquecedor não funcionava.

Quando estava voltando, também pensei como tinha falado "*nós* a tivéssemos". Nós. Como se eu tivesse tido Sophie tanto quanto minha mãe. E lembrei que Nellie havia dito justamente o contrário. Que minha mãe teve Sophie, mas eu não. Que Sophie nem era problema meu. Mas eu não gostava de pensar em Nellie, por isso expulsei tudo isso da minha cabeça como pude. O que — somando tudo isso com a situação do meu pai — não foi um bom trabalho.

● ● ●

Minha mãe estava ao lado do carro com as mãos na cintura, olhando para mim de cara feia. Ainda estava brava por eu ter feito perguntas sobre meu pai. Mas não admitia.

"Você vai? Depois de falar tanto que não queria ir?"

"Não vou. Você vai me deixar na casa do Paul."

"Vamos demorar horas."

"E daí? Eu fico conversando com ele. Ou ajudo a desencaixotar as coisas. Ou, se ele não me quiser por lá, só entrego a cachorra e fico esperando você do lado de fora, sentada na escada."

Ela se aproximou muito depressa e chegou bem perto de mim, o que me assustou.

"E a Sophie?", perguntou em voz baixa para minha irmã não ouvir. Ela já estava presa na cadeirinha de segurança no carro. "O objetivo de tudo isso é levá-la nos passeios."

Incrível, eu tinha esquecido disso. Estava pensando na visita a Paul apenas como uma recompensa para mim.

Muitas coisas não estavam sendo admitidas naquela manhã. Muitas.

"Eu levo Rigby até o carro quando você for me buscar, e a Sophie vai poder vê-la. Amanhã ela vai comigo. Senão, vou ficar fazendo o quê? Quer que eu passe horas sentada na barraca? Prefiro conversar com o Paul."

Ela se afastou um pouco, olhou para mim de um jeito estranho, depois entrou e ligou o carro antes mesmo que eu tivesse tempo de sentar no banco do passageiro. Engatou a marcha antes que eu afivelasse o cinto de segurança.

Felizmente, nossa área no camping era grande o bastante para sair sem muitas manobras. Minha mãe não se entendia muito bem com a ré do trailer.

Percorremos metade da distância até a cidade em completo silêncio.

Então ela disse:

"Tem *certeza* de que esse homem não é um pervertido?"

"Absoluta."

"E... se ele odeia todo mundo... como vocês ficaram tão amigos?"

Isso estava começando a parecer uma conversa, e eu não estava falando com minha mãe. Por isso dei de ombros.

Além do mais, era uma pergunta para a qual eu não tinha resposta. Também pensava muito nisso, mas não conseguia nem arriscar um palpite.

• • •

"Tem problema eu ainda estar aqui?"

Estava com a cabeça meio enfiada em um barril enorme na cozinha. Ajudava entregando-lhe pratos e travessas, que ele logo já arrumava do jeito dele nos armários.

"Não, nenhum. Por quê?"

"Não sei. Não quero ser aquela pessoa que se convida para ficar. Prometi que levaria a cachorra para passear e sumiria de vista."

"Tudo bem. Pessoas dispostas a ajudar na mudança são sempre bem-vindas em qualquer lugar."

Trabalhamos em silêncio por alguns minutos. Eu olhava de maneira insistente para Rigby, que estava deitada no chão da cozinha. Das patas dianteiras até o fim das patas traseiras, ela ocupava quase toda a largura do cômodo.

"Eu amo essa cachorra", comentei.

Não pretendia falar em voz alta. A frase saiu com muita emoção. Mais amor do que eu queria admitir. É estranho amar tanto o cachorro de outra pessoa. É difícil.

"Eu também", respondeu ele. "Ela é uma boa menina."

Se achou meu comportamento estranho, ele não disse nada. Por isso, dei mais um passo adiante.

"Ontem, quando você me contou que ela é velha, não fiquei pensando muito nisso, porque não tinha tempo. Sophie tinha desaparecido e eu precisava encontrá-la, e não sabia se voltaria a vê-la viva. Mas depois, na hora de dormir ontem à noite, comecei a pensar na idade da Rigby. E fiquei triste e muito aborrecida. Por outro lado, tudo está meio triste agora. Muitas coisas me aborrecem, e na maior parte do tempo eu nem sei dizer de onde vem a tristeza."

Levantei a cabeça, e ele estava me encarando. Embora ele parecesse interessado e estivesse sendo gentil, é claro que eu fiquei nervosa. Pensei no tempo em que não nos dávamos bem. Quando ele foi rabugento e me mandou embora. Pela segunda vez em poucos dias, senti como se isso tivesse acontecido em outra vida.

Como é possível que anos passem sem que nada mude e, de repente, em duas semanas, o mundo inteiro muda três ou quatro vezes? Eu nunca vou entender.

"Quando eu tinha seis anos", contei, ainda duvidando do que ia fazer, "meu pai morreu."

"Sinto muito. Como foi?"

"Arma de fogo."

"Suicídio? Ou outra pessoa o matou?"

"Outra pessoa. Eu era muito nova para entender o que tinha acontecido. Sempre aceitei o que minha mãe dizia. Ela disse que foi assalto. Disse que sabiam que foi assalto porque, quando o encontraram, a carteira, o relógio e a aliança tinham sumido. Foi tudo meio aleatório, sabe? Ele saiu para comprar cigarro e, de uma hora para a outra, o mundo todo desabou."

"Imagino o quanto você sofreu com tudo isso. Mas acontece."

"É. Eu sei que sim. Mas hoje não sei mais se foi isso mesmo que aconteceu com meu pai. Lembra que eu contei que minha tia mandou a gente embora? Então, por causa disso, minha mãe jogou, às pressas, todas as nossas coisas em caixas, sacolas e cestos, depois colocou tudo em um trailer. Bem depressa, sabe? Sem uma organização especial. Aí ontem, eu estava procurando toalhas, e adivinha o que encontrei?"

"Não faço a menor ideia."

Rigby se espreguiçou, pressionando as patas da frente contra uma das paredes da cozinha. Era estranho ela estar tão relaxada. Eu me sentia tão tensa que tinha até náuseas.

"O relógio, a carteira e a aliança. Ela guardou tudo em um porta-joias velho."

"A polícia deve ter devolvido."

"Mas essas coisas deviam ter desaparecido."

"Talvez tenham encontrado o assassino e recuperado os objetos."

"É. Foi o que eu pensei. Aí, hoje de manhã, perguntei a ela se tinham encontrado o assassino. Ela disse que não. E eu não quis mais conversar a respeito."

"Hum." Ele coçou uma das costeletas. "Bem, eu consigo imaginar duas possibilidades: ou a polícia encontrou os objetos, mas não o assassino... como se alguém tivesse vendido essas coisas ilegalmente, e, por algum motivo, elas foram parar nas mãos da polícia. Ou esses objetos estavam com seu pai quando ele foi encontrado, mesmo que sua mãe tenha dito o contrário."

"E o que isso quer dizer? Se as coisas estavam com ele quando foi encontrado?"

"Não sei. Significa que talvez não tenha sido um assalto. Mas não sei o que significa de verdade. Teria que ter mais informações. Por que você não tenta perguntar para a sua mãe de novo?"

"Porque acho que ela está mentindo para mim. E não adianta nada fazer perguntas para alguém que a gente sabe que está mentindo."

"Hum", resmungou ele.

Tentei entregar a ele uma pilha de tigelas de cerâmica para sopa, mas Paul não as pegou.

Apenas perguntou:

"Você tem acesso à internet?"

"Eu? Não. Estamos em um camping. Mesmo que tivéssemos um computador, o que não é o caso, não teríamos tomada para ligá-lo."

"Quer que eu pesquise isso para você?"

"Como assim?"

Ainda não tínhamos guardado as tigelas, e estava ficando mais difícil conversar com ele, porque eu não queria olhar tão diretamente para a pessoa com quem conversava em um momento como aquele, e não sabia mais para onde olhar.

"Não deve ser difícil. Foi um crime, deve ter saído alguma coisa nos jornais."

"Ah. Verdade."

"Escreva o nome dele antes de ir embora. E o endereço de vocês na época. E a data mais próxima do crime que conseguir lembrar. A única coisa é que..."

A pausa me deixou nervosa.

"O quê? A única coisa é o quê?"

"Tem certeza de que você quer saber? Sua mãe pode ter mentido porque talvez a verdade seja difícil de enfrentar. Tem certeza de que quer saber a verdade?"

"Hum. Não. Não tenho certeza. Depende de quão dura é a verdade. Talvez você possa descobrir e depois me dizer se é muito complicado."

"Mas esse não é um julgamento fácil de fazer."

"Não importa. Você não vai ter que julgar. Se eu souber que a verdade é diferente daquilo em que eu acreditava, vou ter que saber. Certo?"

"Se fosse comigo, eu pensaria exatamente assim."

"Se for muito ruim, talvez você possa me dar os detalhes aos poucos. Um de cada vez. E quando eu não quiser ouvir mais nada, eu aviso."

"É, pode ser."

Ele pegou as tigelas das minhas mãos. O que me surpreendeu, pois eu já tinha esquecido que elas estavam ali. Ele as guardou no armário enquanto eu pegava os copos embrulhados um por um em jornal.
"Você não tem que se envergonhar disso."
Eu não sabia a que ele se referia.
"Quem disse que me envergonho?"
"Quero dizer que, mesmo que sua mãe tenha mentido, essa é uma característica ruim *dela*, e não sua. Embora... imagino que não vá querer que eu conte a ninguém..."
"Ah. Isso. A coisa. Esqueci que ia contar uma coisa da minha vida. Não era isso. O que eu contei era apenas algo que estava na minha cabeça. E eu não podia falar sobre isso com minha mãe."
"Não precisa me contar nada da sua vida."
"Não. Mas vou contar. Não me incomoda. Só esqueci de pensar em alguma coisa."
"Tudo bem. Eu confio em você. Sei que não vai contar nada para ninguém sobre a minha... situação. Só não conte para sua mãe, se mudar de ideia. Ela tem um jeito todo especial de se meter nas coisas. Não quero que isso acabe chegando na Rachel."
"Ela nem ao menos sabe dos seus sentimentos?"
"Ei. Eu nunca disse que ia entrar em detalhes."
"Ah. Desculpa."
Trabalhamos mais um pouco sem conversar. Esvaziamos todo aquele barril e passamos para uma caixa de talheres e utensílios de cozinha.
"Talvez eu seja lésbica", falei.
Senti que isso ia sair quase meio segundo antes de falar, mas não planejei, e não havia muito que eu pudesse fazer para mudar minha declaração. E acho que uma parte de mim pensava que era melhor mesmo falar.

Ele parou de guardar os talheres e olhou para mim, mas eu não olhei para ele.

"Essa é a coisa?"

"Não sei. Talvez. É *uma* coisa."

"Mesmo assim, não é nada de que você deva se envergonhar."

"Ser apaixonado por alguém também não é. É apenas uma dessas coisas que não quero que você conte para ninguém."

"Sua mãe ficaria aborrecida?"

"Acho que sim. Ela não chegaria a me odiar por isso, mas ela quer muito que eu seja mais 'menininha', porque ela era assim. É. Ela quer que eu deixe o cabelo crescer. Diz que daqui a pouco isso vai ser importante, porque vou começar a me interessar por garotos. Tipo, dã, mãe. Tenho 14 anos. Quantos anos tenho que ter para ela perceber que não vai ser bem assim? Deus sabe que ela está prestando atenção."

"Você não parece ter 14 anos. Parece ter 20. Só que é baixinha."

"Todo mundo diz isso."

"Sem querer ser invasivo e sem querer te fazer entrar em detalhes, se não quiser. Mas... você acha que pode ser? Ou você é?"

"Eu sou. Foi só um jeito mais fácil de falar pela primeira vez."

"Sei. Foi o que eu pensei."

"Por que pensou? Como você sabia?"

"Não, não foi isso que eu quis dizer. Eu não sabia. Nunca pensei nisso. Mas quando você falou, pensei: quando alguém pensa que pode ser alguma coisa, é porque é."

Depois ficamos em silêncio por um tempo, o que não foi tão ruim. Não foi como se tivéssemos medo de falar mais. Só continuamos guardando as panelas e as assadeiras, e foi isso.

• • •

Quando ouvi minha mãe buzinar, eu disse:
"Até que foi rápido."
"Na verdade, não foi. Você voltou do passeio com a Rigby há quase duas horas."
"Sério?"
Ele me mostrou o relógio.
Era um belo relógio.
"O tempo voa quando você está desabafando", comentou ele.
Nesse momento eu soube que meu pai não tinha morrido por causa de um assalto. Porque o relógio dele não era dos melhores, como o de Paul. Eu sabia que ele não era bom o bastante para ser vendido.

• • •

Desci a escada correndo com Rigby, e quando chegamos na rua de cascalho, ouvi Sophie gritar de alegria. Foi um grito alto, porque minha mãe tinha estacionado longe da casa.
Abri a porta de trás e incentivei Rigby a entrar. Ela mal cabia no banco. Teve que se encolher e abaixar a cabeça sobre a cadeirinha de segurança, e é claro que Sophie adorou isso. Tive que afastar a cauda dela com cuidado antes de fechar a porta.
Sentei no banco do passageiro e vi que minha mãe estava rindo. Fazia tão pouco sentido ela estar feliz que eu nem fiquei pensando muito nisso.
"Preciso de lápis e papel", disse, porque lembrei que ainda não tinha anotado as coisas. Sobre meu pai. "Temos lápis e papel?"
"Arrumei um emprego."
"Mentira! Como conseguiu tão depressa?"
"Parei em uma lanchonete a caminho da cidade para comprar uns muffins para viagem. E adivinha o que tinha na vitrine? *Precisa-se de Ajudante!* Eles me contrataram na hora. Não é muita sorte? Começo amanhã!"

Meu cérebro se recusava a mudar tão bruscamente de assunto. Eu só queria lápis e papel. Era só nisso que conseguia pensar no momento.

"Muffins? Vocês comeram muffins? Estou morrendo de fome. Não ganhei muffins."

Ela pegou um saco de papel branco do chão, perto dos meus pés, e jogou no meu colo.

"Guardei um para você."

"Ah. Que bom. Obrigada. A gente tem lápis e papel?"

"Não ficou muito animada com a notícia."

"Sim, a notícia é boa. Sério. Amanhã? Que horas? Em que turno?"

Minha mãe continuou sorrindo, mas a alegria se apagou um pouco dos olhos e do resto da face.

"Turno da manhã. Movimento da hora do almoço."

Silêncio. Por um minuto, até esqueci o lápis.

Até ela comentar:

"Deve ter um lápis no porta-luvas."

Abri o compartimento. Encontrei o lápis no meio de uma confusão espantosa. Rasguei um pedaço do saco de papel. Depois decidi não escrever nada até estar na porta da casa de Paul. Ela surtaria se me visse escrevendo alguma coisa a respeito do meu pai.

Encarei minha mãe. Ela desviou o olhar.

"Entendi. Agora vou ser babá durante o dia. Já pensou em como eu vou para a escola?"

"É claro que sim. Imaginei que... bem, só faltam algumas semanas de aula para o fim do ano. Nem vale a pena começar agora em uma escola nova. Melhor começar no outono. Até lá, eu arrumo alguma coisa melhor."

"Estou cada vez mais atrasada."

"Mas você é muito inteligente."

Olhei para o banco de trás. Rigby estava lambendo as pálpebras de Sophie — e boa parte do rosto dela também —, e Sophie fazia barulhinhos de felicidade. Todo mundo estava feliz. Menos eu.

"Se eu ganhar boas gorjetas amanhã, vamos poder alugar um quarto de hotel para passar a noite. Hoje pode ser nossa última noite na barraca."

"Seria ótimo."

Era inútil discutir sobre a escola. Eu não tinha direito a voto. E a eleição estava encerrada.

Era irritante eu ter que ficar feliz por minha mãe quando eu ainda nem estava falando com ela. Ela sempre fazia isso. Sempre encontrava um jeito de me roubar aquele tempo que eu queria dedicar apenas ao que estava sentindo. Não que dessa vez fosse de propósito. Mas, de propósito ou não, ela sempre conseguia.

"Não entendi", falei. "Como conseguiu entrar para comprar muffins e ainda fez uma entrevista? A Sophie estava com você. Ela foi junto?"

Entendi a resposta pelo jeito como ela desviou o olhar. Quanto menos minha mãe respondia, mais eu sabia que eu estava certa.

"Você deixou a Sophie no carro."

"Apenas por alguns minutos."

"É inacreditável."

"Eu tranquei tudo e deixei as janelas abertas, só uma frestinha. Além do mais, parei onde podia vê-la. Olha só, querida, você vai querer me atormentar com isso, mesmo que nada tenha dado errado? Ou quer ficar feliz porque consegui um emprego, e até podemos ter um teto de novo?"

Suspirei profundamente.

"Só quero levar a cachorra de volta para o Paul e depois voltar para..." Não sabia como terminar a frase. Não tinha mais casa.

Desci e tirei Rigby do banco de trás. E me lembrei daqueles palhaços que saem dos carrinhos minúsculos no circo. Sim, uma vez meu pai me levou ao circo.

"Você vai ver a Rigby amanhã de novo, Sophie. Prometo."

Mas eu nem precisava ter me incomodado, pelo jeito. Ela não parecia estar nem um pouco aborrecida.

Subimos a escada correndo, até eu ficar sem fôlego.

A porta estava aberta, e eu só bati no batente e entrei. Paul estava arrumando os livros na estante, nos espaços ao lado da foto de Rachel.

"Vou escrever as informações sobre meu pai", avisei.

Sentei e escrevi o nome dele e do bairro Los Feliz, em Los Angeles, e também que eu não sabia a data exata, mas tinha acontecido no verão, e fazia oito anos.

Quando entreguei o papel, ele disse:
"Dan. Como meu irmão."
"De quem você nem gosta."
Nós dois rimos um pouco disso.

Mas, definitivamente, a essa altura, eu entendia um pouco mais. Como, por exemplo, por que ele não gostava do irmão. E por que, mesmo assim, ficava feliz em visitá-lo. Bem, não sabia realmente. Talvez ele tivesse muitas outras razões para não gostar do irmão. Mas só essa já parecia suficiente.

Pensei em Cathy. E parei imediatamente de pensar nela outra vez.

• • •

Naquela noite, faria frio no camping. Eu queria pensar que era a última noite, pelo menos. Mas não tinha certeza disso. Minha mãe disse apenas "se". Se as gorjetas fossem suficientemente boas no primeiro dia. Além do mais, era uma coisa meio relativa. Essa era a primeira vez que ficávamos sem casa, mas eu não estava inteiramente certa de que seria a última.

Não dormi tanto quanto gostaria.

• • •

"Legal, espera aqui", falei para minha mãe. "Eu saio com a cachorra." Olhei para Sophie no banco de trás. "Eu vou trazer Eue, Sophie. E você pode ir com a gente."

Corri pela rua até a casa de Paul e subi os lances de escada.

Rigby me ouviu subindo e latiu, e ele abriu a porta antes mesmo de eu chegar.

"E aí, o que descobriu?", perguntei, bastante ofegante.

Eram quase 16h, e eu não tinha pensado em outra coisa. Passei o dia todo sentada no camping com Sophie enquanto minha mãe estava no trabalho. E esperei. E pensei.

Pela cara dele, deduzi que Paul estava sabendo de alguma coisa.

"Não foi assalto", contou ele.

"Eu imaginava."

Ouvi minha voz, mas meus lábios estavam entorpecidos. Como se outra pessoa falasse, não eu. E quem estava falando dizia que já sabia que seria assim. Quando a verdade, de fato, era que eu esperava que Paul dissesse que não tinha encontrado nada.

"Salvei alguns artigos nos meus favoritos. Vem comigo ao escritório."

Eu o segui pelo corredor como se estivesse a caminho da minha execução. Rigby me acompanhava, batendo na minha bunda com sua cauda arrasadora. Eu não resmunguei porque estava ocupada demais com meus resmungos internos.

O escritório, por enquanto, tinha apenas uma mesa alta de madeira com um laptop em cima, e uma organizada pirâmide de caixas no meio do aposento.

O computador me deixava nervosa, e meu cérebro começou a formigar, como os pés fazem quando estão adormecidos. Fui até a janela no fundo da sala e olhei para fora. Dava para ver as montanhas com os picos cobertos de neve.

"Bela vista", elogiei.

"Obrigado."

Ele estava no laptop, acho que procurando o que tinha encontrado antes.

"Foi fácil achar informações sobre ele?"

"Sim, só precisei jogar o nome dele na busca, e tudo apareceu."

"Sua casa tem garagem."

Eu tinha desviado os olhos das montanhas para examinar a parte do fundo da propriedade. Sabia que a garagem era dele porque era azul com acabamento branco, assim como a casa, mas tinha dois andares, como se alguém pudesse morar ou trabalhar no cômodo superior.

"Isso é estranho?"

"É, um pouco. Porque não tem entrada para carros. Não que eu tenha visto. Como o carro chega aqui em cima?"

"Tem uma entrada. Mas fica longe da casa, tão longe que você deve ter pensado que era de outra casa. A propriedade é grande. Você não está preparada para a verdade, está?"

"Talvez esteja. Talvez fique em um minuto. Pode me dar um minuto?"

"É claro. Tem todo o tempo de que precisar."

Ele se aproximou da janela e parou ao meu lado, e nós três ficamos juntos olhando para fora.

"O que vai fazer com o espaço em cima da garagem?"

"Não", ele falou.

"Não o quê? Não foi uma pergunta de sim ou não."

"Eu disse não para o que você está pensando."

"O que eu estou pensando?"

"Desculpe. Talvez eu tenha me enganado. Pensei que ia me perguntar se eu alugaria o espaço. Mas não estou preparado para a família inteira, Angie. Desculpe. Preciso de mais espaço que isso."

"Ah, eu sei. Não pediria isso."

"Não era o que ia perguntar, era?"

"Não. Nem pensei nisso."

"Desculpe."

Olhamos pela janela em silêncio por mais um tempo. Alguns segundos, talvez minutos. Não sei se estava com disposição para saber o tempo exato.

"Sabe", disse ele, "posso tirar os artigos da lista de favoritos e fingir que nunca os encontrei."

Respirei algumas vezes, me perguntando como eu conseguia ouvir minha respiração, mesmo nunca tendo acontecido antes. Não que eu lembre.

"Acho que *eu* não poderia fingir que você nunca os encontrou."

"Se ajuda em alguma coisa, não tem muito conteúdo neles. Não dizem por que ele foi assassinado, pois a polícia não sabia. Ou foi isso, ou achavam que detalhes demais poderiam comprometer a investigação. Mas nada foi levado. E eles estavam bem certos de que não foi aleatório. Achavam que ele conhecia o agressor. Mas não explicaram por que pensavam assim."

"Aposto que minha mãe sabe mais sobre isso."

"Talvez."

"Mas não posso perguntar para ela."

"Acho que você vai acabar perguntando, mais cedo ou mais tarde."

"É só isso que tem nos artigos, de verdade?"

Um silêncio que não me agradou.

"E que ele não foi assassinado com uma arma de fogo."

"Minha mãe disse que foi."

"Ela também disse que foi um assalto."

De repente, eu não conseguia engolir. Parecia que eu tinha esquecido como era o movimento.

"Como ele foi morto? Foi de um jeito ruim, não foi?" Na minha cabeça, ouvi tia Vi dizer: *Ah, e que jeito horrível de partir*. "Não, deixa para lá. Não quero ouvir essa parte. Não me conta."

"Ok. Não vou contar. Nunca mais toco nesse assunto."

Ficamos ali por mais um momento. Era como se eu tivesse virado uma estátua. Ainda estava olhando pela janela, mas nem enxergava nada.

Olhei de novo para a garagem azul e branca de dois andares.

"O que vai fazer com aquele espaço?"

"Ainda não sei. Poderia ser um escritório. Mas tenho este quarto para isso. Além do mais, estou aposentado. Por que preciso de um escritório? Acho que é só força do hábito. Poderia alugar, se precisasse de dinheiro. Mas não preciso. Não agora, pelo menos. Talvez seja um ótimo quarto de hóspedes."

"Dan e Rachel podem vir te visitar."

"Duvido. Eles cansaram deste lugar. Pelo menos o Dan cansou. Foi assim que eu consegui ficar com a propriedade."

"Então... se não precisa trabalhar, o que vai fazer? Como vai preencher o tempo?"

"Bem, vamos ver. Primeiro, Rig e eu acordamos e damos uma caminhada até a cidade para comprar o jornal. E tomar um *espresso* duplo. E comer um muffin ou um *scone*, o que só vou parar de fazer se começar a engordar muito. Depois passo metade da manhã lendo o jornal. Às vezes, vou pescar em um riacho frio ou em um daqueles lagos nas montanhas. Pego uma truta fresca para o jantar. E vou ler o resto dos livros da minha biblioteca, que tenho há vinte anos e nunca li. E talvez monte minha oficina de marcenaria de novo e faça estantes e mesas, como nos velhos tempos. E se eu ficar entediado, posso fazer uma trilha nas montanhas com Rig. Deve ter um bilhão delas, todas começando em um raio de oito quilômetros daqui."

"Parece o paraíso."

"Não é? E só precisei trabalhar durante 45 anos em um emprego que odiava para fazer isso acontecer."

Acho que eu devia dar risada. Mas não achei engraçado. Tive a sensação de que alguma coisa não estava certa na vida como ela era.

Não falei nada.

"Tudo bem?", perguntou ele.

"Hum. Sim. Acho que sim. Parece que estou dormindo. Mas estou bem. Mais ou menos. Preciso sentar um pouco antes de sair para andar. Minhas pernas estão tremendo." Foi quando eu lembrei. "Ai, não. Não posso sentar. Minha mãe está esperando no carro com a Sophie, ela vai passear com a gente. Esqueci completamente. Ela deve estar ficando impaciente. Vou pôr a coleira na Rigby e já saio com ela."

A história da minha vida em duas frases:

Preciso de tempo para digerir tudo isso.

Não terei esse tempo.

Era um desses padrões que ficavam se repetindo, como um monstro. Cada vez que mostrava sua cara feia, ele ganhava. Eu nunca mais tive poder sobre ele, como já havia tido antes.

• • •

Quando voltamos para pegar nossas coisas, minha mãe levou Sophie ao banheiro público do camping.

Eu não tive minha grande ideia de imediato. Então, enquanto elas estavam lá, eu apenas fiquei apoiada no carro. Como se eu tivesse tanto tempo para desperdiçar que nem soubesse o que fazer com ele.

Não estava pensando em muita coisa, mas lembro de me sentir contente por podermos dormir em um quarto de hotel naquela noite. Nunca me senti tão grata pelas coisas simples, como uma cama e um teto, mas naquele momento jurei a mim mesma que sempre seria. Depois pensei se isso era mesmo possível, ou se eu me acostumaria tão rápido que esqueceria de agradecer.

Quando dei por mim, estava correndo para a barraca onde ficavam nossas coisas, ciente do que estava procurando. Mas juro, no começo, tudo era apenas uma série de pensamentos se formando na minha cabeça. Eles meio que se criavam sozinhos.

Entrei na barraca e procurei a caixa entre os lençóis.

Meu coração disparou quando enfiei a mão entre eles, e de repente toquei o porta-joias. Fechei os olhos e, por um segundo, respirei fundo... Estava preocupada com a volta da minha mãe e com a possibilidade de ela vir me procurar e me pegar fazendo aquilo.

Eu ia levar a caixa inteira, mas mudei de ideia. Porque, se levasse, ela pensaria que a havia perdido. E ficaria esperando eternamente a caixa aparecer. Mas se encontrasse a caixa vazia...

Enfiei a mão no porta-joias sem olhar. Peguei a carteira, o relógio e a aliança na mesma mão, de uma só vez. Guardei tudo no bolso da jaqueta.

Olhei para fora da barraca procurando minha mãe, mas elas ainda não estavam voltando.

Então terminei o serviço.

Guardei as coisas do meu pai no baú.

Olhei tudo mais uma vez antes de fechá-lo. Enumerei todas as coisas com as quais ainda não estava preparada para lidar. O bilhete da Nellie. *O Livro Tibetano dos Mortos*. A verdade sobre meu pai. Peguei a nota de cem dólares no bolso da calça. Minha mãe tinha um emprego, podia cuidar de nós. Então eu podia guardar minhas economias.

Joguei o dinheiro no baú, abaixei a tampa e tranquei.

Não estava roubando as coisas do meu pai. Só para deixar claro. Por direito, essas coisas pertenciam à minha mãe, e eu as devolveria para ela. Assim que ela sentisse falta. Assim que ela olhasse em meus olhos e dissesse que sabia que as coisas estavam comigo, porque ninguém mais poderia tê-las tirado de lá.

Então ela poderia me dizer por que as coisas estavam lá. Teria que dizer. Eu nem precisaria perguntar. O simples fato de saber que as tínhamos já era uma questão formulada.

Sim, eu sei que não é tão bom quanto poder falar tudo de uma vez. Mas eu não podia. Não conseguia. Então dei um jeito de fazer com que a questão se apresentasse sozinha. Pensando nisso agora, é meio patético. Mas foi como decidi agir naquele momento.

• • •

As semanas que passamos no hotel foram tranquilas e meio apagadas para mim. Acho que porque, durante essa parte da minha vida, todo dia era exatamente igual. Só um período se destacou. E, mesmo assim, nem foi tão importante. Não estou falando porque foi grande coisa. Só porque lembrei.

Um dia, eu estava na casa de Paul e vi um baralho na mesinha da sala. Difícil imaginar por quê, já que não havia ninguém ali para jogar com ele. A única coisa que fazia sentido era jogar paciência.

Ele estava na cozinha fazendo sanduíches para nós.

O ruim de ficar no hotel era que ele consumia cada centavo que minha mãe ganhava. Então minha mãe trazia do restaurante comida suficiente para uma refeição por dia. E normalmente, eu fazia outra refeição na casa de Paul e guardava um pouco para minha irmã. A boa notícia era que estávamos a menos de três quilômetros da casa dele. Eu podia ir a pé até lá a qualquer hora, desde que minha mãe estivesse em casa para cuidar de Sophie. Nem sempre ela ficava me esperando no carro.

Muitas vezes, eu ia a pé até a casa de Paul. O quarto do hotel era pequeno, até mesmo para uma única pessoa. Para três, era uma tortura.

Fazia muito tempo que eu não via um baralho.

Era estranho ver as cartas ali, e o sentimento era difícil de descrever. Como encontrar uma velha amiga com quem brigou e nunca mais viu. E de repente ela aparece, e você pensa: "O que *ela* está fazendo aqui?". Como sentir raiva, mas estar magoada também. E não querer admitir.

Fiquei olhando para as cartas por um tempo. Depois as tirei da caixa e comecei a empilhá-las.

Primeiro, só uma casa básica, mas logo decidi fazer três andares.

Então me envolvi de verdade e esqueci onde estava, como sempre acontecia.

As cartas estavam acabando, e eu não queria parar. Não queria *mesmo*. Era como se já estivesse contaminada de novo. Eu precisava de mais um baralho. E depressa.

Estava tão envolvida com a atividade que não percebi que Paul estava ao meu lado com dois pratos com os sanduíches. Senti cheiro de peru defumado e não tinha comido nada no café da manhã. Mesmo assim, queria mais cartas. Mais adições arriscadas.

"Uau", exclamou ele. "Você é boa nisso."

"Não faço isso há anos."

"Deve ser como andar de bicicleta."

"Isso não é nada. Eu construía ranchos com casa, celeiro, galpões, currais e tudo que tinha direito."

"Por quê?"

"Acho que era só para passar o tempo." Coloquei a última carta, e a construção não caiu. Mas não havia mais o que fazer. "Meu pai havia acabado de morrer. Acho que eu precisava de uma compulsão."

"Desculpa. Acho que fui meio grosseiro. Só queria entender por que as pessoas fazem coisas assim. Sabe? Coisas que..."

Rigby se aproximou balançando a cauda. Paul e eu vimos o que ia acontecer. Mas ele ainda estava com as mãos ocupadas segurando os pratos, e eu não ousava me mover tão perto do castelo de cartas. Até o vento de um movimento súbito poderia derrubar tudo.

"Rigby, não!", gritou ele.

Ela parou onde estava, com o focinho a menos de meio metro do meu projeto, e olhou para ele com uma expressão que não poderia ser mais magoada. Acho que ela não estava acostumada com berros. Porque nunca fazia nada errado.

"Boa menina", disse Paul. "Fica."

Ela ficou.

Mas não sentou. Porque ninguém mandou. Ficou ali balançando a cauda enorme, e mais ou menos na quarta repetição do movimento, o deslocamento de ar virou ventania.

Vi uma carta cair do segundo andar, e aí aconteceu aquele momento. Aquela fração de segundo congelada. É muito rápido, você poderia se convencer de que imaginou tudo, mas não era o caso.

Cartas flutuavam por todos os lados, algumas caíam no assoalho de madeira.

"Desculpa", disse Paul.

"Não tem importância. Isso não é nada. Não faça a Rigby se sentir mal. Mais cedo ou mais tarde, a casa ia cair. Todas caem."

Juntei as cartas na mesa e peguei as que tinham caído no chão, mais longe.

"Acho que era isso que eu ia dizer aquela hora", explicou Paul. "Mas não tenho certeza, porque não foi um pensamento muito claro. Mas acho que sempre estranhei castelos de carta e de areia. E esculturas de gelo. Tanto tempo dedicado a uma coisa cujo destino é se desmanchar."

Sentei no sofá e contei as cartas bem depressa.

Cinquenta e uma.

Fui para o chão e, de quatro, puxei lá debaixo do sofá a última que estava faltando. A Rainha de Copas. Achei significativo, mas devia ser bobagem.

"Mas vou dizer o que penso disso", avisei enquanto guardava a última carta na caixa. "Acho que essa é a verdade de tudo. Você nasce, constrói todas essas coisas. Compra casas e carros e guarda dinheiro. Depois morre, e tudo isso acaba, desaparece, desmorona."

"Nem sempre. E se você construir uma ponte? Ela continua firme."

"Talvez por um tempo depois da sua morte. Mas não para sempre. Mais cedo ou mais tarde, alguém vai achar que ela deixou de ser segura, demolir a ponte e construir uma nova. Se construir uma casa de verdade, com o tempo ela desaba. Talvez leve centenas de anos, mas ela vai voltar ao chão. Castelos de cartas caem mais depressa, é só isso."

Ele sentou no sofá e deixou os pratos na mesinha. Dei uma grande mordida no meu sanduíche. Meu estômago estava tão vazio que revirou de leve quando a comida chegou nele. Mas o sanduíche era bom. Era sempre difícil guardar metade para Sophie, porque eu sempre tinha fome para tudo e mais um pouco. Mas sempre guardava.

"Essa teoria é deprimente", comentou ele.

"Não. Bem, não na minha cabeça. Para mim, é o contrário. Algumas pessoas nunca fazem nada porque sentem medo do fim daquilo que fariam. Ficam paralisadas por saber que nada é eterno. E existem as pessoas corajosas que fazem todo tipo de coisa, do jeito que der. Mesmo que nenhuma delas dure para sempre. Quero ser uma dessas pessoas. Por isso construo castelos de cartas. Ou construía. Antes de Sophie chegar. Talvez porque, em parte, foi a última coisa que fiz com meu pai. Mas só em parte. A outra parte é o que eu disse antes."

Comemos em silêncio por alguns minutos. Terminei minha metade do sanduíche com mais três mordidas. Foi bom enquanto durou.
Igual a tudo na vida.
Então Paul perguntou:
"Tem certeza de que você não é uma anã de 40 anos?"
"Pode acreditar. Existem partes minhas que são totalmente de 14 anos."
"Não parece."
"Que bom", respondi. "Então ainda está dando certo."

• • •

Vi aquele baralho em cima da mesinha mais umas dez vezes naquele ano. Porém, nunca mais abri a caixa.

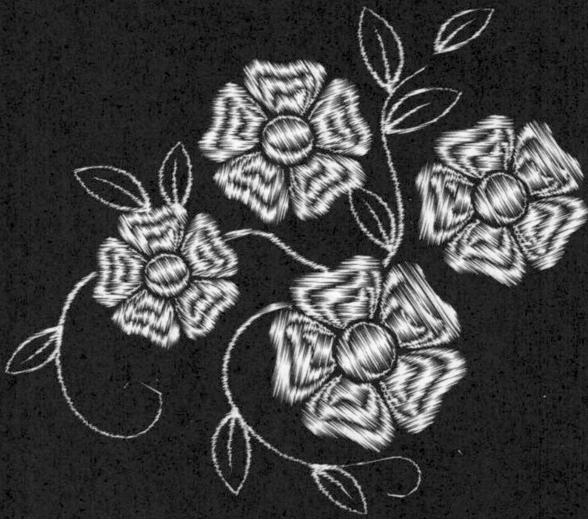

# 2.

# A parte em que eu tinha 15 anos

Catherine Ryan Hyde
para sempre
vou te amar

# 1

## Ganha-peixe

Por razões que não posso explicar depois do fato, eu esperava alguma agitação.

Era meu primeiro dia de férias de verão. Depois de um ano inteiro em uma escola nova, que, francamente, foi um pouco mais difícil que no antigo lugar, porque era uma escola pequena. Eu me dava bem em escolas grandes, e não era possível se perder em um colégio com 300 alunos no ensino médio.

É inevitável, analisando de perto, que eles me achem esquisita demais.

Encontrei Sophie e minha mãe à mesa do café da manhã. Minha mãe comia arroz e feijão que sobraram do jantar da noite anterior. Sophie estava sentada diante da comida, concentrada em outra coisa que eu não sabia o que era. Alguma coisa no ar. Eu nunca veria.

Estávamos em uma casa nova. Uma casa de verdade. Parecia mais um chalé de pousada. Um quarto, mas muito pequeno. Mas minha mãe teve o bom senso de dividir o quarto com Sophie e deixar o sofá-cama da sala para mim. Não parecia muito. E não era. Mas pelo menos ela não me pediu para dividir a sala com minha irmã.

Não me importo muito com o tamanho nem com a beleza de uma casa. Não sou exigente. Desde que eu tenha alguma coisa só para mim.

Sentei à mesa.

"Café?", ofereceu minha mãe.

Ela parecia estar meio sonolenta.

Eu sabia que esperar tanto era pedir para se decepcionar, mas pensei que ela estaria feliz por mim. Ela sabia que aquele era o primeiro dia das minhas férias de verão. Acho que me sentia da mesma forma que Paul tinha se sentido quando me contou o que faria, após se aposentar, depois de trabalhar durante 45 anos.

Eu queria uma banda. Queria um desfile!

"Feijão e arroz requentados não são café da manhã", comentei.

"É o que temos. É isso ou nada."

"Nada, então."

Nenhuma resposta. Nenhum interesse.

Olhei para Sophie, que parecia manter uma comunicação não verbal com alguma coisa que pairava no ar na mesa do café.

"Parece que Sophie também escolheu não comer nada."

Nenhuma resposta de novo.

Depois de pagar o aluguel da casa, ficávamos quase sem dinheiro. Minha mãe ia e voltava a pé do trabalho, porque gasolina não cabia no nosso orçamento. Comprou um saco grande de arroz, dois quilos de feijão, e isso era o que comíamos até o pagamento seguinte. Eu estava cansada de arroz e feijão. O mês anterior foi macarrão. Fiquei cansada de macarrão.

"Pelo menos ela almoça na escola", disse. "Ela ainda tem almoço no programa de verão. Não tem?"

"O quê?"

"Almoço na escola. Para a Sophie. Ela ainda tem almoço no programa de verão. Não tem?"

"Sim, é claro. O que você acha, que eles deixam as crianças da Educação Especial morrerem de fome durante o verão?"

"Desculpe se me preocupo", resmunguei. Depois olhei para o relógio do micro-ondas. "Ela vai se atrasar. A van vai chegar a qualquer minuto."

Minha mãe levantou a cabeça assustada. Olhou para o relógio.

"Ai, merda!"

Depois cobriu a boca com a mão e olhou para Sophie. Eu nem imaginava por que ela se preocupava com a chance de minha irmã aprender algum palavrão. Em sete anos, nunca aprendeu palavra nenhuma, exceto *Eue*. E isso tinha a ver com uma motivação extrema. Provavelmente, não se repetiria tão cedo.

Minha mãe correu para o quarto e voltou com as meias e os sapatos de Sophie.

"Vou dar uma caminhada", avisei.

Nenhuma resposta.

Parei na porta e olhei para trás. Minha mãe estava ajoelhada no tapete, calçando os tênis em Sophie.

"Boas férias de verão para mim", falei. E pensei, ainda enquanto falava, que não adiantaria nada.

"Você já parece bem feliz por conta própria", disse ela. "Não precisa da minha ajuda. É até bom, porque estou tendo uma manhã horrível."

Suspirei e saí. Não tinha nem acabado de fechar a porta quando vi o sr. Maribal chegando. O sr. Maribal era o motorista da van da Educação Especial na nossa região. Parecia ser um homem paciente, mas eu me perguntava, de vez em quando, se não era só aparência.

Normalmente, ele buzinava. Mas, como me viu, apenas acenou.

Voltei e empurrei a porta.

"A van chegou."

"Por que ele não buzinou?"

"Porque me viu aqui fora."

Ela se aproximou da porta com passos furiosos e quase me empurrou para fora do caminho. E olhou para a entrada da garagem.

"Que bom ver que confia em mim", provoquei.

Ela acenou para o sr. Maribal. Depois me disse:

"Se vai sair para dar uma caminhada, acompanhe sua irmã até a van. Tenho que me arrumar para o trabalho."

"Sophie", chamei. "Vem. A van chegou. Vamos."

Nada.

Não que eu esperasse muito, pois se tratava de Sophie. Ela parecia aceitar bem a ideia de entrar na van e ir para a escola, mas isso não significava que estava preparada para ir com um simples chamado.

Voltei à mesa do café e segurei a mão dela.

Nos velhos tempos, ela teria me puxado para se soltar. Mas, desde que nos mudamos, estava calma. E estava especialmente apegada a mim, porque eu era a conexão dela com Eue.

Eu a levei até a entrada da garagem. E ouvi a batida da porta atrás de nós.

"*Ela* está azeda", confessei a Sophie, que, é claro, não prestou atenção.

O sr. Maribal tinha saltado do veículo quando chegamos lá, e ele abriu a porta lateral. Era só uma van de tamanho normal, como aquelas que as mães que transportam muitos filhos costumam dirigir. Em todo o distrito, havia só sete crianças na Educação Especial.

Coloquei Sophie no banco, depois vi o sr. Maribal prender o cinto de segurança em torno dela. Ele gostava de cuidar pessoalmente dos cintos de segurança. Era muito responsável. Ou medroso. Ou outra coisa.

"Bom dia, Reggie", cumprimentei. "Bom dia, Ellen."

A nossa casa era o terceiro ponto de parada.

"Bom dia!", respondeu Reggie. "Bom dia. Bom dia. Bom dia. Sabe o que eu vi? Foi... Hum. O que era? Eu vi. Hoje de manhã. Agora. Era..."

"O quê, Reggie?", perguntei, tentando incentivar.

Eu não sabia muito a respeito da situação de Reggie. Acreditava que ele tinha TEA, mas podia ter outra necessidade especial. Eu só sabia que ele era o extremo oposto de Sophie em relação às palavras.

"Agora esqueci", disse ele.

O sr. Maribal fechou a porta deslizante da van com aquele ruído satisfatório.

"Tchau, Sophie", disse eu.

Nada. Mas era isso mesmo que eu esperava.

Reggie repetiu várias vezes: "Tchau, irmã da Sophie. Tchau! Vamos para a escola! Até amanhã, irmã da Sophie".

Acenei até eles desaparecerem, depois fui andando até a rua e comecei a subir a encosta para a cidade. Era difícil, porque estava com fome. Como sempre. Isso me impedia de dedicar muita energia ao esforço.

Estava pensando que seria bom se Sophie fosse mais falante, como Reggie, porque eu me sentiria mais conectada a ela. Depois decidi que isso era algo que seria legal por uma ou duas horas, e um inferno pelo resto da eternidade.

Eu não sabia ao certo por que estava indo à cidade. Sabia que procurava aquela coisa que Paul descreveu. Ir à cidade e ler o jornal bebendo um *espresso* duplo, talvez comendo um *scone* ou algo assim. Mas Paul tinha dinheiro.

Eu estava decidida a encontrar o que ele descreveu. Talvez eu fosse à cafeteria e pudesse ler um dos jornais comunitários, pelo menos.

Um carro se aproximou de mim e reduziu a velocidade até quase parar.

Ouvi:

"Feliz primeiro dia de férias."

Reconheci a voz imediatamente.

A cabeça de Rigby ocupava o espaço da janela de trás. Cheguei perto do carro e abracei aquela cabeça enorme, depois dei um beijo de bom-dia nela. Em seguida, enfiei a cabeça na janela da frente, do lado do passageiro, que Paul tinha aberto.

"Fiquei esperando minha mãe me dizer isso hoje. Achei que seria uma coisa simples."

"E ela não disse?"

"Não. Ela nunca diz."

"Aonde você está indo?"

Suspirei.

"Não faço ideia. Queria ter um dia com cara de férias, então decidi vir à cidade. Como você faz de manhã. Mas não tenho dinheiro para folhado e *espresso*, então estou só de bobeira. Acho que estou tentando fazer essa manhã ser diferente e boa, só isso. E você? Pensei que viesse *a pé* para a cidade de manhã. Aonde *você* está indo?"

"Estamos voltando. Eu e Rigby fomos pescar logo cedo."

"Ah, legal! Pegou alguma coisa?"

Ele se abaixou e pegou um cesto de vime com um formato estranho e com uma tampa. O cesto estava sobre uma lona azul do lado do passageiro. Tinha uma alça de couro para pendurar no ombro e outra para prender a tampa, que não estava presa. Ele a levantou. Lá dentro havia cinco belos peixes prateados, de barrigas cintilantes, que exibiam um arco-íris nas laterais do corpo. Os peixes estavam lado a lado e empilhados, perfeitamente imóveis.

"Truta?"

"Sim. Arco-íris."

"O que você vai fazer com elas?"

"Que pergunta estranha. Vou comer. Daqui a pouco."

"No café?"

"Você não costuma acampar, não é?"

"Não, não costumo."

"Esse é um dos cafés da manhã clássicos do campista. Truta fresca assada em fogo aberto, porque o amanhecer e o anoitecer são os melhores momentos para pescar truta. Eu te convidaria para comer, assim entenderia o que eu digo, mas imagino que já tenha tomado café."
"Na verdade, não."
"Não estava com fome?"
"Estava morta de fome. Sempre estou faminta, mas o café era tão horrível que preferi ficar sem comer."
"Entra. Vai ver o que é um banquete. Cuidado para não pisar nos peixes."
Segurei o cesto de peixes no colo, por precaução, enquanto ele dirigia.
Levantei a tampa e olhei lá dentro. Os olhos grandes e brilhantes eram vazios. Pensei em como isso era triste; ao raiar do dia eles estavam nadando livres em um lago ou rio, certos de que estava tudo bem. Certos de que aquele seria um grande dia, como qualquer outro. E então isso aconteceu.
Mas todo mundo tem que comer. E eu fazia parte do todo mundo.

• • •

O peixe ainda estava inteiro quando Paul, com cuidado, o pegou com uma espátula e o serviu no meu prato. Tinha tirado as entranhas, limpado o interior em água corrente, depois secado com papel-toalha e untado com azeite antes de cozinhar.
"Ele vai ficar olhando para mim desse jeito o tempo todo em que eu estiver comendo?"
Na verdade, depois do cozimento, o olho dele ficou branco e leitoso. Mas ainda era um olho. No meu prato. Virado para mim.
"Esqueci que você é nova nisso. É o seguinte..."
Ele pegou um garfo e uma faca de carne, e com um movimento preciso separou o filé do lado de cima do corpo da truta e o pôs no prato. Depois segurou o rabo entre os dedos,

prendendo o filé do lado de baixo com o garfo. O esqueleto inteiro do peixe se soltou junto da cabeça, deixando apenas dois filés perfeitos e fumegantes no meu prato.

Era um peixe grande, com pouco mais de trinta centímetros de comprimento da cabeça ao rabo. Fazia muito tempo que eu não via tanta comida no meu prato.

"Obrigada. É estranho comer alguma coisa que fica te encarando."

A lata de lixo da cozinha abria ao apertar o pedal, e eu o vi pisar nele e jogar o esqueleto do peixe no lixo. Fiquei me lembrando dos desenhos animados que via quando era criança — o esqueleto que os gatos do beco sempre tiravam do lixo.

"Na grelha a gás não é a mesma coisa", comentou. "Estou pensando em construir uma churrasqueira lá fora. E, mesmo assim, não vai ser como uma fogueira. Sinto saudade de acampar. Queria ir de novo, mas estou velho demais para dormir no chão."

Ele voltou à grelha para se servir.

O cheiro era maravilhoso. Fazia meu estômago roncar e se contrair.

"E se você usar uma daquelas camas de acampamento?"

"É. Talvez. Mas acho que Rigby também está velha demais para dormir no chão. Ela já tem uma artrite leve, precisei até dar remédio para ela."

"Eu não sabia."

"Ah, eu não fiz muito alarde. Sei que nenhum de nós quer que ela fique velha. O que você está esperando? Coma."

"Não quis ser indelicada."

"Bobagem. Coma antes que esfrie. Cuidado com as espinhas pequenas. Ah, aqui tem sal e pimenta."

Pressionei a lateral do garfo no filé e percebi que ele se desmancharia ao menor toque. Podia só separar um pedaço. E foi o que fiz. Coloquei o pedaço na boca. Meio animada, meio nervosa.

O sabor explodiu na minha boca. E nem era um gosto muito forte de peixe. Era macio como uma nuvem. Juro que foi a melhor coisa que eu já comi em toda minha vida. Pensei em pizza e no filé que minha mãe levava para casa quando trabalhava no outro restaurante. E no camarão que comi uma vez em uma festa. Não eram nada comparados ao peixe. Perto dessa truta, eram apenas papelão.

Salpiquei um pouco de sal e pimenta. Comi outro pedaço. Melhor ainda. Mais que perfeito.

Paul sentou-se para comer.

"O que você achou?"

"Acho que morri e fui para o céu."

"Odeio falar isso, mas eu avisei."

"Cadê a Rigby? Estou surpresa por ela não se interessar por esse cheiro."

Ele apontou na direção onde ela se encontrava.

Rigby estava no canto, comendo delicadamente de sua enorme tigela de comida.

"Ela ganha o próprio peixe. É uma tradição nossa. Se eu pesco mais que um, ela ganha um."

Queria falar alguma coisa sobre isso, mas não queria parar de comer.

Comemos em silêncio por um bom tempo. Tentei comer devagar. A comida me fazia sentir tudo com mais verdade. Como se eu estivesse ali de um jeito que não era possível quando estava com fome. Como se estivesse inteira em meu corpo e ele fosse um lugar bom para estar. Para variar.

Paul foi o primeiro a falar.

"A Sophie também está de férias?"

"Não, as crianças da Educação Especial têm um programa de verão. Se não fosse assim, os pais não poderiam ter um emprego fixo. Ou, no meu caso, não teria férias."

"Ela continua indo bem na escola?"

Mordi a primeira espinha. Eu a separei da carne com a língua e a puxei com os dedos.

"Até onde sabemos, sim. Ela não se importa de ir. Acho que o programa é melhor que o da antiga pré-escola. Ela odiava aquela escola. Mas também foi antes de Rigby aparecer."

Ao ouvir seu nome, Rigby veio apoiar a cabeça em minha coxa. O que era sempre engraçado, porque ela precisava se abaixar, para fazer isso. Acho que já tinha comido o peixe todo.

"Não, Rigby, isso não é justo", disse Paul. "Você comeu o seu."

Ela foi para a sala com passos lentos, como se estivesse meio envergonhada. Mesmo de costas.

"Você me ensina a pescar?"

O pedido surpreendeu a nós dois. Eu nem sabia que ia pedir.

"Que surpresa", respondeu Paul. "Você não parece ser do tipo que pesca."

"É, também estou um pouco surpresa. Porque *não* sou do tipo que pesca. Mas sou do tipo que come. E essa é a melhor coisa que eu comi em muito tempo. Bem. Desde sempre. E você só precisou sair, jogar uma linha no lago ou no rio, e pronto, olha aí o café. E de graça."

Ele deu uma risada meio abafada. Eu não sabia por quê.

"De graça. Vamos ver. Quarenta e cinco dólares por uma licença de um ano. Provavelmente, uns mil dólares em meia dúzia de jogos de vara e anzol. Pesos. Iscas vivas. Carretéis. Ovas de salmão. Boias. Linha. Divida tudo isso pelo número de peixes que eu peguei e acho que deve dar uns 50 dólares por café da manhã. Mas vou pegar mais nos próximos anos. Talvez consiga baixar o preço para 10 dólares por peixe."

"Ah. Sabia que era bom demais para ser verdade. Tudo que é bom tem um preço."

"Bem, não necessariamente. Talvez para você seja diferente, porque não vai precisar da licença."

"Por que não?"

"Só para maiores de 16 anos."

"Ah! Tenho um ano para pescar de graça. Exceto pelas..."

"E como tenho algumas varas, posso te emprestar uma. E te dou uns anzóis e linha, e não tem problema se você perder, pois essa é a parte mais barata."

"Então você *vai* me ensinar?"

"É claro que sim."

"Quando?"

"O que vai fazer hoje?"

"Hoje? Mas você já foi pescar hoje."

"E daí? Estou aposentado, lembra?"

"Sim, mas não vai enjoar, se pescar duas vezes em um dia? Além do mais, você disse que o raiar do dia é a melhor hora."

"No riacho, sim. A água é bem rasa, e é melhor quando está quase escuro. Quando só tem luz suficiente para eles enxergarem a isca, mas não para perceberem o movimento na margem ou para o sol refletir na linha dentro d'água. Mas podemos ir de carro até um daqueles lagos nas montanhas, eles recebem água das fontes. Estão cheios de trutas. Na parte mais quente do dia, eles vão para as águas profundas, mas os lagos são tão pequenos que dá para entrar neles com água até a cintura e jogar a linha na parte mais profunda."

Comecei a ficar animada, porque entrar em um lago com água até a cintura e pescar o jantar tinha cara de férias de verdade. Quase tão bom quanto a aposentadoria de Paul.

Eu não apenas teria um verão incrível como também poderia comer regularmente. Toda minha família poderia comer regularmente.

E eu levaria a comida.

Na minha cabeça, vi arroz e feijão desaparecendo em um passado distante.

• • •

"Eu posso comprar as coisas para pescar", falei. "Tenho um dinheiro guardado, ninguém sabe."

Ele tirou uma vara do porta-malas e me deu. Eu a balancei de um lado para o outro. Era bastante flexível, como se quase pudesse dobrá-la ao meio. Toquei a linha entre os dedos. Era transparente, quase tão fina quanto um fio de cabelo. Bem, nem tanto. Mas era bem fina. Pensei no peixe em meu prato uma hora atrás. No tamanho dele. Estranhei que não tivesse arrebentado a linha. A vida dele dependia disso, afinal.

"Isso exigiu muita força de vontade", disse Paul.

E bateu o porta-malas.

Ficamos ali à margem do lago, Paul de galocha, eu de tênis e bermuda. Ele segurava uma caixa de plástico, uma vara e uma rede. O cesto, que eu tinha descoberto pouco antes que se chamava cabaz, estava pendurado em seu ombro.

"O que exigiu força de vontade?"

Até me esqueci do que estávamos falando.

"Ter dinheiro e não gastar. E sei que poderia ter comprado comida em mais quantidade e qualidade."

"Espero que não tenha sido errado comer na sua casa, mesmo tendo dinheiro guardado."

"De jeito nenhum. Se você tivesse usado, ele não teria durado tanto, certo?"

"Exatamente. Foi por isso que não usei. Porque o dinheiro teria acabado e os problemas continuariam. Antes eu dava todo dinheiro que ganhava para minha mãe, como quando você me pagou para passear com a Rigby, mas isso nunca resolveu nossos problemas. A solução é minha mãe ganhar mais, ou pensar em um lugar onde possamos viver gastando menos. Se eu entregasse a ela os meus cem dólares, comeríamos bem por duas semanas e depois voltaríamos à estaca zero. E eu teria ajudado minha mãe a não resolver o problema de verdade. Sempre achei que ela encontraria uma saída se as coisas ficassem realmente difíceis. Mas, até agora, nada. Mas o material de pesca pode valer meu dinheiro."

"Guarde seus cem dólares. Eu vou te dar tudo que você precisa para começar. Tenho varas para pescar até o fim da vida. Se ficar sem anzóis ou precisar de um novo rolo de linha, quando isso acontecer, você já terá posto umas dez refeições na mesa. Diz para ela investir alguns dólares no ganha-pão da casa."

"Ganha-peixe", corrigi.

"Isso! Ganha-peixe. Mas não se anime tanto. Você ainda não pescou nada. Tem muito o que aprender."

• • •

Paul se inclinou na minha direção e cochichou:

"Estou começando a sentir umas mordidas. E você?"

Era importante fazer silêncio perto dos peixes. Bem, das trutas. Caso contrário, elas se assustavam e fugiam. Estávamos em pé dentro do lago, em silêncio por quase uma hora, eu achava.

"Não", sussurrei.

Senti uma pontinha de inveja, porque ele sentia mordidas. Eu já estava pensando que esse negócio de pesca não era tão bom quanto parecia ser.

Estava enfiada na água até a altura da bermuda, que era bem curta. Ainda estava de tênis, porque o leito do lago era escorregadio e pegajoso. Eles iam secar depois, em algum momento.

Olhei para Rigby, que estava deitada à sombra na margem. Não tinha se movido. Não estava nem um pouco preocupada por estarmos em um lugar onde ela preferia não ir. Tive a impressão de que ela já havia feito isso antes.

Então senti alguma coisa. Como se alguém desse um puxão na linha.

"Isso!", sussurrei.

"Lembra do que eu falei?"

Balancei a cabeça para dizer que sim.

Eu devia esperar até sentir mais um ou dois puxões, depois devia puxar a linha com força. Assim, se o anzol estivesse na boca do peixe, penetraria fundo e com firmeza.
Senti vários puxõezinhos. Quase como uma rajada.
Puxei a linha.
Nada.
Esperei. Nada mais.
"Acho que não peguei", cochichei.
"Enrole a carretilha. Veja se ele não roubou sua isca."
Enrolei a linha até o anzol aparecer na superfície do lago. Vazio. Sem ovas de salmão.
"Como ele conseguiu fazer isso?"
"Eles fazem isso o tempo todo", respondeu Paul. "O fato de estarem interessados no que está no anzol não quer dizer que vão abocanhar o anzol inteiro. Às vezes, eles só batem na isca. Ou pegam e puxam."
"Acha que eles sabem?"
"Provavelmente não. Mas é difícil dizer, já que eu nunca fui um peixe. Pegue mais ovas de salmão."
Ele abriu a caixa de material e pegou um pote, que estendeu na minha direção. As ovas de salmão eram vermelhas, do tamanho de ervilhas pequenininhas. Coloquei quatro ovas no anzol. Assim, tudo que os peixes veriam seriam as ovas de salmão, e não perceberiam o anzol.
"Desculpe se dei a impressão errada ao voltar para casa com cinco trutas arco-íris. Às vezes, você volta de mãos vazias. Não é só jogar o anzol na água e puxar os peixes. Pode acontecer de sua isca ser roubada, mais nada. Outras vezes, você vai jurar que não tem um ser vivo embaixo d'água. Mas eles estão lá. Podem estar com vontade de morder a isca ou não."
"Como a gente sabe se eles estão com vontade de morder a isca?"
"Jogando o anzol com uma isca na água e vendo se eles mordem. Se houvesse um jeito de saber isso antes de sair de casa, e eu soubesse que jeito é, não teria passado a vida

toda trabalhando no banco. Teria embalado o segredo e vendido para os pescadores do mundo todo. Seria um homem rico. Opa!"

Eu não sabia o que aquela animação significava até ele dar um puxão na linha e começar a enrolar a carretilha. Percebi que tinha alguma coisa, porque vi a vara envergando com o peso. Fiquei observando o que ele fazia, para saber o que fazer quando acontecesse comigo. Se acontecesse comigo.

"Prepare a rede", disse ele. "E me ajude a tirar da água."

"Como eu faço isso?"

"É só segurar a rede. Eu faço o resto."

Tirei a rede do ombro dele; estava pendurada por um pedaço de corda verde. Abri a rede com as duas mãos e segurei a vara de pescar entre os joelhos. Vi o peixe pular para fora do lago três vezes, como se estivesse achando que podia voar. Mas não podia.

Alguns segundos depois, ele estava na rede, e Paul tirava o anzol de sua boca. Ele nem precisou pôr mais ovas de salmão no anzol, apenas ajeitou as que ficaram.

O peixe não era uma truta arco-íris. Tinha uma cor mais escura, um marrom manchado com uma longa mancha vermelha na barriga, parecendo uma pincelada.

Vi Paul segurar o peixe pela parte de baixo da boca e levá-lo para o cesto boiando na água. Fiquei com pena do bichinho. Ele queria muito escapar. Dava para ver seu corpo todo se contorcendo em espasmos, toda sua energia investida na tentativa de salvar a própria vida. Mas sua vida estava chegando ao fim.

"Que ruim para ele", falei.

"É, mas bom para nós."

"Já sentiu pena deles?"

"Sim e não. Quando eles morrem na natureza, quase sempre é porque são comidos vivos. Acho que isso aqui é melhor."

Eu ia dizer alguma coisa, mas senti uma mordida.

Esperei. Senti mais duas. Porém, eram mais fortes. Como puxões firmes.

Puxei a linha com força. O peixe puxou para o outro lado.

"Peguei um", falei, esquecendo que devia sussurrar.

"Calma, seja firme. Sem pressa. Mas também não deixa de puxar a linha, não dá espaço."

Durante todo o tempo que puxei a linha, senti que o peixe puxava na direção oposta. E então eu o vi dentro d'água. Estava a menos de trinta centímetros da minha perna. Era maior que o peixe que Paul tinha acabado de pescar. Uma beleza.

E, de repente, eu estava olhando para o nada. Ele sumiu.

"O que aconteceu?", perguntei.

"Seu peixe escapou."

"Como ele conseguiu se soltar do anzol?"

"Você parou de enrolar a carretilha. Quando você tira a pressão da linha, ele consegue balançar o anzol e se soltar."

"Mas tem um arame. Era para ele ficar preso."

"E normalmente fica preso. Se você tiver sorte. Quase todo peixe consegue soltar quase qualquer anzol, se você der muita chance a ele. Pense na pesca como uma aposta entre você e o peixe. Os dois lados têm suas chances. Fique feliz por não ser você apostando a vida."

Não me senti confortável pensando como uma aposta. Porque tudo que envolvia aposta parecia me fisgar. Eu juro, esse trocadilho não foi proposital.

Coloquei mais quatro ovas de salmão no anzol e joguei a linha de novo.

"Está pegando o jeito", comentou Paul.

Uma fração de segundo depois, tinha alguma coisa na minha linha de novo, e comecei a enrolar a carretilha.

"Continua enrolando até ele sair da água, depois tenta jogar o peixe na rede."

Vi aquele belo ser vivo saindo do lago e o puxei mais para cima, tentando esperar até Paul colocar a rede embaixo dele. Vi a luz do sol refletida em sua barriga vermelha e molhada, depois ele se contorceu e, ao mesmo tempo, se jogou para trás bruscamente, escapando do anzol. E caiu na rede.

"Você acabou de pegar um peixe", exclamou Paul.

"Uau!"

Olhei para ele enquanto Paul o colocava no cesto. E pensei: eu o matei. Estou matando. Mas precisava comer. E me ocorreu que, quando comemos filé de peixe comprado no mercado, alguém também matou os bichos. Mas ali não tinha ninguém matando um peixe para mim. Era eu mesma que estava fazendo isso.

Mas não recuei. Minha família precisava de comida. Sim, era ruim que a vida dele terminasse, mas assim que eram as coisas. Se um leão ou um lobo precisasse comer, minha vida poderia terminar também. Eu apenas teria que lidar com isso, matar um peixe. E o peixe... bem, ele não tinha escolha. Tinha?

Na minha cabeça, pedi desculpas a ele. Mas também avisei que não o devolveria à água.

"E se eu viesse pescar sozinha? Como o colocaria na rede?"

"Vou mostrar como eu faço. Vou para dentro do lago e jogo a linha na parte mais funda. Depois solto a carretilha e deixo a linha correr enquanto volto para a margem, e fico ali. Se pescar alguma coisa, enrolo a carretilha até levar o peixe para a margem, e aí jogo ele em terra firme, o mais distante possível do lago. Ele pode pular quanto quiser, mas não vai escapar. Mesmo que se solte do anzol, não consegue fugir. Mas se ele conseguir pular de volta para a água, aí ele..."

E Paul teve que parar de falar, porque estava na hora de tirar outro peixe do lago.

Não tinha importância, porque eu sabia qual seria o fim da frase. Sabia o que aconteceria se ele conseguisse pular de volta para a água.

Peguei outro peixe.

Paul pegou o terceiro dele.
Eu não.
Não senti mais mordidas. Nem puxões.
Ficamos ali por mais meia hora, ou quase isso. Eu não me importava com o tempo. Não estava entediada. Só olhava para as montanhas refletidas na superfície da água, na ondulação que o vento provocava no reflexo. Vi aves de pernas compridas andando perto da margem.
Estava de férias. E estava feliz.
Paul comentou:
"Engraçado é que eles não mordem, mas, de repente, começam a morder. E aí param de novo. Acho que a gente pode desistir."

• • •

Quando estávamos voltando para casa, Paul perguntou:
"Quer que eu limpe os peixes para você?"
"Eu limpo. Acho que consigo. Quero dizer, é claro que vou limpar. Talvez você possa me ensinar."
"Pode ficar com três dos cinco."
"Não é justo."
"Claro que é. Tem três pessoas para comer na sua casa. E eu ainda tenho dois peixes que sobraram de hoje de manhã. Eu levo dois, e ainda vou ter duas refeições para Rigby e duas para mim."
"Tudo bem. Se você tem certeza..."
"Eu tenho."

• • •

Quando chegamos na casa dele, tinha alguma coisa apitando.
Paul estava na cozinha, jogando os peixes na pia de aço inoxidável. Não parecia ter ouvido nada.
"Que apito é esse?"

"É a secretária eletrônica. Vou lavar as mãos e já vejo o que é."
Eu me apoiei na mesa em vez de sentar porque minha bermuda estava molhada. O bipe da máquina estava me deixando nervosa, mas eu não sabia por quê.
Um minuto depois, ele pegou um pano de prato e, ainda enxugando as mãos, foi apertar o botão.
"Paul", disse uma voz. Feminina. Com um leve sotaque. "Liga para mim. Ok?" Pausa. "Liga para mim."
Olhamos um para o outro.
"Era a Rachel?", perguntei.
"Sim." Um silêncio prolongado.
"Impressão minha ou a voz dela não estava... boa?", questionou ele.
"Com certeza não parecia boa."
"Preciso ligar para ela."
"Quer que eu vá embora?"
"Ainda não te dei os peixes. Preciso te ensinar a limpá-los."
"Posso esperar lá fora."
"Não, tudo bem. Eu não me incomodo. Não precisa sair. Mas preciso ligar para ela agora."
Ele pegou o telefone e apertou as teclas do número, que ele sabia de cor. O que fazia sentido, já que tinha sido o telefone da casa dele durante décadas.
Ela devia estar perto do aparelho.
"Rachel. Oi. Tudo bem? Sua voz estava..."
Acho que ela começou a falar do outro lado da linha. E falou por um bom tempo.
Eu olhava para ele. Só isso, fiquei olhando para ele, enquanto ele ouvia a mulher no telefone. O que mais eu podia fazer? Quanto mais ele ouvia, mais velho parecia.
Depois de um tempo, ele disse:
"Eu vou até aí."
Mais um breve silêncio.
"Não, ela pode ficar em um canil."
Silêncio.

"Bem, não. Tem razão. Não por tanto tempo, mas eu dou um jeito. Talvez até já tenha alguém para cuidar dela. Bem aqui."
Mais silêncio.
"Rachel, tem certeza?"
Silêncio. Os silêncios começavam a doer. Eu tinha a sensação de que havia algo pressionando meu peito. E nem sabia que diabo estava acontecendo.
"Mas e *você*?"
Mais dor.
"Ok. Não sei o que dizer. Você telefona se mudar de ideia? E se não mudar de ideia, pode ligar para me dar notícias, assim que souber de mais alguma coisa?"
Silêncio breve.
"Tudo bem. Posso ligar todos os dias?"
Silêncio um pouco mais demorado.
"Certo. Eu ligo para o seu celular. Tchau. Se cuida, viu?"
Ele desligou. Mas não soltou o telefone. Apenas ficou ali, sem se mover, sem falar nada. Sem olhar para Rigby nem para mim. Apenas olhando para o telefone, como se ele tivesse mais alguma coisa para contar. Embora não houvesse mais ninguém do outro lado da linha.
Eu queria perguntar o que havia acontecido. Mas não queria invadir aquele momento delicado. Era como aquela história de nunca acordar um sonâmbulo. Tinha a sensação de que poderia ser perigoso.
Tive tempo para pensar: ele tem todos os sentimentos que todas as pessoas têm, os mesmos sentimentos. Quando age como se não tivesse, é mentira.
Paul olhou para mim. Seus olhos penetraram os meus.
"Algum problema com a Rachel?", perguntei.
"Não. Com o Dan. O problema é com o Dan."
Ele não disse o que era. Não de imediato. Eu só esperei.
Então ele disse:
"Ele está com câncer de estômago. Estágio quatro."
"E você soube disso só agora?"

"Eles descobriram agora."

"E o que vai acontecer com ele?"

"Ainda não sabem. Ele vai fazer uma cirurgia depois de amanhã. Os médicos têm certeza de que houve metástase. Mas só vão ter certeza quando abrirem. Eu queria ir para lá, mas ela insistiu para que eu ficasse aqui em casa. Disse para eu ficar e aproveitar a aposentadoria. Mas eu acho que devia ir para lá."

Ficamos naquele silêncio doloroso por mais um tempo. Minutos, acho. Mas nem sempre o que as coisas nos fazem sentir é a verdade.

"Vem. Vamos pegar os peixes."

Eu o segui até a cozinha com as pernas meio trêmulas.

"Eu cuido da Rigby, se você quiser ir para lá."

"Eu sei. Tentei dizer isso a ela. Vai se importar se eu não te ensinar hoje? A limpar os peixes? Posso só limpar?"

"Pode. Não me importo."

Sentei à mesa e fiquei olhando para as costas de Paul. Ele fazia tudo com as mãos dentro da pia, e eu não enxergava nenhum sangue ou entranhas.

"Posso fazer uma pergunta?", falei em voz baixa.

"Acho que sim", ele respondeu sem olhar para trás.

"Sei que não gosta do seu irmão, mas... você o ama?"

Ele demorou muito para responder. Demorou tanto que cheguei a pensar que não responderia.

Depois disse:

"Sim."

Só isso. Nada mais elaborado.

O silêncio voltou a reinar na cozinha.

Um minuto depois, ele voltou a falar, e falou alto. Muito alto. Cheguei a me assustar com o tom.

"Eu vou para lá."

Paul limpou as mãos em um pano branco, que ficou manchado de sangue. Ele correu para a sala. Levantei, parei na porta e o vi apertar as teclas do telefone.

"Rachel, escute. Por favor. Só escute. Eu sou o único parente de sangue que ele tem. E vai ser muito trabalhoso cuidar dele depois da cirurgia. Não tem mais ninguém da família por perto. Por favor. Não discuta. Só me deixe ir. Se não for por você ou por Dan, me deixe ir por mim mesmo."

O primeiro silêncio do segundo telefonema. Não foi tão doloroso quanto os anteriores.

"A Angie vai cuidar dela. Não vai, Angie?"

Ele olhou para mim, e era um olhar diferente. Mais profundo. Como uma caverna onde se podia entrar.

"Sim. É claro que vou."

"Pelo tempo que for necessário. Certo, Angie?"

"Sim. Não importa quanto tempo. O verão todo, se for preciso."

"Ela pode ficar aqui com a Rig o verão todo, se for preciso."

"Ah, espera", eu disse, e gesticulei pedindo para cobrir o bocal do telefone.

"Rachel, espera um minuto." Ele cobriu o fone. "Algum problema?"

"Não posso levar a Rigby para minha casa. O proprietário não permite animais de estimação."

"Você pode ficar aqui."

"Ok."

Ele devolveu o fone à orelha, depois pensou melhor e cobriu o bocal novamente.

"Sua mãe deixaria você ficar sozinha?"

"Acho que sim. Mas não tenho certeza."

"Você se importa de ficar sozinha?"

"Está brincando? Quando é que eu não estou sozinha? E cuidando da minha irmã, para piorar."

"Eu vou pagar pelo serviço."

"Não precisa pagar."

"É claro que vou pagar. Não seja boba."

"Paul. Nós somos amigos. Você não precisa pagar nada."

Ele olhou para um ponto na região do meu queixo por alguns segundos, e eu não consegui nem imaginar em que estava pensando.

"Vamos pensar em alguma coisa", respondeu ele, colocando o fone de novo na orelha. "Eu viajo amanhã cedo", falou para ela. "Certo. Até lá. Rachel?", ele perguntou.

Silêncio. Tive a estranha sensação de que os dois lados estavam em silêncio ao telefone.

"Deixa para lá. A gente se vê amanhã."

• • •

Observei Sophie devorar a truta. Comendo com as mãos, como sempre.

"Olhou direito se não tinha nenhuma espinha no peixe dela?", perguntei à minha mãe.

"Para de mudar de assunto. Por que não vai ganhar nada por isso?"

"Ele se ofereceu para pagar. Mas eu recusei. Agora, se não se importa, vou comer meu peixe antes que esfrie."

Comemos em silêncio por algum tempo. O único barulho era o que Sophie fazia ao mastigar. Ela sempre comia com a boca aberta. Era nojento, mas acho que ela não podia controlar. Então eu apenas não olhava. Minha mãe estava furiosa, e eu tentava ignorar. Também tentava não deixar que todos aqueles acontecimentos afetassem meu apetite ou embrulhassem meu estômago. Era a segunda refeição carregada de proteínas que eu fazia naquele dia. Eu juro, essa proteína toda só podia estar subindo para minha cabeça, pois meu cérebro estava funcionando com mais clareza do que nos últimos meses.

Quando finalmente engoli o último pedaço, minha mãe quebrou o voto de silêncio.

"Pronto. Acabou. Por que você recusou dinheiro?"

"Porque ele é meu amigo. Não se cobra para fazer favor a um amigo. Especialmente em um momento como esse."

"Se você precisa de dinheiro, é claro que você cobra. Se ele fosse seu amigo de verdade, saberia que você precisa de dinheiro e teria insistido."

"Ele insistiu. Ou tentou. Eu que recusei. Ele faz um monte de coisas por mim o tempo todo. Até a Sophie e eu entrarmos no programa de almoço da escola, almocei lá quase todos os dias desde que nos mudamos para cá. O que acha que nós comíamos o dia todo? Você nunca nem prestou atenção. Ele me ensinou a pescar. Está me emprestando uma vara e iscas suficientes para eu começar. E foi assim que eu trouxe este grande jantar para casa, pelo qual você nem se deu o trabalho de agradecer. Tem estado de péssimo humor ultimamente, nem sei mais como te tratar."

O silêncio se estendeu por um momento. Exceto pelos barulhos de Sophie.

Minha mãe comeu um pedaço de peixe, que já devia estar frio.

"Está muito bom. Obrigada. É que estamos precisando de mais dinheiro."

"Sempre estamos precisando de dinheiro. E você sempre tenta resolver o problema apelando para mim. Existem leis contra o trabalho infantil, sabia? Se não comemos o suficiente, você devia arrumar um emprego melhor ou sei lá. Ou um segundo emprego. Ou um lugar mais barato para morar. Não devia contar comigo, como se fosse minha obrigação alimentar a família. Aprendi a pescar para trazer comida para casa e você nem agradece."

"Não vejo como um peixe pode resolver nosso problema."

"*Eu* vejo! Podemos *comer* o peixe!"

Eu estava começando a ficar muito brava.

Os barulhinhos de Sophie estavam aumentando, porque nós a deixávamos nervosa. Ela não gostava quando gritávamos.

"Não acha que vamos acabar enjoando de peixe?"

"Ah, porque nunca enjoamos de arroz com feijão ou macarrão!"

"Não levanta a voz para mim."

"Você vai querer esse peixe ou não vai? Porque eu comeria com prazer, se não quiser."

Ela não respondeu de imediato, mas quando tentei pegar o prato, ela o segurou. Usou os braços para cercá-lo e me impedir de puxá-lo.

"Olha. Desculpa", disse ela. "Sim. Eu quero. Estou preocupada com a nossa situação, é só isso."

"Por isso o mau humor?"

"Não estou de mau humor."

Eu ri mais alto do que pretendia.

"Sei. É claro que não. Vou sair para andar um pouco."

Ela não falou nada, nem tentou me impedir de sair. Olhei para trás, e ela estava devorando o peixe. Balancei a cabeça e saí.

• • •

A luz da varanda da casa de Paul estava apagada, e eu fiquei no escuro, na frente da porta, até ele ter tempo para abrir. Depois ele acendeu a luz, e a claridade penetrou nos meus olhos como facas. Eu os protegi com a mão.

Quando ele abriu a porta, fiquei parada por mais um segundo. Não sabia o que dizer.

"Briguei com a minha mãe. Posso entrar?"

Ele se afastou da porta, e eu entrei e me abaixei para abraçar Rigby. Foi um abraço longo. Pensei: não morra nunca, Rigby. Não se atreva a morrer nunca. Esse pensamento, associado à briga com minha mãe, quase me fez chorar, e eu a abracei por mais um tempo, até me controlar.

Então endireitei o corpo e fiquei ali sem saber o que dizer a Paul.

Queria perguntar se podia dormir ali naquela noite. Mas eu sabia que não podia. Eu sabia que não tinha nada de pervertido em nossa amizade, e ele sabia disso também, mas existem situações em que você tem que se curvar ao que outras pessoas vão pensar. Eu não podia ficar na casa dele com ele ali.

Por isso, sugeri:

"Pensei que talvez pudesse ficar aqui até ter certeza de que ela foi dormir."

"É claro."

"Eu durmo na sala. Enquanto ela não vai para a cama, não tenho privacidade."

"Vai ter privacidade de sobra nas próximas duas semanas."

"É, vai ser muito bom."

Olhei em volta e comecei a pensar em como seria ótimo ter a casa só para mim, o dia todo, dia após dia. E isso me fez sentir ainda menos vontade de voltar para casa.

"Não vou incomodar, prometo."

"Você nunca me incomoda. Sabe jogar Gin Rummy?"

"Não. Mas posso aprender, se quiser me ensinar."

• • •

Jogamos mais de vinte mãos antes que eu, finalmente, voltasse para casa.

Comecei a gostar muito do jogo. Acho que tudo que tinha a ver com baralho me fazia um pouco mal. Mas não eram as cartas, na verdade. Era a aposta. Não jogamos por dinheiro, mas eu conseguia perceber como seria fácil atravessar essa fronteira.

E se eu tivesse alma de jogadora? Como meu pai?

Precisava ter cuidado com isso.

Catherine Ryan Hyde
para sempre
te você amar

## 2

## Porque sim

"Tem ração nesse armário", ele falou, abrindo a despensa para me mostrar o recipiente de plástico que tinha quase o mesmo tamanho de uma lata de lixo, mas com tampa mais firme. "Tem uma colher medidora dentro do pote. Só uma colher e uma lata de comida úmida. Duas vezes por dia. Pode colocar os comprimidos para artrite na comida dela. Deixei a caixa ao lado do micro-ondas."

"Tem horário certo?"

"Não precisa contar os minutos. Eu a alimento quando acordo e mais ou menos às 17h. Se ela estiver com fome, vai te mostrar. Uma hora a mais ou a menos não faz muita diferença."

Contei as latas de comida para cachorro na prateleira.

"Duas por dia. E se você ficar fora por mais de dezoito dias?"

"Duvido. Mas só por garantia..." Ele tirou a carteira do bolso e pegou uma nota de 20 dólares, que deixou embaixo da última lata da fileira. "Vende no mercado aqui perto, só precisa guardar a última lata para ter certeza de comprar a marca certa."

"Certo. Como vou saber se ela precisa ir lá fora?"

"Não precisa se preocupar com isso. Tem uma portinha para cachorro na porta dos fundos. Ela sai sozinha."
"O terreno é cercado?"
"Não completamente. Mas ela não vai se afastar. É bem treinada demais para isso."
"E se ela ficar preocupada por você estar fora?"
"Eu saio sempre, e ela fica sozinha. Rigby vai me esperar em casa. Ela é uma boa cachorra, pode confiar."
"Eu confio."
Mas era uma grande responsabilidade.
"Aqui está o telefone da veterinária. E meu celular. Se tiver dúvidas, é só me ligar."
"Ok."
"Tem certeza de que não posso pagar pelo serviço?"
"Certeza absoluta."
Quando eu disse isso, ele parou por um instante. Queria saber no que ele estava pensando. Não conseguia deduzir pela expressão.
"Coma tudo. Espero não encontrar nem uma migalha de comida nesta casa quando eu voltar. E o material de pesca está na garagem. Pode usar. Tem muitos lugares onde você pode ir a pé. Vou deixar um mapa da cidade, assim vai poder localizar os riachos. A menos que já tenha encontrado sozinha."
"Não. O mapa vai ser bem útil. Posso levar a Rigby?"
"Sim, se ela quiser ir."
"E se a caminhada for longa demais para ela?"
"Tente levá-la sempre a todos os lugares. Se ela voltar mancando, ou com o corpo enrijecido, é porque foi demais. Diminua um pouco a distância. E se não tiver certeza, pode me ligar."
"Certo."
"Nervosa?"
"Um pouco."
"Não fique. Você ama a Rigby. Essa é toda a habilidade que precisa ter para esse serviço."

• • •

Ficamos na varanda dos fundos vendo o carro se afastar. Acenei, mas como estávamos longe e bem no alto, duvido que ele tenha visto.

"Ele vai voltar", falei para Rigby. "E eu vou cuidar bem de você enquanto ele estiver fora."

Mas não sei por que me incomodei com isso. Ela não parecia nervosa, nem um pouco. A única nervosa ali era eu.

• • •

Abri a porta da geladeira. Porque, é claro, não tinha tomado café. Encontrei suco de laranja. Duas dúzias de ovos. Bacon. Queijo *cheddar* e *cream cheese*. Leite. Coisas para salada na gaveta de vegetais. Um pacote aberto de salmão defumado. Um pacote de carne moída embalada a vácuo. Meia dúzia de pêssegos.

"Caramba!", falei em voz alta.

Rigby se aproximou para ver qual era o motivo da comoção. E olhou para onde eu estava olhando, como se esperasse ver alguma coisa incomum. Depois olhou para mim, como se quisesse entender o motivo da minha empolgação.

Acho que, para ela, aquilo parecia normal. E acho que ela já estava acostumada com o fato de muitas pessoas viverem desse jeito, com a geladeira cheia de comida. Eu que tinha esquecido completamente disso.

Concluí que, se tinha *cream cheese* e salmão defumado, devia ter *bagels*. Fui olhar na caixa de pão na bancada.

Por fim, acabei encontrando no freezer.

Tostei as duas metades de um deles e espalhei *cream cheese* dos dois lados, depois os recheei com metade do salmão defumado, o dobro do que qualquer pessoa normal teria usado.

Paul disse que não queria ver nenhuma migalha de comida quando voltasse. E ele jamais saberia quando cada coisa tinha sido comida. Só eu saberia disso.

A ideia de comer mais do que realmente precisava era tão estranha. Eu não imaginava o quanto sentia falta disso.

Então tive aquele impulso repentino de guardar metade para Sophie, mas lembrei que tinha mais comida. Muito mais. Podia fazer um *bagel* inteiro para ela, igual ao que eu estava preparando para mim.

Dei a primeira mordida e suspirei. Fiquei sentada à mesa da cozinha, sem nem mastigar. Só sentindo o gosto do que já tinha mordido.

"Isso que é vida, Rig", falei com a boca ainda cheia.

⋯

Encontrei uma trilha para o riacho seguindo o mapa de Paul. Rigby me seguia de perto, tão perto que, se eu parasse por um instante, seu focinho bateria em minhas costas.

As árvores eram frondosas e próximas, e toda hora eu acabava enroscando a ponta da vara de pescar nos galhos. Aí precisava parar e verificar se a linha tinha ficado presa nas pinhas.

Quando chegamos no riacho, olhei para a água. Devia ter só uns trinta centímetros de profundidade, era transparente e fazia um barulho maravilhoso. Mas se tivesse peixe ali, eu teria visto.

Nada de peixe.

Queria ter tido tempo para fazer ao menos *duas* aulas de pesca com Paul antes que ele viajasse. Uma aula de pesca no rio, talvez. Até agora, eu só sabia pescar no lago, que era muito longe para ir a pé.

Olhei para baixo e vi Rigby olhando para mim. Percebi que ela queria saber qual era o problema. Por que eu não começava a pescar? Talvez houvesse trechos onde os peixes gostavam de se reunir. Talvez Rigby viesse sempre aqui com Paul e sabia para onde ele gostava de ir.

"Para onde, Rigby?"

Talvez fosse impressão, mas ela parecia feliz por eu ter perguntado. E logo começou a andar, subindo a correnteza. Eu a segui, bufando, colina acima. Tentava olhar para o chão para não tropeçar na vegetação que invadia a trilha. E para cima também, para não enroscar a vara de pescar nas árvores. Tudo ao mesmo tempo.

"Espera, Rig", falei.

Ela esperou.

Mais ou menos uns cinco minutos depois, chegamos a uma clareira que o sol iluminava por entre galhos de árvores. O riacho virava uma piscina muito mais funda que o restante da correnteza e umas cinco vezes mais larga. Deixei a caixa de materiais e a vara de pescar no chão e subi em uma pedra enorme e lisa. Fiquei de quatro. Havia uma árvore meio afundada na água, e eu me segurei em um dos galhos para me debruçar sobre a piscina.

Vi mais de uma dúzia de trutas arco-íris nadando, contornos móveis que se transformavam com as ondulações da água.

Voltei para perto de Rigby.

"Boa menina", falei.

...

Passei uns dez minutos só prendendo o anzol na ponta da linha. Porque, embora Paul tivesse me ensinado a dar o nó, eu esqueci. Fiz várias tentativas, mas sempre que puxava o anzol para ver se estava preso, ele se soltava.

Olhei para Rigby, que estava deitada ao meu lado com as patas dianteiras estendidas, os olhos entreabertos sob o sol. As sobrancelhas dela também já estavam grisalhas, e o focinho estava mais branco.

Comecei a tentar fazer mais um nó.

"Então você passa a ponta da linha pelo..."

Por um momento insano, virei a linha para Rigby poder enxergar. Como se ela fosse me mostrar em que alça eu devia passar a ponta da linha, da mesma forma que soube onde estava Sophie, onde ficava o acampamento, onde ficava o melhor lugar para pescar.

De repente, me dei conta do que estava fazendo e bati na testa com a parte de baixo da mão.

"Certo", falei. "Você não é *tão* mágica."

Mas segurar o nó, que ainda estava incompleto, para ela poder vê-lo o deixou mais frouxo. E eu vi o outro lugar por onde a ponta da linha tinha que passar. Vi o espaço se abrir.

"É claro. Agora lembrei. Primeiro torce algumas vezes. Depois passa por *aqui*. Depois pela volta que a linha faz. Acho que é isso, Rig!"

Apertei o nó e puxei o anzol com força, mas com cuidado para não me machucar. Puxei com força suficiente quase para arrebentar a linha, mas o nó se manteve firme.

Prendi dois pesos à linha como Paul tinha me mostrado, mordendo as bolinhas para que elas se fechassem bem.

Espetei quatro ovas de salmão no anzol, depois caminhei com cuidado sobre as pedras escorregadias. Virei a vara de pescar para trás, bem por cima de um dos ombros, preparando para lançar. Um lançamento longo como tinha feito no lago. Quando projetei a vara para a frente, ela ficou presa. Tinha pescado alguma coisa antes mesmo de jogar o anzol pela primeira vez.

Desci das pedras e segui a linha até conseguir ver que ela estava presa em uma árvore. Eu não alcançava o galho para soltá-la. Tentei puxar o galho para baixo, mas a linha arrebentou.

Suspirei e voltei para perto de Rigby. E sentei.

"Maravilha", falei. "Perdi um anzol que ainda nem estava molhado."

Prendi outro anzol à linha, acrescentei mais dois pesos e espetei mais quatro ovas de salmão. O potinho agora tinha menos da metade das ovas. Mais alguns erros como esse e teria que pensar em outro tipo de isca.

Voltei para cima das pedras. Olhei para a água e me animei ao ver duas trutas passarem nadando lá embaixo. Talvez fosse essa a sensação que um leão tinha quando via um rebanho de zebras passando pela planície.

Soltei a trava da carretilha e deixei a linha descer bem reta.

De início, nada. Todas aquelas trutas e nenhuma delas parecia notar as ovas. Um raio de sol iluminou a piscina natural onde o anzol com a isca tinha afundado, e as ovas de salmão se iluminaram como pequenas lâmpadas vermelhas.

Olhei para Rigby para ver se ela continuava no mesmo lugar. Mesmo sabendo que ela nunca se afastaria.

Ouvi a voz de Paul dizendo: "Confie nela".

Respirei fundo e tentei.

Quando olhei de novo para a água, uma truta arco-íris estava a centímetros da minha isca. Imóvel. Olhando para a isca como eu olhava para o peixe. Depois balançou o corpo e se aproximou. Parou. Esperou.

Abriu a boca e puxou uma ova de salmão, mas se assustou quando o anzol balançou. A essa altura, eu nem respirava. Um mosquito picou a parte de trás da minha perna, e eu não consegui nem bater nele.

A truta se aproximou de novo e engoliu a isca, com anzol e tudo.

Puxei a linha, e ela tentou recuar, envergando a vara de pescar. Desapareceu embaixo da árvore caída. Minha vara continuou curvada, mas eu não conseguia sentir o peixe puxando. Tentei enrolar a carretilha, mas a linha estava presa. Devia ter enroscado em um galho.

Puxei. Esperei.

Por fim, soube que não tinha jeito. Desisti e arrebentei a linha.

Desci da pedra para começar tudo de novo. Olhei para o pote de ovas de salmão e percebi que tinha que me afastar daquela árvore caída. Preparei o anzol e a isca, depois fechei a caixa de materiais.

"Vem, Rigby. Vamos ver se consigo achar um jeito de chegar ao outro lado do riacho."

Não foi difícil. Do outro lado da piscina, o riacho ficava mais estreito. Tinha só uns trinta ou cinquenta centímetros de profundidade. Atravessei a correnteza, andando com cuidado para não escorregar nas pedras. Rigby me seguiu.

Voltamos para perto da piscina funda, agora do outro lado, onde a pedra ia até o começo da água. Ali eu não ficaria tão escondida, mas também não enroscaria a linha em lugar nenhum. Se fisgasse um peixe, não teria nada para me impedir de tirá-lo da água.

Dessa vez, usei uma isca artificial e olhei para trás antes de jogá-la na água. Estava bem longe da árvore mais próxima. Então dei um bom impulso, projetando a vara para trás, e joguei a isca longe da margem. Bem no meio da piscina.

Puxei a sobra de linha e olhei para Rigby, que estava sentada na pedra inclinada.

"Estou otimista de novo", falei.

Tinha que me lembrar de procurar uma lanterna na casa de Paul. Assim, da próxima vez, poderia sair mais cedo. Ele era o tipo de homem que tinha lanterna em casa, para o caso de ficar sem energia. Provavelmente, também carregava sinalizadores de emergência no porta-malas do carro. Não tinha ninguém assim na minha família. Nós não nos preparávamos para nada. Apenas torcíamos para que não acontecesse nenhum desastre.

Eu me deitei na pedra com a cabeça apoiada em Rigby e tentei não dormir. Mas talvez tenha dormido. Ou talvez o tempo não tenha passado.

De repente, senti mais que um simples puxão na linha. Foi uma resistência feroz desde o início. Rapidamente me sentei, vi a vara se curvar até quase dobrar ao meio e me perguntei se era possível um peixe quebrá-la. Mas depois concluí que a linha arrebentaria antes disso acontecer.

Lembrei o que Paul havia me ensinado. Não tenha pressa, mas seja firme. Não afrouxe a linha. Continuei enrolando a carretilha até o peixe sair da água, depois o joguei na pedra a uns três metros da beirada da piscina. Ele não se soltou do anzol.

Rigby esticou o pescoço para farejá-lo, avaliá-lo. Mas não tentou encostar nele, nem ficou no meu caminho.

Eu o segurei pela parte de baixo da boca, como Paul havia me mostrado, mas não consegui tirar o anzol. E me senti mal, como se aquele esforço o machucasse. Segurei o anzol para diminuir a pressão na boca do peixe e cortei a linha e o coloquei no cesto, em água rasa. Mais tarde, antes de prepará-lo, eu poderia retirar o anzol. Ele não sentiria mais dor.

Aproveitei a isca artificial, porque o peixe não a engoliu, e joguei de novo o anzol na parte mais funda da piscina. Dessa vez, fiquei sentada olhando para a frente. Preparada, porque dessa vez, acreditava, alguma coisa aconteceria.

Menos de dez minutos depois, fisguei outro peixe.

Pensei: pescar é bom demais. Parece magia. É só continuar jogando o anzol e pegando peixes. A cada dez minutos. A manhã inteira. Ou até eu pegar o limite diário, que era cinco peixes. E então me sentiria mal por ter que parar. Quase como se não conseguisse parar. Como me senti quando estava construindo aquele último castelo de cartas já tendo usado as 52 cartas.

Pensei: que porcaria é esse negócio de limite. Será que alguém ia notar? Com que frequência alguém verificava? Pensei nisso tudo mesmo sabendo que decidiria fazer a coisa certa.

Eu não precisava ter tido o trabalho de brigar com minha consciência por isso. Não peguei mais nada naquela manhã.

• • •

Estava cochilando quando o telefone tocou.

Devia passar das 16h. O telefone me assustou e interrompeu um sonho, e eu me levantei depressa, ofegante. Continuei assustada, mesmo sabendo que era só o telefone. Tentei me lembrar do sonho, mas ele já tinha sumido.

Não sabia se devia atender. Tinha esquecido de perguntar a Paul se devia atender o telefone.

Cheguei mais perto do aparelho sem desviar os olhos dele, assustada com cada toque.

No quarto, atendi.

"Alô? Aqui é... a residência Inverness."

"Oi, é o Paul."

Deixei escapar um suspiro profundo, e nem sabia que estava prendendo a respiração.

"Ai, graças a Deus, porque eu não sabia se devia atender o telefone."

"Tudo bem. Que bom que atendeu."

"E o seu irmão? Já fizeram a cirurgia?"

"Sim, já acabou. Ele está na recuperação."

"E como ele está?"

Ele não respondeu de imediato. Na verdade, não respondeu por um bom tempo. E foi assim que eu soube.

Finalmente, ele disse:

"Mal."

Mas nem precisava ter dito.

"Sinto muito."

Mais silêncio. Dos dois lados da linha.

Depois ele falou:

"Lembra que você disse que poderia ficar o verão inteiro se fosse necessário?"

"Sim. E eu posso."

"Que bom, porque quero ficar aqui. Até..."

E ele não quis dizer até quando. Mas eu sabia. Só havia um prazo possível.

"Quanto tempo, você acha? Eu não me incomodo. Gosto daqui. Gosto muito. É só para saber... Minha mãe vai perguntar. É só... para eu poder falar com ela."

"Eles estão prevendo de dois a quatro meses. Mas é mais para dois do que para quatro. Vou voltar para casa algumas vezes, para Rigby não pensar que a esqueci por completo. E olha... sei que ela está bem. Saudável, quero dizer. Ela tem 7 anos e meio, mas está em boa forma. Mas se acontecer alguma coisa, me ligue imediatamente. Eu volto. Se tiver que levá-la ao veterinário, ou se ela ficar estranha, telefone para eu poder voltar. A última coisa que quero é perder os últimos dias da minha cachorra."

Fiquei incomodada com o comentário. Eu entendia o motivo, e sabia que era algo que ele precisava dizer. Só queria que não fosse desse jeito. Queria que não fosse necessário dizer.

"Ela está bem. Está em ótima forma."

"Eu sei que está. Só estou um pouco traumatizado no momento. A vida parece muito efêmera."

"Ela está bem."

Paul modificou o tom de voz, como se tivesse acordado de um sonho.

"Agora, se vai me ajudar por pelo menos mais dois meses, vai ter que aceitar um pagamento."

"Não. De jeito nenhum. Nem começa com isso de novo. Somos amigos." Uma longa pausa, antes de eu acrescentar:

"Lamento que esteja passando por tudo isso."

"Obrigado."

"Pode ligar. Sabe? Se quiser só conversar sobre... as coisas."

Mais uma longa pausa.

"Talvez eu aceite a oferta. Normalmente não sou assim. Mas não é impossível que eu ligue. Eu mando notícias. Ligo de novo em breve."

Percebi que ele tinha esgotado toda sua cota de conversa sobre assuntos difíceis, pelo menos por um tempo. Por isso, encerrou a conversa e desligou o telefone.

Olhei em volta e senti um enorme alívio por não precisar ir embora dali tão cedo. Era o tipo de lugar com o qual a gente se acostumava fácil.

Peguei dois peixes da geladeira e os coloquei no cesto de vime, depois, na última hora, decidi cobri-los com gelo, para não estragarem durante a caminhada.

Calcei os tênis, embora ainda estivessem molhados.

"Vem, Rigby", chamei. "Vamos ver a Sophie e minha mãe e levar o jantar para elas."

O telefone tocou de novo.

Dessa vez atendi mais depressa.

"Alô?"

E percebi que não falei com a elegância da última vez, cheia de etiqueta e educação.

"Eu de novo."

"Oi."

"Estava pensando."

A voz dele era séria. E eu fiquei assustada. Senti que tudo ia desabar na minha cabeça de novo.

"Em quê?"

"Acho que, enquanto eu estiver fora, você devia levar sua família para o apartamento aí em cima da garagem."

Não falei nada. Porque não conseguia. Minha boca não obedecia ao cérebro.

"Não é para ficar apenas enquanto eu estiver fora. Mas tenho que ser honesto, não posso prometer que vai ser para sempre. Quando eu voltar, acho que vamos ter que estabelecer regras firmes em relação à minha privacidade. Se elas forem cumpridas, ótimo. Se não, sei que vão precisar de um tempo para achar outro lugar, mas podem ficar enquanto estiverem procurando. E mesmo que não dê certo, ao menos vai ser bom economizar o dinheiro do aluguel por uns meses, não é?"

"Sim. Muito. Nós vamos seguir as regras."

"*Você* eu sei que vai. Vamos ver como tudo acontece, certo? Sem promessas."

"Ok."

"Mas só você fica na minha casa. Por favor. Mesmo enquanto eu estiver aqui. Só você, está bem? Mesmo que eu nunca vá saber."

"Você sabe que eu sempre digo a verdade. Mesmo que você nunca vá descobrir."

"Sim, eu sei. Isso vai ajudar mesmo? Ou só está dizendo isso para me agradar?"
"Vai ajudar de verdade. Muito."
Silêncio.
Fiz a pergunta crucial.
"Por que tomou essa decisão assim, de repente?"
"Achei que fosse óbvio", respondeu ele.
"Desculpa, mas não é."
"Porque somos amigos."
"Ah. Certo. Porque somos amigos."

...

Desci a escada dos fundos e subi pela alameda de terra até a garagem. Sentia e ouvia Rigby andando atrás de mim. Eu nunca tinha ido à garagem. Era maior do que eu imaginava quando olhava de longe. Tinha espaço para dois carros e era maior que o habitual, com lugar para oficina e depósito de lenha. Subi a escada, quase sem fôlego, e tentei abrir a porta. Estava trancada.

Pensei que teria que voltar à casa, mas apalpei os bolsos do short e encontrei as chaves que Paul tinha deixado comigo. Foi um grande alívio. Não por ser tão difícil andar alguns metros ladeira acima, mas porque eu estava ansiosa para ver o espaço.

Abri a porta, e meu espanto me fez puxar o ar com tanta força que Rigby até deu um pulinho. O espaço era quase duas vezes maior que a casa onde estávamos gastando todo nosso dinheiro. E era tão bonito quanto a casa principal, com assoalho, revestimento e venezianas internas de madeira. Mais ou menos dois terços do piso eram cobertos por um belo tapete persa em tons claros de azul, e havia uma estante embutida que ocupava a parede inteira.

Não havia quarto. Era apenas um cômodo bem grande. Mas tinha uma tela, uma espécie de divisória, que envolvia uma cama. Teríamos que providenciar outra cama, a menos que o enorme sofá de camurça marrom fosse um sofá-cama.

Mas eu não precisava me preocupar com isso agora. Uma parte era equipada como uma pequena cozinha, que contava com um fogão de duas bocas, pia, uma geladeira pequena, dessas que se vê em *motorhomes,* e uma mesa redonda de madeira com duas cadeiras. Precisaríamos de outra cadeira, o que também não era importante por enquanto.

No fundo do espaço, de frente para as montanhas nevadas, havia uma porta deslizante de vidro que tomava quase a parede toda. De lá era possível olhar para o mundo como se estivéssemos lá fora, vendo tudo de cima. Não como se estivesse dentro dele. Ou era possível abrir a porta e ir para o deque de madeira com grade. E foi o que fiz, só por um minuto. Só para saber como era. Havia cadeiras de madeira do lado de fora, para sentar e admirar a paisagem. Não sentei. Ainda não tinha terminado de olhar tudo lá dentro.

E essa ainda nem era a melhor parte.

O apartamento era construído em forma de triângulo, talvez para combinar com a casa. Não creio que tivesse todas as características desse tipo de construção, mas tinha teto alto, inclinado. A parte do meio parecia subir até o céu. As vigas eram abertas, com cestos e flores secas pendurados nela. E de cada lado inclinado havia uma claraboia.

Olhei para cima e pensei em como todos os lugares onde eu havia morado até aquele momento tinham me dado claustrofobia. De repente, me livrei de um problema que nem sabia que tinha.

Fiquei um tempo andando pelo cômodo, como se me movesse dentro de um sonho. E acho que era essa a sensação. Passei a mão pelas beiradas da estante e me joguei no sofá para sentir como era.

Era exatamente como parecia ser. Coisa de rico. Como se eu, de repente, fosse rica.

Andei em círculos por um tempo, porque não conseguia pensar em mais nada para fazer. Depois me sentei no meio do tapete e chorei. Rigby se sentou perto de mim.

No começo, tentei explicar para ela que não estava triste. Era mais como se eu sempre tivesse sido infeliz antes. As coisas eram tão horríveis até aquele momento que era quase como se eu não ousasse chorar até que elas terminassem.

Mas talvez estivesse explicando isso tudo para mim mesma, porque Rigby era a última criatura no mundo que não entenderia sozinha uma coisa como essa.

Só sei que chorei por um longo tempo.

• • •

Antes de sair de casa, coloquei mais gelo no peixe, e ele começou a derreter no meio do caminho, e toda água já estava escorrendo pela minha perna. Tinha um leve cheiro de peixe. Fiquei esperando que um bando de gatos começasse a me seguir. Em um desenho animado, teria sido assim.

Não aconteceu.

"Espero que não esteja decepcionada", falei para Rigby. "Sei que, quando Paul pega dois peixes, você sempre fica com um. Mas os primeiros dois são para Sophie e minha mãe, porque elas não comem tão bem quanto nós. Se algum dia eu pegar mais dois peixes, além dos dois que entrego para elas, um deles será seu. Na verdade, vou fazer mais que isso. Se algum dia pegar dois para elas e mais um, divido o terceiro com você.

A essa altura, estávamos entrando na antiga casa. Engraçado como logo passei a pensar nela nesses termos. Não demorei muito para descartar aquele lugar caro e pequeno. Dei uma olhada para ver se o gelo ainda não tinha derretido por inteiro, mas ainda havia mais da metade do que eu tinha colocado, o suficiente para manter os peixes frescos.

Minha mãe devia ter me visto pela janela, porque abriu a porta.

"Não pode entrar aqui com ela. Os Magnussons vão querer arrumar confusão com a gente."

Os Magnussons eram os senhorios, que moravam na casa principal.

"Tudo bem. Então sai."

Sophie ouviu minha voz e saiu gritando:

"Eue! Eue! Eue!"

Entreguei o cesto para minha mãe.

"Peguei dois peixes, mas preciso levar o cesto."

"Tudo bem. Vou colocar os peixes na geladeira e devolvo o cesto."

"Espera. Escuta, tenho uma notícia primeiro."

"É só um minuto."

Ela desapareceu.

"Vai ter que limpar os peixes", avisei. "Sabe como tirar as entranhas?"

"Eu me viro", respondeu ela.

"Então me ensina. E guarda o anzol que está na boca de um deles. Preciso de todos os anzóis que tiver."

Mas não sabia se ela havia escutado.

Olhei para Sophie, que estava sentada no chão ao lado de Rigby. Será que ela estava pensando que íamos passear? Fiquei surpresa ao perceber que eu sentia falta de Sophie, embora não tivesse passado nem dois dias inteiros longe dela.

Minha mãe voltou e me deu o cesto vazio.

"Que notícia é essa? Boa ou ruim?"

"Boa."

"Graças a Deus. Então fala."

"Paul vai ter que ficar fora por muito mais tempo do que imaginava..."

"Quanto tempo?"

"Meses."

"Ah, que maravilha!", disse ela, como se não fosse nada maravilhoso. "Ele vai te pagar bem, então, porque essa é a única coisa que pode transformar isso em uma boa notícia. Você vem aqui, diz que vou ficar sozinha para trabalhar, pagar as contas e cuidar da Sophie durante meses, e acha que a notícia é boa. Deve ter muito dinheiro nisso. É bom que tenha."

"Não tem dinheiro. Não aceitei pagamento."

"Chega logo na parte boa, Angie, depressa, porque minha cabeça está quase explodindo. Se acha que vou..."

"Ele vai deixar a gente morar no apartamento em cima da garagem da casa dele."

Minha mãe semicerrou um pouco os olhos, desconfiada.

"Qual é o tamanho desse lugar?"

"Maior que isso aqui."

"Bonito?"

"É incrível. Melhor que qualquer lugar onde já moramos."

"Então não podemos pagar."

"Ah, sim, nós podemos."

"Quanto ele quer de aluguel?"

"Nada."

Ficamos em silêncio no sol morno por um instante enquanto ela digeria a informação. Rigby farejava o cabelo de Sophie.

"Ele vai deixar a gente morar lá de graça?"

"Vai."

"Por quê?"

"Porque não aceitei pagamento para cuidar da cachorra. O que, por sinal, você achou que era uma péssima ideia."

Ela ficou sem falar nada por mais um tempo, confusa. Dava para perceber que ainda não tinha conseguido entender a ideia.

"Só enquanto ele estiver fora?"

"Não necessariamente. Ele disse que, quando voltar, vai estabelecer algumas regras para preservar a privacidade dele. E se você cumprir as regras, podemos ficar. Se não der certo, ficamos até encontrarmos outro lugar."

Esperei. Mas ela continuava confusa.

"Estou esperando o momento em que você entende a situação e começa a ficar feliz", eu disse.

E essa foi a chave. O rosto dela mudou, como se alguém, de repente, parasse de cutucá-la com agulhões. Ela correu, me abraçou e me ergueu no colo.

"Ai, meu Deus", disse. "Sem pagar aluguel?"
"Sem pagar aluguel."
"E o dinheiro que eu ganho..."
"Vamos usar para comprar comida. E abastecer o carro. Essas coisas."
"Meu Deus, vamos ter muito dinheiro!", a voz dela ficou mais aguda e alta na palavra *dinheiro*, e meu ouvido doeu. Mas eu não me importei. Ela me colocou no chão e me soltou. Depois me segurou pelos ombros com os braços esticados. "Podemos ir conhecer?"
"É claro. Tem gasolina no carro?"
"Nada. Não sei nem se vai ligar. Vamos ter que ir a pé."
"Tudo bem. Vamos andando."
Quando nós quatro estávamos saindo pela entrada da garagem, juntas, ela afagou meu cabelo e disse:
"Meu bem, lamento ter estado tão desequilibrada nos últimos dias. Sei que não tenho sido boa companhia. Era muita pressão, fiquei com medo."
"Eu sei", respondi. "Eu sei disso."
Mas ela negava tudo até aquele momento. Então foi bom ouvir aquela declaração. Não que eu tivesse que estar sempre certa, não era isso. Mas era bom ouvir que eu não estava imaginando coisas e não estava maluca.

• • •

"Ah. Meu Deus", exclamou minha mãe.
Ela estava olhando para cima. Para o teto. Para as vigas com os cestos de flores secas. E, entre nós e elas, todo aquele espaço. Era quase como um passo de liberdade. Não ter que viver com os braços colados no corpo, embora não tivesse muito a ver, porque isso era um espaço horizontal, e o espaço que as vigas ocupavam era vertical. Mas era essa a sensação.
"É muito maior do que parece olhando de fora. Está me dizendo que podemos ficar aqui para sempre sem pagar aluguel? Não consigo acreditar."

"Para sempre é muito tempo", falei. "Mas, se der tudo certo, não vamos precisar sair daqui quando ele voltar para casa."
"Eu vou seguir as regras. Prometo."
"Eu disse que a notícia era boa."
"Disse mesmo."
Rigby estava deitada no tapete como uma esfinge, do mesmo jeito que ficava do outro lado da cerca lá na casa da tia Vi. Sophie estava ao lado dela na mesma posição.
"E o irmão dele?"
"Está morrendo. Por isso ele vai demorar para voltar."
"Ah. Sinto muito. Deve ser difícil. Como é o nome dele?"
"Que diferença isso faz?"
"Só para saber. Qual é o problema de querer saber o nome do cara?"
"Dan."
Primeiro ela ficou em silêncio. Depois falou:
"Ai." E logo depois: "Esse sofá vira cama?".
"Não sei. Não olhei."
"Bem, vamos descobrir."
Ela puxou as almofadas do sofá e as jogou no tapete. Queria dizer para ela ser mais cuidadosa com tudo, embora não visse nenhum grande mal em jogar uma almofada no tapete.
"É sofá-cama", constatou ela. "Parece que tem até lençóis. Uau, flanela. Se a Sophie e eu ficarmos com ele, você pode dormir naquele canto atrás da divisória? Já que gosta de privacidade..."
"A gente vê isso depois que o Paul voltar. Até lá, vou ficar na casa dele, e você e a Sophie podem ficar com todo o espaço."
Ela não respondeu de imediato. Em vez disso, se aproximou da porta de vidro e olhou para as montanhas. Fui até lá e apreciei a paisagem com ela.
"Se há uns anos você me dissesse que estaríamos aqui", comentou minha mãe, "eu teria dito que você era maluca. Mal conseguíamos pagar um apartamento na cidade, em um bairro ruim. E agora estamos aqui, nesse lugarzinho lindo em uma cidadezinha com ar puro e ótimas escolas..."

"E a Sophie está em paz."

"E eu vou ter um pouco de tempo para mim, para variar, porque a Sophie vai querer ficar na casa principal com a cachorra."

"Não", respondi, e ela me olhou de um jeito estranho. "Só eu fico na casa. Nem Sophie, nem você. Prometi para ele."

"Ele nunca vai saber."

"Ai, meu Deus! Eu não acredito! Não faz nem dois minutos que você disse que ia seguir as regras. Quer ficar aqui ou não quer?"

Ela desviou o olhar, como sempre fazia quando se colocava na mesma idade que a minha. Depois de alguns instantes, voltou para perto do sofá e sentou com um suspiro. Como se o ar vazasse de dentro dela.

Por um minuto, fingi que não teria que fazer isso. Depois fui sentar ao lado dela. Nenhuma de nós falava. O silêncio ficou pesado e incômodo.

E eu disse:

"Está pensando em quê?"

Ela me falava isso o tempo todo quando eu era criança. Principalmente depois que meu pai morreu. Essa era a primeira vez que eu falava para ela. Em geral, eu ficava muito satisfeita por não saber.

"Estava pensando em como você conseguiu esse lugar para morarmos. E como eu vivo dizendo para você cobrar pelo trabalho com a cachorra. E que, na verdade, eu devia te ensinar coisas do tipo: 'Faça bem aos outros, e a recompensa virá'. Mas é você quem me ensina."

"Não espera muito de mim como professora", respondi, tentando voltar ao papel de filha. "Em boa parte do tempo, tenho a sensação de que nem sei o que estou fazendo."

"Eu me sinto assim o tempo *todo*", confessou ela.

E, com uma frase, ela me fez lembrar que eu podia me espremer no papel de filha quando quisesse, mas fazê-la permanecer no papel de mãe era outra história.

• • •

Paul ligou às 23h da noite seguinte. O telefone me acordou. Eu estava sonhando, e tinha a estranha sensação de que Nellie estava no sonho. Mas tudo desapareceu no primeiro toque.

Felizmente, tinha uma extensão do lado da minha cama. Peguei o telefone. Acendi a luz, mas não sei por quê, afinal, era lua cheia, e eu enxergava bem o telefone. E a luz feria meus olhos, me obrigando a espremê-los.

"Sei que te acordei", falou. "Sabia que te acordaria. Desculpe. Mas você disse que eu podia ligar."

Apaguei a luz. Tudo ficou muito escuro até meus olhos se acostumarem.

"Não faz diferença. Estou de férias. Posso dormir até meio-dia."

"Fiquei pensando no que você disse a respeito da nossa amizade. E eu falei que éramos amigos. E, nessas horas, a gente tem que ligar para um amigo e conversar. E... bem... odeio admitir. É patético. Mas não consegui pensar em mais ninguém com quem conversar."

Queria dizer que me sentia honrada. Não, na verdade, bastante emocionada, de um jeito que podia sentir lá no fundo, por ele ter ligado para conversar comigo. Não pensei que ele ligaria. Isso fazia eu me sentir importante. Parecia que alguém me considerava boa em alguma coisa além de cuidar da minha irmã.

Ele ainda não tinha falado mais nada, e eu não sabia o que dizer. Rigby estava na cama comigo, deitada de lado com as costas apoiadas no meu quadril, as pernas penduradas. Cocei a região atrás de sua orelha, e ela se espreguiçou.

"Ninguém fala com ninguém aqui", disse ele. "É muito estranho."

"Não pode conversar com a Rachel?"

"Sim e não. Falamos de algumas coisas. Mas é como se nada fosse real. Acho que nós dois estamos em choque. Andamos por aí meio entorpecidos ou alguma coisa assim. Dizemos palavras um ao outro, mas elas não são como aquelas que dizemos em outras ocasiões. Como se não significassem nada. Não tenho a sensação de que são reais."

Esperei um minuto para ter certeza de que ele havia acabado.

"Eu estava torcendo para você conversar mais com o Dan. Sabe o que dizem... às vezes... bem, não sei. Não sei mesmo, então talvez eu não deva dizer. Mas dizem que as pessoas ficam diferentes quando sabem que estão perto do fim, e velhos ressentimentos meio que... Na verdade, não sei o que acontece com eles. Só esperava que vocês dois pudessem conversar."

"Ele está fora de si", afirmou Paul. Houve uma pausa incômoda. Depois ele continuou: "Não é bem assim. Não queria dar esse tom de insulto. Eu falei literalmente. Ele está literalmente fora de si. Dan está tomando tantos remédios, tanto analgésico, que parece outra pessoa. Na metade do tempo, ele nem sabe quem é, onde está, nem o que está acontecendo. Fica me pedindo um bloco de papel para fazer anotações".

Tive a impressão de que ele não diria mais nada, então perguntei:

"Que tipo de anotações?"

"Só essas coisas todas que ele acha que está esquecendo. Dan ainda pensa que tem coisas para fazer. Passo cinco ou dez minutos falando com ele, explicando que não precisa se responsabilizar por mais nada. Aí ele deixa o bloco de lado e cochila, mas quando acorda, começa tudo de novo. Há alguns minutos, levei para ele um bloco de papel que tinha acabado de comprar, porque ele usou todas as folhas do outro. Eu tinha acabado de tirar o bloco da embalagem de celofane. Um minuto depois, ele me chamou e disse que tinha alguma coisa escrita em todas as páginas. Era um bloco novo. Olhei, e as páginas estavam em branco. 'Dan', eu falei, 'não tem nada'. Olhamos o bloco juntos, página por página, e em cada página eu dizia: 'Nada. Não tem nada aqui'. E, em cada página, ele respondia: 'Está brincando'."

Àquela altura, meus olhos estavam adaptados à luz, e era confortável estar naquele quarto, na penumbra. E estar lá sozinha com Rig, mas não me sentir só. Percebi que o vento dobrava a árvore do lado de fora da janela do quarto. Pela janela, observei os galhos balançarem, e pelo canto do olho, vi as sombras balançando na parede.

"Deve ser horrível", disse.

"Essa não é a pior parte."

"É. Acho que não."

"Não consigo nem explicar a pior parte. Mas talvez você saiba."

"Acho que sim. Acho que tem a ver com a Rachel, talvez, e o fato de que ela vai ficar sozinha, sem o marido. Mas não por nenhum motivo que você tivesse desejado. Deve estar pensando no que isso significa. Não é? Para você. Mas aí se sente mal até por pensar nisso. E sei que nunca poderia pedir a ela nem falar com ela sobre uma coisa como essa enquanto o marido está..."

Parei, porque ouvi um barulhinho do outro lado da linha. Parecia alguém fungando. Talvez ele fosse alérgico a alguma coisa por lá. Ou estivesse resfriado. Mas acho que não era isso. Porque eu teria ouvido o ruído desde o começo.

"Você está bem?", perguntei.

"Estou."

E mesmo nessa única palavra, eu ouvi. Eu o fiz chorar. Ou alguma coisa fez, de qualquer maneira. Acho que a vida. Não pensei que gente como Paul chorasse. Pensei que só gente como eu chorasse. Pensei que pessoas como Paul conseguissem lidar com as coisas.

"Ah, bem, acho que não. Mas ok. Quero dizer, isso é horrível. Mas estou bem, daquele jeito, não estou desmoronando. Estou bem porque vou ficar bem."

"Eu não devia ter dito tudo isso, desculpa."
"Não, foi bom você falar. Assim eu não tive que dizer nada."
Silêncio dos dois lados da linha por um bom tempo. Mas não era muito desconfortável.
E então Paul perguntou:
"Sua família já se mudou?"
"Ainda não."
"Onde eu estou com a cabeça? Nós nos falamos ontem. Meu Deus! Parece que foi há uma semana. Os dias são muito longos."
"Elas vieram conhecer o cômodo. Minha mãe está sem dinheiro para colocar gasolina no carro e trazer as coisas para cá. Ela recebe o pagamento daqui a três dias. É quando vamos nos mudar. Porque ela não vai precisar usar parte do salário e guardar para o aluguel do mês que vem. Só para variar. Agora temos dinheiro para algumas coisas. Ou melhor... vamos ter. Em três dias."
"Pensei que ela ganhasse gorjetas."
"Ah, não. Ela parou de trabalhar de garçonete há um bom tempo. Agora trabalha em uma farmácia enquanto a Sophie está na escola."
"Pega os 20 dólares que deixei embaixo da lata de ração. Devolve quando ela receber."
"Ah. Ok. Se você não se incomoda..."
"É claro que não me incomodo. Estou surpreso por você não ter pensado nisso."
"Bem. Eu sabia que estava lá. Mas é seu. É para a ração da cachorra."
"Mesmo que eu nunca ficasse sabendo. Escuta, liguei para o mercado e pedi uma linha de crédito. Quando precisar de mais ração para a cachorra, é só ir lá pegar. E se precisar de comida para você, pode usar também; mas, por favor, não é para alimentar a família inteira."

"Só vou comprar ração para a cachorra. Agora temos dinheiro para comida. Graças a você."

"Vou te deixar dormir."

"Você sabe que pode ligar a qualquer hora se as coisas ficarem estranhas por aí."

"É", respondeu ele. "Eu sei."

• • •

Depois que desligamos, percebi que não sabia onde ele estava hospedado. Provavelmente, em sua antiga casa, ao lado da casa da tia Vi.

Eu devia ter pedido para ele contar a ela onde estávamos e avisar que estávamos bem. Ela devia estar se sentindo culpada por ter expulsado nós três daquele jeito. Devia estar imaginando onde estávamos. Para onde tínhamos ido. Acho que minha mãe nem se deu o trabalho de avisar.

Soltei uma pequena risada, e Rigby acordou olhando para trás, na minha direção.

"Não é nada", disse eu. "Tudo bem, menina. Dorme de novo."

Ela dormiu.

Decidi que, na próxima vez que conversasse com Paul, pediria a ele para falar com tia Vi. Essa era uma daquelas coisas que não se devia deixar a cargo da minha mãe.

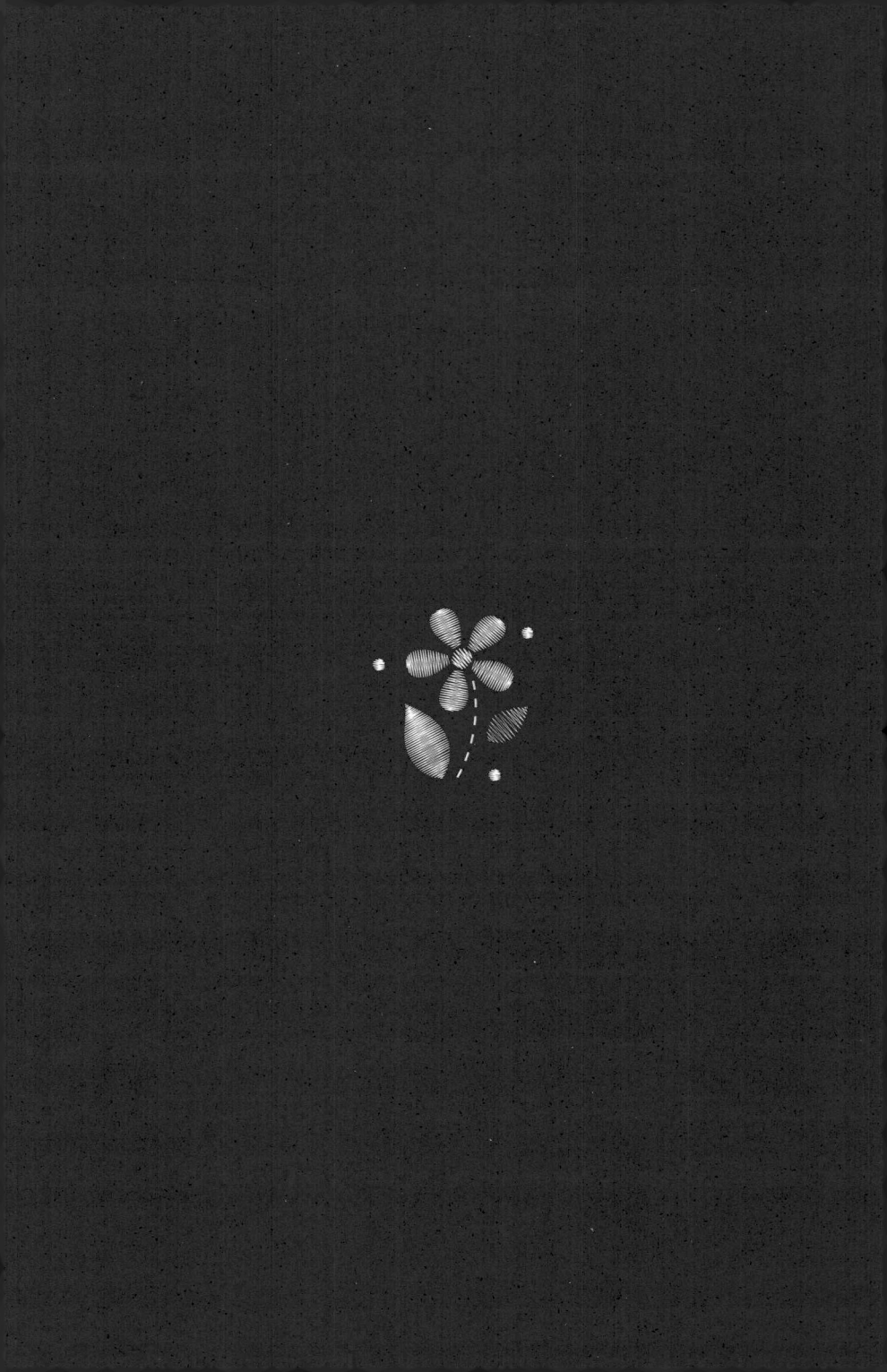

# 3

## Break

O lugar nem parecia diferente depois que levamos nossas coisas. Após tantas mudanças, as camas, mesinhas de centro, sofás e outros itens grandes, difíceis de transportar, já haviam desaparecido. Eu tentava pensar onde e quando tinham sumido, mas juro que não conseguia lembrar. O período entre o momento em que fomos expulsas da nossa casa, a que morávamos com meu pai, e esse lugar onde estávamos agora foi muito nebuloso, turvo. Como se tivesse sido apenas um sonho.

Agora tínhamos apenas artigos como lençóis, utensílios de cozinha, toalhas de banho e roupas. E pouca coisa mais.

Depois que guardamos tudo isso, o lugar continuou bem parecido com o que era antes de chegarmos.

Em outras palavras, ainda era maravilhoso.

Minha mãe estava no banheiro, e ouvi quando ela gritou. Pensei que fosse um rato, uma barata ou algum bicho assim. Mas estava feliz demais em nossa casa nova. Nada poderia estragar essa felicidade. Só pensei: tudo bem, vamos comprar uma ratoeira ou um inseticida, e continuaremos felizes.

Mas quando colocou a cabeça para fora da porta, ela estava radiante.

"Tem uma banheira!"

"Como a maioria dos banheiros."

"O da casa dos Magnussons não tinha. E o banheiro do hotel também não. Estou cansada dos boxes e chuveiros. Não tomo banho quente há um ano. E ela é enorme. E funda. Acho que consigo deixar embaixo d'água todas as partes do meu corpo que não são necessárias para respirar."

"Bem, esta é sua grande noite, então."

"Acho que a gente devia pedir uma pizza", disse ela.

"Temos dinheiro para pizza?"

"É claro que sim. Não temos..."

Eu me preparei para o grito. Literalmente, me encolhi.

"... *que pagar aluguel!*"

Ela nunca dizia essas três palavras com tom normal, sempre gritava. Eu já estava quase me acostumando.

"Fala o sabor que você quer, e eu ligo lá da casa principal", sugeri.

"Acho que pepperoni, cogumelos e porção dupla de queijo. Afinal, é uma grande comemoração."

"Acho ótimo. Vem, Rigby."

Fui até a porta, abri, saí e esperei Rigby me seguir. Ela não veio. Olhei para trás e a vi deitada no tapete ao lado de Sophie, olhando para mim como se pedisse desculpas. Como se precisasse ficar com minha irmã, porque Sophie precisava dela, e talvez eu pudesse entender.

"Deixa para lá", resmunguei. "Eu vou sozinha."

• • •

Quando voltei ao apartamento, minha mãe me abraçou. E não foi um abraço rápido. Ela não me soltava.

Foi meio esquisito.

"Você salvou todo mundo", disse ela.

Fiquei ainda mais incomodada.
Saí do abraço.
"Não fala isso."
"Por que não? Estou dando crédito a quem merece."
"Não sei. Só que isso me incomoda. Não sei por quê."
Ela suspirou.
Eu sabia por quê. Cada vez que resolvia um problema que ela deveria ter resolvido sozinha, eu sabia que era ainda mais provável que ela jogasse o próximo problema em cima de mim. Essa situação com ela era como um gato vira-lata. Eu queria que esse gato fosse embora. Servir um belo jantar de peixe e uma tigela de leite para ele não era o caminho certo para conseguir o que eu queria.

Por outro lado, eu tentei não resolver as coisas. E isso só deixou tudo sem solução.

• • •

"Não posso acreditar que comemos a pizza inteira", comentou minha mãe.
"Eu acredito."
"Sophie comeu duas fatias. É inacreditável."
"Todas nós estávamos com fome. A diferença é que ela não sabe explicar com palavras."
Isso encerrou a conversa.
Na verdade, fazia dias que eu não sentia fome. Estava me fartando na geladeira de Paul. Mas ainda não tinha me acostumado a ter comida com fartura. Ainda estava compensando a antiga escassez. Por isso o argumento era válido.
"Acho que Rigby e eu vamos para a casa principal. Tome seu banho quente. A gente se vê amanhã."
Levantei e caminhei para a porta, pensando se Rigby tentaria ficar com Sophie outra vez. Olhei para ela, que estava na mesma posição no tapete, me olhando do mesmo jeito.

Precisava me lembrar de levar a pequena cama estofada para o apartamento. Ficar deitada no assoalho de madeira não faria bem para os ossos dela. E ela nunca usava a própria cama. Sempre dormia na cama de Paul.

"Rigby. Agora é sério. Vamos dormir na casa principal. Temos que ir."

Ela levantou meio sem jeito, com as pernas enrijecidas. Talvez eu devesse telefonar para Paul e falar sobre isso. Ou apenas reduzir um pouco a distância das caminhadas e ver se melhorava.

Ela me alcançou na porta com uns quatro passos.

Abri a porta.

Sophie abriu a boca. E gritou.

Era a primeira vez que ouvíamos aquele barulho horrível desde que mudamos da cidade para cá. Desde que ela perdeu a voz na viagem.

Olhei para minha mãe, e ela olhou para mim.

"Por que ela está fazendo isso?", perguntei em pânico, gritando para ser ouvida.

"Não sei!"

"Ela não pode fazer isso aqui! Não estamos muito longe dos vizinhos!"

Minha mãe deu de ombros. E essa era a única resposta que ela parecia ter.

Voltei para perto de Sophie no tapete, e Rigby me seguiu. E, é claro, Sophie ficou quieta imediatamente.

Franzi a testa e sentei de pernas cruzadas no tapete ao lado delas. De propósito, evitando olhar para minha mãe.

E aí estava mais um gato vira-lata que eu tinha acabado de alimentar, mesmo sem querer que ele voltasse. Eu havia acabado de ensinar a Sophie que, se eu levasse Rigby embora e ela gritasse, eu voltaria com a cachorra. Mas o que eu podia fazer? Não dava para correr o risco, os vizinhos de Paul podiam acabar chamando a polícia.

Fiquei sentada por alguns minutos, alimentando uma forte mágoa. Durante algumas horas, eu havia relaxado completamente pensando que tudo ia ficar bem. E era evidente que não ia ficar bem, de jeito nenhum.

Talvez meu erro fosse ter alimentado a esperança.

Por fim, criei coragem e olhei para minha mãe, que parecia estar com dificuldade para segurar tanta pizza no estômago.

Ela traduziu com palavras a sensação que estava me deixando enjoada.

"Foram as férias mais curtas da história do mundo."

"Achei que você ia tomar banho."

"Talvez você tenha que ficar aqui com a cachorra, e não na casa principal."

Eu não disse o que queria dizer.

O que eu queria dizer era: "Essa é a ideia mais idiota que você já teve. O que é difícil, porque todas são. Quando Paul voltar para casa e quiser a cachorra de volta, tudo isso vai acabar. E vamos ter que procurar outro lugar para morar".

Mas acabei dizendo: "Não posso. O Paul pode telefonar, e não vai saber onde estou, nem como está a cachorra".

De algum jeito, eu teria que treinar Sophie para esperar com paciência pelo próximo encontro com Rigby. Como ela fazia quase sempre. Mas não tinha ideia do motivo para o bom comportamento dela nos últimos tempos. E não sabia a razão de tudo mudar agora. Então eu não fazia ideia de qual seria meu primeiro passo.

"O que vamos fazer?", perguntou minha mãe.

Alguma coisa dentro de mim... meio que... explodiu.

"E lá vem isso de novo", falei. Meu tom era severo. Até para mim.

"Como assim?"

"Toda vez que as coisas ficam difíceis, você me pergunta o que *nós* vamos fazer. E caso não tenha notado, a mensagem é bem clara. Você não sabe o que fazer, então fica esperando que eu faça." Felizmente, eu não ergui a voz. Só queria saber se prosseguiria assim. "Não suporto mais essa pressão. Olha para tudo que eu fiz para dar um jeito na nossa situação. E aí alguma coisa dá errado com a Sophie, e eu tenho que resolver seu problema de novo. Eu sei que acha que sou melhor nisso que você, mas será que pode ao menos tentar de vez em quando? Pode... sei lá... treinar? Ou alguma coisa assim?"

Um longo silêncio, durante o qual não olhei para ela.

Depois olhei.

Ela estava com as costas apoiadas na porta de vidro, os braços cruzados, os olhos voltados para o chão perto do tapete. Sua expressão era pesada e sombria, como uma nuvem de tempestade pouco antes do raio e do trovão. Mas não fez nada, só permaneceu daquele jeito.

"Vai tomar seu banho", falei. "Eu fico até a Sophie dormir."

Ela continuou paralisada por um bom tempo. Como se nem sequer tivesse ouvido. Depois, de repente, foi para o banheiro. E bateu a porta. Com força.

Dei um pulo. Nós três nos assustamos.

Olhei para Rigby e para Sophie. Rigby olhou para mim.

"Bem, esse foi um grande desastre", falei para ela.

Ela se esticou e farejou minha orelha. Fez um barulho engraçado, e eu ri. Era bom dar risada em um momento como esse, mas também estranho. Acho que pensei que, talvez, eu nunca mais fosse rir.

• • •

Passava das 22h quando, enfim, eu entrei na casa principal. A secretária eletrônica estava apitando.

Eu não sabia como fazer para ouvir recados.

Fiquei analisando os botões por um tempo. Devia ser Paul, mas tive receio de, sem querer, apagar a mensagem e ser outra coisa, algo importante. Então peguei o número do telefone na lista que ficava na lateral da geladeira e liguei para ele.

"Você telefonou?", perguntei.
"Sim."
"Desculpa. Estava no apartamento com minha mãe e Sophie."
"Não precisa se desculpar."
"Achei que ficaria preocupado por não ter me encontrado em casa à noite."
"Eu imaginei que você estivesse com sua família."
"Tudo bem?"
Um longo silêncio.
"Eu não devia ligar para você e contar meus problemas."
"Não me incomodo, de verdade."
Levei o telefone para o sofá e sentei. Rigby estava deitada tão perto que uma pata dianteira cobriu meu pé.
"Mas você tem sua vida. Tem seus problemas..."
"E daí? Todo mundo tem uma vida. E problemas. Mas as pessoas também têm amigos e, às vezes, elas ouvem os problemas dos amigos. É normal. Ah. Olha só, eu aqui falando como se soubesse o que é normal. Não estou dizendo que é assim que costuma acontecer comigo. Mas tenho certeza de que muita gente faz assim."
Um barulhinho do outro lado que poderia ser uma risada, mas era mais parecido com um leve suspiro.
"Como estão as coisas por aí?"
"Tudo acontecendo muito depressa."
Senti um aperto no peito ao me dar conta de que não teria muito tempo para resolver o problema de Sophie. Depois me senti culpada por pensar apenas em mim. Mas isso não era pensar, na verdade. Era meu instinto. Acho que me conheço bem.
"Depressa como?"
"É difícil dizer. Não dá para saber se é efeito da medicação para controlar a dor. Ou se ele ainda não se recuperou completamente da cirurgia."
"Ele está em casa?"

"Sim. Voltou para casa. E nós temos uma equipe para ajudar."

Era estranho, talvez, mas queria saber como ele se sentia usando a palavra *nós* para se referir a ele mesmo e Rachel. Mas não achei certo perguntar.

Olhei pela janela e vi as luzes das casas ao pé da montanha, e, de alguma maneira, aquele cenário me confortou. Como se a vida estivesse sempre indo para algum lugar. De um jeito ou de outro.

"Posso pedir um favorzinho?", perguntei.

"Acho que pode."

"Você está hospedado na casa ao lado da minha tia Vi, não está?"

"Sim. Onde você me conheceu."

"Quando tiver uma chance, pode dizer a ela onde estamos e avisar que estamos bem?"

"Sim, é claro que posso."

"Ela deve se sentir culpada por ter nos deixado sem casa."

"Provavelmente."

"Mas... desculpa. Você estava falando do Dan. E eu mudei de assunto. Estava dizendo que tudo parece caminhar muito depressa."

De início, nada.

Então ele continuou:

"Não consigo parar de pensar que, até semanas atrás, tudo estava bem. Ele ainda não tinha ido ao médico, e ninguém sabia que havia um problema. Ou melhor, não, não deve ter sido assim. Ele devia saber que alguma coisa estava errada. Do contrário não teria ido ao médico. Acho que estava com problemas fazia tempo, mas deve ter pensado que era acidez ou uma úlcera. E aí ele recebeu a notícia. Pá! Fez a cirurgia e tudo desmoronou. Deve ser muito rápido. E quando descobriram, estava no último estágio e espalhando para os pulmões. Mesmo assim, eu esperava que fosse mais devagar. É estranho que tudo esteja desmoronando tão depressa. É difícil entender."

Silêncio. Eu me concentrei nas luzes além da janela.

"E a Rachel, como está no meio de tudo isso?"

Durante uns dez segundos, tudo que ouvi foi a respiração dele. Era estranho eu conseguir escutá-la com tanta nitidez. Como se ele respirasse com cuidado e determinação, não naturalmente.

"Péssima", respondeu. Depois fez outra longa pausa. "E é muito difícil. Sabe..."

Esperei. Muito tempo. Não sabia se ouviria o fim da frase. E não conseguia deduzir a conclusão.

"... ver que ela o ama tanto."

Ele hesitou nas últimas palavras. Mas não era choro, não exatamente. Apenas perdeu a força.

Paul não disse nada por um bom tempo, nem eu. Não sabia o que dizer a ele, e tinha a impressão de que ele nunca mais voltaria a falar.

"Era muito mais fácil quando eu apenas visitava eles por algumas horas, uma ou duas vezes por mês. Acho que eu estava em uma negação insana. Pensava que eles estavam casados há décadas, mas que não era tão sério. Como se eles apenas vivessem na mesma casa, mas... não sei. Não sei o que estou falando. Onde eu estava com a cabeça quando vim para cá? Vê-la ao lado dele todos os dias, o tempo todo? Ver que perdê-lo é difícil para ela? Onde eu estava com a cabeça?"

"Acho que você queria estar aí. Sabia que seria difícil, mas também sabia que se arrependeria se não fosse."

"Eu não sabia que seria *tão* difícil."

De algum jeito, isso partia um pedacinho do meu coração. Acho que deixei meu coração ficar perto do dele por uma fração de segundo. E senti o sofrimento. Foi estranho. Diferente de tudo que já havia acontecido comigo. Por outro lado, eu costumava me manter distante das pessoas.

Não sabia o que dizer.

"Tenho que desligar", disse Paul.

"Não precisa desligar."
"Já falei muito mais do que pretendia."
"Mas tudo bem. Quero dizer, não me incomodo."
"Só preciso ficar sozinho e assimilar tudo isso."
"Pode ligar de novo."
"Agora eu acho que preciso. É como quando a gente não se permite chorar, mas depois chora. Uma coisa é abrir a comporta. Outra é fechá-la de novo."
"Liga quando quiser."
"Boa noite, Angie."
"Boa noite."
Fui para a cama. Mas só peguei no sono quando era quase de manhã. E, mesmo assim, não dormi muito.

• • •

Acordei com o barulho da portinha da cachorra. Pensei que fosse Rigby saindo para fazer xixi. Por isso, apenas virei para o outro lado, tentando dormir de novo. Mas rolei para cima de Rigby. Ela estava na cama comigo. Tinha levantado a cabeça e olhava para a porta do quarto. Pelo visto, também havia escutado a portinha.

Disse a mim mesma para levantar e ver o que era. Mas estava paralisada. Talvez um animal selvagem pudesse ter entrado por ali. A porta era grande. Tinha que ser grande, pois do contrário não serviria para Rigby. Fiquei preocupada com isso uma vez, logo que vim para cá. Mas decidi que Rigby protegeria a casa.

Agora estava pensando se era justo obrigá-la a fazer isso.

Antes que eu pudesse pensar em uma solução melhor que essa, Sophie apareceu na porta do quarto.

"Eue!", gritou.

Levantei antes de perceber que ia sair da cama.

"Sophie! Não! Não pode vir aqui!"

Eu a segurei quase sem pensar, e ela chutou minha coxa com força. Meio que a soltei, meio que a coloquei no chão. Segurei a mão dela e tentei puxá-la para a porta. Ela começou a gritar, deslizando pelo chão enquanto tentava parar com os pés descalços.

"Rigby!", chamei. "Vem, vamos sair."

Rigby pulou da cama, e nós três saímos da sala juntas em direção à porta dos fundos. Sophie parou de gritar e começou a andar. É claro. É claro que ela parou de gritar. Sempre parava quando eu dava o que ela queria, e era algo que eu já tinha dado pela segunda vez: acesso à cachorra.

Eu ainda estava meio dormindo, meu cérebro não funcionava direito. Sabia que tinha um problema e só o estava agravando. Mas não conseguia pensar além disso. Não sabia resolver o problema. Bem, não sabia sem deixar minha irmã gritar até perder a voz, coisa que eu não poderia fazer enquanto estivéssemos na casa de Paul.

Ela havia aprendido a confiar e esperar tranquila pelo próximo encontro com Rigby. Não sei quando isso mudou. Nem por quê. Muito menos o que fazer em relação a isso.

Saímos pela porta dos fundos, e eu olhei para o apartamento e vi a porta escancarada.

"Vem", falei. Para as duas. "Vamos ter uma conversinha com a mamãe."

• • •

Minha mãe dormia profundamente no sofá-cama.

"O que foi isso?", perguntei em voz alta. Não achava certo ela ficar dormindo depois de ter causado um problema como esse.

Ela sentou. Olhou em volta. Olhou para mim. Esfregou os olhos.

"Fecha a porta", disse. "Está frio."

Meu queixo caiu.

"Fechar a porta. *Fechar a porta?*"
"Que parte de 'fecha a porta' você não entendeu?"
"Eu não *abri* a porta. Você abriu. E eu acordei com a Sophie dentro da casa principal, para onde ela não pode ir. Ela acordou agitada, e então você decidiu que eu tinha que cuidar disso?"
"Você me acordou agora. Eu estava dormindo."
"E quem deixou a Sophie sair?"
"Não faço ideia."
Eu não estava acreditando muito nela. Não conseguia. Talvez ela estivesse sonolenta.
"Talvez a Sophie tenha aprendido a abrir a porta", sugeriu minha mãe.
"Impossível."
Mas não era impossível. E esse era o problema. Sophie não era burra. Ela era diferente. Mas as diferenças não incluíam falta de inteligência. Eu queria que fosse impossível. Por isso disse que era.
"Mesmo que ela tenha conseguido sair", argumentou minha mãe, "como ela entrou na casa grande? Você não tranca as portas quando vai dormir?"
"Ela entrou pela porta da cachorra."
"Ah."
"Agora não sei o que fazer. Quero voltar para lá, mas ela está acordada. E vai gritar."
"Deixa a cachorra aqui."
"Não posso ceder sempre. Isso só vai ensinar a Sophie a continuar gritando."
"Então não ceda sempre. Só desta vez. A van vai chegar, e ela vai para a escola. E da próxima vez que ela encontrar a cachorra, vai ser de um jeito diferente. Tipo, você vem buscar a Sophie e leva para passear. Como sempre fazia. E explica que ela vai ver a Rigby no dia seguinte. Como nos velhos tempos. E aí, então, talvez a gente consiga estabelecer um padrão de normalidade aqui."

Eu não tinha certeza de que ia dar certo. Mas era bom ouvir um plano proposto por minha mãe. Mesmo que não fosse um bom plano, ela estava treinando.

Então eu disse:

"Rigby, fica aqui com a Sophie."

Então saí e as deixei lá. Voltei pela porta dos fundos e fui para a cama.

Mas estava preocupada demais para conseguir dormir.

• • •

Sophie voltou para casa pouco depois das 16h. Eu estava preparada para qualquer reação. O que não esperava era ouvir minha mãe berrando na entrada da garagem.

"Sophie, espera! Volta!"

Pensei nos vizinhos de Paul. Quanto tempo até alguém reclamar com ele? E o que aconteceria quando reclamassem?

Os gritos da minha mãe mudaram, agora ela gritava comigo.

"Angie, cuidado! Trava a porta da cachorra, faz alguma coisa!"

Eu estava sentada à mesa da cozinha e olhei para baixo, para Rigby, que já olhava para mim. Como se esperasse explicações ou instruções.

"Quer ir passear?", perguntei a ela.

Rigby levantou e começou a abanar o rabo. É claro. O que mais ela faria? Essa não era uma pergunta para um cachorro responder sim ou não. Era uma pergunta que só poderia resultar em um sim.

Fiquei longe da cauda perigosa enquanto ia até a porta dos fundos. Peguei a coleira pendurada no gancho ao lado da porta. Saímos juntas no mesmo instante em que Sophie chegou ao pé da escada.

"Espera aí", eu disse a ela. "Estamos descendo. Vamos sair para passear."

Ela não esperou. Começou a subir a escada.

Eu não acreditava que teria muitas chances se começasse a argumentar com ela, por isso só deixei Rigby descer a escada, e quando trombou em nós duas, Sophie não teve alternativa além de virar e descer.

Nós três passamos por minha mãe, que parecia um pano de prato que alguém precisava torcer, de tão molhada.

"Está tudo bem", falei. "Vamos dar uma volta."

Ela deu um longo suspiro, mas não disse nada. E também não parecia muito feliz ou satisfeita.

Esse era o problema de ser a pessoa que resolvia tudo. Eu tentava aliviar o estresse da minha mãe, mas o resultado era que nós duas acabávamos estressadas.

Às vezes, eu não sabia se estava mesmo resolvendo alguma coisa.

• • •

Andamos até a cidade. Eu esperava que a caminhada cansasse minha irmã. E que não deixasse Rigby dolorida ou com as patas duras. Era sempre um esforço de equilíbrio. Toda minha vida era um grande ato de patinar em um lago congelado pouco antes do degelo da primavera.

Todo mundo parecia nos conhecer.

Não era uma total surpresa. Mas havia alguma coisa... *mais* alguma coisa nesse dia, e isso me surpreendeu. Era uma cidade muito pequena. Um vilarejo, na verdade, e andávamos por essas ruas havia um ano. É difícil não perceber uma adolescente com um cachorro do tamanho de um pônei e uma criança autista.

A maioria eu só conhecia de vista. Às vezes lembrava de onde, como a mulher que trabalhava no posto do correio, o homem que era caixa no supermercado. Vi três garotas que conhecia do colégio. Duas fingiram não me ver. Ou talvez não tenham visto mesmo. É sempre difícil ter certeza desse tipo de coisa.

Passei por uma mulher que sorriu para nós e falou: "Oi, Sophie."
Parei.
"Como sabe o nome dela?", perguntei.
"Minha filha também participa do programa de Educação Especial. Sophie já está na van quando o sr. Maribal passa para pegá-la todo dia."
"Ah. É um prazer conhecê-la."
E seguimos em frente. Mas eu estava com uma sensação estranha. E demorei um pouco para identificá-la. Tinha a ver com as pessoas notarem nossa presença, saberem que nos conheciam, que morávamos ali. Isso significa que se fôssemos viver em outro lugar, alguém perceberia nossa ausência. Era como existir de uma maneira que eu nunca tinha me convencido totalmente de que existia.
Gostava disso e, ao mesmo tempo, não gostava.

• • •

Quando chegamos em casa, Rigby e eu levamos Sophie até o apartamento. Abri a porta.
"Eu trouxe a Sophie", avisei para minha mãe. "Fica de olho na porta, Sophie", falei, olhando para ela. Ela não olhou para mim, é claro. "Amanhã você vai ver a Rigby, está bem? Como sempre."
Eu a deixei com minha mãe, eu e Rigby viramos e descemos a escada. Sem olhar para trás.
Estávamos na metade da alameda de cascalho entre a casa e a garagem quando ouvi. O famoso berro de Sophie. Parei. Fechei os olhos. Abri de novo e olhei para Rigby, que olhava para mim esperando as instruções.
"Vem."
Voltamos ao apartamento.
"Não olha para mim desse jeito, Rigby. Não temos escolha."

Mas ela não olhava para mim de nenhum jeito especial. Era eu quem me olhava de fora, me criticava; mas se havia algum jeito melhor de lidar com a situação, eu não sabia qual era. Nem conseguia ver nada melhor, da posição em que estava.

• • •

"Não está dando certo", falei para minha mãe. "E eu achei que ia funcionar, de verdade."

Estávamos no pátio do apartamento, olhando para as montanhas. A maioria dos picos ainda tinha neve, e estávamos em junho. Sophie estava lá dentro com Rigby. Olhar as montanhas era apenas uma desculpa para ter uma conversa difícil.

"Acho que é porque o cachorro está com você", respondeu ela. "E ela acha que pode ficar junto. Sabe? O tempo todo. Quando o cachorro ficava com um desconhecido, ela não se sentia assim."

"O que acha que vai acontecer quando Paul voltar?"

"Nem imagino."

"E se ela entrar pela porta do cachorro depois que ele já estiver de novo em casa?"

"Podemos trancar a porta do apartamento por dentro, sei lá."

"E aí ela vai gritar."

Minha mãe não falou nada. Nenhuma de nós falou nada. Por um bom tempo.

Depois de uma pausa longa, sentei em uma das cadeiras de madeira. Minha mãe chamava de cadeira Adirondack, mas eu não sabia por quê. Ela ficou debruçada na grade por mais alguns minutos. Depois sentou também.

E olhou para trás, pela porta de vidro. Fiz a mesma coisa. Mas nada havia mudado. Sophie e Rigby estavam apenas deitadas no tapete.

"Vou dizer algumas coisas", avisou ela. "E agradeço muito se não gritar comigo enquanto eu estiver falando. Pelo menos me deixa terminar, antes de começar a gritar."

Respirei fundo. Soltei o ar. Acho que era o jeito de me preparar.

"Acho que nem tenho energia suficiente para gritar."

"Que bom."

Outra pausa muito longa.

"Por favor, vamos acabar com isso logo", eu pedi.

"Acho que estamos tentando fazer uma coisa que é racionalmente impossível."

Fiquei parada por um momento, absorvendo as palavras. Não tive vontade de gritar. Odiava me sentir assim, mas não quis reagir de qualquer outra maneira. Na verdade, descobri que sentia um alívio incrível por admitir que era verdade. Não estava feliz. Só aliviada. Quando alguma coisa é verdade, é preciso investir muita energia para fingir que não é. É a energia vital da pessoa, e depois não sobra muita energia para mais nada. Depois de anos vivendo assim, você sente apenas exaustão. Quase tudo que trouxer a menor possibilidade de paz e descanso parece bom.

"Você não está dizendo nada", comentou minha mãe.

"Estou só pensando."

"Já é um progresso para nós."

"Ainda não quero que acabe desse jeito."

"Não seria o fim, Angie. Poderíamos vê-la toda hora. Sempre que quiséssemos."

Eu apenas suspirei. Não respondi.

"Não quero sair daqui", continuou ela. "Preciso descansar. E preciso de paz. Não quero. Preciso. Não posso ir para a rua de novo com duas filhas, uma delas com necessidades especiais. Esse lugar é um lar, e precisamos de um lar. A Sophie também precisa. Não é bom para ela estar morando em uma barraca, fugindo para a floresta..."

Não disse nada por um bom tempo.

Olhamos para trás de novo. Nada havia mudado dentro do apartamento. Sophie e Rigby continuavam deitadas juntas no tapete. Sophie era um anjo perfeito, desde que eu desse a ela algo que não era meu, algo que eu não podia dar.

"O que está pensando?", perguntou minha mãe.

"Que você está falando como se estivesse no comando."

"Isso é bom ou ruim?"

"As duas coisas. Não gosto muito do que está dizendo. Mas é um alívio ver você agindo como mãe. Assim posso ser a filha e não ter ideia do que estou fazendo."

Um longo silêncio. Três ou quatro minutos talvez. Ou mais. Ainda eram umas 19h, mas o sol era uma nesga estreita pronta para desaparecer atrás das montanhas. Embora fosse um dos dias mais longos do ano. O sol se põe atrás das montanhas bem antes de sumir da linha do horizonte. Especialmente quando as montanhas são altas. E próximas.

"Se a colocarmos em algum lugar, poderemos tirá-la de lá algum dia? Se ficarmos aqui e guardarmos dinheiro para uma casa, sabe? Talvez um lugar bem afastado dos vizinhos mais próximos. Eu posso até arrumar um emprego de fim de semana e ajudar."

"Ah, agora você quer ganhar dinheiro e ajudar."

"Se for para trazer a Sophie de volta."

"Ela ainda nem foi, meu bem."

"Você não me respondeu."

"Porque não sei responder. Acho que sim. Mas não sei. Posso estudar algumas opções. E se a gente desse apenas esse passo agora? A primeira coisa é ver o que acontece quando o Paul voltar."

"Certo", concordei.

"Quando acha que ele volta?"

"Logo. Ele disse que as coisas estão acontecendo bem depressa."

"Você falou com ele?"

"Falei. Ele telefona." O silêncio era tão estranho que continuei falando. "Para saber da Rigby e me manter informada sobre quando vai voltar. Quero dizer, mais ou menos quando volta, pois é uma situação meio imprevisível."

"Então... mais ou menos?"

"Não sei. Duas ou três semanas, talvez."

"*Semanas*? Você disse que seriam *meses*!"

Nós duas olhamos de novo para dentro, conferindo se Sophie e a cachorra haviam percebido a agitação. Mas as duas pareciam estar dormindo no tapete.

"Eu falei que ele ficaria lá até o irmão morrer. Os médicos achavam que ele teria de dois a quatro meses de vida. Mas Paul sempre pensou que seria mais para dois do que para quatro. E agora ele diz que tudo está acontecendo bem depressa."

"Preciso começar a pesquisar alguns lugares."

E, de repente, senti que não suportava mais ficar ali. Levantei e entrei. Não me despedi da minha mãe. Não falei nada.

Sophie estava em um sono pesado, deitada no tapete ao lado de Rigby. Mas não encostava em nenhuma parte do corpo da cachorra. Toquei a cabeça de Rigby, que acordou e olhou para mim querendo saber o que fazer.

"Vamos para casa", disse a ela.

E foi o que fizemos.

• • •

Pela segunda noite seguida, tive dificuldade para dormir. Por isso estava bem atordoada quando Sophie entrou pela portinha de cachorro na manhã seguinte.

Levantei a cabeça, e Rigby fez o mesmo. Mas, dessa vez, nós duas sabíamos exatamente o que esperar.

Quando a vi na porta, falei:

"Acabou o jogo, Sophie. E todo mundo perdeu."

Não sei por que falei uma coisa assim para ela. Só falei.

Depois me levantei e levei Sophie e Rigby pela porta dos fundos até o apartamento. E pedi para Rigby ficar lá enquanto eu voltava para casa. Não que ela tivesse escolha. Eu já estava fechando a porta. Mas o mínimo que podia fazer era falar com ela, explicar o que ela devia fazer e o que aconteceria.

Depois voltei para a cama.

Mas não consegui mais dormir.

Fiquei deitada, alimentando esse estranho sentimento de que não seríamos mais uma família. Só eu e minha mãe. Não parecia uma família. Pensei em como seria: duas pessoas que às vezes quase se davam bem, mas na maior parte do tempo não se entendiam. Duas pessoas que não se identificavam uma com a outra, considerando que eram mãe e filha. Era Sophie quem nos ligava e nos prendia em uma unidade que parecia ser uma família.

Pelo menos por mais algumas semanas seria assim.

• • •

Naquela noite, Paul telefonou bem tarde. Era quase meia-noite.

Eu estava dormindo, e foi difícil acordar. Mas, ainda sim, eu ficava feliz quando falava com ele.

"Eu precisava te contar", afirmou. "O Dan e eu tivemos aquele momento que você falou outro dia."

"De que momento eu falei?"

"Aquele que você desejou que tivéssemos. Você falou que, quando alguém está perto do fim, às vezes é possível se aproximar da pessoa de um jeito diferente."

"Ah. Sim. Isso. Eu lembro. O que aconteceu?"

"Ele teve um momento assim. O Dan tem ficado quase inconsciente na maior parte do tempo. Quase sempre, dia e noite. Mas, de repente, há uns minutos, ele teve esse momento de lucidez. Do nada, abriu os olhos e me encarou. E falou…" Uma pausa desconfortável. "Ele disse: 'lamento se partimos seu coração'."

"Caramba!"

"Foi o que *eu* pensei. Ele nunca tinha dito nada parecido com isso. Nunca. Nunca reconheceu. Eu nem tinha certeza de que ele sabia."

"Há quanto tempo você sente isso? Sabe? Por... ela?"

Imediatamente, pensei que havia sido um erro perguntar. E achei que ele diria alguma coisa ríspida. Como: "Ei, eu não falei que estava a fim de ser interrogado".

Mas não foi isso que ele disse.

"Quarenta e nove anos. Desde que eu tinha 17 anos", confessou.

"Você a conhece desde que tinha 17 anos?"

"Sim. Antes mesmo de ela conhecer o Dan. A Rachel era intercambista. Mas tinha pouco mais de 19 anos. Ela é dois anos e meio mais velha que eu. Sei que agora isso não parece muito. Mas, na época, ela já estava no segundo ano da faculdade. E eu estava no colégio. A distância parecia enorme, como se ela fosse uma adulta, e eu, um menino. Nós éramos amigos antes da Rachel conhecer o Dan. E tudo que ela queria era ser apresentada a ele. E eu apenas queria que ela enxergasse além da nossa diferença de idade."

Silêncio. Um silêncio cheio de sombras que se moviam pela parede do quarto. Eu estava surpresa por ele me contar tanta coisa. Mas tinha medo de fazer algum comentário e ele parar.

Então disse apenas:

"Poxa."

"Não quero que tenha a impressão errada. Ela não me usou para conhecer meu irmão. A Rachel não é assim. Era uma boa amiga. Sempre foi. Mas era pelo Dan que ela nutria sentimentos românticos."

Queria dizer: "Talvez isso mude agora. Ou em algum momento. Quando ela superar a terrível perda, quem sabe".

Mas não disse. Ainda sentia que a vida dele não era da minha conta. Se quisesse me contar, tudo bem. A decisão era dele. Mas eu não me sentia no direito de fazer muitos comentários.

"Que bom que teve um momento assim com seu irmão."

"Bem, foi um momento difícil. Mas acho que, mesmo assim, foi bom."

"O que você respondeu? Quando ele disse isso?"

"Nada muito especial. Só aquilo que repito um milhão de vezes por dia. Que ele não tem que se preocupar com mais nada."

Um silêncio longo, até que bem confortável. Eu sabia que ele só havia ligado para me contar a história. E não sabia o que fazer.

Depois de um tempo, percebendo que ele não tentou desligar logo, eu perguntei: "Quer ouvir uma coisa que está acontecendo comigo?".

"É claro que sim."

"Não sei se é certo. Você já está aí passando por tudo isso..."

"Por favor, fale. Vai ser bom distrair minha cabeça para variar."

"Acho que vamos ter que colocar a Sophie em alguma instituição."

Um momento de silêncio. Queria saber quem estava mais chocado por me ouvir falando isso em voz alta.

"Ai, céus! Isso é ruim. Achei que, se vocês morassem no apartamento, tudo estaria resolvido."

"É, nós também achamos. Não sei o que aconteceu. Parece que ela sabe que a Rigby está comigo, e por isso acha que tem permissão para ficar com a gente o tempo todo. Tenho que ir ao apartamento com a Rigby, deixo que ela fique lá com as duas até a Sophie ir para a escola de manhã, e depois da nossa caminhada também, até Sophie dormir. E, de manhã, minha irmã abre a porta do apartamento, sobe a escada do fundo e entra na casa pela portinha de cachorro. Não a deixo ficar, é claro. Eu a levo para fora imediatamente. Mas ela entrou na sala duas vezes, por cerca de um minuto em cada uma. Não, nem isso. Segundos. Mas mesmo assim... mais cedo ou mais tarde, eu teria que te contar."

"Mesmo que eu jamais soubesse."

"Mesmo que você jamais soubesse."

"Quando eu retornar, talvez as coisas voltem a ser como antes, quando estávamos de lados opostos da cerca."

"Talvez. É o que imaginávamos. Mas minha mãe já decidiu que não quer se mudar daqui. E não posso criticá-la por isso. E mesmo que a gente encontre outro lugar, seja onde for, vamos acabar despejadas de novo. Ficar na rua é assustador."

"Talvez seja mesmo a melhor solução para todo mundo. Inclusive para a Sophie."

"Não sei. Não seria muito duro para uma criança de 7 anos? Ela seria afastada de tudo que já conheceu."

"É, acho que seria."

"E a Sophie sofre mais com mudanças do que as outras crianças."

"Acho que já estou arrependido do que eu disse."

"Não tem que se arrepender. Talvez *seja* o melhor. Não porque é bom, mas porque todas as outras coisas são ainda piores. Não sei. Só sei que eu torcia para que pudéssemos esperar mais um pouco, até ela ficar mais velha, até a idade em que seria mais comum deixar a família. E tenho a sensação de que, sem ela, não vai ter família. Seremos só eu e minha mãe. Nem parece uma família. São só duas pessoas."

Um longo silêncio. Percebi que, da minha parte, o assunto estava encerrado. Falei tudo que tinha para falar. Era a mesma sensação que tive um pouco antes, quando ele parou de falar. Vi as sombras na parede e tentei pensar em um jeito de concluir a conversa.

"Bem, pelo menos você me lembrou de que não sou o único que está enfrentando dificuldades no momento", comentou ele.

Não falei nada. Não sabia o que dizer.

"Você sabe que vamos pensar na melhor solução possível para isso quando eu voltar, não sabe?"

"Eu sei. Sei que vamos. Mas também sei que essa é sua vida. Sua aposentadoria. E você trabalhou muito por isso, por muito tempo. E tem direito a tudo isso. Tem o direito de viver como quiser."

Primeiro, silêncio.

Depois ele disse:

"Talvez eu tenha me enganado sobre a parte de ficar sozinho. Não é como eu imaginava que seria."

"Eu ainda gosto. Além do mais, você também queria sossego, nada de complicação. E ainda quer sossego, não quer?"

"Estou dividido quanto a isso. Outras pessoas sempre estão cheias de complicações. É a natureza das relações humanas. Não se pode separar as pessoas de seus problemas. Descomplicado e sozinho são mais ou menos a mesma coisa. Não sei. Ainda estou pensando nisso. E meu raciocínio deve estar prejudicado, no momento. E eu devia deixar você ir dormir. Nós dois precisamos dormir. Talvez amanhã as coisas pareçam um pouco melhores."

"Talvez", concordei.

Mas não acreditava nisso.

"Lamento que esteja passando por dificuldades", disse ele.

"Lamento que *você* esteja passando por um momento difícil", respondi.

"Durma bem."

"Boa noite", respondi.

Depois desliguei e praticamente não dormi.

• • •

Depois de algumas horas de insônia, peguei meu baú embaixo da cama de Paul e o destranquei. Àquela altura, eu mantinha a chave do baú no mesmo chaveiro da casa de Paul. Tomei o cuidado de não olhar o bilhete de Nellie e *O Livro*

*Tibetano dos Mortos*, nem a nota de cem dólares. Ou o relógio, a carteira e a aliança do meu pai. Não podia evitar olhar essas coisas, mas tomei o cuidado de não deixar meus olhos se demorarem nelas.

Peguei os livros do Himalaia e tranquei o baú de novo, depois o empurrei para debaixo da cama. Passei as duas horas seguintes reclinada sobre travesseiros, viajando pelo Tibete e pelo Nepal, por onde não passeava havia muito tempo.

Só tinha um probleminha. Era difícil não pensar em Nellie. Ela insistia em invadir os cantos da minha cabeça. Eu a expulsava, mas nunca dava certo, porque ela sempre conseguia entrar de novo.

Uma coisa posso dizer com certeza. Naquela noite ela não viajou comigo ao Tibete, nos meus sonhos. Eu estava sozinha nessa viagem. Como nos velhos tempos.

Quando meus olhos ficaram muito cansados, doloridos e ardendo, fechei o livro. Rigby estava deitada com as costas no meu quadril, as patas para fora da cama. Eu a afaguei, e ela acordou e esticou ainda mais as pernas incrivelmente compridas para fora da cama.

"Queria poder viajar com *você*", falei. "Você é a pessoa perfeita para estar comigo. Pena que não é uma pessoa. Bem. Em alguns aspectos, você até que é."

Deixei o livro na mesinha de cabeceira, porque isso era algo que eu podia fazer na casa do Paul. Eu não sabia por quanto tempo ainda poderia viver desse jeito maravilhoso. Só sabia que, o que quer que acontecesse, um dia minha vida seria assim de novo. Um dia, eu moraria em um lugar onde tudo estaria seguro sem ter que ser escondido. De algum jeito, eu chegaria lá.

Eu só não sabia exatamente onde era esse "lá". Ou quanto tempo teria que esperar por isso.

• • •

Paul passou semanas sem ligar. E não aconteceu mais nada que merecesse ser contado. Só algumas pescarias e um simples momento.

Passava das 18h, e estávamos todas no apartamento. Rigby estava deitada no tapete, ao lado de Sophie. O sol de fim de tarde atravessava a porta de vidro dos fundos e iluminava as duas de um jeito que lembrava aquelas manjedouras de decoração de Natal. Aquela luz intensa, quase sobrenatural. Parecia uma coroa iluminada em torno da cena.

Minha mãe olhava para elas.

Depois de um minuto, ela perguntou:

"Quantos anos tem essa cachorra?"

Na verdade, eu já estava imaginando quando ela faria essa pergunta.

"É velha", respondi.

E isso encerrou a conversa. Nós nunca mais tocamos no assunto.

Catherine Ryan Hyde
para sempre
vou amar
te

# 4

## Calma

Voltei a falar com Paul quase três semanas depois, e não foi como nas outras vezes. Não era tarde. Ele não ligou para contar o que sentia com tudo que estava acontecendo. Parecia fechado. Distante. Não como se a voz soasse longe; o volume era igual ao de sempre. Mas era como se ele estivesse em outro lugar.

"Volto para casa amanhã", disse ele.

Torci para que fosse apenas uma visita. Para Rigby não pensar que ele a havia esquecido. Queria saber com muito mais antecedência do retorno dele de verdade. Não que antecedência fosse ajudar muito. Não havia nada que eu pudesse fazer para me preparar. Mas eu sentia que seria útil me preparar por dentro. Bem, talvez essa fosse só uma história que eu contava a mim mesma.

"Vem passar um tempo? Ou o Dan..."

"O Dan partiu", anunciou ele. Simples assim. Sem rodeios.

Isso me fez lembrar de alguma coisa. Ou alguém. Mas não tinha tempo suficiente para pensar no que era. Ou quem.

"Ah... Sinto muito. Quando foi?"

"Ontem à noite, quando estávamos todos dormindo."

"Ah. Mas e a Rachel? Ela não está precisando de companhia?"

"Parece que não. Ela acabou de me dizer que precisa ficar sozinha."

Comecei a dizer "caramba", mas na última hora mudei para: "Ah".

Não era uma coisa legal de ouvir. Quero dizer, além do fato de o irmão dele ter acabado de morrer. Mas eu sabia que, se alguém falasse sobre algo que me magoasse, a última coisa que eu ia querer era alguém apontando o óbvio. Tipo: "Isso deve ser doloroso". Por isso não falei nada.

"A Rigby vai ficar feliz em te ver", comentei.

"É. Isso vai ser bom." A voz dele ficou mais suave. "Devo chegar no começo da tarde. Quer que eu ligue do caminho? Para dizer o horário?"

"Não, tudo bem. Vai ser bom te ver, seja a hora que for."

O silêncio me fez entender que ele estava um pouco surpreso com essas palavras, mas eu não sabia por quê. Era como se tivéssemos perdido todo aquele progresso que fizemos com nossa amizade enquanto ele estava fora.

"Então vejo você amanhã", disse ele.

Nós nos despedimos, e eu desliguei o telefone. E então entendi. Quem ele me lembrava. O velho Paul. O de antes.

O homem do outro lado da cerca.

• • •

Quando ouvi o barulho dos pneus do carro no cascalho da entrada da garagem, corri até o apartamento, peguei Sophie e Rigby e as levei para recebê-lo. Sabia que ele não ia querer ver minha mãe. E sabia que não ia querer ouvir gritos ao voltar para casa. E, se eu não deixasse Sophie descer também, isso teria acontecido.

Rigby me bateu com a cauda algumas vezes, por mais que eu me esforçasse para ficar longe dela, porque não conseguia deixá-la parada. Ela levantava as patas dianteiras do chão, erguia o corpo a todo instante. Por mais que a conhecesse bem, ainda me espantava com quão alta ela era.

Sophie pulava como uma criança em um pula-pula, porque sempre absorvia o que Rigby estava sentindo. Percebi uma coisa, não pela primeira vez, mas agora de um jeito diferente. Era por isso que ela ficava quase calma quando Rigby estava por perto. Imitava o humor da cachorra e se acalmava.

Paul saiu do carro, e o achei envelhecido e cansado. Como se não tivesse se barbeado naquele dia. Como se não dormisse há uma semana. Ele carregava duas sacolas de supermercado.

Seu rosto se iluminou quando viu Rigby.

Ela ficou sentada na frente dele, quase incapaz de ficar quieta, como se pudesse explodir em mais uma dancinha a qualquer momento.

"Ei, você está linda", disse ele. "Sua babá cuidou muito bem de você."

Fiquei pensando se o focinho e as sobrancelhas dela estavam ainda mais grisalhos que na última vez que ele a viu. É difícil ter certeza sobre essas coisas quando se vê alguém todos os dias.

Então ele olhou para nós.

"Oi, Angie. Oi, Sophie."

"Espero que não se importe por ela estar aqui", falei. "Queria que ela te visse e percebesse que você vai levar a cachorra. Achei que poderia ajudar."

"E se não ajudar? Qual é o plano B?"

"Bem, forramos o closet com embalagens de ovos, para que ficasse à prova de som. Não é uma solução perfeita, mas ajuda um pouco. E ainda tenho alguns pares novos de tampões de ouvido."

"Sophie", falou Paul, olhando para ela. Ela não o encarava. "A Rigby tem que ir para casa comigo agora. É só esperar, e amanhã a Angie vai levar vocês duas para passear de novo, está bem?"

Esperamos por um tempinho, mas eu não sabia exatamente pelo quê. Será que Paul sabia? Ou era só uma dessas coisas que se faz porque não está raciocinando direito?

"Vou subir com ela", avisei. "Porque pode ficar complicado se ela achar que estou com a Rigby. Mas depois que ela dormir posso ir lá conversar com você."

"Não me leve a mal", pediu ele. Mas eu já sabia que não falaria algo bom. "Agora sei como a Rachel se sente. Só preciso de um tempo sozinho. Só eu e minha cachorra."

"Tudo bem. Eu entendo."

E entendia. E me machucava ao mesmo tempo. Queria saber três coisas: onde estava aquele outro homem, que costumava me telefonar à meia-noite; se algum dia o veria de novo; e por que tive tanta certeza de que aquela seria uma mudança permanente.

Devolvi as chaves e fiquei olhando Paul subir a escada em direção à porta dos fundos, com Rigby logo atrás.

Percebi duas coisas.

Primeira, tinha esquecido a chave do meu baú no chaveiro dele. Mas teria tempo para reavê-la depois.

Mais importante: Rigby era a única amiga que eu tinha que nunca havia falado nada para me magoar.

Olhei para Sophie.

"Vamos subir, Sophie. Amanhã a gente vê a Rigby de novo."

Subimos a escada juntas, e ela entrou comigo. E eu fechei a porta.

Olhei para minha mãe, que estava sentada no sofá olhando para mim. Cruzei os dedos das duas mãos. Mostrei as mãos para ela. Minha mãe também cruzou os dedos. Depois cruzou os pés. Depois ficou vesga, e eu ri. Ri alto e por muito tempo, porque estava nervosa.

Sophie parou na frente da porta naquela posição de esfinge, como costumava fazer ao lado da cerca na casa da tia Vi. Minha mãe e eu a observamos por alguns minutos. Depois de um tempo, não havia muito mais para olhar.

Ela dormiu daquele jeito, e minha mãe abriu o sofá-cama e a carregou até lá.

"Acho que podemos descruzar tudo agora", disse ela. De manhã, acordei cedo, umas 6h talvez. Estava claro e muito frio. E ventava. Mas eu não sabia por quê.

Estava dormindo na cama de solteiro, atrás da divisória do cômodo.

• • •

Era a primeira vez que eu dormia no apartamento, então, naquele estado entre sono e vigília, deduzi que fazia frio e ventava todas as manhãs.

Tinha uma lareira a gás para manter o ambiente aquecido, mas seria estranho ligá-la no verão. Senti um arrepio e decidi que não me incomodava. Saí da cama e fui até a divisória.

Minha mãe dormia no sofá-cama. A porta estava aberta.

Eu vesti o mais depressa que consegui a calça jeans e o moletom, e desci a escada correndo, descalça. Subi a escada do fundo da casa com passos silenciosos. Mas depois fiquei sem saber o que fazer.

Se batesse na porta, acordaria Paul. Ele devia estar dormindo e talvez ainda nem soubesse que Sophie havia entrado na casa. Fiquei sentada na frente da porta por alguns minutos, tentando pensar em um jeito de tirá-la de lá sem ele jamais perceber que minha irmã tinha entrado. Mas ainda estava meio dormindo, um pouco confusa.

A única coisa que conseguia pensar era em abrir a portinha da cachorra e chamar Rigby. Se Rigby saísse, Sophie também sairia.

"Rigby", murmurei.

Não tinha certeza sobre o tom de voz. Ela precisava me ouvir. Mas eu não podia acordar Paul. Lembrei que ele havia me contado que a audição de Rigby era dez vezes melhor que a nossa, o que poderia me salvar. Mas esperei, e nada aconteceu.

"Rigby", repeti um pouco mais alto.

"Não precisa cochichar", disse Paul, lá de dentro. "Estou acordado."

"Ah. Desculpa."

Fiquei ali sentada por mais um tempo, porque não sabia o que fazer. Então a porta se abriu, e Paul apareceu de pijama e com aquele elegante robe bordô.

"Imagino que esteja procurando sua irmã."

"Isso."

"Ela está aqui."

"Sim. Desculpa."

"Ela está quieta. Só quer ficar deitada ao lado da Rigby. Já tomou café?"

"Hum. Não."

"Entra."

Eu entrei. Deixei de lado o espanto e fiz o que ele dizia. Sophie estava deitada no chão da cozinha ao lado de Rigby. Sentei à mesa.

"Quer café?"

"Sim. Vou querer um pouco."

"Creme e açúcar?"

"Como você sabe?"

"Todo mundo que começa a tomar café prefere assim. Olha, desculpa, ontem à noite eu estava de mau humor."

"Não, tudo bem. Você não estava. Só queria ficar sozinho. Eu entendo."

"Eu ia fazer um *bagel* com *cream cheese* e salmão defumado."

"Meu Deus, isso é o paraíso."

Ele abriu a geladeira.

"Ainda tinha um pouco de comida quando voltei. No freezer. E algumas latas. Você sabe o que eu falei sobre isso."

"Eu me esforcei."

"Acho que se saiu bem. Considerando que não demorei tanto quanto disse que demoraria. Essa chave em cima da mesa é sua? Estava no meu chaveiro."

"Ah, é, obrigada", respondi, e guardei a chave no bolso.

Depois ficamos em silêncio por um bom tempo enquanto ele servia café e torrava os *bagels*. Paul colocou *cream cheese* e uma faca sobre a mesa. Ele arrumou em um prato uma porção de salmão defumado que parecia ser suficiente para quatro pessoas, mesmo que elas exagerassem na porção, assim como eu.

Depois ele se sentou, e nós comemos, mas não conversamos. Lembro que pensei que qualquer coisa que disséssemos a seguir poderia nos levar, quase com certeza absoluta, a algum assunto delicado. Então apenas comemos.

Depois de mais cinco minutos de silêncio, ele deu o primeiro passo.

"Não é que eu me arrependa de como desabafei com você naqueles telefonemas noturnos", disse.

E não continuou falando. E eu não soube o que dizer. Só sabia que ele falava mais de seus sentimentos e menos dos pensamentos. E não falei nada.

Então, depois de um tempo, continuou:

"É que eu estava cansado. Sentia meus nervos à flor da pele. Tinha que fazer um resumo do dia antes de conseguir descansar."

"Faz sentido."

Comemos em silêncio por mais alguns minutos.

De repente, eu me surpreendi dizendo:

"Você..."

Mas não consegui terminar. Não devia ter começado a frase, e não conseguia terminar.

"Eu o quê?"

"Esquece. Não é da minha conta."

"Não. Não falei com ela. Como falaria, em um momento como aquele?"

"É. Acho que entendo o que está dizendo."

Comemos em silêncio até não restar mais nada na mesa. Olhei para Sophie e tentei pensar em como voltaríamos ao apartamento. Ela precisava se preparar para a escola.

"Sophie", chamei. "A van vai chegar daqui a pouco. Você precisa se vestir. Quando voltar da escola, eu te levo para passear com a Rigby. Agora ela tem que ficar aqui com o Paul. Obrigada pelo café, Paul."

Eu me levantei, mas não sabia se devia tentar segurar alguma parte do corpo da minha irmã. Decidi tentar me aproximar da porta primeiro. Com confiança. Como se tivesse certeza de que ela me seguiria.

Ela me seguiu. Em absoluto silêncio. E calma.

• • •

Quando chegamos ao apartamento, minha mãe estava acordada. Sentada. Em pânico.

"Ai, meu Deus", disse ela. "Meu Deus. Foi um desastre?"

"Vai parecer estranho, mas... não."

"Por quê? Por que não foi um desastre? Como assim?"

"Não tenho a menor ideia. Não aconteceu nada demais. Não vou ficar pensando no motivo. Estou feliz demais por não ter sido um desastre. E sugiro que tente essa minha abordagem por enquanto."

• • •

Fui buscar Sophie na van da escola quando ela chegou. Ficamos paradas por um minuto, acenando enquanto o sr. Maribal se afastava. Bem, na verdade, eu acenava sozinha. Depois viramos para subir até a entrada, e Sophie correu. Correu daquele jeito esquisito, indo direto para a escada dos fundos da casa de Paul.

Tratei a situação de uma forma diferente de como estava tratando esse tempo todo.

Corri atrás dela e a agarrei como se estivéssemos jogando rúgbi. Joguei Sophie no chão e me joguei em cima dela, ouvi e senti todo o ar saindo de seu peito. Rasguei a calça, na parte do joelho, e esfolei as mãos, e vi imediatamente que o queixo dela estava com um corte que ia começar a sangrar. Mas tudo parecia pequeno, comparado a ser mandada para uma instituição.

"Escuta aqui", cochichei na orelha dela. "Quer ver Eue? Vai ter que me ouvir. Seguir as regras. Se estragar tudo, você perde. Todas nós perdemos. Se fizer as coisas do seu jeito, vai estragar tudo. Não sei se você consegue entender tudo que estou dizendo, mas se é capaz de absorver apenas uma coisa, que seja esta. Vou te levar para ver aquela cachorra quando o Paul deixar. Você vai fazer o que eu disser. Vai entrar comigo no apartamento com calma, em silêncio. Caso contrário, vai acabar conseguindo exatamente o contrário do que quer."

Saí de cima dela, depois a puxei para que pudesse sentar no chão e a vi fazer um certo esforço para recuperar o fôlego. Eu me senti mal. Mas precisava lembrar que as coisas ainda poderiam piorar.

"Tudo bem? Pronta para ir ver a Rigby?"

Estendi a mão, mas ela não a segurou. Não sabia por que eu havia pensado que a seguraria. Peguei Sophie pelos dois cotovelos e a ajudei a ficar em pé. Um pouco de sangue do queixo pingou na camiseta dela.

Talvez eu devesse ter lidado com tudo de maneira mais firme antes. Quando mudamos para cá. Mas não adiantava chorar por leite derramado.

Percorremos o resto do caminho juntas, sem pressa e com calma. Subimos a escada dos fundos da casa de Paul. Não estava me enganando sobre ela ter me entendido e estar me obedecendo. Mas pode ter sido apenas porque a deixei sem fôlego, literal e figurativamente.

Bati na porta do fundo, Rigby latiu: "Au!". Duas vezes.

Paul abriu a porta e olhou para nós duas da cabeça aos pés enquanto Rigby balançava a cauda ao lado dele.

"O que aconteceu com vocês duas?"

"Caímos no caminho para cá."

"As duas?"

"É uma longa história."

"Quer um curativo? Alguma coisa para limpar o queixo dela?"

"Seria ótimo. Obrigada."

Entramos, e Sophie começou a imitar a cachorra enquanto Paul ia buscar um spray antisséptico para limpar o queixo dela.

"Não deve arder muito. E suas mãos? Precisa de alguma coisa para elas?"

Olhei para os esfolados. Estendi as duas mãos para ele ver.

"Tudo bem. Não estão nem sangrando."

"Mas devia lavar as mãos, pelo menos. Estão cheias de terra."

No banheiro, lavando as mãos, notei que meu joelho estava sangrando um pouco. Mas a calça cobria. E eu esperava que Paul não percebesse. Não queria complicar as coisas ainda mais. Só queria sair para o passeio.

Paul esperava por mim com uma bola de algodão, o spray e um curativo adesivo, e me senti grata por ele saber que isso era melhor do que ele mesmo tentar fazer o curativo em Sophie.

Mas ela não criou caso. Estava deitada na cama da cachorra no quarto de Paul, com Rigby. Rigby estava relaxada, então Sophie também estava.

Limpei e cobri o ferimento em seu queixo, e Paul estendeu as mãos para pegar de volta a embalagem vazia, o spray e a bola de algodão.

"Quer ir pescar de manhã?", perguntou ele.

"Adoraria", respondi.

Depois peguei a coleira de Rigby do gancho ao lado da porta, e saímos para passear. Estava pensando que seria complicado ir pescar de manhã, porque se Paul, Rigby e eu saíssemos antes que a van chegasse, Sophie poderia gritar.

E, é claro, a melhor pescaria era sempre antes do horário de chegada da van.

• • •

Não fomos até a cidade. Rigby parecia desconfortável. Estava mancando, protegendo a pata direita dianteira. Parei, ela se sentou e Sophie também, e segurei a pata para ver se tinha alguma coisa entre as almofadinhas. Mas não vi nada errado. Não tínhamos andado nem quinhentos metros. Não sabia se devíamos continuar.

Andamos por mais um tempinho em direção à cidade, mas ela estava mancando muito.

Uma mulher que corria em sentido contrário ao nosso passou por nós e olhou para Rigby com um sorriso triste.

"Coitadinho, está ficando velho", disse.

"É menina."

"Ah."

Não sei por que disse isso. Não sei por que era importante. Não fazia diferença se Rigby era menino ou menina. O que importava era que ela estava ficando velha.

Ficamos paradas por um tempo. Um minuto, provavelmente. Depois achei melhor voltar e encerrar o passeio.

• • •

"Fez bem de voltar", disse Paul. "Anda com ela na minha direção, quero ver."

Conduzi Rigby pelo quarto dos fundos enquanto Paul a observava. Sophie andava devagar e inclinada.

"Não é a pata. É o ombro. Ela está com dor no ombro direito."

"Acha que ela pulou demais quando você voltou para casa?"

"Talvez. Tem a ver com a artrite, com certeza."

"Mas ela toma remédio para isso."

"O remédio não cura. Só alivia os sintomas."

"Ah. Bem, acho que vamos te deixar em paz agora. Sophie. Vem, vamos ver a mamãe. Amanhã a gente vê a Rigby de novo. Ah. Paul. Sobre a pescaria. Fiquei pensando em como vamos sair daqui de manhã sem a Sophie querer ir junto."

"Nessas circunstâncias", disse ele, "talvez seja melhor deixar a Rigby aqui. Não sei se vai fazer bem a ela passar horas deitada no chão duro se ainda estiver com dores da artrite."

"Ela pode ficar no apartamento enquanto pescamos?"

"Sim, seria bom. Se levarmos a cama dela para lá. Eu bato na porta quando estiver quase na hora de ir. Precisa ser bem cedo."

"Tudo bem."

"Vai estar escuro."

"Não me incomodo. Mal posso esperar."

Depois disso, eu e Sophie saímos da casa dele. Ela me acompanhou tranquila e se manteve calma.

• • •

Acordei cedo com Paul batendo na porta. Estava escuro, como ele disse que estaria. Espiei pela divisória. Ele estava na frente da porta aberta, batendo de leve.

Fui ao encontro dele um pouco constrangida, porque meu pijama era velho. Mas não queria falar alto e acordar minha mãe.

"Deixei as roupas separadas", falei. "Só preciso de um minuto. Cadê a Sophie?"

"Em casa com a Rigby."

"Pensei que acordaríamos antes dela hoje. Há quanto tempo ela está lá?"

"Ela estava lá às 2h, quando acordei para ir ao banheiro. Essa é a única informação certa que eu tenho."

• • •

Ainda estava escuro quando Paul tirou uma vara de pescar do porta-malas e me deu. Olhei para ela com atenção e senti seu comprimento. Parecia curta, mas depois percebi que eram duas partes.

"O que é isso?"

"Sua vara de pescar."

"É diferente de todas que usei antes."

"Porque não vamos pescar trutas."

"O que vamos pescar, então?"

Ele apontou a lanterna para o interior do porta-malas para ter certeza de que não estava esquecendo nada, depois bateu a porta e trancou o carro.

"Não sei se conto ou se faço surpresa."

Começamos a andar, seguindo apenas o raio de luz estreito da lanterna na trilha de terra. Eu já ouvia o barulho de água corrente. Muito mais forte do que eu estava acostumada.

"Se forem muito maiores que os peixes que já pegamos antes, é melhor me contar."

"São maiores."

"É melhor me contar."

"Peixe-gato-do-canal."

Parei de repente e fiquei na completa escuridão, porque ele continuou andando com a lanterna.

"Gato? Vamos pescar *gatos*?"

"Peixe-gato", repetiu ele, virando e apontando a luz para os meus pés.

Corri atrás dele.

"Peixe-gato. Claro. Eu sabia."

. . .

Uma fina camada de luz começava a mudar o panorama a leste das montanhas quando nos aproximamos da água.

"Isso é um rio?"

"Não exatamente. Na verdade, é um riacho. Mas é grande como um pequeno rio. E tem peixe-gato-do-canal nas piscinas mais profundas."

"Que isca é boa para peixe-gato-do-canal?"

"Todas. Quanto mais fedida e mais horrorosa, melhor. Eles são os bodes da água. Mas fígado de galinha é a isca preferida deles."

"Trouxe fígado de galinha?"

"Trouxe. Está aqui. Abre a mão. Cuidado, vou prender um anzol nessa isca. É um triplo, quer dizer que você tem três chances de se furar. Cuidado ao mexer nele no escuro."

"Como eu vou conseguir prender o anzol na linha, se não enxergo?"

"Vou prender o meu, depois aponto a lanterna para o seu."

"Esse anzol é enorme. E a linha é bem grossa. Parece que vamos pescar gigantes."

"Eles são grandes. Às vezes, tem alguns de dez quilos ou mais por aqui. Mas é improvável que a gente pegue um desse tamanho."

"Eu nem sabia que existiam anzóis tão grandes."

"Existem anzóis do tamanho da minha mão. As pessoas vão para o mar e pescam marlim, atum e linguado, que podem ser maiores que você. Maiores que eu. Centenas de quilos.

"Que esquisito", falei.

"O que tem de esquisito nisso?"

"Não sei. Estava pensando na vida, em como a gente nunca sabe tanto quanto pensa que sabe. Você pensa que sabe muito sobre um assunto e descobre que não é nem a pontinha. Como o Tibete."

Ele apontou a lanterna para o meu rosto, e eu virei e cobri os olhos.

"Desisto. O que isso tem a ver com o Tibete?"

"Ah, é porque... sei mais sobre o Tibete do que qualquer pessoa que conheço. Uma vez, a dona de uma livraria me falou que só alguém que trabalha em um escritório do turismo tibetano sabe o que eu sei. E a funcionária de uma biblioteca me ofereceu um emprego de bibliotecária de referências, porque eu sei muito. Bem. Ela estava brincando. Mas só brincou porque eu realmente sei muito. Mas eu nunca estive no Tibete. E se eu fosse, mas acabasse descobrindo que não é como eu pensava? Ou se descobrisse que o que sei não é nem um por cento de um por cento do que existe para saber?"

"Se você nunca esteve em um lugar antes, posso praticamente garantir que o que você sabe não é nem um por cento de um por cento do que tem para saber."

"Entendeu o que eu disse? É o que eu acho esquisito."

• • •

O sol se ergueu sobre a montanha e bateu nos meus olhos antes que eu pudesse falar de novo. Nossas linhas estavam na água, naquela piscina profunda, e a isca era fígado de galinha. Estávamos sentados com as costas apoiadas em um tronco de árvore. O som da água era como música. Eu não me preocupava se pegaríamos alguma coisa ou não. Mas queria ver como era um peixe-gato-do-canal.

Fui eu que rompi o silêncio.

"É estranho pescar sem a Rigby."

Nenhuma resposta por um bom tempo.

Depois ele confessou:

"Não sei o que vou fazer sem aquela cachorra."

"Nem fala isso. Ela vai continuar por aqui durante um tempo. Não vai?"

"Espero que sim."

Ficamos em silêncio por mais alguns minutos, antes de eu dizer:

"Devia convidar a Rachel para vir fazer uma visita."
"De onde você tirou isso?"
"Não sei. Só estava pensando. Você disse que o Dan estava cansado de morar aqui. Tive a impressão de que a Rachel ainda gostasse. Talvez ela sinta saudade do lugar."
"Talvez seja cedo demais para ela."
"Vocês têm conversado?"
"Sim. Ela telefona, ou eu telefono, quase todos os dias. Ainda não faz muito tempo, se é nisso que está pensando. Só uns dias. Ela precisa de tempo para superar a perda. Não vou dizer nada antes da hora certa."
"Quanto tempo, você acha?"
"Não sei. Talvez um ano, pelo menos."
"Um ano. Uau!"
"Ela foi casada por muito tempo. Quarenta e sete anos. É demorado superar uma perda como essa."

Achei que minha linha estava muito frouxa e enrolei um pouco a carretilha. Mas, de repente, ela parou. Eu não conseguia mais girar a manivela.

"Droga", reclamei. "Acho que o anzol prendeu em alguma coisa."
"Dá uma puxada firme. Veja se consegue soltar o anzol."

Puxei a linha com força. Ela reagiu com a mesma intensidade, curvando aquela vara enorme em forma de arco.

"Ah, sim", disse Paul. "O anzol ficou preso em alguma coisa. Em um peixe grande."
"O que eu faço?"
"Vai puxando."

Enrolei a carretilha. Ou pelo menos... tentei. Mas era como tentar puxar o tronco de uma árvore. E minhas mãos arranhadas estavam doendo. Muito.

"Solta um pouco a linha. Lembra como eu te ensinei?"
"Sim, mas é diferente com esta vara."
"Segura firme. Eu faço isso para você."

Ele estendeu a mão e girou um pouco a manivela da carretilha, e quando o peixe resistiu, ouvi uma espécie de zunido enquanto ele puxava a linha.
"Por que está fazendo isso?"
"Fica mais difícil do peixe arrebentar a linha."
E também ficava mais fácil enrolar a carretilha. Eu já não me sentia como se tentasse mudar um muro de lugar. Puxei o peixe para mais perto, e ele recusou de novo, levando um pouco de linha. Mantivemos essa dinâmica por um bom tempo. Não sei quanto. Não ia nem tentar calcular. Tenho certeza de que o tempo pregava peças. Só sei que os músculos dos braços gritavam, e eu pensava que eles iam desistir. Não sabia o que faria se eles não resistissem. Minhas mãos doíam tanto que era difícil não gritar. Mas não gritei. Guardei a dor para mim.
E quando eu começava a pensar que não estava chegando a lugar nenhum, eu o vi subir pela margem lamacenta. Quando ele tentou recuar de novo, não conseguiu se mexer muito, envolto por toda lama da margem. Então fiquei de pé e andei para trás, puxando até ele sair da água. Corri para ele, recolhendo a linha frouxa enquanto me movia.
"Bom trabalho!", disse Paul.
Ficamos ali olhando para ele por um ou dois segundos. Naquele breve momento, ele ficou parado. Como se soubesse que tinha acabado.
Ele era grande. Marrom-esverdeado, com olhos estranhos. E aquelas coisas compridas que pareciam bigodes dos dois lados da boca, mas eram feitos do mesmo tecido que o restante dele, não eram pelos. Comecei a dizer isso em voz alta, mas percebi que seria muito idiota. É claro que pareciam bigodes. Provavelmente, era por isso que o nome dele era peixe-gato.
"Cuidado quando for mexer nele", disse Paul. "Não põe seus dedos perto da boca dele. Pode se machucar. Quer que eu ponha o peixe na corda para você?"

"Sim, pode ser?"

Eu nem sabia que corda era essa. Sempre colocávamos os peixes no cesto. Mas esse rapazinho tinha o dobro do tamanho do cesto, que Paul nem havia trazido.

Vi Paul pegar uma corda amarela, como um fio grosso de náilon, da caixa de materiais. Tinha um anel de metal em uma das extremidades e uma ponta de metal na outra. Eu o vi introduzir a ponta de metal nas guelras do peixe de um lado do corpo. Ele continuou empurrando a corda até a ponta sair pela boca do peixe, que estava aberta e arfando. Depois passou essa ponta pelo anel e puxou até travar, e o peixe ficou pendurado nela pelas guelras. Ele tirou o anzol da boca do peixe, e eu prendi a linha nele outra vez.

Paul levou o peixe-gato para a beira do riacho, um pouco abaixo de onde estávamos pescando, e o deixou na água rasa. Amarrou a ponta da corda em uma planta, para impedir que ele nadasse para longe.

Coloquei outro fígado de galinha nojento no anzol e depois joguei a isca.

"Está lançando muito bem o anzol", elogiou Paul.

Eu não sabia que ele estava me observando.

Paul sentou-se de novo, encostado na árvore ao lado da minha, e pegou a vara.

"Muito bem", disse ele. "Foi empolgante."

"Nunca pensei que pescaria um peixe tão grande em minha vida. Quanto acha que ele pesa?

"De três quilos a três quilos e meio, talvez."

"Quanto costuma pesar uma truta?"

"Meio quilo. Ou até menos."

"Uau! Isso vai render muita comida."

Pescamos em silêncio por um tempo. Quinze, vinte minutos sem ninguém falar nada. De vez em quando, eu puxava a linha de leve para ver se havia alguma reação. Mas o anzol sempre se movia.

Depois desse tempo, eu disse:
"E se você esperar um ano para falar com ela, e ela já estiver com alguém?"
"Eu falo com ela quase todos os dias."
"Sim. Mas e se daqui a um ano você ainda estiver conversando com ela e ela te contar que conheceu alguém? Não vai ser a hora certa de novo, e você vai ter esperado demais."
Falando em esperar demais, fiquei pensando e esperando que ele fosse responder. Mas não respondeu.
"Desculpa. Talvez você não queira falar sobre isso. Eu só estava pensando. Sim, é estranho dizer isso a você, sabe? E sei que não gostou de ouvir. Mas me ouvir falar disso não é melhor do que ver acontecer?"
De início nada, nenhuma resposta.
"Olha, sei que você só quer o meu bem, mas..."
"Tudo bem. Desculpa. Não é da minha conta. Vamos mudar de assunto. Onde a Sophie estava quando você acordou, nas duas últimas manhãs? Ela não subiu na sua cama, subiu?"
"Na cama? Não. Por que ela subiria na cama? Ela quer ficar com a Rigby."
"A Rig não dorme na cama com você?"
"Não. A Rig dorme na cama dela no chão."
"Opa. Acho que cometi um erro. Pensei que ela pudesse subir na cama. Ela deitou lá comigo, e pensei que ela não faria isso se não tivesse permissão."
"Não me incomodo se ela subir na cama. Só não gosto quando estou dormindo, porque fico sem espaço."
"Ela foi bem legal, só ocupou metade da cama."
"Como é possível? Ela é maior que a cama."
"Ela dormia com as pernas para fora do colchão."
"Essa cachorra é tão esperta que às vezes me assusta."
"Desculpa se fiz errado."
"Não tem importância, sério. Se *você* não se incomodou, eu não me incomodo."

"Estava pensando em comprar uma corrente de segurança para a porta do apartamento. Para instalar do lado de dentro e no alto, onde Sophie não vai alcançar."

"Tudo bem. Vou parar no caminho de volta para comprar a corrente. Posso instalar enquanto sua mãe estiver no trabalho."

E eu pensei que era uma ótima solução. Talvez isso resolvesse o problema. Talvez tudo ficasse bem. Mas aquela parte de mim que devia relaxar e ficar feliz disse: "É claro. Como se eu não tivesse escutado isso uma centena de vezes antes".

"Conta o que aconteceu na entrada da garagem hoje de manhã", pediu ele. "Já que temos todo esse tempo."

Paul olhou para o joelho rasgado da minha calça. Com os joelhos dobrados, era possível ver claramente o sangue seco pelo buraco do jeans.

"Ela se afastou de mim e correu para sua casa. Eu a derrubei. Estava tentando chamar a atenção dela, recuperar um pouco o controle. Não queria machucá-la. Não sei nem se foi a atitude certa ou errada. Não sei mesmo. Acha que agi certo?"

"Nem imagino", respondeu ele. "Mas parabéns por tentar algo novo."

Ficamos pescando por mais umas duas horas. O sol já estava bem alto, e a temperatura estava subindo. Não pegamos mais nenhum peixe-gato-do-canal.

• • •

Na manhã seguinte, a terceira desde o retorno de Paul, acordei na minha cama no apartamento. Fazia frio e ventava.

"Não é possível", falei. Bem alto. Para mim mesma.

Levantei e espiei pela divisória. A porta estava aberta. A corrente nova que Paul instalou estava pendurada e solta.

Acordei minha mãe. Meus braços estavam doloridos, mas a sacudi pelo ombro até ela se sentar. Ela parecia brava. Não liguei. Eu também estava furiosa.

"A corrente não serve para nada, se você não prender antes de dormir."

"Eu prendi."

"Não parece. Ou Sophie não teria saído."

Ela olhou em volta.

"Caramba", disse. "Como ela fez isso?"

"Você deve ter esquecido de prender a corrente."

"Eu prendi."

"Duvido. Ela não alcança a corrente."

"Hum. Não sei, meu bem. Mas eu prendi a corrente."

"Tudo bem. Tanto faz. Vou pedir desculpas para o Paul mais uma vez. Mas, hoje à noite, deixa que eu prendo a corrente."

• • •

Naquela noite, depois que Sophie dormiu, fiquei na ponta dos pés para prender a corrente da porta. Era alta até para mim. E meus braços ainda pareciam que estavam prestes a cair.

"Juro, eu prendi a corrente", insistiu minha mãe.

Eu achava que não, mas não me sentia com disposição para discutir.

• • •

Na manhã seguinte, o quarto desde a volta de Paul, acordei e estava frio e ventando.

"Merda", falei, antes mesmo de me levantar e olhar.

Acordei minha mãe de novo, e olhamos para a porta aberta. E balançamos a cabeça.

"Ela pode ter arrastado uma cadeira da cozinha", sugeriu minha mãe.

"Acho possível ela ter tido essa ideia. Mas acho que, depois de soltar a corrente, ela só sairia. Não acredito que ela colocaria a cadeira no lugar antes de sair. Consigo pensar na Sophie descobrindo um jeito de conseguir o que quer, mas cobrindo os rastros? Não."

"Hum. Acha que esse sofá está muito perto da porta? Acha que ela pode ter subido no encosto, se apoiado na parede e se esticado para alcançar a corrente?"

"Não faço ideia. Mas vamos empurrar para mais longe. Só para garantir. E vou ter que pedir desculpas ao Paul mais uma vez."

• • •

Na manhã seguinte, o quinto desde que Paul voltou para casa, acordei e vi a porta aberta, e, além disso, uma das cadeiras da cozinha estava ao lado da porta.

Acordei minha mãe de novo.

"Bem, acertei uma coisa. Ela não se importa em deixar rastros."

"Vou levar a mesa e as cadeiras para a garagem antes de ir trabalhar. E você pede desculpas ao Paul mais uma vez."

"Certo. Como se a gente não repetisse isso todas as manhãs. Como se tivéssemos a sorte dessa ser a última vez."

• • •

No sexto dia de Paul em casa, a porta estava aberta de novo. Na frente dela, vi meu baú trancado e uma pilha de livros.

Acordei minha mãe.

"Acho que estamos ferradas", falei. "Desculpa o vocabulário."

"É mais elegante do que eu teria sido."

"Isso não vai dar certo."

"Fiz algumas pesquisas."
"Achou algum lugar decente?"
"Não, nem perto disso. Nenhum lugar que possamos visitar quando quisermos."
"É melhor eu ir falar com o Paul."

• • •

Fiquei parada na porta dos fundos por um bom tempo, com as mãos e uma das orelhas coladas à madeira. Queria descobrir se ele estava acordado. Pensei ter ouvido barulho de água corrente, uma torneira aberta, então bati.
Paul abriu a porta todo arrumado e barbeado.
"Bom dia", disse ele. "Ela está no mesmo lugar de sempre."
"Você está tendo uma paciência incrível para lidar com isso. Mas acho que chegou a hora de conversarmos sobre o fato de que nada disso vai funcionar."
"Entra."
Eu o segui e me sentei à mesa da cozinha. Ele me serviu uma xícara de café e colocou açúcar e leite na minha frente.
"Obrigada", falei.
Eu não sabia o que dizer nem quando começar a falar. Era como se tudo já houvesse sido dito. Fiquei ali sentada e quieta, vendo Paul servir comida na tigela da Rigby. Ele deixou a ração no canto e a chamou, e Rigby se aproximou mancando. Sophie foi atrás dela.
Depois ele se sentou à mesa comigo, com sua xícara de café, e ficamos olhando para elas em silêncio.
Quando eu já estava me preparando para falar, ele foi mais rápido.
"A situação não é tão horrível", disse. "Achei que seria. Mas não é. Não repete o que estou dizendo aqui. Não conta para ninguém. Não vou fazer essa declaração para ninguém além de você e espero que não entenda mal e que não leve para o lado errado. Mas é como ter outro cachorro. E dos

bem-comportados. Sei que ela não é um cachorro. Ela é uma menina, reconheço. Mas está imitando um cachorro, então é essa a impressão que eu tenho. Não sinto que há outra pessoa na casa. Outra pessoa ficaria olhando para mim. E tentando falar comigo. Eu teria que ter cuidado com o que fizesse e dissesse na minha própria casa. A Sophie nunca olha para mim. Nem parece notar que estou aqui. Ou não se importa. De qualquer maneira, ela não ocupa espaço."

"Não sei bem o que você está querendo dizer. Ou até sei, mas não acredito que está dizendo. Está dizendo que tudo bem?"

"Estou dizendo... Acordo, e ela está dormindo quietinha na cama da Rigby, e depois você vem e a leva para pegar a van da escola. E isso não é nada que justifique ela ser confinada em uma instituição. Só não acho que é uma coisa tão horrível."

• • •

Minha mãe estava pronta para sair quando voltei, e parecia bem estressada. Na verdade, ela parecia prestes a vomitar.

"O que ele disse?"

"Você não vai acreditar, não vai mesmo."

Pensei que tinha até o inverno para ensinar Sophie a fechar a porta depois de sair.

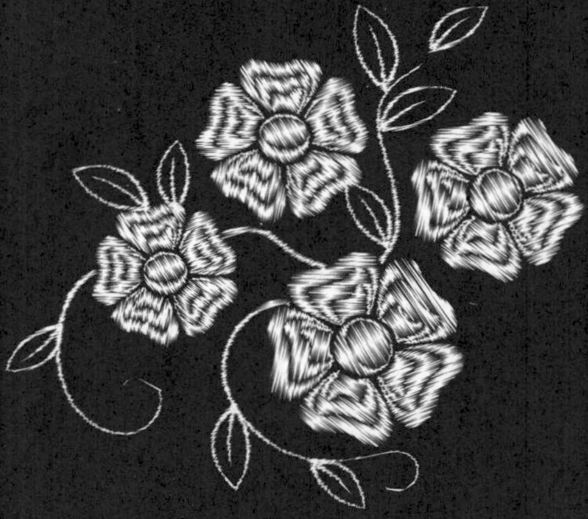

3.

Quando eu tinha 16,
e agora que tenho 17

Catherine Ryan Hyde
para sempre
you te amar

# 1

## Sorriso

Minha mãe estava sentada à mesa da nossa pequena cozinha, no canto do apartamento, quando logo cedo eu saí de trás da divisória do quarto. Ela estava tomando chá e comendo torrada com manteiga.

Um ano e meio depois, ainda não tínhamos a terceira cadeira. Não precisávamos dela. Sophie nunca ficava em casa. Ou estava na escola, ou estava na casa de Paul com a cachorra.

"Ontem à noite nevou muito", comentou minha mãe. "Põe as botas antes de sair."

"Ok."

"Talvez precise de sapatos de neve ou esquis para chegar na casa."

"Isso é piada?"

"Mais ou menos. Mas tem muita neve. Tenta trazer a Sophie logo, para eu poder vesti-la direito. E precisaremos escalar aquele banco de neve grandalhão que os arados deixam depois da limpeza. Se é que os arados passaram. Acha que a limpeza passou com os arados? Ouviu o barulho? Talvez as escolas estejam fechadas."

"Garanto que as escolas estão fechadas. Férias de Natal."

"Não, elas começam amanhã."
"Não, começam hoje."
"Não para a Sophie."
"Sim, para a Sophie. Perguntei duas vezes. Todo mundo sai no mesmo dia."
"Ah. Como é que eu entendi errado?"
"Não sei."

Eu queria sair logo. Paul precisava de ajuda de manhã. Quanto mais cedo, melhor. Talvez minha impaciência fosse evidente.

"E a cachorra? Melhorou?"
"Não. Ela não vai melhorar."

Minha mãe franziu a testa. Esperei algum comentário, mas ela não disse nada.

"Paul precisa de ajuda com ela. Tenho que ir."

Segurei no corrimão para descer a escada, chutando a neve do jeito que conseguia antes de pisar no degrau. Quando tive certeza de que estava no último andar e o próximo seria o chão, dei um passo bem grande e afundei até os joelhos. Mas continuei andando, embora minhas botas se enchessem de neve.

Paul tinha limpado a escada dos fundos. Devia ter acordado muito cedo.

Bati na porta.

"Está aberta", respondeu ele. "Entra."

Entrei. E me aproximei imediatamente de Rig.

Ela estava deitada de lado no chão do quarto de Paul, na cama aquecida que ele havia comprado para ela. Estava coberta por uma grossa manta feita à mão, e Sophie estava lá. Quando me viu, Rigby levantou um pouco a cabeça e bateu a cauda no chão, balançando uma parte da manta para cima e para baixo.

"Acha que conseguimos fazer isso de novo?", perguntou Paul.

No mesmo instante em que fazia a pergunta, ele me deu uma xícara de café, creme e açúcar.

"É claro que sim", respondi.
Olhei para Sophie que, estranhamente, não parecia calma. Eu não via ela assim desde os primeiros dias depois da nossa mudança para cá. Seu rosto entortava, como se alguma coisa invisível puxasse para um lado. E ela fazia uns barulhinhos de resmungo.
"Vou deixar a xícara em algum lugar", avisei.
"Pode tomar o café primeiro. Ela espera."
"Não é certo. Acho que a vontade da Rigby deve vir primeiro."
"É justo", concordou ele.
Deixei a xícara na mesa de cabeceira.
"Vem, Sophie", chamei. "Vem, Rigby. Vem se mexer. Vamos sair."
Sophie não se levantou. Normalmente, ela se levantava. Ficou ali deitada, de cara feia e meio agitada.
"Há quanto tempo Sophie está assim?", perguntei a Paul.
"Desde que a Rigby acordou. Enquanto a Rigby dormia, ela também dormia."
Eu tinha uma teoria. Mas não gostava dela. Então não compartilhei. Engoli e esperei que ela sumisse de meus pensamentos. Levantei Sophie, segurando-a pelos cotovelos. Ela reclamou, amargurada, mas não resistiu.
"Pronta?", perguntou Paul.
"Na medida do possível."
Nós tentamos ajudar Rigby a ficar em pé. Fazia quase uma semana que essa era uma grande mobilização. Hoje, era quase impossível. Tive que colocá-la em pé de novo várias vezes. E Paul tinha que segurá-la enquanto eu a levantava para que ela não caísse. Minhas costas doíam muito há algum tempo. Eu não queria nem pensar no sofrimento de Paul.
Quando ela ficou em pé e equilibrada, ficamos um de cada lado. Tínhamos que ficar perto dela, porque Rigby podia se desequilibrar para qualquer lado a qualquer momento. Se déssemos espaço suficiente, ela cairia.

Com cuidado, levamos a cachorra para a porta da frente. A porta de trás não servia mais para ela, pois levava a um patamar e à escada, e escadas não serviam mais para Rigby. Não serviam mais havia meses. Além da porta da frente, havia uma trilha relativamente nivelada. Apenas um degrau para descer na ida e um degrau para subir na volta.

A cada passo que Rigby dava com nossa ajuda, Sophie reclamava, como se alguém a espetasse com um alfinete cada vez que Rigby tinha que sustentar o próprio peso. Isso me impedia de anular de vez minha teoria.

Quando saímos da casa pela porta da frente, vi que Paul tinha removido um pouco da neve ali também, para Rigby poder andar sem pisar em neve profunda.

"Fez muita coisa e ainda é bem cedo", comentei.

"Não tenho dormido bem."

"Ah... Lamento muito."

Amparamos Rigby com cuidado quando ela desceu aquele único degrau de concreto. Em seguida, ela se abaixou rápido, como se fosse fazer xixi, sem nem farejar o chão, e quase caiu. Paul a segurou, mas escorregou e caiu batendo um joelho no chão, e uma grande explosão de som escapou de dentro dele. Eu sabia que ele tinha se machucado. Só não sabia com que gravidade. Mas ele se manteve firme e a amparou até que eu conseguisse equilibrá-la de novo.

Rigby não podia parar de fazer xixi, por isso, depois que a colocamos em pé, ela urinou nas patas traseiras.

"Podemos levar a Rigby para dentro", afirmou Paul. "Ela não vai precisar fazer mais nada."

"Continua sem comer?"

"Não come há quase três dias."

Levamos a cachorra para dentro, e Sophie a seguiu reclamando. Nós a acomodamos na caminha e tentamos ajudar para que ela deitasse com calma, mas foi praticamente um tombo. A cama a protegeu na queda. Mas eu sabia que seus ossos castigados pela artrite deviam estar doendo. Ela se encolheu, mas não fez nenhum barulho.

Sophie gritou uma vez com o impacto, depois se encolheu ao lado de Rigby.

Eu me sentei de pernas cruzadas no chão, ao lado da cabeça de Rigby. Fiz carinho em suas orelhas, e ela colocou aquele focinho gigantesco e grisalho em cima do meu joelho e logo suspirou.

Paul voltou com um pano e uma vasilha de água quente, limpou as patas traseiras da cachorra, secou-as com uma toalha, e nós a cobrimos de novo.

"Você se machucou muito?", perguntei a ele.

"Provavelmente só vou saber quando sair da cama amanhã. Mas machuquei o pior lugar possível."

"As costas?"

"Infelizmente, sim."

Queria perguntar como eu levaria Rigby para fora de manhã se ele estivesse com dor, sem que precisasse levar minha mãe à casa dele. Se ele gostasse dessa ideia, mesmo que só um pouquinho, eu já teria sugerido há muito tempo.

Não perguntei. Porque não havia uma boa resposta. Se nós dois não pudéssemos fazer isso juntos, eu não poderia fazer sozinha.

"Tenho uma teoria sobre a Sophie", falei. "Sobre como ela está se comportando."

"Eu vou gostar de ouvir?"

"Não."

Primeiro, pensei que ele realmente não queria ouvir. E nunca ia querer. Depois ele puxou a manga da minha blusa e inclinou a cabeça na direção da cozinha.

Antes de sair de perto de Rigby, disse a mesma coisa que dizia a ela todos os dias nos últimos três meses. Mas não falei alto. Eu nunca falava isso em voz alta. Mas acreditava que, mesmo assim, a mensagem seria transmitida. Em silêncio, disse: "Se eu não te vir de novo, Rigby, te amo e tchau, e obrigada por tudo".

Peguei meu café e fui encontrar Paul na cozinha. Ficamos em silêncio por um tempo.

"Acho que o remédio para dor não está mais fazendo efeito", eu comentei.

"A dose é quase suficiente para matar a Rigby. Não acredito que não acabe com a dor."

"Acho que a dor é contagiosa."

"Pensei que a teoria fosse sobre a Sophie."

"E é."

Percebi que ele não estava entendendo, mas não perguntava nada. Talvez porque não quisesse mesmo saber.

"A Sophie imita o humor da Rigby. Na maioria das vezes, ela é calma. E quando a Rigby ficou toda animada com a sua chegada, a Sophie a imitou."

"Está dizendo que a Sophie está agitada porque a Rigby está com dor?"

"É possível que sim."

"Você sabe que, se eu não conseguir mantê-la relativamente sem dor, vou ter que pedir ao veterinário para resolver isso."

"Eu sei. E sinto muito. Só achei que devia falar."

"É. Tem razão. Acho. Tem certeza disso? Talvez ela esteja agitada por saber que vai perder a Rigby em breve. Talvez ela sinta isso."

"Talvez."

"Mas você acha que é por causa da dor."

"Você ouviu Sophie quando estávamos levando a Rigby para fora. Cada passo. Cada vez que a Rigby sustentava o peso do próprio corpo. E quando ela caiu na cama, a Sophie gritou. A Rigby não fez nenhum barulho, mas a Sophie gritou."

Ele fechou os olhos. De início, era como se nem respirasse. Depois, ele suspirou. Um suspiro longo e estranhamente lento. O silêncio estava começando a me assustar.

Paul se levantou e voltou para o quarto. Não o segui. Tinha criado raízes, e elas estavam enroladas nos pés da cadeira.

Ele voltou cerca de uma hora depois. Ou dois ou três minutos. Era difícil dizer.

"Não sei nem como vou levar a Rigby ao veterinário. Vamos precisar de mais uma ou duas pessoas só para isso."

"Talvez o veterinário possa vir aqui."

"Talvez."

Terminamos o café em silêncio. Um silêncio muito pesado. Era tão pesado que eu sentia o peso no estômago empurrando minha barriga para baixo. Como se ele pudesse rasgar a parte de baixo e continuar descendo.

"É uma decisão difícil", ele afirmou. "Se ela ainda quer estar aqui, não quero abreviar essa estadia. Se ela está com dor, não quero prolongar esse sofrimento. Não sei o que fazer. O que devo fazer, Angie?"

Não respondi. Porque não sabia.

Tentei responder. Tentei ao menos dizer que não sabia. Mas as palavras eram grandes demais. Ficaram presas no meio do caminho.

Depois de alguns minutos, eu falei:

"Acho que você devia ligar para a Rachel."

"Para falar o quê?"

"Pedir para ela vir."

"Para quê?"

"Para dar apoio. Foi o que você fez quando ela estava perdendo o Dan."

"Mas ela não me pediu nada. Disse que eu devia ficar aqui e aproveitar minha aposentadoria."

"Isso foi antes da cirurgia. Não quando ela descobriu que ele ia morrer. Ela não desejaria ter passado por tudo sozinha. Não é?"

"Talvez. Ela quis ficar sozinha assim que ele morreu."

"Você quer ficar sozinho? Ou quer que ela venha ficar com você?"

Paul respirou duas vezes, bem alto, porque eu ouvi. Depois falou:

"Seria bom ter a Rachel por perto. Mas... isso é... Não sei como explicar o que é. Dizer que, de todas as pessoas que tive na vida, é ela que quero ao meu lado em um momento como esse é muito revelador. É quase como dizer tudo que há para ser dito."

"Paul, faz um ano e meio. Não acha que já está na hora?"

Ele balançou a cabeça. Um gesto quase violento.

"É demais. Não posso fazer isso agora. É muita coisa ao mesmo tempo."

"Tudo bem. Então pede para ela vir porque você precisa de ajuda para levar a Rigby ao veterinário."

Ele não falou nada. Por um período muito longo. Como se não tivesse ouvido ou não tivesse opinião alguma a respeito da minha ideia.

Então de repente ele deu um pulo.

"Essa é uma boa ideia", reconheceu.

Fiquei orgulhosa por ter pensado nela.

Paul ligou para Rachel, que disse que viria no dia seguinte.

• • •

Quando acordei na manhã seguinte, a primeira coisa que pensei foi que talvez não pudesse estar com a Rigby em seus últimos dias, porque, quando Rachel chegasse, Paul podia querer que eu desse uma sumida. E Sophie também. Eu nem havia perguntado se ela poderia estar presente. Mas, depois de tanto tempo, eu não sabia como alguém seria capaz de convencê-la a estar em outro lugar.

Tive uma sensação ruim. Muito ruim. Senti no peito, e lembro de ter pensado que agora sabia por que chamavam essa sensação de *coração partido*. Era exatamente como essa sensação era.

Mas depois pensei: se eu tivesse que fazer tudo de novo, faria tudo igual?

Faria. Sabia que sim. Porque ela era a cachorra de Paul, então Paul era mais importante.

Pulei da cama para enfrentar o dia e me preparei para descobrir as respostas.

O que mais poderia fazer?

• • •

A porta dos fundos estava destrancada, o que significava, normalmente, que Paul tinha acordado. Mas, quando entrei, não consegui ouvi-lo, e ele não estava por ali. Dei uma olhada no quarto para ver Sophie e Rig. Paul olhou para mim da cama. Estava acordado, mas não tinha levantado.

"Fiquei acordado até às 3h", contou. "Mas tudo bem. Pode entrar e dar uma olhada nas duas."

Rigby estava deitada de lado, dormindo profundamente. Não acordou e não abanou a cauda para mim. Sophie estava deitada de barriga para cima, sem encostar na cachorra. Olhando para o espaço. Sorrindo.

"A Sophie está sorrindo", comentei.

"Que estranho", respondeu ele. "Acho que nunca vi a Sophie sorrir. Acha que significa alguma coisa?"

"Não sei."

"Acha que significa que hoje a Rigby não está sentindo dor?"

Foi nessa hora que entendi. E acho que ele entendeu ao mesmo tempo. Porque se levantou e correu para perto de nós.

Eu o vi tocar o peito de Rigby. Depois tocou um dos lados do pescoço dela.

"Ela não está sentindo dor", disse Paul.

E ele a cobriu com a colcha. Todo o corpo dela. Inclusive a bela cabeça preta e grisalha.

• • •

Ficamos na cozinha esperando Rachel chegar. Não conversamos muito enquanto esperávamos.

Mas lembro que, a certa altura, eu disse:

"Ela te poupou da decisão. Porque sabia que seria difícil para você. Foi muito generosa."

"Ela era assim mesmo."

"Quer que eu limpe a neve da entrada da garagem, para a Rachel poder subir?"

"Boa ideia", respondeu ele. "Obrigado."

Assim pelo menos eu teria alguma coisa para fazer.

• • •

"Não tomamos café", comentou Paul. "Quer almoçar?"

"Não. Você quer?"

"Não."

Passamos mais um tempo sentados.

Depois eu disse:

"Quando a Rachel chegar, quer que a gente vá embora? E se a resposta for sim, ir embora como? Quer que a gente saia da casa e vá para o apartamento, ou quer que a gente vá embora de vez, de verdade?"

No último ano e meio, falei umas dez vezes, talvez, que ele devia convidar a Rachel para uma visita. Ele finalmente convidou ela, uma única vez. E ela aceitou o convite. E ficou quatro dias. Minha mãe, Sophie e eu fomos acampar, no mesmo lugar em que acampamos antes. Mas com a barraca de Paul, e com tempo bom. Organizamos tudo com antecedência, tudo para ele poder conversar com Rachel.

Ele não conversou com ela. Não sobre o assunto principal, pelo menos.

Ele nunca explicou por que não falou, e eu nunca achei que fosse certo perguntar.

"Tudo bem se eu ainda não tiver uma resposta?", disse ele, por fim.

"É claro."

"Seria bom se vocês pudessem se preparar para sair, se a Sophie ficar muito barulhenta. Mas... não sei. Se ela agir assim... não sei se vai ter importância."

"Não precisa decidir agora."

"Ótimo. Porque realmente não consigo pensar."

"É ela?", perguntei, porque pensei ter ouvido um carro se aproximando.

"Sim", respondeu Paul. "É ela."

Mas não se moveu.

"Vai se levantar daí para receber a Rachel?"

"Não sei", disse ele. E continuou sentado. "Parece que não."

"Ok. Eu vou."

Com cuidado, desci correndo a escada do fundo e abri a porta da garagem, para que ela pudesse estacionar ao lado do carro de Paul. E quando ela tirou duas malas do porta-malas, eu peguei uma. Para me mostrar útil.

"Obrigada, Angie", disse ela. "E o Paul?"

Ela parecia muito jovem. Não mais jovem que de costume, era apenas uma impressão que eu já tinha tido nas outras vezes que a encontrei. Mas na primeira vez que a vi, não sabia que ela era um pouco mais velha que Paul. Era difícil acreditar que tinha quase 70 anos. Eu não conseguia ver aquela idade quando olhava para Rachel. Ela parecia uma atriz de quase 50 anos, mas ainda assim uma atriz, e uma atriz bonita.

"Está na cozinha", respondi.

Deixei a mala no chão e fechei a porta da garagem depois que saímos. E andamos até a escada do fundo da casa. Lado a lado. Com cuidado para não escorregar.

"A Rigby morreu na noite passada, dormindo", contei.

"Ah, não. O Paul está bem?"

"Não sei. Ele não está chorando."

"Não sei se isso é bom."

"Não quis dizer que era. Ele parece paralisado."

Então deixei que ela subisse a escada na minha frente, porque a largura era suficiente apenas para duas pessoas, desde que não estivessem carregando malas. Quando chegamos ao topo da escada, eu disse:

"Posso pedir um favor?"

"Por que não poderia?"

"Não é para mim. É para o Paul."

"Então, sim, com toda certeza."

"Se ele agir como se não tivesse problema em você ir embora logo, porque agora não precisa mais de ajuda para levantar a cachorra, pode, por favor, não acreditar nele?"

Ela me encarou por um tempo que pareceu longo demais, e me senti desconfortável. Mas aguentei firme. Vi que as nuvens da nossa respiração congelavam e se encontravam em uma única grande nuvem. Depois, ela tocou meu rosto. Meio que o acomodou na palma da mão. E eu pensei que era assim que deveria ser um toque de mãe. Mas achei que era tarde demais para minha mãe aprender.

"Vou ficar por alguns dias", respondeu ela. "Até termos certeza de que ele vai ficar bem."

"Obrigada."

Então abri a porta, esperei que ela entrasse, entrei e a fechei. Passamos pelo quarto dos fundos. Ainda havia ali a bicama que Paul tinha providenciado para a primeira visita de Rachel.

"Você nunca teve filhos?", perguntei a ela.

Ela olhou para mim de um jeito estranho, e pensei que, talvez, a pergunta tivesse sido indelicada. Que havia sido um erro perguntar.

"Não tenho filhos. Não. Por que a pergunta?"

"Não sei. Só pensei que você seria uma boa mãe."

Antes que ela pudesse responder, chegamos à cozinha, onde estava Paul. Então eu e Rachel não conversamos mais, porque agora não tinha mais a ver com a gente. Não mesmo.

• • •

Minha mãe chegou do trabalho no horário de costume. Umas 14h30. Fiz questão de estar lá para recebê-la e conversar com ela.

"Que foi?", perguntou ela. "O cachorro morreu. É isso?"

"Cachorra, mãe. Cachorra. Você conhecia a cachorra há anos. Qual é a dificuldade de entender que era fêmea?"

"Sinto muito. E a Sophie?"

"No mesmo lugar de sempre. Na casa do Paul, deitada na cama da cachorra. E a Rigby também está lá. Mas em uma hora, mais ou menos, o crematório vai mandar dois funcionários grandalhões para buscar o corpo."

"E a Sophie vai surtar."

"É o que estou pensando. E a Rachel chegou. Se a Sophie surtar, vamos ter que sair daqui."

"E vamos para onde?"

"Qualquer lugar que não seja aqui."

"Não dá para acampar com esse tempo."

"Podemos ir para um hotel. Você disse que economizou um bom dinheiro."

"O problema não é dinheiro, meu bem. Como vamos para um hotel se a Sophie estiver surtada?"

"Não sei, mãe. Não sei o que vamos fazer. Mas é bom se preparar. Porque vamos ter que descobrir logo."

• • •

Minha mãe continuava olhando pela janela. Espiando pela fresta entre as cortinas, como tinha feito no dia em que Paul se mudou da antiga casa.

Eu também estava nervosa.

"Chegaram", anunciou ela.

Fui até a janela e olhei para o cenário coberto de neve. Estava nevando de novo. Havia uma van cinza estacionada perto do fim da escada dos fundos, mas eu não conseguia ler o que estava escrito na lateral porque as letras estavam cobertas de neve e da sujeira que os pneus espalham quando um carro percorre uma estrada que não foi devidamente limpa.

Percebi que não queria ver o que ia acontecer. E fui me sentar no sofá.

Fiquei incomodada por minha mãe ter permanecido na janela, espiando. Depois de um minuto, eu disse:

"Sai de perto da janela!" Mas saiu de um jeito tão ríspido que completei: "Por favor".

Ela veio se sentar comigo no sofá e parecia um filhote que tinha apanhado com jornal.

"Desculpa", pedi. "Estou nervosa, só isso."

"Não está de dedos cruzados hoje."

"Acho que vamos precisar de mais que alguns dedos cruzados para nos salvar desta vez."

Ouvi o barulho da porta da van, depois o motor. Corri até a janela e vi o veículo descer para a rua, as rodas traseiras derrapando de vez em quando.

Depois, por alguns minutos, andei de um lado para o outro. Até minha mãe falar:

"Agora você está me deixando maluca."

"Desculpa."

Sentei no sofá de novo.

"Ela não está surtando", comentou minha mãe.

"Não."

"Por que acha que não está?"

"Não faço a menor ideia."

"Eu imaginava que ela ia surtar quando a cachorra morresse."

"Ela estava feliz quando a cachorra morreu."

"Como isso é possível?"

"Minha teoria? É só uma teoria. Posso estar enganada. Mas decidi acreditar que isso significa que, onde quer que a Rigby esteja agora, está feliz. Mesmo que não seja isso, que não seja verdade, vou continuar acreditando. Porque é isso que escolhi pensar."

• • •

Esperei por quase duas horas, porque não queria ir bater na porta, não mesmo. Talvez ele estivesse falando com Rachel. Contando o que sentia. Ou ele estava chorando, e ela o amparava. Eu nem imaginava o que estava acontecendo lá. Só sabia que não queria interromper.

Mas havia uma ponta solta, era evidente, porque eles ainda estavam com Sophie. E eu não sabia se isso era um problema.

"Acho melhor eu descobrir o que está acontecendo", falei para minha mãe.

Vesti agasalhos bem quentes e saí pronta para atravessar o terreno escorregadio, coberto de neve, porque não queria bater na porta dos fundos, já que essa era a porta do quarto de hóspedes, onde estava Rachel. Escorreguei duas vezes e caí sentada na parte mais íngreme do caminho, mas continuei.

Subi a escada da frente, o que foi bem fácil, porque o túnel formado pelas árvores manteve os degraus livres do excesso de neve.

Parei. Não queria ter que bater.

Bati.

Rachel abriu a porta.

"Lamento muito incomodar", eu disse.

"Tudo bem."

"Fiquei sem notícias da Sophie. Não sabia se devia... O que ela está fazendo? Não é melhor eu tentar levar minha irmã para casa?"

"Não sei. Vou perguntar ao Paul. Entre."

Esperei na sala de estar, pingando neve no capacho ao lado da porta. Eles haviam acendido a lareira, e o ambiente estava aquecido. Com o casaco pesado e grande, eu já estava me sentindo sufocada, mas não esperava ficar muito tempo ali.

Rachel voltou e falou:

"Ela está deitada na cama da cachorra. Não está incomodando. O Paul disse que ela pode ficar até a hora de ir para a escola."

"Ela está em férias de Natal. Não vai para a escola até janeiro."

"Ah. Espera um minuto."

Passei mais uns minutos suando ao lado do fogo. Não sabia se Paul ia aparecer para falar comigo pessoalmente. Se tivesse que arriscar um palpite, acho que ele se sentia menos incomodado por chorar na frente dela, e não na minha. E eu entendia, porque eram amigos há mais de cinquenta anos, e ele a amava.

Ela voltou e passou o recado:

"Paul disse que está tudo bem."

"Ok."

"Ela está se comportando muito bem."

"Não sei por quê, mas que bom."

"Ela se comporta como se a cachorra ainda estivesse aqui."

"Pode ser que esteja fingindo."

"Ou a cachorra ainda está aqui de algum jeito que ela pode sentir."

Não respondi, porque não consegui. Porque não sabia o que pensar sobre isso.

"Bem, você sabe onde me encontrar, se houver algum problema."

Virei para ir embora.

"Não quer sair pelos fundos? O tempo está muito ruim."

"Ok."

"Por que não entrou por lá?"

"Porque é o seu quarto. Não quis invadir sua privacidade."

Ela sorriu com um lado só da boca. De um jeito muito parecido com o sorriso de Paul, de vez em quando.

"Dá para entender por que ele gosta tanto de você", disse.

• • •

De manhã, acordei e ameacei pular da cama. Força do hábito. Ia ajudar Paul a levar Rigby para fazer xixi. Já estava sentada, quase afastando as cobertas, quando lembrei.

Deitei de novo e me cobri, ainda tentando assimilar a ideia de que não existia mais Rigby, ao menos não neste mundo. De que ela havia passado da existência para a não existência. Racionalmente, eu sabia tudo. Mas, no nível visceral, não fazia sentido nenhum.

Quando meu pai morreu, passei meses fazendo a mesma coisa.

E essa é a parte mais estranha. Meu pai já estava morto há dez anos, e percebi que ainda não tinha feito nenhum progresso. Tinha me acostumado. Não me surpreendia ou qualquer coisa do tipo. E aceitei que seria sempre assim. Mas, visceralmente, para mim, ir da existência para a não existência ainda não fazia nenhum sentido.

Eu não entendia a morte. Queria saber se era assim para todo mundo, ou apenas para mim.

• • •

Na segunda noite após a morte de Rigby, ouvimos um barulhinho no alto da escada, do lado de fora do apartamento. Eu estava deitada. Minha mãe também. No entanto, eu não estava dormindo. Só não sabia se ela estava.

Até ela dizer:

"Ouviu isso? O que foi isso?"

"Não sei. Um animal, talvez?"

Esperei, mas ela não respondeu.

"Acho melhor ir olhar", comentei.

"Não vai, não. Pode ser perigoso."

"Vou colocar a corrente antes de abrir a porta."

Levantei e senti um pouco de frio, porque estava vestindo apenas pijama, então prendi a corrente antes de abrir uma frestinha da porta. Sophie estava esperando do lado de fora.

Ela estava de quatro e batia os dentes. Usava as roupas que eu tinha vestido nela naquela manhã, mas estava sem casaco. Devia ter saído pela portinha da cachorra, e provavelmente Paul e Rachel nem perceberam.

Fechei a porta e soltei a corrente, depois a abri de verdade, deixando entrar uma rajada de ar frio. Sophie entrou e parou em cima do tapete, no mesmo lugar onde costumava se deitar com Rigby.

"Hum", resmungou minha mãe.

Fiquei esperando que ela falasse mais alguma coisa. Mas, de verdade, não sei o que mais havia para dizer.

Esfreguei as mãozinhas de Sophie entre as minhas até ficarem aquecidas, tirei seus tênis e as meias cor-de-rosa e esfreguei os pés. Depois a cobri com um cobertor a mais e a deixei dormir ali.

• • •

Alguns dias depois disso, mais ou menos às 10h, Rachel bateu na porta do nosso apartamento para avisar que estava indo embora e se despedir. Felizmente, minha mãe estava trabalhando. Éramos só nós duas; Sophie, deitada no tapete, e eu.

"Eu poderia ficar mais. Mas já estou aqui há seis dias. E acho que ele está bem. Só precisa de um tempo para processar tudo. Sabe? Sozinho. Além do mais, tenho certeza de que ele já está enjoando de mim."

"Duvido", respondi.

"Sabe como ele é. Um solitário."

"Não tenho tanta certeza."

Ela olhou para mim de um jeito estranho.

"Não concorda?"

"Acho que ele pode estar mudando. Um pouco, pelo menos. Então... seis dias. Foi uma visita longa. Devem ter tido muito tempo para conversar."

Observei o rosto dela por um momento. Mas ela não sabia do que eu estava falando. Essa era uma decepção que eu sentia no fundo do peito, como se eu fosse uma engolidora de espadas. Por que ele não consegue simplesmente falar para ela?

Não que eu pensasse ser fácil, nada disso. Mas eu já teria falado, e sou a pior surtada do mundo com esse tipo de coisa. Bem. Com todas as coisas, na verdade.

"Sim, nós conversamos", respondeu ela. "Sobre a cachorra, principalmente. Mas nada diferente, nada especial. Por quê? Havia mais alguma coisa?"

"Não. Não mesmo. Eu só... Sei que vocês são bons amigos. E que significa muito para ele ter contado com você aqui. Quer entrar? Está frio, desculpe, não quis ser indelicada."

"Não, eu preciso ir. Minha visão noturna não é das melhores, quero chegar em casa antes de escurecer. Mas, antes de ir, quero dizer o quanto significa, para *mim,* ter *você* aqui. Eu me sinto muito melhor deixando o Paul aqui, sabendo que você está por perto para ajudá-lo."

"E as costas dele?"

"Melhorando."

Ela alternou o peso do corpo entre um pé e outro, então entendi que desejava ir embora.

Então, sem rodeios, antes que ela se afastasse, eu disse: "Devia vir mais vezes."

"Seria ótimo. Mas só posso vir quando Paul me convidar."

"Acho que ele quer convidar mais. Mas talvez sinta que está incomodando, que é inconveniente... convidar. Então se algum dia quiser sugerir..."

Ela me encarou por um longo momento, como se tivesse perdido alguma coisa no meu rosto. Olhei para a paisagem nevada. Tinha receio de ter falado demais. Revelado demais.

"Talvez eu faça isso", respondeu. "Talvez eu faça mesmo. Feliz Ano-Novo."

Depois ela me deu um beijo na testa, virou e desceu a escada, tomando cuidado para não escorregar.

Fiquei observando Rachel, pensando que não era de admirar que ele fosse apaixonado por ela. Se eu tivesse uns 60 anos, acho que também seria apaixonada por ela, provavelmente. Ela era uma dessas mulheres por quem é muito fácil se apaixonar.

"Feliz Ano-Novo", respondi enquanto ela se afastava.

• • •

No começo, deixei Paul sozinho. Não sabia se ele queria minha companhia. Mas agora tínhamos um telefone. E ele não morava longe. Decidi que ele avisaria se me quisesse por perto.

Ele telefonou no começo da noite, uns três ou quatro dias depois de Rachel ter ido embora. Perguntou se eu queria jogar Gin.

"Quando você quiser", respondi. "Sempre. Só não queria te incomodar."

"Obrigado. Agora seria ótimo."

"Eu teria que levar a Sophie. Minha mãe saiu com a Jenna, uma colega do trabalho."

"Não tem problema nenhum. A porta dos fundos está aberta. É só entrar."

Andei com cuidado pelo terreno coberto de neve, bem escorregadio, e subi a escada dos fundos. Segurava a mão de Sophie para ela não cair. Eu a levei até a porta dos fundos e depois pelo quarto de hóspedes, e então ela soltou minha mão e correu para a antiga cama de Rigby, onde deitou encolhida.

Paul e eu paramos na porta do quarto e a observamos por um minuto.

"Que bom que não se livrou da cama", comentei.

"Sophie foi uma boa desculpa, mas a verdade é que jogar a cama fora teria partido meu coração."

"Talvez um dia você arrume outro cachorro."

"Talvez." Ele a observou em silêncio por um minuto. Depois disse: "O que acha que a Sophie pensaria sobre um novo cachorro?".

"Tenho certeza de que ela odiaria. E que teríamos que proteger o cachorro dela."

"Ah. Bem. Pensamos nisso quando necessário, e se for necessário."

Fomos para a cozinha e nos sentamos à mesa. Ele deixou um copo de chá gelado, minha bebida favorita, ao lado do meu prato. Ele fazia um bom chá gelado.

Depois embaralhou as cartas.

"E aí?", perguntei. "Se sentiu sozinho?"

Paul levantou os olhos do baralho como se aquilo exigisse muita concentração e eu o tivesse distraído.

"Será? Acho que só fiquei entediado."

"Você nunca ficava entediado quando a Rigby estava por perto."

"Ah. É, acho que esse é um bom argumento."

Paul distribuiu as cartas, e eu toquei seu braço antes que ele pudesse pegar as dele.

"Espera, não olha as cartas ainda."

"Por que não?"

"E se a gente jogar por dinheiro?"

Ele me encarou, e vi em seus olhos aquele brilho estranho e bem-humorado que poderia ser meio crítico.

"Dinheiro? Desde quando tem dinheiro para jogar?"

"Não tenho. Ganho só 10 dólares por semana de mesada."

"Então por que quer jogar por dinheiro?"

"Não sei. Acho que porque eu nunca fiz isso. Só queria saber qual é a sensação. Não estou falando de muito dinheiro. Talvez... uns 25 centavos por rodada?"

Ele continuava me olhando do mesmo jeito. Olhei para baixo, para o verso das minhas cartas. Como se tivesse algo a esconder, embora não soubesse se tinha mesmo. Não queria que olhássemos para as cartas ainda, porque achava mais justo decidir se íamos apostar antes de sabermos em que estávamos apostando. Caso contrário, seria uma decisão tendenciosa.

"Com uma condição: o limite é 10 dólares. Não quero que perca mais de uma semana de mesada."

"Por que você acha que vou perder?"

Ele deu um sorriso meio torto, e nós pegamos as cartas. Eu tinha duas rainhas, um oito e um nove de paus. Era um bom começo.

"Eu tinha mesmo a sensação de que você escondia um lado jogadora", disse ele.

"Provavelmente. Meu pai era um jogador."

Ele desviou os olhos das cartas. E olhou para mim. De forma um pouco repentina, eu achei.

"Você não me contou isso."

"Ah, acho que por falta de oportunidade. Quando eu poderia ter contado?"

"Devia ter contado quando estávamos tentando descobrir como ele morreu."

"Por quê? O que uma coisa tem a ver com a outra?"

"Ah. Deixa para lá. Esquece."

"Não, o que é? Fala."

Ele não falou de imediato. Mas, depois de um tempo, respondeu:

"Se a pessoa tem compulsão por jogo, isso pode ser perigoso. Normalmente, a história acaba com ela devendo quantias enormes de dinheiro para pessoas erradas."

"Bem. É. Acho que sim. Mas um agiota não vai te matar, vai? Se ele te matar, você não vai poder pagar o que deve a ele."

"A menos que ele queira transformar a pessoa em exemplo. Ou... Não. Sabe de uma coisa? Esquece. Não devia ter tocado nesse assunto. Desculpa. Vamos esquecer. Ele era seu pai, não sabemos de nada, por que estou especulando?"

"Tudo bem. Talvez você saiba mais que eu sobre isso."

Ele riu, uma risada que saiu pelo nariz, mas eu não sabia por quê.

"Angie. Eu *pareço* especialista em jogo? Trabalhei 45 anos em um emprego que odiava para conseguir me aposentar. Sou apaixonado pela mesma mulher há mais de cinquenta anos, mas nunca contei para ela. Onde você vê grandes riscos do lado de cá? *Você* é a jogadora aqui, não eu."

Ficamos em silêncio por um tempo, e depois anunciei "Gin" e ganhei 25 centavos. Ele me pagou na hora. Pegou uma moeda no bolso e a empurrou por cima da mesa na minha direção. Era empolgante, mas eu sabia que não era para ser, por isso me senti mal pela empolgação.

Enquanto estudávamos as cartas da rodada seguinte, eu disse:

"Ela me contou que talvez venha te visitar com mais frequência. Seria bom. Não?"

Senti que Paul olhava para mim, mas não desviei o olhar das cartas.

"Não falei nada para ela", revelou Paul.

"Eu imaginei que não."

Descartei minha pior carta e peguei outra. Tentei me segurar, mas não consegui. Eu precisava falar. Fazia muito tempo que eu precisava falar.

"Você não vai... não vai falar nada para ela, vai? Não vai contar nunca. É isso?"

"Talvez eu nunca conte a ela."

Deixei as cartas sobre a mesa viradas para baixo. E foi a vez de Paul desviar o olhar.

"Como consegue? Não entendo."

"Já falei. Não sou um jogador. Não sei lidar bem com riscos."

"Que risco? Você não está com ela. O pior que pode acontecer é continuar como está. Sem ela."

"Não é verdade. Eu tenho uma boa amizade com ela. Conversamos quase todos os dias. Se eu contar e ela não sentir a mesma coisa por mim, pode se sentir muito mal por me magoar. Ou eu posso ter muita dificuldade para conversar com ela depois disso. Posso criar um distanciamento entre nós. Do jeito que está, tenho metade do que quero. Não quero apostar o que tenho e acabar sem nada."

"Ou acabar com tudo."

"Acho que ela não sente a mesma coisa. Ela teria falado."

"Mas *você* não falou."

"Ou eu teria percebido."

"Mas *ela* não percebeu."

"Angie, olha, eu sei que você arriscaria tudo se estivesse no meu lugar."

"Sem dúvida nenhuma."

"Mas eu não sou você. Ok? Eu sou eu. Podemos jogar agora?"

Jogamos mais umas vinte rodadas, e eu fui para casa 2,25 dólares mais rica. Sei que não era muito. Mas era uma vitória mesmo assim.

Sophie estava dormindo, e eu a levei no colo.

Paul acendeu a luz dos fundos para mim, para que eu pudesse enxergar o caminho através da neve e do gelo.

Bati na porta, mas minha mãe ainda não havia voltado. Então usei minha chave.

Depois de colocar Sophie na cama, ia guardar as chaves no bolso de novo, mas olhei para elas antes. Talvez soubesse por quê. Acho que fiz de propósito.

Olhei para a chave do baú que ficava trancado. Engoli com esforço excessivo.

Depois peguei o baú embaixo da cama e o abri.

Peguei *O Livro Tibetano dos Mortos* e o deixei em cima da mesa de cabeceira. Sophie não rasgava mais nada fazia tempo. E eu não tinha nenhum livro para ler.

Depois peguei o bilhete de Nellie. O bilhete de mais de dois anos que eu ainda não tinha tido coragem para ler.

Sentei na beirada da cama e li. Com o coração disparado, as mãos trêmulas e a boca tão seca que mal conseguia engolir.

Li o bilhete três ou quatro vezes. E li tantas vezes depois disso que podia quase recitar a mensagem inteira de cor. Mas não vou. Porque nem tudo interessa a alguém além de mim. E porque é um pouco particular. Não por alguma razão em especial, mas... de maneira geral, é um pouco particular.

Vou compartilhar trechos do bilhete.

Ela estava arrependida e sentia-se estúpida e idiota por ter me magoado e me constrangido com sua falta de cuidado.

Queria que eu soubesse que, embora eu estivesse magoada e constrangida, e ela entendia isso, porque lembrava da própria adolescência e de como tudo era terrivelmente mortificante, eu não precisava ficar assim, porque não tinha feito nada de errado.

E, talvez o mais importante, ela dizia que gostar dela como eu gostava era uma honra para ela, um presente, e não uma inconveniência.

Queria ter sabido dessa última parte desde sempre.

• • •

Liguei para Paul, porque as luzes ainda estavam acesas na casa dele.

"Eu sou uma farsa", falei.

"Duvido", respondeu ele. "Mas me conte de onde tirou essa ideia."

"Não sou melhor do que você. Eu gostei de uma pessoa e não falei para ela. E quando ela descobriu por conta própria, eu me senti tão humilhada que fugi e nunca

mais falei com ela. Ela escreveu um bilhete para mim sobre isso, e eu o guardei e nunca li. Então... não posso dizer que corro riscos."
"Bem, agora que entendeu tudo isso, vai ler o bilhete?"
"Já li."
"Então você *não* é uma farsa. E *é, sim*, melhor do que eu."

• • •

Pensando nisso agora, acho que enfiei na cabeça, de algum jeito, que talvez ele fosse seguir meu exemplo. Se eu pudesse ser um pouco mais corajosa, ele também seria. Mas, depois de seis meses e duas visitas de Rachel, ele ainda não tinha corrido nenhum risco.

Catherine Ryan Hyde
para sempre
vou amar
te

# 2

## Risco

Era junho de novo, 4h da manhã.
Deixei um bilhete em cima da mesa para minha mãe.
A mensagem era: "Você tem que confiar em mim. Sei que, tecnicamente, sou menor de idade, e sei que vai ficar furiosa, mas tenho quase 17 anos e acho que sou madura o suficiente para fazer certas coisas sozinha. Tenho que conversar com uma pessoa (na verdade, mais de uma), e o telefone não vai resolver. Às vezes, é necessário olhar cara a cara e dizer o que precisa ser dito. Devo estar de volta amanhã (mas pode ser até depois de amanhã, então, por favor, não surta), e aí quando eu chegar você pode ficar brava o quanto quiser".

Pensei em assinar, mas decidi que era ridículo, porque o bilhete só podia ser de uma pessoa.

Saí de casa e caminhei até a cidade com a luz da lanterna. Fui para a rodoviária.

Peguei a nota de cem dólares do bolso da calça jeans, aquele dinheiro que Nellie me pagou pelo inventário muito tempo atrás, e comprei as passagens para casa, ida e volta. Mas esse não era um jeito adequado de me expressar, porque lá não era mais minha casa. Aqui era minha casa.

• • •

Sentei ao lado da janela. E vi aquela paisagem das montanhas que não pude ver na subida. Três anos atrás, quando viemos para cá, chovia muito, e passei a maior parte do trajeto dormindo ou escondendo a cabeça.

O ônibus estava cheio, e não consegui me esticar nas duas poltronas, como esperava fazer. A mulher sentada ao meu lado era meio parecida com Nellie, mas não sei bem a razão. Não era uma semelhança física. As duas tinham mais ou menos a mesma idade, e ela parecia ter o mesmo jeito esperto. Eu soube disso porque nós conversamos um pouco sobre amenidades, depois ela pegou um livro e começou a ler.

Peguei O *Livro Tibetano dos Mortos*, mesmo sabendo que não conseguiria ler muito, porque ficava enjoada quando passava muito tempo lendo no ônibus em movimento. Decidi ler uma página, depois olhar a paisagem por um tempo.

E tudo bem, porque a luz não era mesmo propícia para leitura.

"Tentei ler esse livro uma vez", comentou a mulher. "Achei denso demais, ao menos para mim."

A voz dela me assustou. Eu não estava esperando o comentário.

"Acho que é muito difícil para mim também", respondi.

"Sabia que este é apenas um título informal para a tradução inglesa? A tradução verdadeira do título tibetano seria alguma coisa como 'A Grande Libertação Ouvida em Estado Intermediário'."

"Eu não sabia. O que significa?"

"Não tenho a menor ideia. Foi o que eu disse, está além da minha capacidade. E olha que eu sou bibliotecária. E você tem... o quê? Apenas uns 16, 17 anos? Estou me sentindo intimidada por te ver insistindo no livro."

"O fato de insistir em ler não significa que entendo o livro. Não entendo. Não entendo nada sobre a morte. Por isso estou lendo. Pensei que, talvez, o livro pudesse me ajudar com alguma explicação. Mas, até agora, nada."

"Você perdeu alguém próximo?"

"Sim."

E não falei mais nada. Depois de um tempo, ela voltou a ler o próprio livro.

"Meu pai", continuei. Porque, a essa altura, eu sabia que precisava falar. Não me senti forçada a nada, depois que ela voltou a ler o livro. "Mas faz mais de dez anos. E perdi uma das minhas melhores amigas no fim do ano passado."

"Ah, poxa. Ela era da sua idade?"

"Não. Ela era mais velha."

Na verdade, ela era, ao mesmo tempo, muito mais nova e muito mais velha que eu. Um enigma, cuja resposta é cachorro. Mas acabei não falando nada disso.

"Você acredita nos ensinamentos desse livro?", perguntou ela. Como se minha opinião importasse. "Que parte de nós segue existindo e há opções quando deixamos nosso corpo?"

"Eu quero acreditar." Eu respondi. "Estou tentando decidir."

• • •

Tive que pegar dois ônibus urbanos quando cheguei no centro da cidade.

Depois de um tempo, desci do ônibus na frente do parque com a fonte. O que costumava ser o fim das minhas caminhadas com Rigby e Sophie, antes de todo mundo se mudar dali. Quando Paul me pagava para passear com ela porque ainda não éramos amigos.

Caminhei pela minha antiga vizinhança, no bairro onde ficava a casa de tia Vi, com a mochila pendurada em um ombro só. Logo percebi que o caminho que havia escolhido me faria passar pela livraria de Nellie. E eu não tinha pensado nisso antes. Talvez de propósito. Ah, eu sabia que, em algum momento, ia acabar parando na livraria e falando alguma coisa para ela. Ela era parte do plano. Talvez ela fosse trinta ou quarenta por cento das coisas importantes que eu tinha para resolver durante a viagem. Só que, de algum jeito, isso não tinha passado pela minha cabeça como a primeira coisa a fazer. Seria mais uma dessas coisas de fim de dia.

Primeiro, quis devolver a questão para essa antiga ordem de prioridades. Afinal, eu passaria de novo pela loja quando voltasse para pegar o ônibus. Mas depois pensei: e se ela olhar pela janela e me vir passando? Sem ao menos parar para dar um oi?

Nellie ia achar que eu a odiava.

A ideia me atingiu de um jeito tão repentino e intenso que me fez parar. Literalmente. Parei e fiquei na calçada, pensando nisso.

Talvez ela já achasse que eu a odiava. Era esse o pensamento. Ela não teve nada em que se basear durante todo esse tempo, só a própria imaginação. Eu a coloquei em uma posição que a forçava a imaginar como a história toda tinha acabado. Inventar conclusões na própria cabeça. Sabe? Aquele lugar onde as coisas podem fugir do controle. Crescerem até se tornarem desproporcionais.

Na minha cabeça pelo menos é assim que acontece.

Esse foi o primeiro momento em que me dei conta do tamanho do pedido de desculpas que eu devia a ela.

Voltei a andar e pensei em outra coisa que me fez parar de novo.

Talvez a livraria nem existisse mais no mesmo lugar, três anos depois. Muitas livrarias pequenas acabam fechando as portas. Talvez Nellie tivesse desistido do ramo. Nesse caso, o pedido de desculpas nunca seria feito, porque eu nunca a encontraria. Não sabia nem seu sobrenome.

Comecei a andar de novo, apertando o passo, porque estava ansiosa para descobrir.

A livraria continuava no mesmo lugar.

Reduzi a velocidade, mas continuei andando. Cada vez mais perto. Estava achando que meu coração ia disparar, as mãos iam tremer, mas nada acontecia. Estava apenas me sentindo entorpecida, como se corpo e cérebro fossem feitos de madeira. Eu só me sentia pesada e anestesiada.

Quando alcancei a porta, parei por um minuto. Segurei a maçaneta. Fiquei paralisada, olhando para minha mão. Apenas observando e sentindo o que estava fazendo. Sabia que era uma coisa que dependia de estar viva, mas ainda me sentia entorpecida.

Abri a porta e passei a cabeça pela fresta.

"Oi", falei. Baixo. Quase um suspiro.

"Boa tarde", respondeu ela. Formal e sem entonação. Nada especial.

Meu coração ficou apertado. E eu senti. Onde estava aquele torpor quando eu mais precisava dele? Nunca pensei que talvez *ela me odiasse*. Ela gostava de mim no bilhete, e era assim que eu esperava que as coisas tivessem continuado.

Quase fui embora.

Depois ouvi:

*"Angie?"*

Foi quando percebi que ela não havia me reconhecido.

"Sim. Sou eu."

"Meu Deus. Angie! Não te reconheci! Você cresceu!"

"Faz tempo."

"Algum motivo para ainda não ter entrado completamente?"

"Sim."

"Sophie e aquele cachorro enorme estão com você?"

"Não."

"Então qual é o motivo?"

"Eu sou uma grande covarde."

Ela riu. E descobri que ainda gostava de fazer Nellie dar risada tanto quanto antes.

Terminei de abrir a porta e entrei. Fiquei parada na frente do balcão, jogando o peso do corpo de um pé para o outro. Tentando sentir se ainda estava entorpecida. Tinha uma coisa viva no meu estômago, uma coisa que se mexia e me dava a sensação de pequenos choquinhos. Então acho que não.

"Tenho que ser sincera", disse ela. "Pensei que você tinha ido embora para sempre. Não esperava mais te ver nem ter notícias suas."

Balancei a cabeça para cima e para baixo. Um pouco demais, talvez.

"Eu também pensei, por um tempo."

"O que mudou?"

"Eu. Acho."

"Dã", reagiu ela.

Percebi de repente quanta falta eu sentia dela, sem nem saber.

"Estou perguntando o que mudou em *você*", acrescentou.

"Hum... Bem, vi um amigo meu agir como um grande covarde. E pensei que ele não devia fazer isso. E depois percebi que eu também era covarde, mais do que admitia. E não queria mais ser. Então senti que precisava te pedir desculpas."

"Quer saber o que pode fazer para se redimir?"

"Sim."

"Pode se sentar. Essa sua agitação me deixa nervosa. Você parece um cavalo de corrida esperando o começo da prova. Lembro da nossa história e fico com a impressão de que você vai sair correndo."

"Desculpa." Eu me sentei na poltrona grande estofada. Deixei a mochila no tapete. Tirei os sapatos e cruzei os pés. "Melhor?"

"Muito. Então... fiquei me perguntando se você ainda morava na cidade."

"Não moro. Fomos postas para fora da casa da minha tia naquele mesmo dia. Na última vez em que te vi. Saímos da cidade naquele dia."

"Ah. Isso explica muita coisa."
"Na verdade, não. Eu ainda podia ter telefonado."
Ela riu alto, mas eu não sabia por quê.
"Essa é a Angie que eu conheço. Estou tentando facilitar, mas você se joga na fogueira. Acho que eu podia ter lidado melhor com as coisas. Devia ter contado quem era a Cathy desde o início. Devia ter falado que ela era minha namorada. Sem surpresas, sabe? Ei. Está com fome? Eu ia pedir pizza."
Uma parte de mim não queria ficar. Ou pelo menos não queria se comprometer em ficar. Mas eu não tinha comido nada o dia todo, e estava com muita fome.
"Pizza é uma boa ideia."
Ela pegou o telefone e fez o pedido. E eu tive uma oportunidade de observá-la enquanto ela não estava prestando atenção em mim. Era uma experiência estranha, porque me dei conta de como a negação pode ser grande e forte. Não entendi como pude olhar para ela e não saber que queria me aproximar, nem por qual razão eu queria isso. Era um segredo muito grande para guardar, especialmente de mim mesma.
Ela desligou o telefone e disse:
"Então..."
E eu a interrompi.
"Você ainda está namorando a Cathy?"
E assim que isso saiu da minha boca, eu soube que era uma pergunta idiota. Que diferença fazia? Se não era Cathy, era outra pessoa. Ou seria. Porque Nellie ainda tinha uns 30 anos, e eu continuava na adolescência. Sabia que nunca ultrapassaríamos essa diferença. Nem sei por que perguntei.
"Sim e não", respondeu ela. "Agora ela é mais minha esposa."
"Ah. Bem, que legal. Se você está feliz..."
Era legal. E doía ouvir. As duas coisas ao mesmo tempo. Só falei metade disso, mas tinha a estranha sensação de que ela sabia a outra parte também.

• • •

"Uau", falei. "Essa é ainda melhor que aquela pizza que comíamos antes."

"É, aquela pizzaria fechou. Também acho essa melhor. Mais cara, mas melhor."

"Lembra qual foi a primeira pergunta que você me fez?"

"Hum. Me deixa pensar. Perguntei se você sofria agressão em casa."

"Não. Essa foi a segunda. Ou a terceira."

"Então não sei. Qual foi?"

"Você perguntou se eu iria ao Tibete quando crescesse."

"E você respondeu que não e me surpreendeu."

"Posso responder de outro jeito?"

"É claro que sim."

"Acho que vou ao Tibete."

"Poxa, você fez progressos. E como estão sua mãe e a Sophie?"

Estiquei as pernas e, por um segundo, olhando para as minhas meias, pensei em minha mãe em casa, furiosa comigo. Esperava que ela não estivesse em um dia ruim com Sophie, que, ultimamente, andava mais parecida com a Sophie de antes.

"Acho que a Sophie não vai ficar em casa para sempre. Eu não vou ficar em casa para sempre, por que ela ficaria? Talvez eu vá embora, arrume um emprego, uma vida apenas minha e viaje para o Tibete. E acho que a Sophie vai crescer e morar em outro lugar. Em uma instituição, talvez, com outras pessoas que tenham problemas como os dela. E onde possam ensinar a ela como fazer coisas sozinha. Tudo que ela puder aprender, pelo menos."

"Essa é uma decisão bem equilibrada. O que sua mãe acha disso?"

"Ela queria encontrar um lugar para a Sophie muito tempo atrás. Quando fomos expulsas da casa da tia Vi. Minha mãe ficou arrasada, quis desistir de tudo. Eu não deixei. Achava que, se tivéssemos que fazer isso, teria que ser no tempo certo. E apenas se isso fosse o melhor para nós três, e não porque estávamos em um momento de desespero. Sabe? Mas as coisas com a Sophie não são mais tranquilas como eram antes de Rigby morrer e..."

"Rigby?"

"A cachorra."

"Certo. A cachorra."

"Então talvez a gente nem possa esperar muito. Vamos ver."

Ela balançou a cabeça algumas vezes. Não entendi o gesto.

"Que foi?", perguntei.

"Eu tinha esquecido. Esqueci como você era, tipo, uns vinte anos mais velha do que realmente é."

"Desculpa por ter saído correndo naquele dia e nunca mais ter falado com você. O mais estranho é que não consigo nem explicar por quê. Sei como fiquei me sentindo, é claro, mas não sei por que me senti tão mal *daquele jeito*. Às vezes, acho que minha reação foi meio exagerada."

Comemos em silêncio por alguns minutos. Fiquei feliz pelo silêncio, porque eu sentia como se algo tivesse sido arrancado de dentro de mim. Pensei no que Paul disse sobre se abrir comigo e depois sentir-se com os nervos à flor da pele. E ter que se recolher para descansar um pouco.

Eu começava a sentir que precisava descansar.

"Não é difícil entender", disse Nellie. "Você ouviu duas pessoas conversando sobre um segredo seu, e era um segredo que você não tinha falado em voz alta nem para si mesma, na privacidade de sua cabeça."

"Uau. Acho que você entendeu."

"Já passei por isso. E onde você está morando agora?"

Era como se ela soubesse que eu precisava falar sobre um assunto mais leve.

Respirei fundo, engoli outro pedaço de pizza e contei a ela sobre a vida nas montanhas. Foi uma conversa demorada, porque, pode acreditar, quando você finalmente vai morar nas montanhas, tem muito para contar.

• • •

Quando eu estava indo embora, ela disse:
"Você não voltou só por isso, voltou?"
"Não. Precisava falar com outra pessoa."
Pensar nisso me deixou cansada. Eu mal havia começado. Ela me entregou um cartão.
"Não precisa ligar nem escrever sempre", disse. "Mas, de vez em quando, seria bom saber onde você está. E como está."
"Vamos combinar uma coisa. Eu mando uma carta do Tibete. Quero dizer, vou tentar mandar um oi antes disso, mas aconteça o que acontecer, prometo que vou mandar uma carta do Tibete."
E foi esse o acordo.
Saí da livraria e, ao pisar na calçada, respirei fundo. Era a primeira vez em muito tempo que eu respirava com essa amplitude. E pensei: ai, meu Deus, eu consegui. Superei tudo isso.
Então tornei a lembrar que essa não era a razão principal da minha visita à cidade. Não era nem a mais difícil. Porque, se eu tivesse feito tudo errado com Nellie, ninguém sairia machucado, apenas eu mesma. É sempre mais fácil assumir um risco quando você só arrisca o que é seu. Nada é mais difícil do que arriscar aquilo que pertence a outra pessoa.

• • •

Olhei para a casa de tia Vi, e depois para a casa de Rachel. E de novo para a casa de minha tia. Tentei decidir.
Teria sido muito mais fácil conversar um pouco com tia Vi. Dar um descanso para os nervos. Mas o que eu tinha que fazer estava pesando em mim, e eu sabia que não ficaria bem enquanto não fizesse.
Bastante decidida, caminhei em direção à casa de Rachel, levantei a mão para bater e parei. Uma onda de pânico comprimiu meu estômago. Pensei que pudesse ser enjoo.

Pensei: não faça isso. Pode dar tudo errado. É uma tremenda quebra de confiança. Está arriscando sua amizade com Paul, o apartamento de que sua família precisa, a felicidade de duas outras pessoas. Bem, de cinco pessoas, na verdade, se eu contasse Sophie, minha mãe e eu.

Como eu me convenci de que tinha esse direito?

Virei, dei dois passos para longe da porta e me sentei no degrau com o rosto entre as mãos. Revi mentalmente todos os meses que tinha passado pensando sobre isso.

Era um raciocínio razoável. Eu estava ali por um motivo.

Sabia que seria arriscado. Mas sempre acabava chegando à mesma conclusão, eu tinha que fazer isso. Pensei muitas e muitas vezes, sempre acabava na mesma conclusão.

Tudo bem. Eu tinha que fazer, de qualquer maneira. Mas não me levantei de imediato.

Antes que eu pudesse ficar em pé, ouvi a voz de Rachel.

"Angie?"

Dei um pulo e virei, e olhamos uma para a outra.

"Angie, o que está fazendo aqui? Aconteceu alguma coisa com...?"

"Não! Não é uma emergência. Nada disso."

"Nunca imaginei que fosse encontrar você por essas bandas."

"Eu sei. Hoje estou surpreendendo todo mundo por aqui. Inclusive a mim mesma." Na última frase, eu baixei a voz. Mas acho que ela ouviu mesmo assim.

"Veio ver sua tia?"

"Não. Vim falar com você."

"Ah."

Vi a surpresa em seu rosto, mas Rachel era educada demais para perguntar por quê. Então, por um momento, ela não disse nada, mas depois falou:

"Bem, de certa forma, isso é bom, porque sua tia não está em casa. Ela saiu da cidade."

"Saiu da cidade?" Acho que o tom de voz deixou claro o meu espanto.

Voltei para perto da porta, porque agora tinha outra coisa na qual me concentrar. Algo mais seguro.

"Sim, ela está em lua de mel", contou Rachel. Senti minhas sobrancelhas subirem. Não disse nada, porque sei que as palavras teriam se embaralhado.

"Não sabia que ela havia se casado de novo?", ela perguntou.

"Não. Não sabia. Estou surpresa, mas, pensando bem, não sei direito por quê. Já faz um tempo que ela perdeu o tio Charlie. Acho que todo mundo tem o direito de ser feliz."

"Por que não entra?"

Fiquei sem ação por mais um instante. Tive a estranha impressão de que entraria e encontraria um homem na sala de estar. Era possível. Tia Vi encontrou alguém. Não teria sido difícil para Rachel.

"Olha, eu sei que isso tudo é estranho", falei. "E indelicado. Você não sabia que eu viria, e eu odiaria que alguém aparecesse na minha porta desse jeito, sem avisar. Posso ir embora. Volto mais tarde. Amanhã, talvez. Quando for conveniente."

Mas lembrei que todo esse plano foi criado pensando que eu poderia me hospedar na casa de tia Vi.

"Não é um mau momento. Eu estava lendo e vi você pela janela."

Segui Rachel até a sala de estar e olhei em volta. O lugar estava bem diferente. Mais feminino, com cortinas de estampas florais e cores. E não era exatamente entulhada de coisas, mas tinha mais coisas que a casa de Paul. Por outro lado, quase todos os espaços estavam cheios.

"Senta", disse ela. "Quer beber alguma coisa? Leite, água, chá gelado?"

"Chá gelado seria ótimo. Obrigada. Se não for incomodar."

"Não incomoda. Você está com fome?"

"Não. Obrigada. Acabei de comer pizza com uma amiga na livraria. Mas é muita gentileza sua perguntar."

Ela foi até a cozinha, e eu fiquei sentada no sofá, agitada, tentando aceitar que não tinha mais volta. Eu havia ultrapassado a linha que permitia a desistência.

Quando voltou, ela parou na minha frente e me deu um copo de chá gelado e um apoio para copos.

"A Nellie?", perguntou.

Isso me surpreendeu bastante. Eu nem imaginava de onde ela havia tirado essa informação, por qual razão estava perguntando e como ela sabia disso. Juro, tive a impressão de que Rachel olhava através do meu crânio e lia as informações gravadas lá dentro.

"Por que acabou de dizer esse nome?"

"Queria saber se ela era sua amiga na livraria, com quem comeu pizza."

"Ah. Sim. Você a conhece?"

"Eu sempre vou à livraria. Toda semana, normalmente."

"Ah."

Pensei um pouco sobre aquilo. Fazia muito sentido. A loja ficava a pouco mais de um quilômetro da casa dela. Mas era estranho. Como se o universo se alinhasse de um jeito novo e todo mundo com quem eu tinha alguma conexão se conectasse com todos os outros, sem nenhum motivo para que isso acontecesse.

Ela se sentou na minha frente, em uma poltrona antiga, e tentei fazer minha cabeça parar de rodar. Tinha vontade de segurá-la com as mãos, como se ela pudesse cair ou até sair voando.

"Sei que isso deve ter alguma relação com Paul", ela disse. "Porque ele é a única coisa que temos em comum."

"Sim. É verdade."

"Ele está bem mesmo?"

"Da mesma forma que estava quando você veio embora."

"Mas você não acha que isso é estar muito bem?"

"Paul está apaixonado por você", contei. E continuei falando para amenizar o eco dessa informação tão importante. "E ele não tem coragem de falar. Então não acredito que ele esteja bem. E olha, ele não sabe que estou aqui. Ficaria horrorizado se soubesse. A decisão foi minha, e eu assumi todos os riscos. Mas acho que ele nunca vai tomar essa decisão. De contar para você, quero dizer. E não consigo nem imaginar que um sentimento como o dele pode ser guardado em silêncio para sempre. Ele está lá sozinho. Nem tem mais a companhia da Rigby. E não estou dizendo que vocês dois devem ficar juntos, porque eu não sei de nada. Só vocês dois podem saber. Mas é o seguinte: vocês *dois*. Essa é uma coisa que deve ser decidida por duas pessoas. Mas como duas pessoas podem tomar uma boa decisão se uma delas não sabe o que está acontecendo?"

Parei. Respirei. Olhei para ela. Rachel estava segurando um pires com uma xícara de chá em uma das mãos e deslizando o indicador da outra mão pela alça da xícara. Olhava para onde o dedo tocava. Eu não conseguia decifrar nada em seu rosto. Ela parecia perdida nos próprios pensamentos.

Depois do que pareceu um ano, mas devem ter sido apenas dez ou vinte segundos, ela disse:

"Tem certeza do que está dizendo?"

"Certeza absoluta. Conversamos sobre isso."

"Isso não parece muito com o estilo do Paul."

"Eu sei. Também pensei isso. Mas nós conversamos. Acho que, enfim, ele sentiu necessidade de falar com alguém. Paul realmente conseguiu esconder isso de você durante todos esses anos? Não consigo acreditar. Imagino que ele deve ter dado milhões de dicas."

Ela suspirou. E continuou olhando para a xícara.

"Não foi exatamente um segredo. Quando conheci o Paul, eu sabia o que ele sentia. Mas tantos anos depois... Francamente? Não sei. Fiquei na dúvida, ou ele me amava, ou nem gostava tanto mais de mim. Porque sempre deu um jeito de nos manter um pouco afastados um do outro. Depois que o Dan morreu, fiquei esperando que ele falasse alguma coisa. Mas já faz dois anos. Então já tem um bom tempo que eu achei que estava errada."

"Não estava."

"Bem, e por que ele não falou? Você disse que conversou com ele. Ele contou por quê?"

"Ele me deu um motivo. Não sei se é o verdadeiro. Disse que seria como apostar a boa amizade que existe entre vocês. E que ele tem metade do que quer ter. Mas se ele se declarasse e você não sentisse a mesma coisa, seria muito desconfortável e horrível para ele, e você poderia se sentir culpada por ele ter ficado magoado. E ele tem receio de perder sua amizade."

Parei por um minuto. Mas sabia que não tinha acabado. Rachel parecia saber também. Então continuei:

"Preciso explicar por que estou fazendo isso. Não sou o tipo de pessoa que faz essas coisas. Não quero ser intrometida, mas faz seis meses que eu venho pensando nisso. E pensei... que talvez *ele* não fosse capaz de falar, mas *eu* podia conversar com você. Porque, se eu contar o que ele sente e você não sentir a mesma coisa, nada precisa mudar. Você pode fingir que isso nunca aconteceu. Ele não vai ficar magoado, porque não vai saber. É uma aposta muito alta, mas fez sentido na minha cabeça. E não estou pedindo para você dizer que isso é certo. Mas... faz sentido na sua cabeça também? Entende por que decidi vir aqui?"

Ela levantou o olhar da xícara, mas não olhou para mim. Olhou pela janela. A linha reta do nariz longo tornava seu rosto diferente de todos os outros, mas de um jeito bom. Eu achava que era bom, pelo menos.

"Acho que você gosta muito do Paul e quer o melhor para ele", respondeu ela.

"Acha que o motivo foi esse mesmo? O motivo que ele me deu? Às vezes penso que ele apenas sente muito medo, mas não quer admitir."

"Acho que pode haver mais de uma razão."

"Ah. Certo."

E me perguntei por que eu não tinha pensado nisso.

"Mas eu ainda não...", começou ela de novo. E, de repente, parecia falar como eu, como se não conseguisse formular um pensamento inteiro. "Eu só... Não quero dar a impressão de que não confio em você, Angie, e no que está dizendo. Mas não consigo imaginar Paul te contando algo tão importante."

"Ele não contou. Não exatamente. Foi uma coisa que eu percebi sozinha."

"Como você viu, se eu não vi?"

"Eu sabia o que acontecia quando você não estava por perto, e você não tinha como saber. Ele tinha uma foto sua na estante. E era a única foto de uma pessoa na casa inteira. A única que eu vi, pelo menos. E quando você chegou para ajudar com a mudança, ele guardou a foto."

Eu conseguia imaginar as engrenagens rodando na cabeça de Rachel.

"Por isso você achou que já me conhecia", disse ela.

"Sim. E ele olhava para mim com aquela cara de 'não'. E eu fiquei quieta. Mas depois, quando ele chegou na casa nova, a primeira coisa que tirou das caixas foi aquela foto. E ele viu que eu percebi. E disse que esse era o problema de ter pessoas por perto. Sabe? Na vida dele. Elas notam coisas e começam a saber detalhes sobre ele. Então contei para ele um segredo meu, para que ele se sentisse melhor. E foi assim que começamos a conversar abertamente sobre isso."

Ela deixou a xícara de chá na mesinha ao lado. Depois abaixou a cabeça e a segurou com as mãos.

Tive a impressão de que esperei muito tempo.

"Você está bem?", perguntei.

"Sim e não. É que... *isso* é típico do Paul. O que você acabou de dizer. E agora eu acho que o que você está dizendo é verdade."

Engoli em seco e achei que essa conversa não estava indo bem. Senti o estômago pesado.

"É tão terrível assim?"

Ela não respondeu de imediato. Pareceu tanto tempo que, quando vi o sol entrar pela janela da frente em um raio inclinado que iluminava partículas de poeira, fiquei esperando o raio de luz mudar. Mas acho que não mudou. Acho que o tempo só estava passando devagar.

"Desculpe se te aborreci", disse eu. Acho que minha voz assustou nós duas. "Eu sabia que havia um risco de essa ser a coisa errada para fazer. Mas pensei que poderia haver uma chance maior de ser a coisa certa. E ser uma coisa boa. E eu não tinha como saber se continuasse sentada em casa. É como o Paul me ensinou na pescaria. Ele falou que, às vezes, o peixe morde a isca, às vezes, não. Eu perguntei: 'Como você sabe?'. Ele disse: 'Você joga o anzol com uma isca na água e vê se eles mordem'. E afirmou que, se tivesse um jeito de saber antes de sair de casa, ele embalaria o segredo e o venderia para os pescadores do mundo todo."

Ela sorriu um pouquinho. Achei que podia ser um bom sinal. Mas, se fosse, era apenas um pequeno bom sinal.

Esperei ela falar de novo. Estava começando a pensar que ela não lembrava mais como era fazer isso.

"Todos esses anos e ele não se acertou com ninguém. Acho que quis acreditar que não foi por minha culpa", confessou Rachel, depois de uma longa espera.

"*Não* foi por sua culpa. Não foi por culpa de ninguém."

"Talvez não. Mas não é o que eu sinto."

"Sinto muito. Talvez isso tenha sido um erro."

"Não sei. Talvez não. A verdade me rondava antes mesmo de você vir me contar. E, de qualquer maneira, acho que eu até já sabia."

"Espero que não conte para ele que eu estive aqui. Acho que não posso te impedir, na verdade. Mas acredito que o melhor para ele seria não saber."

"Não vou contar", respondeu ela. "Para ele não ficar constrangido. E para ele não perder nossa amizade. Acho que ela tem feito bem para ele."

"É melhor eu ir embora. Preciso pegar o ônibus. Pensei que poderia ficar na casa da tia Vi, mas se ela não está... O último ônibus sai às 18h."

Ela olhou para o relógio.

"Vou preparar o quarto de hóspedes para você", disse.

"Que horas são?"

"Já são 17h25. Mesmo que eu te leve de carro, é hora do rush. Não vai dar tempo."

"Peço desculpas pelo inconveniente."

"Não é inconveniente nenhum. Eu só... Onde estão sua mãe e sua irmã?"

"Estão em casa."

"Você veio sozinha?"

"Sim, senhora."

"Não precisa me chamar de senhora. Rachel está ótimo."

"Desculpe. Esse é um péssimo hábito meu. Chamo todo mundo de senhora, mesmo que as pessoas não queiram. Acho que me esforço demais para ser educada."

"Comprou sua passagem de ônibus e veio até aqui sozinha."

"Sim... Rachel."

"Como veio do centro da cidade para cá?"

"De ônibus. E, depois, caminhando."

"Por que não me telefonou?"

"Bem, não quis roubar seu número do Paul. E não queria contar a ele que ia falar com você. E não sabia seu sobrenome..."

Ela olhou para mim de um jeito estranho. Quase meio debochado.

"Não sabe meu sobrenome?"

"Não. Por que saberia?"

"Sabe qual é o sobrenome do Paul?"

"Sim. É Inverness."

"O meu também."

Então a ficha caiu. E eu me bati. Literalmente. Bati com a mão aberta na minha testa.

"Não acredito. Essa foi a coisa mais idiota que já fiz. Mas, francamente... mesmo que tivesse seu número... acho que não teria falado sobre isso por telefone. Como poderia? Eu precisava pegar um ônibus, vir até aqui, sentar na sua frente e falar olhando nos seus olhos."

"Tudo bem", respondeu ela. "Sendo assim, arrumar o quarto de hóspedes é um trabalho muito pequeno em comparação com isso tudo que você fez."

Ela serviu o jantar tarde, quase às 20h. O que não me incomodou muito, porque eu tinha comido pizza à tarde.

• • •

Rachel fez espaguete com molho de carne, e estava uma delícia. Era uma boa cozinheira.

Falamos principalmente sobre Rigby.

"Sinto muita saudade daquela cachorra", comentei. "Não conta para ninguém que eu disse isso. Porque sei que ia parecer estranho. Mas, às vezes, tenho a sensação de que sinto mais saudade dela que o Paul."

"Não. Ninguém sente mais saudade dela que o Paul."

"Isso faz sentido na minha cabeça. Mas a sensação é de que minha saudade é maior."

"Você sente mais saudade dela internamente do que Paul deixa transparecer."

"Ah. Sim, isso faz sentido. Mas ela foi uma boa amiga para mim. Não tenho muitos amigos. Paul e eu temos isso em comum."

"Você e Paul têm muitas coisas em comum."

"Sério? O que mais?"

"Vocês dois são muito inteligentes e muito cautelosos com pensamentos e sentimentos. E gostam de guardar o sofrimento, escondê-lo para que ninguém veja, só vocês. E têm padrões elevados, para vocês mesmos e para todo mundo. Paul teve só um amigo antes de você, e foi aquela cachorra. Imagino como teria sido difícil para ele se você não estivesse lá."

"Ele tem você."

O efeito do comentário foi estrondoso. Interrompeu a conversa imediatamente. Era óbvio que ela não ia dizer nada. Então eu disse:

"Acho que você não sente a mesma coisa que ele. Se sentisse, já teria dito. Ou estaria um pouco mais feliz."

Uma pausa, e tive certeza de que esse intervalo era a prova de que eu estava certa.

"Não é tão simples quanto você pensa, Angie. Não sei o que sinto. Passei 51 anos sentindo amizade por ele. Não sei o que vai acontecer se eu tentar enxergá-lo de um jeito diferente. Posso demorar um pouco para descobrir."

"Sinto muito. De verdade. Peço desculpas. Não é da minha conta, embora seja uma coisa estranha para dizer depois de ter me metido tanto no assunto. Mas não é da minha conta. Vim aqui para trazer uma informação, não para descobrir o que vai ser feito com ela. A partir de agora, esse assunto vai voltar a não ser da minha conta. E não vou mais perguntar sobre isso, nem falar disso de novo. Prometo."

Esperava que ela dissesse alguma coisa sobre minha declaração, mas ela não disse nada.

Comemos em silêncio por um bom tempo.

"Eu te levo até a rodoviária amanhã de manhã", afirmou ela.

"É uma oferta muito generosa. Obrigada. Mas é muito cedo. Não quero te tirar da cama."

"Eu acordo às 4h todos os dias."

"Sério? Por quê? Ai, desculpa. Não era o que eu queria dizer. Você levanta na hora que quiser. Não é da minha conta."

"É que é muito silencioso a essa hora. E é meu horário preferido para meditar. Mas termino às 4h30. Não tem nada que me impeça de te levar."

"Obrigada. Seria muito legal."

• • •

Tinha um relógio no quarto de hóspedes, ao lado da minha cama, que fazia um tique-taque constante. No começo, achei que não conseguiria dormir com aquele ruído. Depois acordei de repente, e faltavam dez minutos para as 23h. E tive a impressão de ouvir a voz de Rachel.

Levantei e caminhei no escuro até a parede que dividia os quartos. Aproximei a orelha da parede. Mas ainda não conseguia identificar as palavras. Era tudo impreciso.

Primeiro pensei que ela estava ligando para minha mãe e me dedurando, mas ela não faria isso tão tarde da noite. Mas é claro que eu torcia para que não fizesse nunca.

Depois pensei que ela estava falando com Paul.

Ou sonhando.

Ou estava falando sozinha.

Uma parte de mim queria descobrir. Talvez sair, ir ao corredor, chegar perto do quarto dela. Ouvir através da porta.

Mas não fui.

Voltei para a cama e repeti muitas vezes:

"Não é da minha conta. Não é da minha conta. Não é da minha conta."

Eu sabia que, provavelmente, nunca descobriria. Mas torcia muito para ela estar falando com Paul.

Acabei pegando no sono de novo, mas não por muito tempo. Acho que não dormi nem por uma hora.

• • •

"Não precisa estacionar e entrar", falei. "Eu fico aqui. Você já fez muito. De verdade."

Ela parou na área de desembarque, desengatou a marcha e deixou o motor ligado.

"Já tem a passagem de volta?"

"Sim. Tenho."

"E dinheiro para comer alguma coisa?"

"Tenho o troco das passagens. Sim."

"Acho que você fez bem em vir."

Olhei para ela, mas ela não me encarou. Estava olhando para as mãos no volante. Belas mãos. Não pareciam as mãos de uma mulher idosa.

"Fiz?"

"Acho que sim. É como se alguma peça tivesse emperrada durante muito tempo, e você a soltou. Não sei para onde ela vai agora, mas acho que qualquer coisa é melhor do que passar cinquenta anos emperrada."

Respirei fundo e tive a impressão de que esse suspiro tinha esperado muito tempo para sair de mim. Não sabia o que dizer. Acho que ela também não.

"Vou fazer uma visita em breve", disse ela.

"Que bom. Vai ser muito bom. Obrigada."

Desci do carro.

E me vi diante da longa e levemente assustadora tarefa de percorrer o caminho de volta para casa.

Catherine Ryan Hyde
para sempre
vou amar
te

# 3

## Desemperrado

Caminhei da rodoviária até minha casa, e já eram quase 17h. Abri a porta. Sophie estava dormindo — ou parecia estar, pelo menos — no meio do tapete. Minha mãe estava sentada à mesa da cozinha de costas para mim.

"Cheguei", falei meio cantarolando. Como Ricky Ricardo avisando Lucy[1] que tinha voltado do clube.

Nada. Nenhum movimento. Nenhuma palavra.

Tenho que admitir que aquilo foi um verdadeiro balde de água fria. Eu sabia que ela ficaria brava, mas esperava gritos ou uma bronca. Não esperava esse grande nada.

Então enxerguei o que tinha em cima da mesa, diante dela. Mas queria estar errada, porque continuei parada na porta, sem querer me aproximar.

Cheguei mais perto. E era exatamente o que eu torcia para que não fosse: a carteira, o relógio e a aliança do meu pai, em cima da mesa, na frente da minha mãe, que continuava em silêncio.

"Abriu meu baú? Essa era a única privacidade que eu tinha."

---

1. Referência à série de comédia norte-americana *I Love Lucy*. (N. E.)

"Acho que esse não é o nosso maior problema aqui, meu bem."

"A chave estava comigo. Como você conseguiu abrir? Arrombou o baú?"

Minha mãe falou alguma coisa, mas não fiquei para ouvir o que era. Corri para o outro lado do apartamento. Para o outro lado da divisória. O baú de metal estava em cima da minha cama, aberto. Sophie poderia rasgar meus livros sobre o Himalaia, se quisesse. Fiz uma verificação rápida para ter certeza de que estava tudo ali. Bem, tudo que não estava em cima da mesa, na frente da minha mãe.

Pelo visto, estava tudo ali. Mas então me lembrei do bilhete de Nellie. E quase parei de respirar, até lembrar que tinha levado ele comigo. Eu achava que sim, pelo menos. Examinei cada compartimento da mochila e só voltei a respirar quando o encontrei.

Fechei a tampa do baú e dei uma olhada na fechadura. Ela a havia estourado.

Olhei para o outro lado da divisória.

"Legal", falei. "Agora não tenho um só lugar nesta casa inteira onde posso guardar alguma coisa com segurança."

"Não vou deixar você me transformar na vilã", avisou ela. Ainda com toda calma. "Quero saber onde você estava."

Deixei a mochila no tapete e guardei o bilhete no bolso da calça jeans, depois fui me sentar perto da mesa. Só então percebi o quanto estava cansada.

"Pois eu não vou te contar. Porque não posso. Porque a privacidade de outra pessoa está em jogo. Só posso dizer que tive a chance de fazer alguma coisa para ajudar alguém. E fiz."

"Mas *onde?* Em que *lugar*?"

"Voltei para casa."

"Péssimo lugar para uma menina da sua idade."

"Quando moramos lá, eu era muito mais nova naquela cidade e sobrevivi para contar a história. Por que você arrombou a fechadura do meu baú? Como isso me traria de volta?"

"Estava procurando pistas de onde você poderia ter ido. Imaginei que tinha algum segredo. Pensei que estivesse fugindo com algum garoto... ou... pessoa... e talvez eu pudesse te encontrar."

"Deixei um bilhete avisando que voltaria hoje. Isso é fugir? E não tem nenhuma... pessoa. Não estou com ninguém."

Ela projetou o queixo na direção dos objetos sobre a mesa.

"Por que isso estava no seu baú?"

"Eu tenho uma pergunta melhor. Por que isso estava em casa? Você me falou que essas coisas tinham sido roubadas."

"Está tentando virar o jogo contra mim outra vez. Como isso foi parar no seu baú?"

Encostei na cadeira. Cruzei os braços. Estava ficando brava. E a raiva também estava me deixando mais fria e calma.

"Eu que guardei tudo."

"Por quê?"

"Para você sentir falta delas em algum momento. Assim, saberia que eu sei que boa parte do que me contou sobre meu pai era mentira. E aí você teria que me explicar por que temos em casa as coisas que você disse que foram roubadas naquela noite e o que de fato aconteceu. Eu não roubei nada disso. Quer ficar com elas? Tudo bem. Pode ficar. São suas. Mas me conta a história que devia ter contado desde o início."

"Foi um assalto." Mas a calma e a frieza agora já tinham se transformado em ansiedade, e isso me deixou na defensiva.

"E não roubaram nada."

"Tentativa de assalto."

"Mãe, é só digitar o nome dele em uma pesquisa na internet para ver todas as matérias dos jornais."

Esperei ela dizer alguma coisa. Não muito, talvez. Mas alguma coisa.

Nada.

"Teve alguma coisa a ver com jogo?"

"Sim."

"Então você devia ter me contado."

"Você tinha 6 anos."

"E por isso, em vez de me contar a verdade, disse que ele estava só cuidando da vida. Como se, para ser assassinado, bastasse andar pela rua. Não precisa nem ao menos fazer uma escolha ruim para ter um final desses."

"Bem... não precisa mesmo."

"Mas o que pode assustar mais uma criança de 6 anos? Eu preferia pensar que ele havia feito alguma coisa para provocar aquilo. Alguma coisa que eu pudesse escolher não fazer, em vez de pensar que o mundo não é só bastante violento, mas muito aleatório."

"E é", insistiu ela.

Empurrei a cadeira, e o barulho a fez dar um pulinho. Fiquei em pé.

"Isso não vai levar a nada."

Voltei à área onde ficava meu quarto e peguei o baú arrombado. Estava na metade do caminho para a porta quando ela tentou me fazer parar.

"Você *não* vai passar por essa porta."

Meu primeiro impulso foi continuar andando, mas parei para desafiá-la.

"Ou...?"

"Vou explicar como vai ser. De agora em diante, você não passa por essa porta, a menos que me diga aonde vai. Ou vai perder todos os direitos que adquiriu ao longo dos anos. Eu sou a mãe, você é a adolescente."

"Sério? Desde quando?"

"Cuidado. Pensa bem no que vai falar. Você ainda está na minha casa."

Deixei o baú no chão.

"Sua casa? E como é que isso aconteceu? Como conseguiu essa casa? Essa casa não é sua, é do Paul, e você só mora nela por minha causa. Eu consegui essa casa para nós. E agora eu vou falar para *você* como vai ser. Se invadir minha privacidade de novo, eu vou embora. Tenho idade suficiente para ser emancipada. Vou trabalhar, cuidar da minha vida e morar em algum lugar onde as coisas sejam apenas minhas."

Peguei o baú de novo e saí. Não foi uma saída muito elegante, porque tive que apoiar o baú na grade do patamar da escada para fechar a porta. Mas ela não falou nada, não tentou me deter.

Mas pensei que talvez ela tivesse alguma coisa para me dizer quando eu voltasse.

Subi a escada dos fundos da casa do Paul carregando o baú e bati na porta.

"Angie?", perguntou ele do outro lado.

"Sim, Paul, sou eu."

"Entra."

Ele estava na sala de estar, jogando paciência na mesinha de centro.

"Oi", falei.

"Onde esteve? Sua mãe ficou meio aflita."

"Ela não veio aqui, veio?"

"Não. Só telefonou e perguntou se eu sabia onde você estava. Não foi nenhum incômodo. O que é isso?"

"Ah. Isto. Isto aqui é o único resquício de privacidade que tive em toda minha vida. E minha mãe estourou a fechadura enquanto eu estava fora. Vim ver se você consegue arrumar. Uma vez, há muito tempo, você disse que tinha uma oficina, lembra? Com ferramentas, onde podia fazer coisas."

"Vamos dar uma olhada."

Deixei o baú no tapete, e ele acendeu a luminária na ponta da mesa e se inclinou para examinar o estrago.

"Consegue arrumar?"

"Em termos práticos, não. Quase tudo pode ser arrumado, na teoria. Mas, às vezes, preciso de peças. Está vendo essa pecinha de metal bem ali? Quebrou quando ela forçou a fechadura. Esse baú é antigo, e o mecanismo de trava foi feito especialmente para ele. Acho que vai precisar de um baú novo."

"Gastei todo meu dinheiro."

"Até a poupança secreta?"

"Como acha que passei os últimos dois dias viajando?"

"Ah. Bem. Precisa mesmo ser um baú? Ou basta guardar coisas e ter chave? Tenho umas caixas de madeira bem grandes na garagem, de vários tamanhos. Parte de um projeto que nunca terminei."

"Mas tem como trancar?"

"Qualquer caixa de madeira pode ser trancada. Basta ir até uma loja de ferragens e comprar um ferrolho. Eu posso instalar para você. E depois é só usar um cadeado."

"Parece bom."

"Vamos lá ver o que eu tenho."

Descemos a escada dos fundos e subimos a rampa para a garagem. Ele abriu a porta que ficava próxima ao galpão de lenha, depois acendeu a luz.

"Preciso limpar isso aqui", disse. "A Rachel vai precisar guardar o carro."

"Ela vem te visitar?"

"Vem. Telefonou e sugeriu que nos víssemos com mais frequência."

"Quando ela telefonou?"

"Ontem à noite. Você não estava aqui."

Fiquei com um nó na garganta de tanto entusiasmo e tentei engolir em seco para disfarçar, mas não falei nada.

Ele foi para o outro lado da garagem, onde ficava a oficina, e eu o segui. Paul tirou um lençol de cima de uma pilha de coisas que eram, na verdade, pedaços de madeira, cavilhas... e caixas enormes.

"Alguma delas é grande o bastante?"

"Esta aqui seria ótima."

Toquei a caixa. Passei a mão nas extremidades. Era pesada, de madeira escura e com um bom acabamento. Lisa e arredondada nos cantos e nas beiradas. Não era tão alta quanto meu baú, mas era larga e quase tão comprida.

"Esta seria perfeita, se não se importa mesmo de ficar sem ela."

"Não tem utilidade nenhuma aqui. Talvez apenas para as aranhas."

"Vou descer a pé amanhã de manhã para ir à loja de ferragens. Acho que ainda tenho uns trocados para isso."

Mas apenas porque Rachel tinha me oferecido jantar e café da manhã, e ainda me levou de carro até a rodoviária. É claro que eu não disse isso.

"Então é mesmo segredo de estado? Ou está louca para contar a alguém por onde andou? Desde que esse alguém não seja sua mãe?"

Apontei para cima para lembrá-lo de que estava do outro lado do teto da garagem. Não sabia se ela conseguia ouvir alguma coisa lá de cima, mas não queria correr riscos.

Ele usou uma ponta do lençol para tirar o pó da enorme caixa de madeira, que logo me entregou, e então saímos de lá.

Quando estávamos longe o bastante do apartamento, eu disse:

"Tive que resolver a... situação sobre a qual falei antes. Aquela em que agi como uma covarde. Essa situação ficou na minha cabeça desde que conversamos sobre ela. Queria consertar as coisas."

O que era verdade. Mas não a verdade completa.

"E você a encontrou?", perguntou Paul enquanto subíamos a escada do fundo da casa.

"Encontrei."

"Foi aterrorizante?"

"No começo, sim. Mas ficou um pouco mais fácil depois, conforme fomos progredindo."

Ele abriu a porta dos fundos para mim.

"Aliás", falei, "acho que minha mãe já sabe. Porque ela disse que pensou que eu tivesse fugido com um menino, mas depois mudou de *menino* para *pessoa*."

Ele torceu o nariz.

"Caramba. É. Parece a tradução de mãe para 'estou de olho em você'. Como acha que ela descobriu?"

"Bem, ela sempre esperou ansiosamente que eu demonstrasse algum interesse por meninos. Deve ter notado que eu estava bem atrasada quanto a isso. Acho que não é tão difícil de deduzir. Sabe?"

"Acho que as mães conhecem os filhos. Deixa essa caixa no quarto dos fundos, ela pode ficar lá até você voltar da loja de ferragens. Se quiser, pode transferir as coisas do baú para a caixa, e eu guardo para você até instalarmos o ferrolho com cadeado."

"Obrigada. Mas minha mãe já xeretou tudo."

Ele me encarou por um tempo. Não consegui adivinhar em que estava pensando.

"Está com fome?", perguntou.

"Morrendo de fome. Estava torcendo para minha mãe perguntar isso, mas acabamos tendo aquela briga horrorosa."

"Vem para a cozinha. Vou preparar alguma coisa. Também estou com fome."

Eu o segui. E o observei. Prestei atenção porque senti que alguma coisa nele estava um pouco... diferente.

"Você parece feliz", comentei quando me sentei à mesa.

"Pareço? O que acha de coquetel de camarão para petiscar enquanto cozinho outra coisa?"

"Incrível."

"Ótimo. Só preciso descongelar o camarão em água fria por alguns minutos", falou Paul. E, em pé diante da pia, continuou: "Feliz. É. Acho que sim. Só senti que... não estou explicando direito. A Rachel telefonou ontem à noite. Como eu disse, senti que foi diferente. Não sei explicar. Tive a sensação de que alguma coisa mudou. Na verdade, ela não disse nada diferente de antes. Mas tem sempre essa... não sei. Não quero falar em *parede*, porque é duro demais. Mas sempre tem algum tipo de estrutura que nos deixa um pouco afastados um do outro. E é como se ela tivesse ultrapassado essa barreira. Alguma coisa assim. Mas pode ser minha imaginação".

"Acho que não é."

Ele virou e olhou para mim. Curioso, mas acho que só um pouco.

"Por que você acha isso?"

"Não sei. Foi só uma observação. Todo mundo diz que não sabe qual é sua posição na vida de outras pessoas por não saber o que elas pensam. E é verdade. Só podemos *sentir* nossa posição na vida delas. Mas aí voltamos para dentro da nossa cabeça e começamos a duvidar do que sentimos, e ficamos confusos de novo."

"Foi exatamente isso que eu fiz. Passei boa parte da noite certo de que era apenas uma impressão minha porque eu desejava que fosse assim."

"Mas você desejou que fosse assim por cinquenta anos e nunca pensou que fosse, até a noite passada."

Ele abriu um armário e pegou um copo lapidado... que eu não sabia como chamava. Era uma espécie de mistura entre copo e tigela. Alguma coisa usada para servir sorvete ou alguma outra sobremesa. Bem, se você fosse mais elegante que as pessoas da minha família. Ele arrumou uns dez daqueles camarões enormes com o rabo pendurado na beirada do recipiente e despejou o molho vermelho no meio deles.

"Gosto mais da sua interpretação", ele afirmou ao colocar a vasilha na minha frente. "Então vou acatar o que disse. Senti que alguma coisa estava diferente, porque de fato estava."

Peguei um camarão pelo rabo, mordi a maior parte dele, mastiguei três ou quatro vezes e suspirei de contentamento.

"Mas me sinto mal em relação a uma coisa", confessou. "Não é justo. Mas se ela vier me visitar mais vezes, vou pedir para você e sua família se afastarem com mais frequência. Isso pode resultar em muito acampamento."

"Tudo bem. Algumas coisas são mais importantes que outras."

Eu também sabia que, se tudo corresse bem entre eles, logo teríamos que procurar outro lugar para morar. Sobretudo se eu estivesse certa a respeito de Sophie estar regredindo ao que era antes de Rigby. Paul não ia querer todo aquele barulho enquanto tentava construir uma vida legal com Rachel, e eu não o criticaria por isso.

E eu sabia antes mesmo de ir conversar com ela. Antes de tentar falar com ela, eu já sabia que o sucesso completo dos dois estaria de mãos dadas com nosso desaparecimento.

Mas algumas coisas são mais importantes que outras.

• • •

Quando voltei ao apartamento, minha mãe e Sophie estavam deitadas no sofá-cama. Pareciam estar dormindo.

Suspirei aliviada, mas com cautela. Minha mãe era do tipo que atacava do nada e com força. Já havia acontecido antes.

Mas fui para minha área reservada, vesti o pijama e nada aconteceu. Então deduzi que ela estava dormindo de verdade.

Demorei um pouco, porque minha cabeça era uma espiral de pensamentos, mas acabei pegando no sono.

• • •

Acordei assustada, sentindo alguma coisa tocar minha testa.

Fiz um barulhinho e me levantei um pouco.

Logo ouvi minha mãe dizer:

"Sou eu, meu amor. Sou só eu."

Deitei de novo, e ela continuou afagando meu cabelo. Olhei para a silhueta dela contra a luz da lua e tentei entender como eu havia voltado a ser seu amor. Fazia muito tempo que eu não era o amor dela. E nunca estive mais longe disso que na noite passada, quando fomos dormir.

Mas não tinha motivo para estragar um momento agradável. Por isso fiquei quieta.

"Andy sabe mais do que eu. Mas vou contar o pouco que sei", disse ela depois de um tempo.

Andy era primo do meu pai. Não o víamos desde que meu pai morreu. Eu não o vi, pelo menos. Nem uma vez. Alguma coisa dentro de mim dizia que era hora de ficar tensa, porque a verdade se aproximava. Mas não fiquei. Afinal, o que quer que estivesse a caminho, não poderia ser pior do que aquilo que eu já tinha.

A menos...

"Se ele morreu de um jeito muito ruim, não me conta os detalhes. Não quero saber essa parte."

"Você falou que leu as matérias dos jornais."

"Não. Não foi exatamente isso que eu disse. O que eu falei foi que as matérias apareceram em uma pesquisa. Um amigo leu tudo para mim e filtrou as partes mais pesadas."

"Que alívio."

"É tão ruim assim?", perguntei, e depressa, antes que ela pudesse responder, continuei: "Deixa para lá. Não quero saber. Só me conta o que você sabe sobre o motivo".

"Ele se meteu em uma dívida enorme com um agiota. Não sei o tamanho real da dívida, porque tentei não perguntar. Tive medo e fiquei furiosa com ele. Não conseguia entender por que ele não parava. Ele me adorava, adorava você, e eu achava que nós duas tínhamos que bastar para fazê-lo parar. Mas conversei com um terapeuta depois que ele morreu, e acho que isso não é tão fácil assim."

"Não sabia que tinha procurado um terapeuta."

"Eu fui a um, e você, a outro."

"Não me lembro disso."

"Foram apenas umas cinco sessões. Depois não consegui mais pagar."

"Tudo bem, continua o que estava contando."

Ela suspirou. Como se esperasse nunca ter que falar nisso.

"Acho que, se ele estivesse aqui agora, eu seria mais compreensiva. Tentaria ser, pelo menos. Mas não fui compreensiva naquela época. Fiquei muito ressentida. Não quero que pense que seu pai não era um bom homem. Ele era. Não era um canalha, nem um fracassado. Ele era um cara legal, mas isso era como uma doença para ele. Enfim. Comecei a não querer saber o quanto ele estava encrencado. Mas depois que isso aconteceu, conversei com o Andy para descobrir mais informações. E a polícia falou com ele, é claro. Acho que seu pai contou ao Andy que tinha um plano para conseguir o dinheiro, porque, se não pagasse, eles iam quebrar as duas pernas dele, e se isso não resolvesse, acho que fariam alguma ameaça contra nós. Sabe? A família dele. Não sei exatamente que plano era esse, mas acho que tinha a ver com desafiar alguém com quem ele não devia se meter e torcer para não ser pego. O Andy falou que não tinha todos os detalhes, mas talvez ele apenas não quisesse contar tudo à polícia."

"Mas ele queria que os assassinos fossem presos, não queria?"

"Sim, mas... tenho a sensação de que, se soubéssemos da história inteira, o Andy também não sairia bem dela. Talvez também acabasse encrencado. Enfim, nunca o pressionei muito. Porque... de que teria adiantado? Não precisava saber o tamanho da idiotice desse plano. Idiota o bastante para provocar a morte dele. Isso é tudo que você precisa saber sobre a qualidade do plano."

Não falamos nada por alguns minutos. Fiquei quieta, caso surgisse mais alguma coisa. Ela ainda afagava meu cabelo. E era bom. Não no sentido físico. Era bom porque, por um minuto, podíamos estar as duas do mesmo lado. Nem sempre uma contra a outra, como adversárias em um ringue.

"Queria saber se foi o jogo que o matou", falei. "Para ficar bem longe disso."

"Você não é jogadora."

Eu poderia argumentar. De início, até quis. Queria ficar meio brava e dizer que ela nem me conhecia. Mas estava muito cansada dessa raiva entre nós. Consumia energia demais. Além disso, se ela não me conhecia, a culpa era tão minha quanto dela.

"Se lidei com isso da maneira errada", disse ela, "peço desculpas. Foi um período horrível para mim. Talvez tenha sido um erro. Talvez tudo que fiz nessa época foi errado. Mas eu fiz o melhor que pude com o que tinha no momento. Espero que você entenda. Espero que aceite meu pedido de desculpas."

"Desculpas aceitas."

"Vou comprar um baú novo para você."

"Não precisa. Paul tem uma caixa grande de madeira que vai servir. Só preciso comprar uma fechadura e um cadeado, e ele vai instalar para mim. É uma caixa legal."

"Ah, tudo bem."

Percebi que ela teria gostado mais se pudesse resolver o problema para mim. Acho que ela estava ficando cansada com o fato de eu ter Paul como meu principal recurso. Mas ela não falou mais nada.

Parou de afagar meu cabelo. Ficamos ali por mais um tempo, banhadas pela nesga prateada que entrava pela janela sobre minha cama. Eu achava que a conversa tinha terminado, mas ela não ia embora. Talvez ainda houvesse mais alguma coisa.

"Você sabe que meu amor por você é incondicional, não sabe?", disse ela. "Mesmo que não seja parecida comigo. E por mais que... quero dizer, não importa quem você se tornou, agora que cresceu. E como..."

Esperei, mas ela parecia ter esgotado sua energia.

"Será que já conseguimos falar desse assunto em voz alta? 'Angie, você é lésbica e eu te amo'?", perguntei, mas não para discutir com ela, apenas para ajudá-la a terminar o pensamento.

Uma pausa breve e estranha.
"Angie, você é lésbica e eu te amo."
"Obrigada. Também te amo."
Ela beijou minha têmpora.
Depois voltou para a cama.

• • •

Eu sentia a cabeça meio pesada quando me sentei à mesa para tomar café da manhã com ela. Era uma dor de cabeça moderada. Acho que estava dormindo pouco.

Sophie estava sentada à mesa, perdida em seu mundinho, balançando uma linguiça.

Pelo menos estávamos comendo melhor.

"Ovos mexidos e linguiça no forno", anunciou minha mãe. Artificialmente animada.

"Ah", respondi.

Não sei por que me dei o trabalho de sentar.

"Quer que eu pegue para você?"

"Não. Eu pego."

"Você parece cansada."

"Estou cansada. Faz dias que não consigo dormir uma noite inteira."

"Ah. Sinto muito. Ou pelo menos... lamento por minha participação nisso na última noite. Senta. Eu te sirvo, para variar. Quer café?"

"Por favor."

Observei Sophie por um instante, depois fiquei mexendo meu garfo.

"Só para você ficar sabendo com antecedência", avisei, "acho que em breve teremos que acampar de novo."

Eu esperava uma explosão de protestos.

Em vez disso, ouvi um gemido baixinho:

"Oh, oh."

"Oh, oh o quê?"

"A rainha vai aparecer mais vezes, não vai?"

"*A rainha?* Mas por que está chamando a Rachel desse jeito?"

"Não sei. Acho que é porque tudo tem que parar quando Sua Alteza se propõe a fazer uma visita."

Eu estava perplexa.

"Você não gosta da Rachel? Porque eu gosto dela. Gosto muito."

Um prato com ovos e linguiça apareceu na minha frente. Em seguida surgiu a xícara de café. Misturei o açúcar enquanto esperava pela resposta.

Ela sentou com um grunhido, depois suspirou.

"Eu nem a conheço", disse.

"Exatamente. Foi o que eu pensei. Então por que toda essa má vontade com ela de repente?"

Ela suspirou de novo.

Despejei leite no meu café e bebi um gole demorado. Desceu redondo. Gosto bom, sensação boa e adequado à minha necessidade. Como uma droga leve. Bem, acho que café é isso mesmo.

"É que... acho que ela está interessada nele", disse minha mãe. Toda chorosa, como uma adolescente reclamando de problemas de relacionamento.

"Seria ótimo se estivesse mesmo."

"Ótimo? Como assim? A Sophie está ficando mais agitada e barulhenta a cada dia, e toda vez que ela vem, temos que sair. Vai querer me convencer de que não teremos que nos mudar se ela vier morar aqui?"

"Não. Provavelmente, teremos que sair."

"Então por que isso é ótimo?"

"Porque ele é sozinho."

"Não quero me mudar! Aqui não pagamos aluguel!"

Quando ela chegou à palavra *aluguel* sua voz já estava um pouco esganiçada. O suficiente para eu pensar em colocar as mãos nas orelhas para não ouvir, caso o discurso continuasse.

Acho que eu não tinha percebido o quanto ela estava em pânico com isso.

Em seguida, tentei entender por que *eu* não estava.

"Ele passou quase a vida toda sozinho. E agora não tem mais nem a cachorra. Tem quase 68 anos. Se isso não der certo, quantas chances acha que ele ainda vai ter? Ele merece ser feliz, sabe?"

"Bem, desculpa se estou mais preocupada com a gente do que com ele."

Francamente, essa era uma coisa que eu não sabia se podia perdoar. Considerando tudo que ele já havia feito por nós.

"A ideia era ficar aqui e economizar", lembrei. "Para poder pagar o aluguel em outro lugar. Nossa casa. Seria bom ter um quarto com uma porta que eu pudesse fechar. Esse arranjo sempre foi temporário, e você disse que estava guardando dinheiro..."

"E estava."

"Disse que conseguia economizar mil dólares por mês."

"Nem tanto."

"Mas eram mil e quinhentos por mês no lugar onde morávamos antes."

"Imprevistos acontecem."

Não era a primeira vez que ela dizia isso. E eu também não gostei nas outras vezes.

"Quanto nós temos?"

"Um pouco menos de doze mil."

"É metade do que eu imaginava. Bem, pelo menos é o suficiente para dar entrada em alguma coisa, eu acho."

"Está esquecendo duas coisas, Angie. Uma delas está bem aqui, sentada à mesa com você, comendo linguiça. A outra é que não tenho crédito, já falei antes. Cada vez que você fala em comprar, em vez de alugar, eu explico a mesma coisa. E você sempre consegue esquecer de um jeito bem conveniente."

"Não esqueci."

"Tem alguma carta mágica na manga que eu desconheço?"

"Talvez."

"E seria...?"

"Um amigo que trabalhou como gerente de empréstimos de um banco durante 45 anos."

Ela franziu o nariz e a testa. Bebeu um gole de café. Balançou a cabeça.

"Não acredito que esse tipo de problema se resolva com um 'quem te indicou'. A questão aí é 'quanto você tem'."

"Mas talvez ele possa dar algumas dicas de como conseguir um empréstimo."

"É claro. Ele vai dizer: 'Comece com um bom histórico de crédito'."

Balancei a cabeça e não falei nada. Voltava a ter aquela sensação de "isso não vai nos levar a lugar nenhum". Percebi que era uma sensação muito frequente quando eu estava com minha mãe. Dias atrás, eu poderia ter levantado e saído da mesa aborrecida. Mas isso estava ficando ultrapassado.

Além do mais, eu estava com fome.

• • •

Rachel apareceu quatro dias depois. E só ficou por dois dias.

No dia em que ela foi embora, minha mãe tinha me deixado em casa antes de ir ao trabalho. Em parte porque a van do Ed ainda buscaria Sophie de manhã e a deixaria em casa à tarde. E em parte porque, se eu passasse o dia lá, saberia quando Rachel fosse embora, e se teríamos que acampar por mais uma noite. E não fazia diferença se *eu* estava lá. Eles não me ouviam ali em cima, e minha presença não mudava nada para eles.

Era Sophie. Sophie era o coringa.

Subi, tomei um banho e peguei um pouco de cereal. Antes mesmo de terminar de comer, ouvi o carro de Rachel saindo da garagem. Olhei pela janela, certa de que os dois iriam a algum lugar.

Era só Rachel.

Sentei para comer e pensei se pareceria estranho perguntar ao Paul como tinha sido a visita. Nunca conseguia tomar esse tipo de decisão. Meus pensamentos davam voltas. Além do mais, ela podia só ter ido ao mercado, e logo estaria de volta.

O telefone tocou. Quase caí de susto.

Atendi no segundo toque.

Era Paul.

"Você está aí", afirmou ele. "Ótimo."

"Parece feliz."

"Estou feliz. Por que não estaria?"

"Não sei. A visita foi bem curta."

"Mas foi boa. Vamos pescar?"

"Vamos. Tem alguma coisa para me contar? Quero dizer, vai me contar o que aconteceu? Se é que aconteceu alguma coisa. Não estou dizendo que aconteceu. Só que... parece bem feliz."

"Espero você na garagem", disse ele.

Eu desci.

Pegamos o equipamento e fomos de carro a um daqueles laguinhos nas montanhas.

Mas ele não me contou nada no caminho.

• • •

Estávamos no lago já fazia algum tempo, com a água na altura da cintura, ou melhor, da minha cintura, quando ele disse:

"Acho que me sinto estranho falando sobre isso."

"E o que quer que eu faça enquanto espero? Devo pescar de boca fechada? Ou devo tentar arrancar essa história de você?"

"Boa pergunta. Não sei."

Eu ri alto, encarando-o. Ele quis saber por quê, e eu não sabia o que dizer. Ele não *perguntou*, pelo menos não em voz alta. Apenas olhou para mim de um jeito que deixava claro que queria saber. Eu achava interessante ele conseguir fazer essas coisas sem falar.

E ali estava o motivo da minha risada. Porque quando ele estava feliz e empolgado, coisas que, até onde eu sabia, ele nunca tinha sentido antes, Paul era meio que... adorável. Mas isso não é coisa que se diga a um homem de 68 anos, mesmo que, na ocasião, você consiga encontrar as palavras certas.

"Vamos brincar de Vinte Perguntas", sugeri. "Paul? Alguma coisa aconteceu entre vocês?"

"Sim. Nada enorme. Bem. Sim. Foi enorme. Mas *você* pode achar que não. *Alguma coisa* aconteceu, mas não *tudo*. Faz sentido?"

"Só fiz uma pergunta até agora."

"Ela me beijou. Quero dizer, nós nos beijamos. Mas *ela me* beijou. Não estou dizendo que não correspondi. É claro que sim. Mas foi ela que me beijou. Foi assim que começou."

"Quando?"

"Ontem à noite."

"E depois... por que ela foi embora?"

"Nós só... conversamos sobre isso. Não queremos apressar as coisas. Sabe? Apressar demais. Decidimos ficar cada um em seu canto e ver o que sentimos em relação ao que aconteceu. Deve parecer patético para você. Muito antiquado. Quando se tem 16 anos, isso deve parecer patético."

"Tenho 16 anos e, por mais patético que possa parecer, nunca beijei ninguém, o que significa que não sou a melhor pessoa para fazer esse julgamento."

Ele apoiou o braço esquerdo sobre meus ombros, o direito segurava a vara de pescar, me puxou para perto e beijou minha testa. Beijou com força suficiente para empurrar minha cabeça para trás.

Ri alto de novo.

"Obrigada, mas isso não conta."

"É claro que não. Eu nem queria que contasse. Se acha que é patético nunca ter beijado alguém, imagina se seu primeiro beijo fosse meu. Isso com certeza seria patético."

"Aposto que a Rachel não achou patético."

"É diferente. A Rachel é..."

E ele parou de falar para puxar um peixe.

Ele o tirou da água, e o peixe ficou se contorcendo na ponta da linha enquanto Paul olhava para ele, sem tentar jogá-lo na rede, apenas olhava para ele pendurado, como se não esperasse que aquilo acontecesse. O anzol devia ter penetrado fundo, porque o peixe não conseguiu tirar proveito da oportunidade.

Abri o cesto de junco e o segurei embaixo do peixe, e Paul o jogou lá dentro e se aproximou para tirar o anzol.

"Tudo se resume ao foco", disse ele.

Paul jogou o anzol de novo no meio do lago, e eu prendi a vara entre os joelhos para não a derrubar. Depois o abracei de lado, um abraço meio desajeitado, que provocou uma onda entre nós na água do lago.

"Por que isso?", perguntou ele depois do abraço.

"É bom te ver feliz."

"Mesmo que...?"

Ele não terminou a pergunta. Mas não tinha importância, porque eu sabia como ela terminava.

"Sim. Mesmo que a gente precise procurar outro lugar para morar, se tudo der certo. Ainda assim é bom te ver feliz."

Pescamos em silêncio por alguns minutos.

Depois ele disse: "Isso é incomum. A maioria das pessoas pensa primeiro em si mesma. Isso é coisa de um bom amigo".

"Bem, que bom que pensa assim, porque essa boa amiga vai pedir um grande favor. Você já percebeu que estou sempre olhando os anúncios no caderno imobiliário do seu jornal. Então achei uma coisa que gostaria de ver. Queria saber se pode me levar até lá. Sei que eu disse que não ia mais precisar de carona depois de tirar a carteira de motorista, mas não quero pedir o carro da minha mãe emprestado, porque não quero que ela saiba de nada por enquanto. Porque ela vai tentar me fazer desistir de ir. Ela não consegue aceitar a ideia de comprar um lugar, diz que nunca daria certo porque não tem crédito."

"Ela tem dinheiro para dar uma entrada?"

"Doze mil dólares seria uma quantia suficiente?"
"Pode ser."
"Ótimo. Já pedi para ela ir comigo visitar dois imóveis, e ela não quis. Acho que se sente constrangida com todas aquelas perguntas sobre dinheiro."
"Eles não fazem."
"Não fazem?"
"O vendedor não faz. Quem faz essas perguntas é o banco procurado para cuidar do financiamento. E é melhor que as respostas sejam dadas por escrito. Mas o vendedor, ou corretor imobiliário, apenas mostra o imóvel."
"Ah. Então não sei por que ela não vai comigo. E não posso ir sozinha, mesmo que pudesse usar o carro. Porque acho que nem me mostrariam nada. Quem mostraria um imóvel para uma menina de 16 anos? Mas se não mencionarmos que não somos parentes..."
"Isso não é um favor enorme."
"São quase trinta quilômetros depois da saída da cidade."
"Mesmo assim, não vejo nenhum problema. Quanto eles estão pedindo?"
"Pouco."
"Quanto é pouco?"
"O suficiente para eu não querer contar, porque você vai dizer que tem alguma coisa errada com o imóvel."
"Bem, só tem um jeito de descobrir. Vamos esperar mais meia hora para ver se os peixes aparecem, depois vamos ver se tem alguma coisa estranha acontecendo."

• • •

Seguíamos por uma estrada afunilada e cheia de curvas. Estávamos cada vez mais longe da cidade. Paul estava perdido nos próprios pensamentos, e eu apenas olhava a paisagem. Embora fossem só árvores.

Existem paisagens piores.

"Por que isso aconteceu?", perguntou ele. Do nada, sem mais, nem menos.

"O que aconteceu?"

"Essa coisa com a Rachel. Por que não aconteceu durante cinquenta anos e aconteceu agora?"

Engoli em seco e procurei entender aonde ele queria chegar. Parecia bem intenso, e eu não conseguia descobrir se era só uma pergunta retórica ou se ele realmente achava que havia alguma coisa ali para investigar.

"Bem, ela foi casada durante 48 desses cinquenta anos."

"Quarenta e sete."

"Acho que dá na mesma. Quarenta e sete anos de casamento, sendo que um ano antes de se casar ela era universitária, e você, um adolescente."

"Mas por que não aconteceu nada em todo esse tempo, desde que o Dan morreu, e de repente agora acontece? Ainda não consegui entender."

Fiquei quieta no banco do passageiro, tentando pensar se estava disposta a mentir para cobrir meus rastros. Não muito, acho. Eu me convenci de que ele estava pensando alto. Não estava me perguntando, como se eu soubesse. Mas mesmo que fosse uma pergunta retórica, eu ainda me sentia muito mal por esconder alguma coisa de Paul. Então me dei conta de que fazia tempo que eu escondia uma coisa dele. E estava me sentindo muito mal por isso. Mas tomei essa decisão antes de conversar com Rachel. Agora não podia voltar atrás.

"Isso não se enquadra naquela categoria de olhar os dentes de um cavalo dado?"

Ele olhou pelo para-brisa com aquela mesma ruga na testa, aquela mesma expressão distante por mais algum tempo. Depois tudo desapareceu como uma febre.

"É, acho que tem razão. Espero que não seja preciso marcar hora para a visita. O anúncio falava alguma coisa sobre hora marcada? Ou sobre imóvel ocupado? Ou alguma coisa desse tipo?"

"Não sei. Vou olhar de novo."

Peguei o recorte do bolso da camisa, onde ele estava há três dias, apenas mudando de bolso quando eu trocava de roupa. Desdobrei o papel e li o anúncio inteiro pela décima vez.

"Não diz nada disso."

"Bem, já viemos até aqui. Podemos ver o lugar de longe, pelo menos."

• • •

Tinha uma placa da imobiliária no cruzamento da estrada com a rua. Mas eu não vi casa nenhuma. Eram apenas árvores. Mas as árvores eram bonitas. Muito bonitas. Parecia uma fazenda, um rancho, tudo no meio do nada e paradisíaco. O que significava que não era para o nosso bico.

Agora eu estava mais certa do que nunca. Tinha alguma pegadinha no anúncio.

Paul pegou dois panfletos coloridos de uma caixa de acrílico encaixada em uma estaca de madeira. Nunca teria pensado em olhar ali.

"Pega um", pediu ele.

Olhei para o panfleto e vi que eram informações sobre a propriedade. Tive uma sensação estranha no estômago. Como se não fosse meu lugar e a imobiliária soubesse, e o panfleto soubesse, e a placa soubesse. Até a estaca que sustentava a placa sabia que aquilo não era para mim.

"Opa", disse ele. "É barato mesmo. Bem, vamos ver qual é a pegadinha."

Andamos juntos pela estradinha de terra que levava até uma casa em uma clareira. Quando a vimos, nós dois paramos.

"Ah", falei. "Aí está."

Não parecia ser um lugar onde uma pessoa pudesse morar. O teto tinha afundado, a varanda tinha cedido. A pintura estava descascada. Algumas janelas estavam quebradas. Bastava olhar para perceber que ninguém morava ali. Ninguém ocupava aquela casa há muito tempo.

"Não precisa se preocupar com a possibilidade de incomodar os moradores", comentou ele.

"Acho que podemos ir embora. Desculpa, fiz você perder tempo."

"Espera aí. Espera um minuto. Por que tanta pressa?"

Ficamos ali por mais um minuto, olhando para a casa.

"Ainda não parece melhor", comentei.

"É, não. Só vai melhorar se alguém dedicar centenas de horas de trabalho em uma obra."

"Está dizendo que ainda devo levar em consideração a ideia de comprarmos a casa?"

"Ainda não sei. Não sei."

Ele se aproximou da varanda, testando sua solidez com cuidado. Eu o segui. Olhamos pelas janelas. Não tinha nada lá dentro, só algumas tábuas soltas no assoalho e uma tonelada de poeira.

"É muito trabalho", falei.

"Concordo. Mas vocês nunca tiveram uma casa. Às vezes, famílias jovens conseguem a primeira casa própria comprando alguma coisa que ninguém mais quer e transformando em alguma coisa boa com benfeitorias."

"Não sei o que é isso."

"É como valor agregado."

"Quê?"

"Trabalho. Trabalho duro."

"Ah. Por que não disse logo?"

"Eu disse."

"Hum. Sei."

"Vai precisar de uma avaliação da estrutura. Ter certeza de que os alicerces estão em bom estado e o piso é sólido. Precisa garantir que os cupins não vão devorar tudo. Se o básico estiver em bom estado, o restante é mais ou menos estético. Mas vai precisar de tábuas novas para a varanda. E de um telhado novo."

"E isso não é barato."

"Não. Então vou dizer o que dá para fazer. Você procura a imobiliária e diz: 'Estou interessada na casa, mas vou precisar investir milhares de dólares em varanda e telhado novos, então vocês vão ter que baixar o preço'."

"E a imobiliária vai responder: 'Por que acha que pedimos tão pouco pela casa?'."

"Talvez. Depende de quanto tempo o imóvel está no mercado. E se o vendedor está com pressa."

"Acha que isso pode dar certo?"

Ele tirou uma camada de tinta do parapeito da janela e examinou com atenção a madeira embaixo da pintura.

"Acho que é como descobrir se o peixe morde a isca."

"Certo. Entendi."

"Posso te ensinar a trocar as vidraças das janelas. Isso, fechaduras novas e umas quarenta horas de faxina, e vocês logo vão poder morar aqui. Mas não alimente muitas esperanças. Não imagine que ninguém quis a casa só porque ela é feia. Quem tem dinheiro pode comprar o imóvel apenas pelo terreno. Seis meses são suficientes para demolir essa casinha e construir outra, mais moderna e de três andares."

Ele olhou de novo para o panfleto.

"Ah, não é tão grande. São só pouco mais de 8 mil metros quadrados. Isso é estranho. Devem ter subdividido a propriedade e vendido a maior parte do terreno. Deve ter uma área de terra agrícola e pomar entre este lugar e os vizinhos. Porque não há outra casa ao alcance dos olhos." Ele uniu as mãos em torno da boca, inclinou a cabeça para trás e gritou: "Olá, alguém me ouve?".

Esperamos. Mas, pelo jeito, ninguém ouvia.

"Isso é um grande bônus", comentei.

"É mesmo. Mas você já sabia, não? Não foi por isso que quis ver este lugar? Por ele ficar no meio do nada?"

"Hum... não. Não podia imaginar quantos vizinhos havia. Quis ver porque ele é muito barato."

"Se quiser, podemos passar na imobiliária para pegar todas as informações."

"Quero. Obrigada."

Olhei para cima, em vez de olhar para a casa horrorosa. Só para dar um descanso aos olhos. Pensei ter visto frutas em algumas árvores, mas não sabia quais eram.

Fiquei imaginando como seria ir à imobiliária com Paul, em vez de ir sozinha. Tive a sensação de que tudo correria bem. Eles não teriam o direito de rir de mim nem de me expulsar. Então percebi que não era só por ainda nem ter completado 17 anos. Era por eu ser uma criatura destruída, e eles perceberiam, de algum jeito. Isso me fez ter uma noção do real motivo de minha mãe sempre querer distância de lugares assim.

"Acha que consegue trazer sua mãe para ver a casa?", perguntou Paul, quase como se estivesse lendo a minha mente.

"Essa vai ser a parte mais difícil. Ela resiste muito à ideia de comprar uma casa."

"Por causa do crédito? Do financiamento?"

"Acho que sim. Acho que ela sempre se sentiu uma fraude, porque não tem aquelas respostas boas e sensatas típicas de mãe para questões que envolvam dinheiro. Então ela tenta passar despercebida e não ir a lugares onde alguém pode fazer perguntas."

"E um banco não é esse tipo de lugar. Talvez eu possa prepará-la, como os advogados fazem com as testemunhas."

"Espero que sim. Espero que possa fazer alguma coisa para ajudá-la, porque não vamos chegar a lugar nenhum se as coisas continuarem como estão agora."

Na verdade, a única diferença entre nossa situação atual e a que estávamos quando viemos para as montanhas era de, mais ou menos, 12 mil dólares. O que já era alguma coisa. Mas apenas se minha mãe estivesse disposta a gastar esse dinheiro em uma casa. Caso contrário, voltaríamos a pagar aluguel, e ela usaria parte desse valor todo mês, porque sempre faltaria alguma coisa para as contas fecharem.

É impressionante como é demorado juntar dinheiro, e como é depressa para a vida interferir nisso.

• • •

"Era um pomar produtivo", contei à minha mãe durante o jantar. "Mas só tem uma pequena parte dele. Antes plantavam pêssegos, nozes e tomates, mas todos os pés desapareceram. Agora as árvores são velhas e não produzem muito, e a terra não serve para plantar. Mas essa é a parte boa. Fica mais de um quilômetro e meio distante do vizinho mais próximo. E a corretora falou que, se eu quiser subir nas árvores, posso colher mais pêssegos e nozes do que três pessoas conseguem comer."

"Não acredito que vai me obrigar a repetir isso", disse minha mãe.

Sophie começou a bater com o garfo na mesa, com um gritinho a cada batida. Às vezes no ritmo, às vezes fora dele.

Ergui a voz para me fazer ouvir no meio disso.

"Paul se ofereceu para te ajudar na preparação do pedido de financiamento, como os advogados preparam as testemunhas."

Ela jogou o guardanapo na mesa e me encarou de um jeito que fez meu rosto esquentar.

"Ah, mas é um pouco diferente, não é? Porque uma testemunha só precisa falar. Eu vou ter que apresentar contracheques e declarações de renda. E vou precisar de muito mais que apenas o valor da entrada e a aprovação do banco, o que nunca teremos. Vou ter que ganhar bastante para pagar as prestações do financiamento."

Pam. Gritinho. Pam. Gritinho.

"Vai precisar pagar aluguel, de qualquer maneira."

"Angie. Você não está me ouvindo. Não ganho o suficiente para comprar uma casa. Não preciso de um banco para me dizer isso. E vou ficar grata se não tocar mais nesse assunto."

"Nesse caso, é melhor começarmos a procurar algum lugar", avisei. "Porque é bem provável que tenhamos que sair daqui. Não é definitivo, mas tudo está se encaminhando para isso. Só pensei que seria bom se fôssemos para um lugar onde a Sophie pudesse estar com a gente."

"Estou procurando um lugar para ela."

Por um segundo, senti o impulso da luta. Ia atacar, gritar, acusá-la de se preocupar mais com seu medo de bancos do que com minha irmã. Abri a boca e de repente percebi que estava muito cansada. Era uma exaustão que me paralisava. De que ia adiantar? Por que eu ainda insistia em brigar com ela? Estava brigando há anos. Gastava minha energia, e as coisas sempre acabavam no mesmo lugar.

Quando eu pensava ter evitado o drama com minha rendição, minha mãe perdeu a cabeça com Sophie.

"Para com isso!", berrou ela, e berrou de verdade.

Sophie ficou imóvel por alguns segundos, depois começou a chorar. Minha mãe teve que segurá-la e carregá-la para o carro, como sempre fazia. A intenção era ficar rodando pelas ruas até minha irmã perder a voz ou dormir.

"*Esse* foi um erro de principiante", falei para a porta um minuto depois do estrondo da batida.

Catherine Ryan Hyde
para sempre
vou amar
te

# 4

## Confiança

Mais ou menos três semanas depois disso, pouco antes de eu fazer 17 anos, minha mãe surgiu com a ideia do carro. Era de manhã. Eu estava deitada na minha cama, lendo, quando ela colocou a cabeça ao lado da divisória. Eu não gostava quando ela fazia aquilo. Queria que ela tratasse aquela abertura como uma porta fechada. Ela até que costumava fazer isso, mas apenas quando era conveniente para ela.

"Estava pensando no seu aniversário", disse.

"Pensando o quê?"

"O que acha de ter seu próprio carro?"

Abaixei o livro. Olhei para ela com as pálpebras meio baixas. Teoricamente, isso era bom. Quase bom demais. Talvez por isso eu tivesse a sensação de que havia algo errado ali.

"Acharia ótimo, se tivéssemos dinheiro para isso. Mas não temos."

"Se encontrar um carro barato, uns dois ou três mil, eu te dou de presente de aniversário."

"Vai pagar com o dinheiro da entrada da casa."

Vi a expressão dela mudar. Como se percebesse que o confronto hoje aconteceria cedo. Era quase uma armadilha. Era uma ideia para ela mexer nesse dinheiro de um jeito com que eu não conseguisse me opor, porque, afinal, que adolescente recusaria um carro?

"Não", avisei. "Se vai mexer no nosso dinheiro da entrada, não quero um carro. Prefiro te levar para o trabalho, usar seu carro e comprar a casa. Caramba, prefiro andar a pé e de ônibus e comprar a casa."

"Meu bem, nosso dinheiro não é 'dinheiro da entrada', porque nós não vamos comprar nada."

"Tudo bem, se você for mexer nas nossas economias, eu não quero."

Ela respirou fundo. Por um minuto, pensei que ia explodir comigo. Mas a buzina da van nos interrompeu.

"Eu levo a Sophie até a van", avisou ela. "Se vai me levar para o trabalho, é melhor se vestir logo."

• • •

Deixei minha mãe na farmácia, depois fui até a casa que estava à venda. Já tinha estado lá sozinha outra vez. Mas, naquela ocasião, apenas olhei da estrada.

Dessa vez, parei o carro da minha mãe na entrada. E então, enquanto me afastava dele, olhei para trás e percebi que tinha vergonha daquele carro, e esperava que ninguém o visse ali. Esperava que algum corretor não aparecesse para mostrar a casa a alguém, porque eu não queria ser a motorista daquela lata velha, embora ela combinasse com o estado da casa. Mesmo assim, eu sabia que ele não combinaria com as condições dos outros clientes da corretora.

Percorri os 8 mil metros quadrados a pé. Havia cercas de arame nos limites da propriedade. Não era arame farpado. Eram só quatro fileiras de arame presas em estacas de madeira. As árvores haviam sido plantadas em filas, e eu percorri os corredores do pomar, indo e voltando, pensando nos dias produtivos, imaginando as vozes dos agricultores colhendo as frutas, como eram retiradas as que cresciam nos galhos mais altos.

Escolhi uma que parecia fácil de escalar. Havia uma interseção baixa de galhos grandes. Corri para pegar impulso, pulei e agarrei a interseção. Mas não consegui me segurar e caí em pé na terra. Tentei de novo, e dessa vez segurei mais firme e encaixei meu pé nas saliências do tronco, e ergui o corpo até conseguir me sentar na junção desses galhos. Depois fiquei em pé. E olhei para cima. E, com cuidado, subi mais. Vi um pêssego, mas quando cheguei perto dele, descobri que estava duro e um pouco verde. Então continuei subindo. Encontrei o sol depois das partes mais densas da copa da árvore e então vi as montanhas. Não as tinha visto lá da propriedade porque as árvores escondiam tudo.

Fiquei ali por um momento, me segurando. Olhando. Pensando que nunca deixaria de amar aquelas montanhas. Depois tentei imaginar o que pensaria delas se tivesse acabado de voltar do circuito das trilhas das casas de chá na região de Annapurna, no Himalaia. Achei que as veria menores e mais mansas, mas ainda bonitas.

Encontrei um pêssego que parecia maduro e me inclinei para pegá-lo. Com cuidado. Não consegui alcançá-lo e, por isso, puxei o galho para mais perto. Peguei a fruta e puxei, mas ela não se soltou. Torci o caule. Ela se desprendeu na minha mão.

Sobre o galho, segurando firme com uma das mãos, olhei para as montanhas mais um pouco e dei uma grande mordida no pêssego. Era suculento e tinha gosto de verão.

Comecei a descer.

Quando alcancei de novo a interseção dos galhos, sentei e segurei o pêssego com os dentes para conseguir me agarrar a um galho com as duas mãos. Depois me balancei e soltei o galho; caí em pé na terra com um barulho seco, e os tênis levantaram nuvenzinhas de poeira. Mas apertei os dentes sem querer, mordi um pedaço do pêssego, e o restante da fruta caiu na terra.

"Porcaria", falei alto com a boca cheia.

Quase o peguei do chão para tentar lavar, de algum jeito. Mas só tinha mais duas mordidas, e ele já estava coberto de terra escura.

Deixei o pêssego no chão e andei em direção à casa mastigando o pedaço que ainda tinha na boca.

A corretora estava lá com um comprador. Um homem de cerca de 50 anos, que parecia ter dinheiro para fazer um cheque no valor total do imóvel ali mesmo, se assim quisesse.

Parei quando os vi. Engoli depressa.

"Posso ajudar?", perguntou a mulher. Sua voz era um pouco fria.

"Sou a Angie. Lembra que estive aqui com Paul Inverness?"

"Ah, sim. Agora eu lembro."

"Já estava indo embora."

"Tem mais alguma dúvida?"

"Queria saber se a propriedade era cercada. Porque Paul vai comprar um cachorro novo, um filhote, e ele ainda não vai estar treinado o suficiente para não fugir. Eu disse a ele que viria aqui verificar isso."

"Ele teria que colocar um portão na entrada", avisou ela.

"Ok, eu falo com ele."

Os dois ficaram olhando para mim, e não havia mais nada a dizer. E nenhum dos dois parecia muito feliz com minha presença.

"Já estava indo embora", repeti.

Quando estava me afastando, ouvi a mulher comentar:

"Como pode ver, tenho outro cliente interessado nesta propriedade."

E eu soube que minha presença ali serviria, provavelmente, para pressionar o comprador a fazer sua oferta mais depressa. Isso fez com que eu sentisse um frio no estômago, mas disse a mim mesma que era melhor superar. Não compraríamos a casa mesmo, então não era uma perda real.

Mas eu sentia a perda mesmo assim.

• • •

Três dias depois, Rachel chegou para mais uma visita. Fiquei animada, porque queria muito saber que rumo a história deles ia tomar.

Não fomos acampar porque minha mãe confessou que tinha se cansado de acampamento. Fomos ao mesmo hotel barato onde havíamos ficado anos antes.

Na primeira noite que passamos lá, Sophie começou a gritar, e minha mãe teve que andar de carro com ela por quase duas horas, até que ela dormisse. Quando voltaram, já passava das 23h, e eu sabia que minha mãe demoraria para conseguir aliviar o estresse e, enfim, pegar no sono. E ela precisava acordar cedo para trabalhar. Tudo isso produzia um péssimo resultado.

Decidi arriscar e tocar no assunto de novo.

"Consegue imaginar como seria incrível morar em um lugar tão longe de todos os vizinhos que ninguém a ouviria? Se ela começasse a gritar, só teríamos que pôr os fones de ouvido e esperar passar."

"Não existe um lugar que fique tão longe assim dos vizinhos."

"Essa casa que eu queria te mostrar é assim. Mais de um quilômetro e meio de distância da casa mais próxima."

"Está brincando!"

"Eu já tinha falado antes."

"Pensei que fosse só força de expressão, sabe? Um quilômetro e meio. Pensei que apenas quisesse dar a ideia da distância."

"Sim. *Um quilômetro e meio*. Bem distante", concordei. O momento era bom, eu sentia. Consegui pegá-la em uma hora de exaustão. "Podia dar uma olhada, pelo menos."

"Tudo bem, eu vou. Passa na farmácia ao meio-dia, e aí vamos até lá no meu horário de almoço. Você dirige, e eu vou comendo no caminho."

• • •

Pouco antes da última curva na estrada, senti um nó no estômago. E se eu tivesse uma visão completamente diferente da última vez? Caminhões parados na entrada ou um espaço vazio onde antes ficava a placa anunciando a venda?

Mas me convenci de que era bobagem. Só haviam se passado alguns dias.

Olhei para minha mãe no banco do passageiro, comendo um sanduíche. Tinha salada de atum no canto da boca.

"Que foi?", perguntou ela.

Apontei o canto da minha boca, e ela limpou a dela com um lenço que pegou da caixa abaixo da poltrona.

Fizemos a última curva.

A placa estava no mesmo lugar. A entrada continuava vazia. Mas quando chegamos mais perto, vi alguma coisa na placa que não estava lá antes. Uma faixa vermelha um pouco acima do anúncio, com uns trinta centímetros de comprimento. Quando enfim nos aproximamos, li em voz alta:

"Venda pendente."

Parei no meio da estrada. O que não tinha muita importância, porque não havia mais ninguém ali.

"Merda", comentei sem muita energia.

"Não era para ser", disse minha mãe.

Não respondi. Estava ocupada com o ressentimento. Porque eu achava que era para ser.

"Bem, foram quatro litros de gasolina que nunca mais vão voltar. Vamos embora, meu bem."

Em vez disso, entrei na propriedade. Ela devia ter pensado que eu ia fazer o retorno. Até que desengatei a marcha e desliguei o motor.

"O que vamos fazer?"

"Só quero pegar um pêssego. Não consegui comer o meu inteiro da última vez. Vou pegar dois, um para mim e o outro para você comer de sobremesa."

"Isso não é... invasão?"

"Ninguém vai ser prejudicado. Quando a venda for concluída, os pêssegos vão estar no chão, apodrecendo."

Saltei do carro antes que ela pudesse dizer mais alguma coisa. Fui andando pela propriedade e contornei a casa. Segui por um corredor entre as árvores. Queria encontrar aquela em que tinha subido da última vez, mas não estava onde pensei que estaria, e eu não tinha muito tempo.

Escolhi uma que parecia possível de escalar e corri para pegar impulso. Pulei, agarrei um galho e apoiei o pé esquerdo no tronco.

O tênis escorregou.

Caí e bati o joelho com força na forquilha entre dois galhos. Estava de short, então não tinha nada protegendo minha perna. Mas foi pior que isso. Meu joelho não só bateu na árvore, como escorregou. Ou seja, eu quase deslizei pelo galho com todo o peso do corpo sobre um único joelho. Eu caí no chão, com o tornozelo esquerdo dolorosamente torcido.

Olhei para o meu joelho. Estava adormecido. A pele que não tinha sido arrancada estava esfolada. Com exceção da terra e dos fragmentos de casca de árvore cobrindo a região, tudo era estranhamente branco. A ficha ainda não tinha caído sobre o tamanho e a extensão do machucado. Dezenas de gotinhas de sangue brotaram do ferimento, cresceram, se tornaram grandes gotas de sangue e se juntaram, formando uma poça.

Eu tinha que resistir às lágrimas ardidas, que só pioravam a situação. O impulso de chorar quando me machucava era como o de chorar quando ficava brava. Uma coisa que já está ruim se torna ruim e constrangedora.

Fiquei em pé. Sim, em um pé só. O sangue escorria pela canela e entrava no tênis. Tentei me apoiar no tornozelo esquerdo, mas não consegui. Voltei para o carro pulando, usando a maior parte da minha energia para segurar o choro.

Minha mãe estava sentada no volante. Ela não me viu. Estava olhando para longe. Tive que ir pulando até a porta do passageiro e bater na janela. Ela não viu o estrago porque eu estava muito perto do carro. Deu de ombros, como se não entendesse por que eu não entrava.

Desisti de esperar qualquer ajuda dela, abri a porta, abaixei e peguei uns dez lenços de papel da caixa de uma vez só. Dobrei as folhas ao meio e apertei o chumaço no joelho para tentar estancar o sangramento.

Tinha que pensar em um jeito de entrar no carro usando apenas uma das mãos e, ainda, apoiada em um pé só. Por fim, desisti e desabei no banco do passageiro, me recusando a reclamar de dor. Puxei a perna machucada com a mão livre e a coloquei dentro do carro, depois me ajeitei e fechei a porta.

"Você se machucou?", perguntou minha mãe.

Em que planeta ela tinha estado esse tempo todo? Em que planeta estava agora? Não perguntei.

"Só ralei o joelho."

"Deve ter sido um ralado grande", comentou, apontando a mancha de sangue.

"Não tinha nada para estancar o sangramento. Agora tenho, daqui a pouco vai parar."

Ela ligou o carro e saiu sem falar nada.

"Não me deixa no hotel", avisei. "Vou para casa. Lá temos mais material para eu fazer um curativo. E se faltar alguma coisa, Paul deve ter."

"Tem certeza de que está bem?"

"Ninguém morre de joelho ralado. Não que eu saiba."

"Pena que não pegou o pêssego. Estava esperando por ele."

"É", concordei. "Eu também."

• • •

Ela parou na frente da casa de Paul. Desengatou a marcha. Fiquei ali sentada olhando para ela. Ela demorou para me olhar.

"Que foi?"

"Será que pode, por favor, entrar com o carro e parar na porta? Acho que torci o tornozelo."

"Você não tinha me contado isso. Disse que só ralou o joelho."

"Bem, estou contando agora. Torci o tornozelo."

Ela engatou a ré, voltou um pouco e entrou na casa. Só parou quando estava perto da escada do apartamento.

Rachel estava parada ali. Na nossa escada.

"O que ela quer?", perguntou minha mãe.

"Não sei. Vou descobrir. Pode ir trabalhar."

Abri a porta do passageiro e, quando levantei a cabeça, Rachel estava ali, ao meu lado.

"Pode me ajudar, por favor?", pedi. "Eu me machuquei."

"É claro."

Ela acenou com a cabeça para minha mãe. As duas nunca foram apresentadas, nunca se falaram. Depois ela segurou meu braço e me ajudou a sair do carro. Fiquei parada na frente da escada, abaixada para continuar pressionando o joelho com os lenços, tentando não demonstrar tanto assim o pouquíssimo peso que conseguia apoiar sobre o tornozelo. Acenei para me despedir da minha mãe, deixando claro que desejava que ela fosse embora. Ela balançou a cabeça e saiu de ré, quando na verdade podia ter manobrado com facilidade e saído de frente.

Olhei para Rachel.

"Estava te procurando", disse ela. "Fui ver se estava no camping."

"Dessa vez ficamos no hotel."

"Eu ia subir e deixar um bilhete para você. O que aconteceu?"

"Só um acidente bobo. Falta de coordenação de quem não é muito ativo."

"Vou te ajudar a subir."

Tive que apoiar meu braço sobre os ombros dela. Não foi fácil, porque ela era muito mais alta que eu. Tive que me esticar de um jeito estranho. Ela enlaçou minha cintura com um dos braços. Tive que desistir de apertar o joelho. Deixei sangrar.

Enquanto ela me ajudava a subir, pensei em minha mãe. Sentada no carro enquanto eu tentava voltar, aos pulos, e dava um jeito de entrar. Reconheço, ela não sabia o que estava acontecendo, provavelmente. Mas uma parte de mim sentia que ela deveria saber. Como Rachel teria sabido.

Destranquei a porta, desviamos do tapete e deixamos uma pequena trilha de sangue no belo assoalho de madeira a caminho do banheiro.

"Senta na beirada da banheira", disse ela. E me ajudou a chegar lá. "Lave o ferimento da melhor maneira possível. Vou buscar o kit de primeiros socorros do Paul."

E eu pensei: viu? Paul tinha mesmo um kit de primeiros socorros. E uma lanterna para quando faltava energia elétrica. É a cara dele. E nem um pouco a nossa cara.

• • •

Estava sentada no sofá com o joelho dobrado sobre o braço de couro estofado, com uma toalha velha embaixo dele para absorver o sangue e a água oxigenada. Meu pé descansava sobre uma pilha de almofadas em uma cadeira, em um nível mais alto que o joelho. Rachel tinha envolvido meu tornozelo com uma faixa elástica da caixa de primeiros socorros de Paul. Tinha uma bolsa de gelo em cima dele.

Ela usava os óculos de leitura e examinava meu joelho de perto, segurando uma pinça com a qual tentava remover os últimos fragmentos de casca de árvore.

"Ai!", gemi quando ela puxou um. Eu me esforçava muito para não falar nada. Mas sempre deixava escapar um barulhinho.

"Desculpa", respondeu ela.

"Precisa parar de se desculpar."

"Preferia não ter que te machucar. Mas vai ser difícil impedir que isso infeccione porque tem muita terra e casca de árvore dentro do machucado. Só quero tirar o máximo possível. Aguenta aí, tem mais um."

Dessa vez, apenas suspirei. Mas tive que fazer um esforço enorme para me segurar. Tive que suportar a dor, que era intensa.

Não conseguia parar de tremer. Só me lembrava de outra vez em toda minha vida em que tremi de dor. Não sabia por que algumas dores me faziam tremer, e outras não. Acho que tinha alguma coisa a ver com a sensação de completa vulnerabilidade que ela provocava. A água oxigenada, que ela usava para lavar o ferimento entre uma remoção e outra, parecia um monte de agulhas perfurando partes do meu corpo que eu nem podia tocar.

Olhei para Rachel e tive de novo aquela sensação de que ela teria sido uma boa mãe, e de que as coisas teriam sido melhores para mim, se eu fosse filha de alguém que fosse mais mãe. Dessa vez, guardei a conclusão para mim.

"Por que estava me procurando?", perguntei. "Sobre o que era o bilhete?"

Algo sombrio passou pelos olhos dela, uma nuvem que a afastou de mim.

"Ah, é uma coisa ruim", deduzi.

"Sinto muito, Angie. Criei problema para você. Foi sem querer. Um erro estúpido."

"Bem, eu me identifico com erros estúpidos."

Não sabia por que eu estava falando, se o que queria mesmo era ouvir o que tinha acontecido.

"Ontem à noite eu estava cansada e sonolenta. Foi antes de ir para a cama. Sem pensar, mencionei alguma coisa que você comentou quando esteve na minha casa para conversarmos. E aí, é claro, Paul quis saber quando tínhamos conversado, e sobre o quê, e por que ele não sabia disso."

Senti aquela coisa estranha inundar meu estômago, uma mistura de arrepio e formigamento. Mas tudo já estava bem ruim antes disso. Esse novo desastre nem aumentava muito a pilha.

"O que você disse a ele?"

"O mínimo possível. Mas agora ele sabe que você foi falar comigo. Não falei muito depois disso. Evitei responder à maioria das perguntas, mas não quis mentir para ele."

"Nunca quis que você mentisse para ele. *Eu* não teria mentido se ele perguntasse para *mim*."

"Bem, tenho certeza de que ele vai perguntar. Vou deixar algodão e água oxigenada. Continue lavando até não aguentar mais. Depois espalhe bastante dessa pomada antibiótica sobre todo o machucado. Vou deixar cinco quadradinhos de gaze e o rolo de esparadrapo. Precisa limpar a área e trocar o curativo uma ou duas vezes por dia."

"Obrigada."

"Desculpe, Angie. Estou me sentindo como se tivesse te decepcionado."

"Eu sabia que havia um risco." Estava de novo naquela posição: de barriga para cima. Tudo perdido. Não tentava mais me proteger de jeito nenhum. Tudo era horrível, e eu só aceitava. "Ele está muito bravo?"

"Mais do que pensei que ficaria. Ele não confia em muita gente, acho que por isso se sentiu tão ofendido. Vou continuar tentando conversar com ele."

Ela limpou o sangue do chão antes de sair e me deixar sozinha.

Normalmente, eu gostava de ficar sozinha. Mas, dessa vez, sentia muita solidão.

Como se eu não estivesse sozinha apenas no apartamento.

• • •

Demorou quase uma hora até que Paul aparecesse. Quando ouvi os passos dele na escada, senti um alívio estranho. Como alguém que esperava seu algoz. É uma daquelas situações em que o melhor é enfrentar logo e acabar com tudo de uma vez.

Ele bateu na porta, eu avisei que estava aberta, e ele entrou.

Olhou para mim, meio sentada, meio deitada no sofá, com a perna para cima, a bola de algodão encharcada pingando água oxigenada nos dois lados do meu joelho e na toalha. As pontadas de dor pontuavam o momento. Não sentia urgência em me defender. Se ele puxasse uma faca, talvez eu me deixasse ser esfaqueada.

Ele nem tentou. Mas também não gritou. Lembro de ter desejado que ele gritasse.

"Você foi falar com a Rachel?", era apenas metade de uma pergunta.

Por um minuto, não falei nada.

"Lembra do dia em que te conheci? Fui à sua casa para te acusar de ter chamado a polícia por nossa causa. Você disse que, quando faz alguma coisa, é porque acha que é o certo a fazer, para não precisar mentir depois e dizer que não fez aquilo. Você diria apenas que fez e a razão de ter feito. Sim, eu voltei à casa antiga e conversei com a Rachel porque você tinha deixado claro que não iria fazer isso. Nunca. E eu queria que as coisas dessem certo para vocês."

"Coisa que poderia não ter acontecido. Você podia ter criado um problemão."

"Pelo visto, eu criei. Mas minha ideia era que, se *eu* contasse para ela e ela não sentisse o mesmo que você, poderia apenas fingir que eu nunca disse nada. E não teria que haver nenhum constrangimento entre vocês. A amizade poderia seguir como antes. Sim, eu sei que era arriscado. Sempre soube, mas achei que era a coisa certa a fazer, embora entenda por que você está bravo. Eu sabia que estava apostando nossa amizade."

Ele ficou olhando para mim por mais um tempo. Eu não consegui sustentar o olhar por muito tempo. Mas não o reconhecia. Sua aparência era a mesma, ainda era o rosto de Paul. Mas não era mais o Paul que eu conhecia. Não era o meu amigo. Aquele Paul tinha sumido.

"Como você se machucou?", perguntou ele.

"Isso não tem importância. É bobagem. Estava tentando subir em uma árvore. Aquela propriedade já era. Foi vendida. Perdemos a casa. Não que ela tenha sido nossa em algum momento, mas..."

"Olha", a voz dele era tão seca que dava medo. E enjoo. "Entendi que você fez a coisa errada pelos motivos certos, mas é uma questão de confiança. Esse foi o assunto mais delicado que já compartilhei com alguém, e você o compartilhou justamente com a pessoa envolvida. Entendo que não fez por maldade e não foi uma fofoca, mas não é algo que eu me sinta capaz de perdoar."

Essas últimas palavras foram como um soco no meu estômago. Pensei que estivesse ali completamente rendida, que nada pudesse me empurrar mais para baixo, porque agora eu já estava no fundo.

Errei.

Quando levantei a cabeça, ele estava parado na porta, com a mão na maçaneta. De cabeça baixa. Parecia até mais baixo. Como se aquele conflito fizesse com que ele ficasse menor.

"Então", falei, "acho que precisamos sair agora mesmo."

Ele olhou para mim. Seus olhos pareciam confusos e distantes. Como se ele tivesse que afastar nuvens da cabeça antes de responder.

"Quando vocês vieram para cá, eu disse que, se não desse certo, poderiam ficar até encontrarem outro lugar. Vou cumprir minha palavra. Mas quanto à nossa amizade... meus amigos são pessoas em quem posso confiar."

Não queria ser cruel, mas me perguntei quem seriam eles, além da Rachel.

Como se pudesse ler minha mente, ele falou:
"Não que eu tenha muitos amigos. Agora você sabe por quê. Não posso ser amigo de alguém em quem não possa confiar, mesmo que isso signifique não ser amigo de quase ninguém."

De repente compreendi o quanto ele devia sentir falta de Rigby. Provavelmente, a única amiga que havia correspondido aos padrões de Paul.

"Espero que isso não tenha se tornado um problema entre você e a Rachel. As coisas pareciam estar dando certo. Não deixa isso estragar tudo. Ok? Por favor."

Ele me olhou com a cara que fazia quando morava do outro lado da cerca da casa da tia Vi.

"O que você parece não ter entendido ainda é que as coisas entre mim e a Rachel são um problema meu e da Rachel."

"Certo. Entendi. Desculpa."

Ele saiu.

• • •

Minha mãe chegou um pouco depois das 15h. Abriu a porta com a chave dela e ficou me olhando como se eu fizesse o que estava fazendo — e que não era muito, na verdade — só para dificultar a vida dela.

"Você não disse que tinha se machucado tanto."

"Você não parecia estar prestando muita atenção."

"E isso significa...?"

"Não sei. Apenas tive a impressão de que você estava com a cabeça em outro lugar."

Ela colocou as mãos na cintura como sempre fazia quando precisava se defender.

"Se o recado aqui é que não presto atenção o suficiente quando você se machuca, talvez deva lembrar que sempre pergunto se você está bem, e você sempre diz que sim. Como se quisesse me manter fora disso."

Pensei um pouco no comentário e respondi:
"É verdade."
Não era o que ela esperava, mas interrompeu a conversa.
"Bem, vamos lá", disse ela, depois de um momento de desconforto.
"Vamos lá onde?"
"A Sophie vai chegar a qualquer momento, depois temos que voltar para o hotel."
"Bem, talvez não. Já fomos despejadas mesmo. Talvez possamos só ficar aqui quietas. Não temos que ir embora imediatamente, mas não somos mais convidadas a continuar aqui. Então talvez isso nem seja mais importante."
"O que aconteceu, Angie?"
"É uma longa história. E tive um dia horroroso. Posso contar outra hora?"

• • •

Rachel telefonou às 21h30.
Minha mãe trouxe o telefone para mim, então cobriu o bocal com a mão e disse:
"É para você. É a rainha."
"Prefiro que não fale dela desse jeito. Isso me incomoda muito."
Ela não disse nada. Só me deu o telefone.
"Rachel?", perguntei.
"Sim", respondeu ela. Como se doesse. Como se essa única palavra pudesse destruir tudo. "Peço desculpas por ligar tão tarde. Espero não ter acordado ninguém."
Olhei para Sophie, que dormia encolhida no tapete.
"Ninguém estava dormindo, só a Sophie. E ela não acordou. Por que não veio até aqui?"
"Não estou mais aí. Voltei para casa."
"Ah, não."

"Está tudo bem. Paul e eu vamos resolver isso tudo. Acho que vamos. Já nos conhecemos há tempo suficiente para não deixar que qualquer coisa nos separe. Minha preocupação é com você e Paul."

Olhei para minha mãe, que estava sentada à mesa da cozinha, com as costas eretas a ponto de parecer artificial. Ouvindo, obviamente. Eu não tinha como garantir nenhuma privacidade. Era inútil sair pulando até lá fora. Desisti e deixei que ela ouvisse.

"Não existe mais isso de Paul e eu. Ele não quer mais ser meu amigo. E acho que essa decisão cabe a ele."

"Ah, não. Era disso que eu tinha medo. Com o tempo, ele pode superar."

"Acho que não. Ele pode me tratar com educação, em algum momento. Mas a amizade acabou."

"Vou continuar conversando com ele sobre isso. Talvez eu possa ajudar."

"Seria bom, mas não tenho esperança nenhuma."

"E se tivesse que refazer tudo isso?"

"Como assim?"

"Ir até a minha casa. E me contar. Se tivesse que fazer tudo de novo?"

"Eu faria."

"Mesmo sabendo que teria que abrir mão dessa amizade e de um lugar para morar."

"É que eu sinto que...", parei de repente. Sabia o que sentia, mas não sabia como explicar em palavras. Tentei de novo. "Sinto que um amor como esse... que ainda é o mesmo depois de cinquenta anos... acho que não pode ser desperdiçado."

"Vou contar para ele que você disse isso", avisou Rachel.

. . .

Quando desliguei o telefone, minha mãe estava olhando para mim.

"Tenho tempo de sobra para ouvir uma longa história", disse ela.

Suspirei.

"Fui à casa antiga do Paul e contei a Rachel o que ele sentia por ela, coisa que ele nem imaginava que eu faria. Mas agora ele sabe que eu fiz e está furioso."

Um silêncio prolongado. Depois de um tempo, olhei para ela.

"Ah", falei. "Você também parece bem brava."

E pensei: bem, é oficial. Todo mundo me odeia. Menos a Rachel.

"Você fez isso... mesmo sabendo que, se não desse certo, o resultado seria uma tremenda confusão, e se desse certo, teríamos que sair daqui?"

Assenti.

"E acabou de dizer a ela que faria tudo de novo."

"Que mania de ficar ouvindo conversa."

"Não entendo, Angie. Juro, apenas não consigo te entender."

"Eu sei que não. Pode acreditar. Mas algumas partes de mim que mais gosto são exatamente aquelas que você não entende. Não quero te magoar. Não estou brava. Também queria que a gente se entendesse melhor. Mas não vou mudar o que tenho de melhor só porque você não me entende."

Esperei por uma resposta, mas ela nunca chegou.

Depois de um tempo, desisti de esperar.

• • •

Na manhã seguinte, passei um bilhete por baixo da porta dos fundos da casa de Paul. Apesar de ter que andar e subir a escada, fui levar o bilhete mesmo assim.

A mensagem era: "Será que pode deixar seus jornais na varanda do fundo quando terminar a leitura, por favor? Quero ver os anúncios de imóveis para alugar".

Ele não respondeu. Mas, depois disso, havia sempre um jornal na varanda dos fundos às 8h.

• • •

Dez ou onze dias já tinham passado. Eu estava tomando café da manhã com minha mãe. Sophie balançava as mãos no ar, mas em silêncio, ignorando a comida. Eu lia os classificados, segurando o jornal com uma das mãos e comendo cereal com a outra. Eram 7h30. O jornal tinha aparecido na varanda dos fundos mais cedo.

"Alguma oferta boa?", perguntou minha mãe.

Ela fazia a mesma pergunta todas as manhãs, a menos que eu lesse o jornal depois de ela sair. Queria saber por que não acreditava que eu a informaria se encontrasse alguma coisa. Esse tipo de conversa boba motivada por puro nervosismo me deixava bastante incomodada.

"Bem, depende", respondi. "Na sua faixa de preço?"

"Se não for na minha faixa de preço, de que adianta saber?"

"Então, não. Nenhuma boa oferta."

"Mas você está lendo a página de imóveis para alugar, não a de imóveis à venda. Certo?"

"Estou lendo as duas."

"Está perdendo seu tempo, meu bem. Não conseguimos comprar nem a casa caindo aos pedaços, e nunca mais vamos encontrar outra coisa tão barata. Não por aqui. Vamos voltar para a cidade. É lá que se pode morar pagando pouco, e é lá que a Sophie vai estar, se quisermos visitá-la."

Antes que terminasse o discurso, um anúncio chamou minha atenção.

"Aqui tem um imóvel tão barato quanto a outra casa. Ah, espera. É a mesma casa."

Li o anúncio todo. Não podia ser coincidência. Até a imobiliária era a mesma.

"Talvez seja um engano", comentei. "Talvez tenham publicado o anúncio outra vez por engano."

"Ou o comprador desistiu. Mas não sei que diferença isso faz, porque ainda não temos crédito. E agora você não tem nem a ajuda do especialista em financiamento."

"Ah, é." Enchi a boca de cereal e mastiguei com uma força desnecessária. Depois, continuei: "Vamos comigo à imobiliária. Podemos sair um pouco mais cedo, depois eu te levo até seu trabalho".

"Consegue andar com o tornozelo desse jeito?"

"Sim. Consigo, apesar de estar mancando."

"Duvido que a imobiliária esteja aberta a essa hora."

"Ah, é verdade. Na hora do almoço, então. Eu vou te buscar."

"Por que isso, meu bem?"

"Só quero saber o que aconteceu, a razão de anunciarem a casa de novo. Mas não posso ir sozinha. Eles nem me levariam a sério. Preciso de um adulto."

Ela tomou um gole de café, e quase deu para ver as engrenagens do cérebro dela girando.

"Vamos fazer um acordo", propôs minha mãe. "Eu vou com você até a imobiliária hoje, mas vamos estabelecer um prazo para desistir de encontrar alguma coisa por aqui e voltar para a cidade. Duas semanas, talvez."

Eu odiei isso, porque era uma aposta perdida. Do tipo que eu sabia que devia evitar. Estava apostando tudo em algo pouco provável.

"Tudo bem", respondi. "Combinado."

• • •

Era um escritório pequeno, um espaço aberto com quatro mesas. Duas delas estavam ocupadas. Um homem desconhecido e a mulher que eu já conhecia.

Ela olhou para nós. Estreitou os olhos. Queria que ela não parecesse sempre tão compenetrada. Queria que fosse alguém menos intimidante para minha mãe.

"Eu conheço você, não?", perguntou a moça, olhando para mim.

"Estive... estávamos interessadas naquela propriedade, aquela casa velha com o pomar. Até fui visitar a propriedade com Paul Inverness. Lembra?"

"Ah, sim", respondeu ela, e logo se levantou da cadeira. Apertou a mão da minha mãe. Não a minha. Achei isso estranho. "E essa é sua mãe?"

"Sim", respondi. "Vi que a propriedade foi anunciada novamente no jornal de hoje."

"Sim, a venda não foi aprovada."

"Não foi? O que aconteceu?"

"Não posso falar sobre a situação de outro cliente."

"Certo. É claro. Eu só... é que eu nem sei o que isso quer dizer. O que significa quando uma venda não é aprovada? O que pode acontecer para que ela não seja aprovada?"

"Ah...", começou a corretora, sentando-se de novo, como se já tivesse decidido que isso não merecia muito de sua energia. "De maneira geral, às vezes o comprador só muda de ideia, mas, normalmente, a questão é financeira mesmo. O comprador acredita que consegue o valor da entrada, ou que o financiamento vai ser aprovado. Mas, às vezes, acaba sendo otimista demais."

Fiquei parada como uma estátua, mesmo sabendo que devia falar alguma coisa, porque tinha acabado de aprender algo que mudava toda a minha visão de mundo. Aquele comprador que vi, o que parecia poder assinar um cheque no valor da casa, não era tão diferente de nós como eu pensava. Eu aqui achando que todo mundo tinha controle sobre a própria vida, que todo mundo olhava para nós de cima, e muitos eram só aparência. Eram apenas muito otimistas.

A corretora cansou de esperar.

"Se acha que seu avô ainda está interessado, diga para ele vir falar comigo."

"Certo", respondi.

Minha mãe e eu saímos de lá e nos deparamos com o radiante sol de verão.

"Por que isso?", perguntou ela quando paramos na calçada.

"Não sei." Era verdade. Em relação à casa, eu não sabia se tinha sido útil. Mas tinha conseguido outra coisa. Algo que não esperava. "Ouviu o que ela disse?"

"Sobre o quê?"

Minha mãe acenou indicando que devíamos andar enquanto falávamos. Seguimos para o carro. Eu ia devagar por causa do tornozelo. Mal conseguia acompanhá-la.
"Aquela história das pessoas serem otimistas demais."
"Ouvi. E daí?"
"Corretores de imóveis lidam com isso o tempo todo. Pessoas de todos os tipos tentando comprar casas sem ter dinheiro suficiente nem crédito."
"Não sei direito aonde quer chegar com isso."
"Você achava que isso era apenas com nós. Admita. Acreditava que todo mundo que entra em uma imobiliária ou em um banco é um comprador qualificado. Esperava ser tratada como o único caso de alguém que talvez não conseguisse concluir a compra."
Ela não me respondeu.
Chegamos ao carro em silêncio, e ela entrou e abriu a porta do passageiro. Sentei e prendi o cinto de segurança, tentando decidir se devia insistir no assunto.
"Talvez eu tenha pensado assim", disse ela quando estava saindo da vaga. E, um quarteirão adiante: "Mas não sei bem o que muda com isso".
Não respondi, porque também não sabia. Mudava alguma coisa em mim. Mas não sabia se mudava alguma coisa nos meus objetivos imobiliários.
Eu me resignei com o fato de estarmos nos mudando das montanhas e levando junto nossa recém-encontrada visão de mundo.

• • •

Deixei minha mãe no trabalho e voltei ao apartamento. Subi a escada mancando, apoiada no corrimão. Peguei o jornal em cima da mesa e, com uma caneta marcador, contornei o anúncio. Desenhei três setas apontando para ele. Embaixo escrevi "voltou" em enormes letras de forma.
Desci a escada mancando e, lentamente, cheguei na porta dos fundos da casa de Paul. Deixei o jornal na varanda,

encaixando uma parte dele embaixo da porta para impedir que a ventania o levasse.

Uma hora depois, olhei pela janela e não vi mais o jornal. Ele o havia levado para dentro.

Passei a maior parte do dia sentada na beirada do sofá, torcendo. Até que chegou a hora de ir buscar minha mãe.

Passei o resto da tarde sentada no sofá, tentando tornar a torcida menos óbvia.

Mas não tive notícias de Paul.

• • •

Dois dias depois disso, eu estava mais ou menos sentada na beirada do sofá quando ouvi alguns passos na escada. Já estávamos no meio da tarde, cedo para minha mãe voltar para casa. Corri, ou melhor dizendo, manquei apressada para abrir a porta quando ele batesse.

Mas ninguém bateu.

Em vez disso, vi um bilhete aparecer embaixo da porta. Um envelope lilás. Peguei o envelope e me sentei de novo no sofá. Minhas mãos tremiam. Rasguei o envelope.

Não era de Paul, mas de Rachel.

Tudo desabou à minha volta. Eu soube que podia me largar no sofá e respirar de novo, porque a repentina mudança de atitude que eu esperava provocar nele não ia acontecer. Esperava que o fato de a casa ter voltado ao mercado pudesse significar alguma coisa para ele. Mas, sentada no sofá, com o bilhete ainda não lido no colo, me senti uma idiota por ter acreditado nisso. Eu era a única que se importava com aquela casa feia e destruída. Não sabia por qual razão tinha esperança de que alguém compartilhasse do meu entusiasmo.

Peguei o bilhete e o li.

Só dizia que ela estava a caminho para uma visita e que queria que eu soubesse. E que tentaria conversar com ele.

Mas eu tinha uma boa ideia de como isso ia acabar.

• • •

No dia seguinte, no meio da manhã, fui a pé até a cidade.

Foi uma tremenda idiotice em vários níveis.

Primeiro, meu tornozelo ainda não estava totalmente sarado para uma caminhada tão longa. Meu joelho estava meio cicatrizado, mas partes do machucado ainda estavam infeccionadas, e doía toda vez que eu dobrava a perna. E o objetivo da caminhada era o que minha mãe teria chamado de perda de tempo.

Enfiei na cabeça que iria ver a casa mais uma vez. Para me despedir dela antes de irmos embora. Mas, além disso, para talvez sentir se aquele era ou não meu lugar. Como se a resposta pudesse ter mudado.

Infelizmente, não tinha pensado em nada disso antes de minha mãe sair para trabalhar. E depois que ela saiu, não consegui me livrar da ideia.

Estava mancando em direção à cidade quando um carro parou ao meu lado. Não olhei. Porque, se um homem esquisito te segue de carro, é melhor não incentivar.

"Angie." Era a voz de Paul, com certeza.

Ele abriu a porta do passageiro, e eu me aproximei mancando para conseguir me apoiar no carro. Queria falar, mas meu coração estava acelerado demais, e eu não conseguia recuperar o fôlego, porque não sabia se ele estava ali para me magoar ou para ser legal comigo, e não suportava esperar para descobrir.

"Estava te procurando", afirmou ele.

"Por que as pessoas fazem isso? Tanta gente dirigindo por aí atrás de mim, como se eu fosse alguém importante." Era o meu medo falando. E fazendo pouco sentido. "Na última vez, foi para me dar más notícias. Vai me dar alguma notícia ruim?"

"Não", respondeu.

Eu puxei a porta do passageiro e entrei.

Ficamos em silêncio por um bom tempo.

Então ouvi um movimento no banco de trás. Virei para olhar. Era um cachorro. Se é que se podia chamar aquilo de cachorro. Era um filhote, mas já um pouco crescido, e enorme. Deitado, ele ocupava o banco todo, de uma porta à outra. Era um dogue alemão, com certeza. Mas não era tão escuro como Rigby. Seu pelo era cinza e uniforme, como o de um Weimaraner. E ele era muito magro. Dolorosamente magro. Dava para ver todas as vértebras da coluna. Todas as costelas. Quando olhei para ele, o cachorro desviou o olhar. As orelhas eram compridas e não tinham sido aparadas.

"Ai, meu Deus. Você tem um cachorro novo."

"Tenho."

"Onde o encontrou? É ele ou ela?"

"Ele. Fui até Sacramento para adotá-lo, estava com um grupo de resgate dessa raça."

"Ele é muito magro."

"Eu sei. O pessoal do grupo tentou engordá-lo. Agora eu vou tentar também. Mas ele tem alguns problemas com comida. Parece ter medo. Tem medo de tudo. Ele sofreu abuso e negligência. Mas vai ficar bem."

"Ele já tem nome?"

"Scout. Já veio com o nome, e acho que vou manter porque é bem diferente de Rigby. Acho importante que fique claro que o cachorro novo é totalmente diferente daquele que não existe mais."

"Scout." Estendi a mão para o cachorro. Ele ficou sentado depressa, tentando se afastar.

"Dá um tempo para ele."

"Ele aceita seu toque?"

"Bem pouco. Mas está melhorando comigo. Gostou das orelhas?"

"Sim. Muito. Orelhas muito bonitas. Por que estava me procurando? O que queria me falar? Era apenas para mostrar o cachorro?"

Ele respirou fundo e bem devagar, depois soltou o ar. Vi que estava apertando o volante, depois relaxou. Tudo pareceu demorar muito, mas esperei.

"Hoje de manhã...", disse ele. E parou. Percebi que era um discurso ensaiado. "Acordei muito cedo. Ainda estava escuro, era madrugada. E o amor da minha vida... a mulher que amo desde o ensino médio... estava na minha cama comigo."

Ele parou, quase como se não conseguisse continuar. Eu quis gritar alguma coisa, dizer que aquilo era maravilhoso. Mas me controlei. Fiquei quieta. Só para variar.

"Passei um bom tempo olhando para ela dormindo. Nem sei quanto tempo. Podem ter sido horas. E o mesmo pensamento voltava a todo instante. Voltava, voltava e voltava."

Mais uma longa pausa. Dolorosa para mim. Mas esperei.

"Pensei: que tipo de idiota... que tipo de *idiota*... sentiria pela pessoa que ajudou a fazer isso acontecer *alguma coisa*... além de gratidão?"

De repente, as lágrimas brotaram. Do nada. Eu disse para elas irem embora. Tentei segurar. Mas algumas escaparam. Não as enxuguei.

"Sinto muito se magoei você com minha atitude", falei.

"Olha aí, você está fazendo de novo. Não faça isso. Não seja mais a Angie que não aceita ajuda, que pula de volta para o buraco de onde alguém está tentando tirá-la."

"Ah. Desculpa."

Ficamos em silêncio por um tempo, mas não sei quanto. No banco de trás, Scout mudou de posição e deu um suspiro profundo e triste.

"Isso que acabou de contar sobre você e Rachel é maravilhoso", comentei. Mais silêncio. "Ai, meu Deus. Você acabou de me contar outro segredo muito delicado e pessoal."

"É. Eu percebi a ironia."

"Eu deveria ter feito isso tudo de alguma maneira melhor? O que você teria feito?"

"Acho que teria seguido por um caminho diferente. Se conhecesse alguém que não estava fazendo o que era certo, não agiria no lugar da pessoa. Acho que adotaria uma abordagem mais... incisiva. Apoiaria essa pessoa e tentaria induzir algum tipo de atitude."

"Nem imagino como seria isso."
"Eu vou te mostrar exatamente como é."
Ele engatou a marcha do carro e seguiu para a cidade.
Não perguntei nada.
Eu tinha algumas perguntas. Mas não verbalizei nenhuma.

• • •

Ele parou na frente da farmácia e desligou o motor.
"Antes de eu continuar", disse, "se ela tivesse uma casa, conseguiria pagar as prestações?"
"Se ela não conseguisse, eu arrumaria um emprego e ajudaria a pagar."
Ele saiu do carro e entrou na farmácia.
Olhei para trás, para Scout.
"Que merda é essa?", perguntei a ele.
Um minuto depois, Paul voltou com minha mãe. Ele abriu a porta do passageiro.
"Vai para o banco de trás com o cachorro", falou para mim. "Não tenta tocar nele. Ele não vai te morder, mas é melhor não o deixar assustado."
Desci, apoiando meu peso no tornozelo bom, e abri a porta de trás. Scout deu um pulo e se sentou, e eu sentei ao lado dele. O cachorro encostou na porta do outro lado, encolhendo as patas para não precisar encostar em mim. Agia como se eu fosse um rio de lava derretida escorrendo em sua direção. Olhei para ele, e ele olhou para o outro lado.
Seguimos em frente, e Paul estava falando quase sem parar. Mas não comigo, com minha mãe.
"Não tem que se envergonhar por nunca ter feito um financiamento antes. Tem que se orgulhar de ser uma compradora em sua primeira transação. Está pronta para progredir para a classe média. Não tentou comprar antes porque conhecia suas limitações e não se sentia preparada. Agora, está pronta. Não tem culpa de ganhar pouco. Poderia

trabalhar em período integral, mas sua prioridade é cuidar de uma filha com necessidades especiais e, por isso mesmo, trabalha em expediente reduzido, e não em período integral. Ela está matriculada na Educação Especial, escola pública, não existem despesas adicionais relacionadas à situação da menina. Sua filha mais velha tem 17 anos e é madura e responsável demais para a idade. Pode te ajudar muito. Se puder esperar até ela completar 18 anos para ter um emprego em meio período e colaborar com as despesas, vai ser melhor ainda, mas ela está disposta a ajudar desde já se a família precisar de mais dinheiro."

"Ok...", respondeu minha mãe.

Eu não sabia como ela havia conseguido sair do trabalho. Não sabia o quanto ele a havia pressionado para convencê-la a vir. Não sabia se estava animada ou intimidada. Eu não sabia quase nada.

"Deixa a conversa comigo. Se eu estiver na frente do administrador do financiamento, eu conduzo o diálogo. Se ele te fizer uma pergunta direta, eu olho para você. Esse é o sinal para você falar. Seja direta e educada, mas não subserviente. Os bancos precisam de financiamento. É uma grande fonte de renda. O trabalho deles é conceder financiamento para os compradores."

"Tudo bem...", assentiu minha mãe.

Paramos no estacionamento de um dos bancos da cidade. Descemos do carro. Scout ficou. Paul deixou uma fresta de cada janela aberta para o cachorro e trancou as portas.

"Atenção", disse ele.

"Que foi?", disse minha mãe, olhando ao redor.

"Não. Atenção: cabeça erguida, vamos lá. Foi isso que quis dizer."

E nós levantamos a cabeça. E seguimos Paul até o banco.

Ele nos levou à mesa de um homem que devia ser um dos responsáveis pelos financiamentos. Era jovem, talvez com uns 30 anos. Mais novo que minha mãe. Eu torcia para isso ser útil. Ele tinha barba e, apesar de estar com um terno elegante, não parecia perfeitamente alinhado. Não era muito intimidador.

Paul apertou a mão dele e nos apresentou. Ouvi a conversa entre eles e fiquei muito confusa. Podia ter entendido errado, mas tive a impressão de que eles já haviam conversado mais cedo.

"Sentem-se", sugeriu o homem. Joseph Greely. Ouvi o nome dele quando Paul fez as apresentações e li a placa em cima da mesa. "Vamos ver o que podemos fazer. Preciso comentar, vocês têm sorte por serem indicadas pelo sr. Inverness. Estamos aqui para aprovar financiamentos, e nada nos faz mais felizes do que ajudar as pessoas a ter suas casas. E nos esforçamos muito para ajudar quem vai comprar o primeiro imóvel. Mas, francamente, nada pode ser mais favorável do que ter uma pessoa mais velha e bem-estabelecida, com excelentes referências de crédito, disposta a endossar sua solicitação. Isso vai fazer toda a diferença."

Silêncio. Total e absoluto silêncio. Fiquei esperando Paul dizer ao sr. Greely que havia um mal-entendido, mas ele não falou nada.

"Desculpe. A senhora parece confusa", apontou o sr. Greely. "Não sabia disso?"

Minha mãe abriu a boca para responder, mas não emitiu nenhum som.

"Sabemos disso", falei. "Com toda certeza, sabemos que é muita sorte poder contar com o apoio do Paul."

• • •

Minha mãe caminhou até o carro de Paul como se estivesse perdida em um sonho. Fiquei para trás, torcendo para ele parar e falar comigo.

Foi o que ele fez.

"Cadê a Rachel?", perguntei. "Não acredito que a deixou sozinha em casa, no seu primeiro dia de... como... tipo... juntos."

"Disse a ela que tinha um assunto importante para resolver. Algum problema com isso?"

"Acho que não."

Eu já me preparava para abraçá-lo quando ele exclamou:

"Nem pensa em ficar toda melosa comigo como naquele dia no lago."

"*Eu?* Foi você quem começou com aquilo. Beijou minha testa com tanta força que quase quebrou meu pescoço."

"Isso não vem ao caso. Preste atenção ao que interessa. Ainda temos muito trabalho pela frente. A próxima etapa é procurar aquela corretora e fazer uma oferta bem baixa."

"Acha que eles vão mesmo aceitar um valor menor?"

"Não sabemos. Só sabemos que esse é o próximo passo. Faça o que eu digo, garota. Vou te mostrar como se faz."

Catherine Ryan Hyde
pára sempre
vou amar
te

## 5

## Um lugar todo nosso

Eu a levei pela alameda da entrada segurando-a pelo braço, olhando de vez em quando para ter certeza de que ela não estava espiando. Cada vez que eu olhava, ela estava de olhos fechados.

Isso era confiança demais para minha mãe.

"Obrigada por esperar", falei. "Sei que deve ter sido estranho comprar uma casa que nunca viu. E você deve ter achado esse meu pedido bem esquisito, mas era muito importante fazer a limpeza antes."

Parei na frente da casa e puxei seu braço para fazê-la parar.

"Pode abrir os olhos", falei.

Fiquei olhando para ela, mas não sabia ler as expressões em seu rosto.

"Ai, meu amor", disse minha mãe, passando um braço sobre meus ombros. "É tão... feia."

Gargalhei. Não consegui evitar. Foi o jeito como ela falou, como se olhasse para um cachorro velho e fedido que, apesar de tudo, amava muito.

"Precisava ver antes da faxina."

"Odeio até imaginar. Tanto tempo de trabalho... tantas semanas... e foi só uma limpeza?"

"Não. Não foi só. Foi a parte principal. Tinha algumas janelas quebradas, mas o Paul deu as vidraças cortadas no tamanho certo. Foi um presente para a casa nova. E as fechaduras das portas, na verdade, as maçanetas e as fechaduras, e ainda instalou tudo. Mostrou como eu devia trocar a vidraça na primeira janela, e eu troquei as outras sozinha. E ele também nos deu uma escada. Descobri que uma escada telescópica é a ferramenta ideal para colher as frutas e as castanhas das árvores. E alguém tem que segurá-la, ou ela deve estar amarrada na árvore. Nada de correr nem pular para segurar os galhos. Como eu ia imaginar isso?"

"Estamos aprendendo várias coisas novas, não é?"

"Estamos. E agora que já viu a má notícia com seus próprios olhos, quer as notícias boas?"

"Manda."

"A casa tem três quartos."

"Não... brinca!"

"É sério. São pequenos. Mas são três. Vem. Vou te mostrar tudo por dentro. Mas antes... a melhor de todas as notícias. Escuta."

Ficamos lado a lado por um tempo. O braço dela continuava em cima dos meus ombros. Pássaros cantavam, folhas farfalhavam ao vento. Ouvimos o barulho bem distante de um motor, mas não consegui identificar se era um carro barulhento ou um aviãozinho. O ruído não se aproximava.

"Não ouço nada", ela falou.

"Essa é a boa notícia."

"Quando mudarmos para cá com a Sophie, esse silêncio não vai durar muito."

"Mas ninguém vai se importar. Ninguém além de nós vai ouvir a Sophie."

Esperei um momento para ela processar a informação. Não que eu não tivesse tentado explicar isso antes. Mas ouvir era diferente.

Ela afagou meu ombro.

"Casa, eu te perdoo por ser feia", disse. "Na verdade, você parece cada vez melhor."

• • •

"Por dentro não é tão ruim", comentou ela. "De verdade, não é. Depois que colocarmos uns móveis... espera. Temos que mobiliar a casa. Onde vamos conseguir os móveis?"

"Vamos dar um jeito. Agora as tábuas do assoalho estão presas. E não tem frestas. Não tantas como poderia se esperar que tivesse. E agora que a eletricidade foi ligada, o aquecimento está funcionando. Foi uma boa surpresa."

"Gás?"

"Não tem encanamento, mas tem um tanque de propano."

"Ah. Propano."

Ela foi dar uma olhada em tudo. Primeiro na cozinha. Depois ouvi os passos a caminho dos quartos dos fundos, da varanda de trás. Fiquei sentada de pernas cruzadas no chão de madeira, em uma área iluminada pelos raios de sol que entravam pelas janelas voltadas para o pomar.

Depois de alguns minutos, ela voltou e se sentou ao meu lado com os braços em torno dos joelhos.

"Que dia a van passa para buscar a Sophie aqui?", perguntei.

"Segunda-feira."

"Ótimo. Temos o fim de semana inteiro para conseguir trazer nossas coisas."

"Sério, meu bem? *Nossas* coisas? Não precisamos de um fim de semana. Três viagens, no máximo."

Ficamos sentadas por mais um tempo, sem falar nada. Eu sentia o clima da casa. Tentava sentir que era natural estar ali. Acho que ela fazia a mesma coisa.

Minha mãe passou o braço em torno dos meus ombros de novo.

"Sabe", disse ela, "com a Sophie na mesma escola... e a viagem mais longa... e morando em um lugar onde ela pode gritar até ficar roxa sem criar problemas... eu consigo cuidar dela sozinha. Na maior parte do tempo. Sabe? Se quiser ir para a faculdade."

"Ou para o Tibete."

"Ou as duas coisas."

"Certo. Faculdade é importante. Concordo. Ou as duas coisas."

"Espera. Tibete?"

Queria saber onde ela estava com a cabeça quando falei pela primeira vez.

"É uma longa história."

Ela afagou meu cabelo.

"Eu vou arrumar tempo para ouvir", disse.

CATHERINE RYAN HYDE é autora de mais de 30 livros, entre eles *Leve-me com Você*. Em suas inúmeras viagens, fez trilhas por Yosemite e pelo Grand Canyon, escalou o Monte Katahdin, viajou pelo Himalaia e percorreu a Trilha Inca de Machu Picchu. Para documentar as experiências, Catherine tira fotos e grava vídeos que compartilha com seus leitores e amigos na internet. Um dos seus livros de maior sucesso é *Pay It Forward*, que inspirou o filme *A Corrente do Bem* (2000) e a levou a fundar e presidir (entre 2000 e 2009) a Pay It Forward Foundation. Como oradora pública profissional, já palestrou na National Conference of Education, falou duas vezes na Universidade de Cornell, se reuniu com membros da AmeriCorps na Casa Branca e dividiu um palco com Bill Clinton. Mora na Califórnia e divide seus dias com seus animais de estimação.

# DARKLOVE.

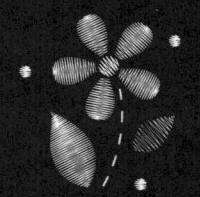

*Nós passamos boa parte da vida sonhando,
especialmente quando estamos acordados.*
— CARLOS RUIZ ZAFÓN —

DARKSIDEBOOKS.COM